EINMAL HALUNKE, IMMER HALUNKE

DARCY BURKE

Übersetzt von
PETRA GORSCHBOTH

Einmal Halunke, immer Halunke

❀ Erstellt mit Vellum

EINMAL HALUNKE, IMMER HALUNKE

Es war einmal ein sehr schlimmer Junge …

Ethan Jagger wird alles unternehmen, um seine kriminelle Vergangenheit hinter sich zu lassen, und seinen Platz in der feinen Gesellschaft zu etablieren. Der Erfolg ist in greifbarer Nähe, als sein Chef sein Doppelspiel erkennt und ihn des Mordes anklagt. Und als wäre es nicht schon schlimm genug, vor dem Gesetz *und* den Gesetzlosen auf der Flucht zu sein, muss er eine unschuldige junge Dame vor genau diesen Verbrechern beschützen, die ihn tot sehen wollen. Am schlimmsten ist allerdings die gefährliche Anziehung, die zwischen ihnen beiden knistert. Wenn er dem Galgenstrick entkommen und neu anfangen kann, wird sie sich dann dazu bekennen können, einen Halunken für immer zu lieben?

Der eine wundervolle junge Frau kennenlernte …

In ganz London ist Audrey Cheswick nur als Mauerblümchen bekannt, wenn sie überhaupt jemandem auffällt. Sie hat versucht, Zufriedenheit – wenn nicht Glück – im Leben

einer angehenden Jungfer zu finden, gleichwohl ihr uner-
schrockener Geist sich nach einem großen Abenteuer sehnt.
Doch als sie mit Englands meistgesuchtem Verbrecher
durchbrennt, erfährt sie, dass Abenteuer ihren Preis haben –
und nicht nur ihren Ruf oder ihre Tugend fordern, sondern
ihr Herz.

KAPITEL 1

London, September 1818

Ethan Jagger rannte wie der Teufel. Jeder Schwung seines Arms pumpte Blut von der Stichwunde in seinen Bizeps und bescherte ein neue Quelle lähmenden Schmerzes. Trotzdem konnte er nicht stehen bleiben. Stehen zu bleiben bedeutete, gefasst zu werden. Gefasst zu werden, bedeutete den Galgenstrick.

Er riskierte nicht, zurückzuschauen. Obwohl er sie nicht hören konnte, wusste er, dass die Bow Street Ermittler aufholten. Verwundet, wie er war, war Ethan sich nicht sicher, ob er ihnen entkommen könnte. St. Giles war noch immer zu weit entfernt.

Fast wäre er wie erstarrt stehen geblieben. Er konnte nicht nach St. Giles. Trotz all seiner Verbündeten, und er hatte einige, würde jeder in dem Elendsviertel wissen, dass Gin Jimmy hinter ihm her war. Und wenn sie vor die Wahl gestellt würden, wem ihre Loyalität galt, was sicherlich der Fall wäre, würden sie zu dem Mann halten, der ihnen den größten Schaden zufügen konnte: Gin Jimmy. Vom Gesetz verfolgt und auch von den Gesetzlosen: Ethan steckte wirklich in der Klemme.

Es war nichts zu machen. Er musste London verlassen und sich überlegen, was er als Nächstes tun würde. Um das zu tun, musste er eines seiner Verstecke erreichen, in denen er seine Geldmittel für Notfälle aufbewahrte. Das nächstgelegene – und noch wichtiger war, dass es in der entgegengesetzten Richtung von St. Giles lag – befand sich am Berkeley Square, was bedeutete, dass er umkehren musste.

Aber zuerst musste er den Ermittlern entschlüpfen. Er bog in eine schmale Gasse ein. Und prallte direkt mit einer Hure zusammen.

Sie fasste ihn an den Armen, um sich wieder ins Gleichgewicht zu bringen. Ihre Hand legte sich um seine Wunde. Scharf sog er die Luft ein und weiße Lichter tanzten ihm vor den Augen.

»Nanu!« Sie zog die Hand zurück. »Was ist denn los mit Euch?«

Das Lampenlicht von der breiteren Straße schien in die Gasse, aber es war zu dunkel für ihn, um viel von ihren Zügen zu erkennen. Er konnte allerdings sehen, dass sie ihre Hand in Augenschein nahm. Sie musste das Blut gefühlt haben, das aus der klaffenden Wunde sickerte, die Gin Jimmy ihm kaum eine Viertelstunde zuvor beigebracht hatte.

In dem Bewusstsein, dass seine kleine Pause seinen Verfolgern ermöglicht hatte, weiter aufzuholen, stieß Ethan sie beiseite, sodass er an ihr vorbeischlüpfen und die Gasse weiter entlanglaufen konnte.

»He, es gibt keinen Grund, rüde zu werden«, kreischte sie.

Ethan erübrigte ihr keinen Blick, als er seinen Weg hastig fortsetzte. Doch dann trat ein sehr großer Mann in seinen Weg. »Ihr solltet zu meiner Nutte nicht rüde sein.«

Verdammter Mist noch mal. Ethan hatte keine Zeit für eine

Prostituierte und ihren Zuhälter. Bevor er allerdings weiterlaufen konnte, trat der Zuhälter so dicht an Ethan, dass dieser den Dreck und auch den Gin riechen konnte, den er vorher getrunken haben musste.

»Er ist am Arm verletzt«, meinte die Frau.

Ethan wappnete sich und erwartete von dem Zuhälter geschlagen oder am Arm gepackt zu werden, aber der ungeschlachte Kerl beugte sich nur noch näher zu ihm und hielt das Gesicht jetzt wenige Zentimeter vor Ethans. »Jagger?«, fragte er.

Es überraschte Ethan nicht, dass der Zuhälter ihn kannte, gleichwohl das Wiedererkennen nicht auf Gegenseitigkeit beruhte. Niemand stieg innerhalb der kriminellen Rangordnung so weit auf wie Jagger, ohne sich einen Ruf erarbeitet zu haben und eine … Gefolgschaft.

»Ja, Jagger. Jetzt tritt zurück.« Er sprach mit einem gelassenen und doch befehlenden Tonfall.

Der Zuhälter wich zurück und Ethan atmete frischere Luft ein. Sein Puls wurde langsamer, was bedeutete, dass er zu lange unbeweglich verharrt hatte. Die Ermittler würden ihn erwischen.

»Ihr habt in der Vergangenheit nicht so viel Zeit in Bordellen verbracht, wie Ihr das sonst tut.« In der Stimme des Zuhälters schwang eine gewisse Skepsis mit, die Ethan nicht gefiel. »Ich habe gehört, Ihr hättet Euch mit einer anderen Klasse von Leuten eingelassen, und dass Ihr Euch wahrscheinlich gar nicht mehr Jagger nennt.«

Ethan hatte keine Zeit oder Geduld für die Befragung des Mannes. Sein Arm brachte ihn um, und wenn er nicht wieder anfing zu rennen, würde Bow Street ihn einholen. »Ich muss weiter. Geh beiseite.«

Ethan machte Anstalten, an ihm vorbeizulaufen, doch als er zur Seite trat, schnellte der Arm des Zuhälters vor und packte ihn am Bizeps. Mit einem Heulen wirbelte Ethan herum und zielte mit seiner Faust auf den Kiefer seines Widersachers. Er hätte noch einen weiteren Schlag in dessen Mitte folgen lassen, aber sein rechter Arm wollte ihm nicht gehorchen.

Hinter ihm ertönte ein Rufen: »Dort ist er!« Verdammt, zum Teufel noch mal. Die Ermittler hatten ihn gefunden.

Der Zuhälter war kurzzeitig über Ethans Treffer verblüfft gewesen, doch er erholte sich rasch und zielte mit der Faust in die Richtung von Ethans Magengrube.

Ethan wich tänzelnd aus und entkam dem Hieb knapp. »Das sind Bow Street Ermittler, du hirnverbrannter Idiot. Wir müssen rennen!« Was immer die Motive des Zuhälters auch waren, würde er sich von Bow Street nicht fassen lassen wollen. Keiner aus ihrer Klasse tat das jemals.

Der Zuhälter straffte sich und er drehte den Körper in die Richtung, aus der Ethan gekommen war.

»Jagger! Stehen bleiben!«, rief einer der Ermittler. Teague. Er war Ethan seit Jahren auf der Spur, doch insbesondere im Laufe der vergangenen beiden Wochen. Ethan hatte nicht die Absicht, sich jetzt von ihm fangen zu lassen.

Er stieß den Zuhälter mit dem Ellbogen fort und rannte los.

»Fasst ihn!«, rief Teague. »Oder ihr geratet selbst in Schwierigkeiten!«

Der Zuhälter packte ihn am Bizeps und brachte ihn zum Stehen. Höllenqualen rasten Ethans Arm auf und ab. »Es tut mir leid, Kumpel.«

Nein. Ethan weigerte sich, auf diese Weise gefangen zu werden. Mit einem frischen Energieschub riss er sich aus dem Griff des Zuhälters los und schlug ihn abermals auf den Kiefer. Dieses Mal war sein Gegner ein wenig besser vorbereitet und drehte den Kopf weg, doch Ethan erwischte dennoch ein Stück von ihm.

Dann waren die Ermittler bei ihnen angekommen.

Ethan bewegte sich schnell und zog sein Messer aus dem Stiefel und hielt sie sich damit vom Leib, ehe sich alle drei Männer auf ihn stürzen konnten. Plötzlich erfüllte ein schriller Schrei die Luft, als die Prostituierte Teague auf den Rücken sprang und sich daranmachte, auf seinen Kopf einzuschlagen. Ethan hätte ihr für diese Unterstützung gedankt, wenn er nicht selbst noch die anderen beiden Burschen hätte abwehren müssen.

Er blickte sich in der engen Gasse um und schätzte seine Möglichkeiten ein. Etwa ein halbes Dutzend Holzkisten waren rechts von ihm aufgestapelt. Doch sie waren der einzige Lichtblick bei den Ziegelmauern, die sie umgaben.

Der Zuhälter stürmte auf ihn zu, doch Ethan ließ sein Messer aufblitzen, was den Angriff des anderen bremste. Ethan wollte ihm nicht wehtun, denn der Kerl versuchte lediglich, seine eigene Haut zu retten – also schnappte er sich eine der Kisten, um sie anstatt des Messers, das er in die linken Hand nahm, als Waffe zu benutzen. Er hob die Kiste, als der Zuhälter erneut auf ihn zukam. Ethan ließ die Kiste auf den Schädel des Mannes krachen. Der Zuhälter taumelte rückwärts, als die Kiste splitterte.

Der zweite Ermittler setzte ihm wie der Blitz nach und hatte dabei seinen Schlagstock erhoben. Ethan riss den Arm zurück, doch der Schlagstock traf ihn fest genug auf das Handgelenk, dass er die Waffe fallen ließ. Fluchend wich Ethan zurück. In einem Versuch, den Schmerz zu vertreiben, rieb er sich das Handgelenk, während er über den Verlust seiner Waffe fluchte.

Der Ermittler beäugte ihn argwöhnisch. Er hielt seinen hoch erhobenen Knüppel mit festem Griff. »Kommen Sie einfach mit uns, Jagger. Ich möchte Sie nicht verletzen.«

Gleichwohl er sein Messer verloren hatte, dachte Ethan, den Ermittler entwaffnen zu können. Allerdings bezweifelte Ethan seine Fähigkeit, alle drei Männer niederringen zu können – die Prostituierte konnte Teague sicherlich nicht überwältigen, gleichwohl sie es fertigbrachte, ihn zu beschäftigen. Dennoch musste Ethan alles daransetzen, zu entkommen. Er hielt die Hände hoch und starrte Teague mit einem direkten Blick an. »Ich komme mit Ihnen.«

Der Ermittler schien nicht überzeugt. Langsam und sehr auf der Hut kam er näher. Als der Ermittler nahe genug war, trat Ethan aus. Der Ermittler ging in die Knie und stieß mit dem Zuhälter zusammen, der die Reste der zerbrochenen Kiste abschüttelte. Zusammen landeten sie in einem Durcheinander von Holzstücken und rudernden Gliedmaßen.

Ethan stürmte vor. Er schnappte sich den Schlagstock des benommenen Ermittlers und winkte ihm damit vor dem Gesicht. »Ich werde jetzt gehen und Sie werden mich in Ruhe lassen.«

»Jagger halt.« Teague hatte sich endlich von der fauchenden Prostituierten befreit. Er hielt die Frau bei ihrem Haar.

»Geht, Jagger«, meinte sie und dann biss sie die Zähne zusammen, als Teague sie an ihrem Haar zerrte. »Macht Euch keine Sorgen um mich. Ich kann auf mich selbst aufpassen.«

Angesichts ihres hitzköpfigen Benehmens hatte Ethan keinen Zweifel daran. Aber er würde sie nicht Teague ausliefern.

Ethan wich einige Schritte zurück für den Fall, dass der benommene Ermittler oder der Zuhälter seine Fußgelenke packen würden. »Lassen Sie sie los. Dann lassen Sie *mich* gehen und ich werde Ihnen Gin Jimmy liefern.«

Das war sein ursprüngliches Ziel gewesen: Den Mann zur Strecke zu bringen, der dafür sorgen würde, dass Ethan niemals von seiner Vergangenheit loskäme. Allerdings hatte er keine Ahnung, wie er das fertigbringen sollte, nachdem sein Plan für heute Abend derart in die Hose gegangen war.

Und trotzdem musste er es versuchen. Es war seine einzige Chance.

Teague trat einen Schritt vor und zerrte die Frau mit sich. »Ich wäre Ihnen sehr verbunden, aber das löscht Ihre Taten nicht aus. Sie werden für all Ihre Verbrechen aufkommen, Jagger.«

»Welche?« Es gab weit mehr, als er zählen konnte. So viel mehr, dass Ethan sie lieber vergessen würde.

Teagues Blick war bedrohlich. »Der Mord an Wolverton. Beihilfe zum Mord an Lady Aldridge.«

»Ist das alles?«, fragte Ethan gedehnt und legte damit eine vorgetäuschte Unbekümmertheit in seinen Tonfall.

»Für den Augenblick.«

In einer flüssigen Bewegung, die sicherlich aus jahrelanger Übung entstammte, drehte sich die Prostituierte zu Teague und traf ihn mit dem Knie in den Hoden. Teague ließ sie los und sackte auf dem Pflaster zusammen. Sie warf Ethan einen Blick zu. »Los, Jagger!« Dann rannte sie selbst los.

Ethan musste sich nicht lange bitten lassen. Er drehte sich um und wollte loslaufen, doch eine Hand schlang sich um sein Fußgelenk. Der Zuhälter hatte sich von dem anderen Ermittler befreit. Seine fleischigen Finger packten nach Ethans Stiefel. Ethan ließ den Schlagstock auf das Handgelenk des Mannes sausen. Der Zuhälter heulte vor Schmerz auf und zog seine Hand fort. Ethan rannte aus der Gasse, als wäre ihm der Teufel auf den Fersen.

Und vermutlich war er das auch.

Seit mehr als einem Jahrzehnt war Ethan dem Gesetz entschlüpft und er musste es nur noch kurze Zeit länger schaffen. Bis er von Gin Jimmy loskäme und mit dem Leben weitermachen konnte, an dem er Gefallen gefunden hatte. Ein Leben, in dem er Ethan Locke sein konnte – oder besser noch, Ethan Lockwood – und in dem er seinen Kopf als

Mitglied der hochgeschätzten feinen Gesellschaft, wenn auch an dessen Rande, hoch erhoben tragen konnte. Nicht, weil sie ihm besonders am Herzen lagen, sondern weil er seinem Bruder nahe bleiben wollte.

Als Ethan die neue Regent Street hinaufrannte, warf er einen Blick hinter sich, um sich zu vergewissern, ob einige der Männer ihn noch immer verfolgten. Bislang war nichts zu entdecken. Dennoch hielt er sein Tempo bei, bis er keuchte und sich vor Schmerz die Seiten hielt.

Einige Augenblicke später bog er in die Conduit Street ab und die Energie, die den Schmerz in seinem Arm betäubt hatte, ebbte allmählich ab. Seine Schritte wurden unsteter und der Schmerz in seinem Bizeps erreichte ein Crescendo. Wimmernd bremste er sein Tempo zu einem raschen Gang. Er sah sich um, da er sich immer der Gefahr bewusst war, dass die Ermittler oder sogar der Zuhälter hinter ihm herjagen konnten. Er hätte einen weniger benutzten Weg wählen sollen, aber er war erpicht darauf, so rasch wie möglich zum Berkeley Square – und zu seinem Geldversteck – zu gelangen.

Dieser Gedanke trieb ihn an. Er horchte tief in sich hinein, auf der Suche nach der Ausdauer, die ihn für mehr als ein Jahrzehnt hatte überleben lassen, und wurde wieder schneller. Er musste sich durch den Verkehr schlängeln, und die New Bond Street überqueren, doch es war spät und er hatte Glück. Mit seinem Ziel beinahe in Sichtweite trieb er sich zu noch schnellerem Lauf an, sodass sein gesamter Körper beim Einbiegen in die Berkley Mews vor Erschöpfung und Schmerz pochte.

Es kostete ihn jede Unze seiner Kraft, die ihm noch geblieben war, um über die Mauer in den Garten zu springen, in dem er sein Geld versteckt hatte. Er sackte an die Steine zurück und ihre Kälte drang durch die Schichten seiner Kleidung, was ihm ein wenig Erholung von der Hitze seiner Aktivitäten bescherte.

Der Garten war dunkel, doch in einigen Fenstern des Hauses flackerte ein schwaches Licht. Es war nicht von Belang, da niemand eine schemenhafte Gestalt bemerken würde, die auf einen Baum kletterte. *Der verdammte Baum.* Auf den Baum zu klettern würde wehtun.

Ethan sog schaudernd die Luft ein und stieß sich von der Wand ab, um einen Fuß vor den anderen zu stellen. Er musste nur sein Geld holen und schon wäre er wieder weg. Eine dringend nötige Ruhepause – vielleicht sogar innerhalb des Hause – für vielleicht eine Stunde wäre verlockend, doch er war nicht sicher, ob er das wagen sollte. Er sollte allerdings wenigstens etwas zum Verbinden seiner Wunde finden.

Am Fuße des Baumes stellte er den Schlagstock des Ermittlers ab. Er verzog das Gesicht, als der Schmerz in seinem verletzten Arm tobte. Wie um alles in der Welt sollte er sich hochziehen? Verdammt sei Gin Jimmy zur Hölle und wieder zurück.

Frustriert stieß er die Luft aus und streckte seine linke Hand tastend aus, bis er Halt fand. Zumindest hatte Jimmy nicht seinen kräftigeren Arm verwundet.

Ethan zog sich hoch und zuckte zusammen, als der Schmerz erneut aufbrandete. Er trat in eine Astgabelung und stieß die Luft aus. Seine rechte Hand konnte er nicht zum Klettern benutzen, also hob er wieder seine linke und arbeitete sich langsam zu der Aushöhlung vor, in der er bei seiner letzten Klettertour die Tasche mit Geld versteckt hatte. Bei der Bergung lächelte er beinahe.

Sein Blick flackerte ein Stück weiter zu der Stelle hinauf, an der er bei zwei anderen Gelegenheiten in das Haus geklettert war. Er war für seine geheimen Walzerstunden durch Miss

Audrey Cheswicks Fenster gestiegen. Er schüttelte den Kopf bei dem Gedanken, wie lächerlich *normal* das klang – einmal abgesehen von der Geheimnistuerei. Wie er sich nach solcher Einfachheit wie Tanzstunden oder Umwerben einer jungen Dame sehnte. Nicht, dass er Miss Cheswick umworben hatte. Er war nicht in der Position, irgendjemanden zu umwerben. Und er war sich nicht sicher, ob er das überhaupt wollte.

Er zog die Tasche aus der Ausbuchtung und schob sie unter seinen linken Arm. Gleichwohl er mit dem Gewicht zufrieden war, öffnete er sie und befühlte die Banknoten und Münzen darin. Erleichterung und der Trost, sein schwerverdientes Geld in der Hand zu halten, nahm dem Schmerz, der ihm den Arm hinaufschoss, allerdings nicht die Schärfe. Es war eindeutig an der Zeit, eine Art von Verband aufzutreiben. Sobald er drinnen war, würde er auch eine Flasche Brandy oder Whiskey mitgehen lassen oder was auch immer er in die Finger bekommen konnte.

Er band die Tasche fest zu und schob sie wieder in das Astloch zurück. Unter keinen Umständen konnte er sie tragen und klettern, also musste er sie auf seinem Weg nach unten mitnehmen. Für das letzte Stück seines Aufstiegs biss er die Zähne zusammen. Es war nur ein kurzes Stück, doch er musste sich strecken, um das Fenster zu erreichen. Er hoffte nur, dass das Schiebefenster unverschlossen war.

Dann zog er sich auf den Ast und dachte darüber nach, welche Hand er benutzen sollte, um sich am Baum festzuhalten, und welche er am besten nach dem Fenster austreckte. Doch bevor er sich entscheiden konnte, erschien ein blasses Gesicht am Fenster. Beinahe wäre er vom Baum gefallen.

Das Schiebefenster öffnete sich und bei dem gequälten Gesichtsausdruck von Miss Cheswick schoss ihm die Angst wie ein Pfeil in die Magengrube.

»Mr. Locke«, sagte sie. »Gott sei Dank sind Sie gekommen. Es sind Männer im Haus!«

Mist. »Was für Männer?«

»Das kann ich nicht sagen, aber sie haben keine guten Absichten. Es hat einen Tumult in der Eingangshalle gegeben.« Ihre Augen waren vor Furcht weit aufgerissen. »Ich habe Angst um unseren Butler.«

Männer in ihrem Haus in dieser Nacht von allen Nächten konnte kein Zufall sein. Aber warum? Sie hatten ihn nicht unbemerkt verfolgt, nicht wahr? Aber nein, es konnte nicht Bow Street sein. Sie hätten die Bewohner des Hauses einschließlich der Dienstboten respektvoll behandelt. Dies mussten Männer von einer anderen Sorte sein.

Er beugte sich mit dem rechten Arm vor, weil er sich nicht zutraute, sich damit am Baum festzuhalten. »Helfen Sie mir.«

Sie fasste seine Hand und zog. Dann schnappte sie nach Luft. »Da ist Blut an Ihrem Arm.«

»Ich weiß.« Er klammerte sich an den Fenstersims. Die Zähne vor Schmerz zusammengebissen, nahm er seine Hand vom Baum, während er seine Füße auf dem Ast balancierte. Dann schwang er sich über den Sims ins Zimmer.

Er sank auf den Boden. Sein Atem war ein tiefes Keuchen, als er vor purer Agonie die Augen schloss.

»Ich höre sie im Korridor«, flüsterte sie.

Ethan schlug die Augen auf. Später würde noch Zeit sein, sich um seinen Schmerz zu kümmern. Gott, er hoffte, dass es dafür Zeit geben würde.

Er stieß sich mit der linken Hand ab. Als er sie an der Schulter berührte, drehte sie den Kopf und schaute ihn an. Die Kohlen auf dem Gitterrost im Kamin waren heruntergebrannt und warfen einen schwachen Schimmer über ihre verängstigten Züge, der ihre Augen wie Aquamarine leuchten ließ. Ethan legte einen Finger an seine Lippen und dann schlich er an ihr vorbei zur Tür.

Das Ohr lauschend an das Türblatt gepresst, hielt er inne.

Leise Stimmen. Schritte. Zwei Männer. Ein großer und ein weniger großer. Etwas zerbrach, wie Glas oder Porzellan. Ein Mann fluchte.

»Pass auf«, zischte eine Stimme. »Welches Zimmer, sagst du, ist ihres?«

Sie waren wegen ihr gekommen. *Warum?*

Heiliger Himmel. Dies war eine Verwicklung, die er gerade gar nicht brauchen konnte.

Miss Cheswick drückte ihm eine Pistole in die Hand.

Er starrte sie an. Insbesondere als er erkannte, dass sie ebenfalls eine hielt. »Wo, um alles in der Welt …«, fragte er tonlos und dann schüttelte er den Kopf. Es war unwichtig, woher sie sie hatte. »Wissen Sie damit umzugehen?«

Sie nickte.

Es schien, als würde das schwache Geschlecht ihm heute Abend die Haut retten.

»Was zum Teufel ist hier los?«, donnerte eine laute Stimme. Sie gehörte keinem der Eindringlinge.

Ethan presste sich gegen die Tür, als sie in seinen Rücken krachte, was vermutlich in dem Versuch geschah, ihn zu umrunden.

»Großvater!«

Und damit war ihr Vorteil dahin. Sie griff um ihn herum, um die Tür aufzudrücken. Das Geräusch eines zu Boden fallenden Körpers empfing sie, als sie in den Korridor eilten. Das Licht einer Wandleuchte beschien zwei bullige Strolche, die über einem älteren Gentleman in seiner Nachtkleidung standen.

»Großvater!« Miss Cheswick versuchte, vorauszueilen. Ethan trat wie der Blitz vor sie, um ihr Fortkommen aufzuhalten.

Doch das war egal. Es stellte sich heraus, dass sie von ihrem derzeitigen Standort ebenso gut einen Mann erschießen konnte.

Für einen kurzen Moment schnappte Audrey beim Anblick des zusammensackenden Mannes nach Luft, ehe sie sich wieder daran erinnerte, warum sie überhaupt erst auf den Missetäter geschossen hatte: ihr Großvater. Ihr Versuch, zu ihm zu eilen, wurde von Mr. Locke vereitelt, der sie zu Boden rang. Sie landeten in einem Gemenge aus Körpergliedern, wobei sein Gesicht nur wenige Zentimeter von ihrem entfernt war. Dann drehte er seinen Körper so, dass er über ihr war. Das Geräusch einer Kugel, die in die Wand hinter ihnen einschlug, machte jede Empörung zunichte, die sie vielleicht verspürt haben mochte.

Aber andererseits verspürte sie eigentlich gar keine Empörung. Zumindest nicht gegenüber Mr. Locke. Sein Blick traf den ihren und sein Mund war zu einem grimmigen Strich zusammengepresst. Ehe sie fragen konnte, ob er unversehrt war, war er schon aufgesprungen und hatte sich auf den Mann gestürzt, der noch immer stand.

Audrey kroch zu ihrem Großvater hinüber. Sein Gesicht war aschfahl und er hatte die Augen geschlossen. Audrey fasste seine Hand – sie war warm und lebendig. Erleichtert stieß sie die Luft aus und warf einen Blick auf den zweiten Verbrecher, der neben ihrem Großvater lag.

Der Verbrecher drückte ein Augenlid auf, unter dem ein blutunterlaufener Augapfel sichtbar wurde. Audrey schrie.

Mr. Locke schnellte zu ihr herum. Die Züge angespannt, sah er zu Audrey.

»Er ist bei Bewusstsein!« Sie nickte zu dem Schurken, der nun versuchte, sich auf der anderen Seite ihres Großvaters aufzusetzen.

In einer schnellen, überaus flüssigen Bewegung drehte Mr. Locke sich um. Er ließ die Hand vorschnellen und legte sie dem Schurken, der noch auf den Füßen stand, um das Handgelenk. Mr. Locke schüttelte dem Mann die Hand, um dem anderen offenbar das Messer zu entwinden, das er darin hielt.

Moment, was war mit der Waffe geschehen, die sie Mr. Locke gegeben hatte?

Audrey sah sich fieberhaft um, und dann entdeckte sie sie letztendlich neben der offenen Tür zu ihrem Schlafzimmer liegend. Gleichwohl sie die Seite ihres Großvaters nur höchst ungern verließ, kroch sie hinüber und packte die Waffe mit festem Griff.

Mr. Locke kämpfte noch immer gegen den anderen Schurken. In der Zwischenzeit versuchte der auf dem Boden Liegende wieder auf die Füße zu kommen. Das Blut auf seinem Hemd unter seiner Jacke war deutlich zu sehen und breitete sich von seiner Wunde über seine rechte obere Brust aus.

Das Messer fiel klappernd zu Boden und Lockes Gegner boxte ihm direkt auf den Arm, an dem er verwundet war. Mr. Locke stöhnte, seine Knie knickten ein und für eine kurze, beängstigende Sekunde, dachte sie, dass er fallen würde. Er taumelte rückwärts und schaffte es, sich auf den Füßen zu halten.

Audrey zauderte nicht. Sie sprang auf und trat um ihren Großvater herum auf die beiden zu. »Aufhören!« Sie zielte mit der Pistole auf den Verbrecher, der Mr. Locke zusetzte. »Ich werde auf Sie schießen wie auf ihren Freund. Oder, Sie können gehen.«

»Es ist nicht klug, ihn gehen zu lassen«, meinte Mr. Locke außer Atem.

Audrey stieß mit den Zehen an das Messer, um das die Männer gekämpft hatten. Sie stieß es zu Mr. Locke. Dann rückte sie weiter auf die beiden zu und sprach abermals zu dem Kriminellen. »Helfen Sie Ihrem Freund und dann hinaus hier.«

Mr. Locke schnappte sich das Messer mit seinem unverletzten Arm. »Miss Cheswick. Erschießen Sie ihn. *Bitte.*«

Audrey hatte vorhin nicht nachgedacht, als sie geschossen hatte, doch jetzt, da ihr klares Denkvermögen wieder intakt war, konnte sie sich nicht überwinden, es noch einmal zu tun, nicht wenn die Möglichkeit bestand, dass sich dies umgehen ließ. Dennoch hielt sie den Blick fest auf die Eindringlinge geheftet. »Es wäre mir lieber, wenn sie einfach gingen.«

»Lieber Gott noch mal, sie sind hier, um –« Mr. Locke verstummte abrupt. »Warum seid ihr hier?« Er richtete die Frage an den stehenden Verbrecher, einen untersetzen Burschen mit einem verkrampften Gesichtsausdruck.

Die kleinen, hellen Augen des Mannes, von denen eines zuzuschwellen begann – wahrscheinlich die Folge seiner Auseinandersetzung mit Locke –, kniff die Augen zusammen. »Ich denke, das weißt du, Jagger.«

Audrey runzelte die Stirn. Wer war Jagger?

Mr. Locke rückte zu ihr herüber, bis ihre Arme sich beinahe berührten. »Ich glaube nicht, dass es sich um einen einfach Raub handelt. Du sagst Gin Jimmy, dass ich ihm immer einen Schritt voraus bin und das immer sein werde.«

Und wer war Gin Jimmy? Audrey zwang sich, auf den Augenblick konzentriert zu bleiben und ihre Pistole weiter auf den Verbrecher zu richten.

Der Unhold auf dem Boden stöhnte und streckte die Hand nach seinem Kumpanen aus. »Hilf mir.«

»Erschießen Sie ihn!« Mr. Lockes Ellbogen streifte ihren Arm.

»Nein!« Der stehende Kriminelle hielt die Hand hoch. »Wir werden gehen.« Er packte den anderen am Kragen und zog ihn hoch.

Der verwundete Mann schwankte auf seinen Füßen. »Wir können nicht einfach gehen. Jimmy will sie.«

Mr. Locke hatte die Hand auf ihre gelegt, und ehe sie sich versah, hatte er die Pistole von ihr geschnappt. Er zielte und feuerte, doch seine Bewegung hatte den Männern Zeit genug gegeben, sich aus dem Schussfeld zu bringen. Es war eher so, dass einer der Verbrecher sich auf den Boden fallen ließ und den anderen mit sich riss.

»Los! Los!« Der untersetzte Schurke stieß seinen Kumpanen auf die Treppe zu.

Das Messer erhoben, bewegte Mr. Locke sich auf die beiden zu.

Audrey packte seinen Arm und zog. »Was tun Sie?«, flüsterte sie. »Lassen Sie die beiden gehen. Wir müssen meinem Großvater helfen.« Sie sah auf seinen blutenden Arm. »Und Ihnen.«

Er befreite sich aus ihrem Griff. »Ich kann sie nicht entkommen lassen. Sie haben gehört, was die beiden über Sie gesagt haben.«

Sie machte einen Satz auf ihn zu und legte die Hand erneut um seinen Arm. Dieses Mal warf sie ihm auch ihren Körper in den Weg. »Was planen Sie zu tun? Sie umzubringen?«

Mr. Locke blinzelte sie an und seine langen tintenschwarzen Wimpern schlossen sich sehr kurz über seine grauen Augen. Er verschloss die Lippen, doch sie konnte nicht sagen, ob das auf seine Wunde zurückzuführen war. Er musste sehr große Schmerzen haben, nachdem er sich so verausgabt hatte.

Die Schurken stürzten den Korridor entlang und ihre ungelenken Bewegungen erzeugten ordentlich Lärm. Mr. Locke versuchte, sich an ihr vorbeizuschieben, doch sie blieb standhaft. »Lassen Sie sie bitte gehen.«

Er murmelte etwas, das wie ein Fluch klang. Er gab seine

Versuche auf, an ihr vorbeizukommen, und sein Körper sackte zusammen.

Sie spannte ihren Griff an. »Sie müssen sich setzen. Gehen Sie zurück in mein Zimmer.« Sie tat einen Schritt und versuchte, ihn zu führen.

Er straffte sich ein wenig. »Es geht mir gut.«

Als er auf ihr Schlafzimmer zu stolperte, eilte Audrey zu ihrem Großvater, der noch immer bewusstlos auf dem Boden lag. Sie kniete neben ihm. Er war warm und sein Puls war stark. Aus dem Schlafzimmer war das Geräusch sich öffnender und schließender Schubladen zu hören.

Sie stand auf und eilte hinein, um Mr. Locke beim Stöbern in ihrer Kommode anzutreffen. »Was tun Sie da?«

»Ich suche nach Bandagen und Alkohol.«

»Seien Sie nicht lächerlich. Ich bewahre solche Dinge nicht in meinem Schlafzimmer auf.«

Er sah sie mit einem Seitenblick an. »Warum nicht? Sie haben auch zwei Pistolen hier drin aufbewahrt.«

Die Röte stieg ihren Nacken hinauf. »Sie müssen sich setzen.« Sie eilte auf ihn zu und drückte ihn auf die Bettkante. Die gesamte Situation war mehr als skandalös, doch Audrey ließ sich von solch einem Unsinn nicht beirren. Sie trat in das kleine Ankleidezimmer, das sich an ihr Schlafzimmer anschloss, und kehrte mit einem langen Streifen Tuch zurück, mit dem sie seine Wunde abtupfte.

Unter den Stofflagen seines Fracks und Hemds konnte sie die eigentliche Wunde nicht sehen. Er würde seine Kleidung ablegen müssen. Die Wärme, die ihr vor einem Moment ins Gesicht gestiegen war, stahl sich nun zu viel, viel tieferen Regionen. Sie schüttelte leicht mit dem Kopf, um solch eine Lächerlichkeit abzuwehren. »Wie haben Sie so zu kämpfen gelernt? Sie gehören doch nicht etwa zu Lord Sevrins Kampfclub, nicht wahr?«

Mr. Locke schaute sie ungläubig an. »Wie kommt es, dass

Sie *davon* wissen? Erst Pistolen – und Sie sind eine verdammt gute Schützin – und nun dies. *Versuchen* Sie, mich heute Abend zu schockieren?« Er schnappte nach Luft, was sie so verstand, dass ihre Behandlung eine besonders schmerzhafte Stelle erwischt haben musste.

Sie warf ihm ein schwaches, bedauerndes Lächeln zu. »Entschuldigung. Hier, drücken Sie dies auf Ihren Arm, während ich mich auf die Suche nach Verbandszeug mache.« Sie wandte sich zum Gehen, und ein Dutzend Aufgaben schwirrten ihr durch den Kopf, doch mit seiner unversehrten Hand fasste er sie am Ellbogen.

Sein Blick war ungemein eindringlich. »Finden Sie hier etwas. Ich muss gehen.«

Sie sah ihn stirnrunzelnd an. Sein Gesicht war ein bisschen grau geworden. »Das ist absurd. Sie müssen sich ausruhen. Außerdem muss ich nachsehen, was mit dem Butler und den anderen Dienstboten geschehen ist, ich muss nach meinem Großvater sehen und jemanden schicken, um Bow Street zu benachrichtigen –« Sie hörte auf zu sprechen, denn er war ein bisschen steifbeinig auf das Fenster zugegangen.

Ein Stöhnen aus der Eingangshalle weckte ihre Aufmerksamkeit. Audrey eilte zur Tür und konnte Mr. Locke hören, der ihr folgte. Sie hastete an die Seite ihres Großvaters, der gerade flatternd die Augen aufschlug.

»Audrey, Liebes?« Seine Stimme war rau.

»Großvater, geht es dir gut?«

»Mein Kopf«, stöhnte er und dann fielen ihm die Augen für einen langen Moment wieder zu.

Mit einer Hand strich Audrey ihm über die Stirn. »Großvater?«

Er schlug die Augen wieder auf. »Ich bin hier, Mädchen. Ich bin hier.« Seine braunen Augen hefteten sich auf sie und dann wanderten sie an ihr vorbei. »Wer zum Teufel ist das? Der Unhold, der mich geschlagen hat?«

Audrey sah zu Mr. Locke zurück, der an der Türschwelle zu ihrem Schlafzimmer stand. Seine Züge waren angespannt, was vermutlich auf seinem Schmerz beruhte.

»Ist das eine Pistole?« Großvater lenkte Audreys Aufmerksamkeit auf ihn zurück. »Hast du auf ihn geschossen, Liebes?«

Das Geräusch eilender Schritte veranlasste Audrey, den Kopf zu wenden. Ihre Zofe, Thorpe, eilte den Korridor entlang. »Eure Lordschaft!« Neben Audrey sank sie auf die Knie. »Es tut mir so leid, Miss. Ich habe die Männer ins Haus kommen hören und mich im Wäscheschrank versteckt. Ich bin gekommen, sobald ich hörte, wie sie gingen!«

»Bitte hilf Großvater.« Audrey sah zur Tür ihres Schlafzimmers zurück. Mr. Locke war nicht mehr dort und die unmissverständlichen Geräusche, wie er etwas Törichtes zu tun versuchte, und wieder aus dem Fenster zu klettern beabsichtigte, drangen aus ihrem Schlafzimmer. »Ich bin gleich zurück.« Sie sprang auf und sauste in ihr Schlafzimmer. Freilich hatte Mr. Locke bereits einen Fuß aus dem Fenster. Sie eilte zu ihm. »Was tun Sie?«

»Ich gehe.« Er zog eine Grimasse, als er den Ast des Baumes mit seiner rechten Hand fasste und seinen Körper aus dem Fenster lehnte.

»Moment. Warten Sie! Wer ist Jagger? Hat dieser Verbrecher damit Sie gemeint?«

Er zog sein anderes Bein heraus. »Ja, ich bin Jagger, aber fragen Sie mich nichts weiter. Ich werde Sie nicht in Gefahr bringen. Autsch, verdammt.« Seine Schultern sackten für den Bruchteil einer Sekunde zusammen. »Sie sind bereits in Gefahr. Gott verdamme diesen Gin Jimmy.«

Sie hatte früher schon oft unflätige Ausdrucksweisen gehört, doch stets errötete sie dabei unweigerlich. »Wer ist Gin Jimmy?«

»Ich habe Ihnen gesagt, mich nichts mehr zu fragen.« Er

schüttelte vehement mit dem Kopf. »Unwichtig. Sie müssen mit mir kommen. Hier ist es nicht sicher für Sie.«

»Warum nicht?«

»Sie haben gehört, was sie gesagt haben. Sie waren wegen *Ihnen* hier. Und sie werden es erneut versuchen.« Er blickte an ihrem Morgenmantel herab. »Ziehen Sie sich etwas über.«

Unter ihrem Morgenmantel war sie bereits angekleidet. Sie warf das äußere Kleidungsstück ab und wagte, seine Reaktion zu beobachten. Beim Anblick ihrer Hose, der offenen Weste und dem Hemd schnappte er nach Luft. Eilig zog sie ihre Stiefel an, die sie unter das Bett geschoben hatte.

Sie zauderte einen Augenblick. Sie machte sich Sorgen um ihren Großvater. Aber es schien ihm nichts zu fehlen und Thorpe war bei ihm. Dennoch sollte Audrey ihm sagen, dass sie ging. Und wie sollte das funktionieren? *Großvater, ich laufe mit Mr. Locke fort, weil ein Mann namens Gin Jimmy mich entführen will.* Das klang ziemlich absurd. Vielleicht sollte sie eine Nachricht hinterlassen …

»Audrey!«

Sie ließ den Blick zu ihm herumschweifen und erkannte die Dringlichkeit in Mr. Lockes Augen. Es blieb keine Zeit dafür. Abgesehen davon hatte sie beim letzten Mal eine Nachricht hinterlassen und das hatte alles ruiniert.

Er sah sie mit einem scharfen Blick an. »Sie kommen jetzt mit mir, oder Sie bleiben. Ich kann Sie nicht beschützen, wenn Sie bleiben.«

Er wollte sie beschützen? Etwas in ihrem Inneren löste sich und verbreitete seine Wärme bis in jede dunkle Ecke ihrer Seele. Sie trat zu der Truhe in der Ecke und nahm den Hut, die Krawatte und eine Jacke, die sie vorher dort deponiert hatte.

Als sie das Fenster erreichte, hatte er bereits angefangen, auf den Baum hinauszuklettern. Er brummte bei der Bewegung und ihr fiel ein, dass sie immer noch keinen Verband für ihn hatte. Sie nahm eine zweite Krawatte und folgte ihm aus dem Fenster ins Freie. Sicherlich hätte sie eine Minute, um ihren Großvater zu informieren, dass sie ging … Aber er würde versuchen, sie aufzuhalten, und sie *wollte* gehen. Sie *musste* gehen. Dieses Abenteuer war genau, was sie wollte, wonach sie sich gesehnt hatte, und es würde ihr Leben unweigerlich ändern. Ein Leben, das sie kaum ertrug.

Sie hörte ein ersticktes Geräusch draußen. Mr. Locke oder Jagger oder was immer sein Name auch war, war auf die Erde gefallen. Er brauchte sie. Großvater hatte das Personal – Audrey weigerte sich, daran zu denken, was mit ihnen passiert war – und Mr. Locke hatte derzeit niemanden.

Audrey dankte Gott für ihre überdurchschnittliche Größe, als sie die Hand nach einem Ast ausstreckte und sich aus dem Fenster schwang. Es war eine waghalsige Bewegung, aber sie schaffte es auf den Ast, obwohl sie dabei ihre Jacke, den Hut und die Krawatten fallen ließ. Das weiße Tuch flatterte in einer Abfolge graziöser Wellenbewegungen zu Boden.

»Werfen Sie die Tasche herunter!«, rief er ihr zu. »Sie ist im Baum.«

Mit dem Fuß stupste Audrey an eine Tasche, die in einem kleinen Loch zwischen den Ästen verborgen war. Als sie sie nahm, hörte sie das Klimpern der Münzen und warf sie neben ihn auf den Boden. Dann rutschte sie, wie ein Mann gekleidet, so würdevoll sie konnte, den Baum herunter. Die Verkleidung würde auch helfen, aber sie hatte die Perücke vergessen, die sie normalerweise über ihren dunkelbraunen Locken trug.

Als sie am Fuße des Baumes ankam, hatte Mr. Locke sich aufgerichtet und die Tasche über seine unverletzte Schulter geschwungen. Er war auch mit einem Schlagstock bewaffnet, den er beim Heraufkommen draußen gelassen haben musste. Warum war er überhaupt zu ihrem Zimmer hochgeklettert?

»Lassen Sie uns gehen.« Er führte sie durch den Garten und bewegte sich dabei erheblich behänder als in den vergangen Minuten. Vielleicht hatte der Sturz ihm gutgetan.

Audrey nahm ihre Jacke und zog sie an. Dann stülpte sie den Hut auf ihren Kopf und stopfte die Krawatten in die Jackentaschen. Sie rannte hinter ihm her und hielt erst an, als sie die Steinmauer erreichten, die den kleinen Hintergarten ihres Großvaters von der Gasse trennte, die zur Berkeley Mews führte.

Mr. Locke drehte sich um und schaute sie an. Das gedämpfte Licht des Halbmonds bot ihr gerade genügend Beleuchtung, um seine schemenhaften Züge zu erkennen. »Können Sie ohne Hilfe über die Mauer klettern? Ich bin nicht in der rechten Form, um Ihnen behilflich zu sein.«

Sie nickte. »Ich werde es schon schaffen. Aber können Sie das? Sagen Sie mir, wie ich Ihnen helfen kann.«

Die Mauer war einen Meter Achtzig hoch, doch das Mauerwerk wies Ausbuchtungen für Hände und Füße auf.

»Ich gehe zuerst«, meinte er. Er gab ihr die Tasche und den Schlagstock. »Halten Sie das und dann werfen Sie es über die Mauer, wenn ich auf der anderen Seite bin.«

»Bitte seien Sie vorsichtig.«

Er zauderte kurz und in der fast vollkommen Finsternis war sein Blick undurchdringlich. Dann drehte er sich und kletterte weitaus müheloser über die Mauer, als sie es sich in seinem derzeitig verwundeten Zustand hätte vorstellen können.

»Werfen Sie die Tasche und den Schlagstock!«, rief er.

Zuerst warf sie den Schlagstock und hörte, wie er auf den Boden fiel. Dann die Tasche, aber sie machte ein anderes Geräusch, als ob er sie aufgefangen hätte. Sie versuchte, die gleichen Ausbuchtungen für Hände und Füße zu benutzen wie er, doch ihre Bemühungen nahmen längere Zeit in Anspruch. Als sie sich endlich nach oben und auf die Mauer gezogen hatte, atmete sie schwer. Sie schwang ihren Körper auf der anderen Seite herunter und versuchte, Halt für ihren Fuß zu finden, doch sie wurde vom Gefühl einer Hand an ihrem Hintern überrascht. Sie kreischte und ließ los, wobei sie mit den Füßen zuerst auf dem Boden landete.

Sie wirbelte herum, bereit, Mr. Locke für die Art und Weise zu rügen, wie er sie berührt hatte, doch dann verbiss sie sich ihren Tadel. Was hatte sie erwartet? Sie war zu einem mitternächtlichen Abenteuer mit einem Mann aufgebrochen, den sie kaum kannte. Ein Abenteuer, dass sie zwei Jahre zuvor bereits versucht hatte, doch bei dessen Ausführung gescheitert war.

Die Aufregung pochte in ihr, zusammen mit einhundert Fragen. »Was nun?«

»Sie folgen mir und verhalten sich still.« Er drehte sich, die Tasche abermals über die Schulter geschwungen, und ließ den Schlagstock in seiner Hand kreisen.

»Warten Sie.« Sie eilte an seine Seite.« Sagen Sie mir, wohin wir gehen. Sollten Sie nicht nach Hause gehen und ihre Verletzung versorgen?«

»Ich kann nicht nach Hause gehen.« Er schritt voran.

Sie hielt mit ihm Schritt. »Warum nicht?«

Ruckartig blieb er stehen und schaute sie an. »Lassen Sie mich eine Sache klarstellen. Es gibt keine Fragen. Haben Sie verstanden?« Sein Tonfall war dunkel, kurz angebunden, fast … unheimlich. Er klang überhaupt nicht wie der charmante Mann, dem sie bei zwei heimlichen Treffen das Tanzen beigebracht hatte.

Die Angst kroch ihr über das Rückgrat. Er hatte diese Verbrecher gekannt, oder besser, sie hatten ihn gekannt. Jagger. Was zum Teufel war hier los? Auf was für eine Art von Abenteuer hatte sie sich gerade eingelassen?

Ich kann Sie nicht beschützen, wenn sie bleiben.

Gleichwohl dies ein gefährliches Unternehmen schien und jeder gut geschulte und vernünftige Teil von ihr schrie, nach Hause zurückzukehren, konnte sie die verzweifelten Worte nicht vertreiben, die er hervorgebracht hatte. Die Andeutung – dass sie wesentlich und wichtig war – entfachte etwas tief in ihr. Er gab ihr das Gefühl, als sei sie jemand, für den es wert wäre, ein Risiko einzugehen. Und *niemand* hatte ihr dieses Gefühl je zuvor gegeben.

Sie nickte ihm einmal zu und raffte ihren Mut zusammen. Dann drehte er sich wieder um und setzte seinen Weg zu den Stallungen fort. Als sie näher kamen, drückte er sie in den Schatten, der den Bereich des großen Torbogens umfing, der in den Hof führte.

»Was tun wir hier?«, fragte sie flüsternd, ohne nachzudenken. Keine Fragen. Die Lippen aufeinandergepresst, tadelte sie sich im Stillen. »Entschuldigung. Vergessen Sie, dass ich gefragt habe.«

Er gab ein Geräusch von sich, das sie an ein unterdrücktes Lachen erinnerte. Ehe sie sich noch fragen konnte, was diesen plötzlichen und überraschenden Humor ausgelöst hatte, meinte er: »Wir werden einen Phaeton stehlen.«

KAPITEL 2

Ethan wusste, dass er sie schockiert hatte, doch er konnte sich scheinbar nicht beherrschen. Und warum sollte er auch? Sie waren auf der Flucht, sowohl vor Bow Street als auch vor Gin Jimmys Bande. Auf ihrem Weg würde sich noch jede Menge Schockierendes ereignen.

Sie zog ihn zu einer Ecke des Torbogens. »Sie können keinen Phaeton stehlen!«

Er legte die Finger an ihre Lippen. »Sprechen sie leise. Wie, schlagen sie vor, sollen wir ohne ein Vehikel aus London verschwinden?«

»Wir verlassen London?« Sie schüttelte den Kopf. »Entschuldigung. Ich muss Fragen stellen. Und sagen Sie mir nicht, ich könnte das nicht. Schließlich entführen Sie mich nicht. Ich komme aus eigenen Stücken mit Ihnen.«

Er hatte nicht beabsichtigt, sie wegen ihrer Fragerei anzufahren, aber er musste nachdenken. Sie mussten die Stadt verlassen. Seine üblichen Verstecke standen außer Frage. Jedes einzelne war mindestens einer Person bekannt, die Gin Jimmy gegenüber die Treue halten würde. Es bestand eine geringe Chance, dass sie ihre Loyalität auf Ethan übertragen würden, doch das war eine Chance, die er nicht ergreifen konnte. Nicht mit Audrey.

Himmel, was tat er hier mit ihr?

Er versuchte, ihr das Leben zu retten.

»Können Sie sich Ihre Fragen wenigstens für später aufsparen?« Er presste sie an die Ziegelmauer zurück und spähte um die Ecke in den Hof. Um diese Uhrzeit mochten vielleicht fünf Stallburschen zur Hand sein, von denen die meisten schliefen. Wenn sie Glück hatten, schliefen sie alle. Ethan fürchtete allerdings, dass sein Glück versiegt war.

Er stieß die Luft aus, als er den Kopf gegen die kühle Mauer zurücklehnte. Seine Schmerzen waren vielfältig – sein Arm, seine Beine vom Laufen, sein Kopf von der Gänze der Nacht. Seine gesamte sorgfältige Planung, Gin Jimmy aus dem Elendsviertel zu locken, damit Bow Street ihn verhaften konnte, war umsonst gewesen. Der Verbrecherkönig war dabei davongekommen und hatte darüber hinaus erfahren, dass seine rechte Hand – Ethan – alles darangesetzt hatte, ihn zu Fall zu bringen. Mist, Ethans Leben war keinen Pfifferling mehr wert. Insbesondere nicht in London, wo jeder Gesetzesvertreter wie auch jeder Kriminelle nach ihm suchen würde.

Er drehte den Kopf wieder zurück und schaute Audrey an. Bei diesem Licht war es schwierig, jede Nuance ihres Gesichtsausdrucks zu erkennen. Er sprach mit leiser Stimme. »Sie müssen alles beherzigen, was ich jetzt sage. Keine Fragen, kein Benehmen, das unerwünschte Aufmerksamkeit auf uns lenkt.« Sein Blick streifte über ihr Männerkostüm. »Sie geben einen lausigen Gentleman ab, insbesondere mit ihrem hervorstehendem Haar.« Er streckte die Hand nach ihr aus und zupfte vorsichtig an einer der Locken, die an ihrem Hals hervorlugten.

Sie zog den Hut noch fester auf ihren Kopf und reckte das Kinn. »Ich habe vergessen, meine Perücke mitzunehmen.«

Er schüttelte den Kopf. Er selbst hatte eine ganze Menge Fragen, die er ihr später stellen würde. »Halten Sie den Kopf gesenkt und lehnen Sie sich an mich. Können Sie einen Betrunkenen spielen?«

Sie zauderte, doch dann nickte sie.

Er hatte Zweifel. »Sind Sie je betrunken gewesen?«

»Nein, es sei denn, Sie zählen zwei Gläser Sherry am Michaelistag.«

Bei jeder anderen Gelegenheit hätte er gelacht. »Taumeln Sie einfach und geben Sie ab und an undefinierbare Laute von sich.«

»Das kann ich tun.«

Ihren Schneid bewundernd lächelte er sie an. Dann legte er seinen unverletzten Arm um sie und zog sie eng zu sich. Sein rechter Arm schmerzte weiterhin, doch er hatte den Schmerz ganz nach hinten in seinem Verstand geschoben.

Als sie sich an ihn lehnte, versteifte sie sich ein wenig, um sich dann zu entspannen. Tatsächlich sackte sie gegen ihn und er musste sie stützen.

»Vielleicht könnten Sie einfach versuchen, angeschlagen *auszusehen*, als es tatsächlich zu *sein*«, flüsterte er zu ihr hinab. »Es fällt mir in meinem verwunderten Zustand wirklich schwer, unser beider Gewicht aufrecht zu halten.«

Sofort berichtigte sie ihre Position und zog sich halb von ihm zurück, doch sie blieb weiterhin so nahe, als ob sie sich an ihn lehnte. »Kneifen sie mich oder irgendetwas, wenn ich Ihnen wehtue.«

Ja, Miss Audrey Cheswick war eine überaus unerschrockene junge Frau.

Er ging um die Ecke in den Hof. Dort brannten einige Laternen und boten gerade genügend Licht für ihn, um ihr Opfer auszuwählen, obwohl er das wahrscheinlich genauso gut im Dunklen hätte erledigen können. Als Junge war er oft genug zu diesen Stallungen gekommen und kannte sie fast genauso gut wie die Elendsviertel.

Von den Stallburschen war nichts zu sehen, aber sie waren bestimmt nicht weit – entweder schlummerten sie in einer leeren Box oder sie hatten sich um einen Tisch versammelt und tranken eine Flasche des einen oder anderen Inhalts zusammen.

Er führte sie zu der ersten Nische, doch sie enthielt eine Kutsche. Und die nächste einen geschlossen Einspänner. Er hielt inne und lehnte sie wieder gegen die Mauer. Es war schon schwierig genug, Pferde mit zwei gesunden Armen anzuspannen. Wie um alles in der Welt sollte er das mit einem zustande bringen? Er beugte sich hinab und tauchte mit dem Kopf unter Audreys Hut, um ihr leise ins Ohr zu flüstern. »Sie wissen vermutlich nicht, wie ein Pferd vor eine Kutsche gespannt wird?«

Sie legte den Kopf schief und versuchte, ihn anzuschauen, doch dann zog er sie wieder an seine Schulter. »Nicht«, flüsterte er. Sie musste ihren Kopf unten halten, um ihre List fortzusetzen. Wenn sie sich darüber hinaus zu ihm umgedreht hätte, wäre ihr Mund seinen Lippen gefährlich nahe gekommen. Es war schlimm genug, dass seine Lippen sich an ihrer zarten Ohrmuschel befanden. Schlimmer noch, seine Nase war von ihrem betörenden Duft gefüllt – etwas Blumiges, aber mit einer Spur Würze. Sie duftete sauber, frisch und nicht wie die Frauen aus seinem Umfeld, die Parfum benutzten, um von ihren weniger attraktiven Attributen abzulenken.

»Nicht sehr gut«, flüsterte sie als Antwort auf seine Frage.

Damit könnte er klarkommen. Er stieß sich von der Wand ab, in der Absicht, ein kleineres Gefährt zu finden. Das Geräusch trappelnder Pferdehufe und Rädern auf dem Kopfsteinpflaster trieb ihn an die Wand zurück. »Schhh«, zischte er, als die Karosse – oder was immer es war – sich dem Hof näherte.

Ein Stallbursche sauste mitten auf den kopfsteingepflasterten Bereich, um das Gefährt in Empfang zu nehmen. Es war ein flottes, zweisitziges Kabriolett.

Perfekt.

Ethan grinste an ihrem Ohr. »Nicht nötig. Wir werden dieses nehmen.« Ein Reitknecht sprang von dem entsetzlich schicken Kabriolett, dessen zweisitziger Passagierbereich von einem dunkelblauen Verdeck verborgen war. Er tauschte einige Worte mit dem Stallknecht aus und dann ging er hastig den gleichen Weg über den Hof zurück, den er gekommen war. *Das war sogar noch besser.*

Der Stallbursche lenkte das Pferd und das Gefährt auf die gegenüberliegende Seite des Hofs. Ethan zog seinen Arm unter Audreys Schulter hervor und nahm einige Münzen aus seiner Tasche. »Warten Sie hier.«

Er stellte seine Tasche und den Schlagstock neben ihr ab und dann schritt er zielstrebig über das Kopfsteinpflaster auf die Stelle zu, wo der Junge das Gefährt auf einen leeren Stall zuführte.

Der Junge würde das Pferd ausspannen, das Gefährt verstauen und dann das Tier versorgen. Oder jedenfalls würde er das, wenn Ethan keine anderen Pläne hätte.

»Guten Abend«, grüßte Ethan herzlich. »Das ist ein sehr schönes Stück.« Er nickte auf das Kabriolett.

Wie erwartet beäugte der Junge ihn argwöhnisch. Er legte seinen rötlichblonden Kopf schief. »Wer sind Sie?«

Als Junge war Ethan den Stallburschen zur Hand gegangen und hatte ihnen eine Verschnaufpause von ihren Verpflichtungen verschafft – unentgeltlich. Sie waren davongegangen, um irgendwo im Obergeschoss ein Ale zu trinken oder Karten zu spielen, während Ethan das Gefährt zu einer wilden Fahrt entführt hatte. Solch eine List würde in diesem

Fall nicht funktionieren. Ethan konnte sich nicht als armen Jungen ausgeben, der in seiner feinen Kleidung auf Abwechslung aus war. Stattdessen antwortete er: »Ich bin ein Freund seiner Lordschaft«, in der Hoffnung, der Besitzer des Kabrioletts wäre tatsächlich ein Adliger.

»Was tun Sie hier?« Die Frage des Jungen war von Zweifel unterlegt. Er behielt die Hand am Zügel des Pferdes.

»Er bat mich, ihn hier zu einem mitternächtlichen Ausflug zu treffen. Es scheint, er hat es vergessen.«

Der Junge schien sich ein wenig zu entspannen. »Das ist keine Überraschung. Er holt dieses Ding zu jeder beliebigen Stunde heraus. Ein paarmal war er darin eingeschlafen, als der Diener das Gefährt hier abgeliefert hat.« Der Junge lachte bedauernd.

Ethan lächelte. »Das klingt ganz nach ihm. Es macht dir doch vermutlich nichts aus, wenn ich das Kabriolett trotzdem nehme?«

Der Junge legte die Stirn in Falten und kratzte sich den Kopf. »Ich will keinen Ärger.«

»Es wird in Ordnung sein.« Ethan fasste die Hand des Jungen, womit er ihn erschreckte, und legte eine Handvoll Münzen hinein. »Es bleibt unser Geheimnis. Ich bin in ungefähr einer Stunde zurück.«

Der Junge starrte auf die Münzen. Es war mehr, als er in einer Woche verdiente. »Sie haben recht.« Er ließ das Pferd los, tippte sich an die Stirn und schlenderte über den Hof zu einem schwach beleuchteten Raum in der hinteren Ecke.

Ethan ging rasch zu Werk. Er wendete das Pferd und sah sich um, ob Audrey den Austausch beobachtet hatte. Sie trat bereits aus der Box, in der sie sich versteckt hatte, und trug seine Tasche samt Schlagstock. *Braves Mädchen.*

Als sie bei dem Kabriolett ankam, half er ihr hinauf und dann stieg er selbst mit einem leisen Wimmern neben ihr auf. Er hatte es nicht geplant, aber er war froh, an ihrer rechten Seite zu sein, sodass sie nicht an seine Wunde stoßen würde. Dann nahm er die Zügel auf und lenkte das Pferd aus dem Hof hinaus.

Unter ihrem großen Hut sah sie ihn von der Seite an. »Wie haben Sie das geschafft?«

Er fuhr das Kabriolett in Richtung Piccadilly, an Devonshire House vorbei. »Geld.«

»Sie haben ihm etwas Geld gegeben und er hat Sie einfach das Gefährt nehmen lassen?« Ihre Stimme klang ungläubig. Wie unschuldig und naiv sie war. Für Geld taten die Leute buchstäblich alles, aber er würde ihre Illusionen nicht zerstören. Noch nicht.

»Ich habe ihm gesagt, dass wir nur zu einer kurzen Fahrt unterwegs sein würden.«

Sie zog ihre Jacke fester um sich. »Sie haben gelogen.«

»Ich habe getan, was ich tun musste.« Lügen war eines seiner geringsten Vergehen. Was würde die arglose junge Dame neben ihm denken, wenn sie von den Tiefen seiner Verschlagenheit erfahren würde? Er hielt den Blick stur geradeaus gerichtet, als er um die Ecke in den Piccadilly einbog. Der Verkehrsfluss war hier dichter, aber nicht zu schlimm. Sowie sie nach Westen fuhren, würde er sich auflockern.

»Haben Sie schon ein Ziel im Auge oder fahren Sie blindlings drauflos? Ich würde gern wissen, wohin wir fahren.«

»Fragen, Fragen. Ich bin nicht ganz genau sicher, wo wir landen werden. Wir werden aus London verschwinden, ehe diese Männer Sie wieder aufspüren können.«

Sie seufzte laut auf und es klang nach tiefer Erleichterung. »Das ist unzweifelhaft das Beste. Ich hoffe, es wird nicht furchtbar lange dauern, dort anzukommen. Ihre Wunde muss versorgt werden.«

Er sah sie von der Seite an. Die kleinen Laternen, die seitlich am Verdeck hingen, spendeten einen schwachen Lichtschimmer, der auf ihr blasses Gesicht fiel. Ihr Blick war geradeaus gerichtet und sie hatte die Hände um sich geschlungen. »Ist Ihnen kalt?«, fragte er.

»Ein bisschen, ja.«

Er griff nach unten und zog an einer Plane die er über ihre Knie deckte. »Es ist nicht viel, aber besser als nichts.«

Sie legte den Schutz fester um ihre Beine. »Danke.« Nach einem Augenblick versuchte sie es noch einmal. »Haben Sie einen bestimmten Ort vor Augen?«

Himmel, nein. Er wollte nur aus London hinaus. Er würde den Knightsbridge Highway nehmen. Dort gab es zahlreiche Herbergen, in denen sie für die Nacht haltmachen konnten. Zwei Gentlemen auf ihrem Weg aus der Stadt. Er sah sie an und fragte sich, ob sie überhaupt als solcher durchgehen könnte. Doch offenbar hatte sie das zuvor bereits getan, oder zumindest versucht. Seine Neugier war geweckt.

Schweigend fuhren sie am Hyde Park vorbei. Ethan strengte sich an, aufrecht zu sitzen. Er fühlte sich schwach und erschöpft. Heftig blinzelnd versteifte er das Rückgrat.

»Mr. Locke«, drang Audreys Stimme klar an sein Ohr und schreckte ihn nach der langen Zeit des Schweigens auf, »oder sollte ich Sie Mr. Jagger nennen?«

»Ich bevorzuge Locke.« Eigentlich war ihm Lockwood am liebsten, aber so weit war er noch nicht ganz. Sein Halbbruder Lord Jason Lockwood konnte letztendlich möglicherweise gewillt sein, ihn als seinen Blutsverwandten anzuerkennen, aber würde er auch seinen Namen mit ihm teilen?

»Ist Jagger Ihr wahrer Zuname?« fragte sie leise. »Der Name ihrer Mutter?« Sie wusste, was alle wussten – dass er ein uneheliches Kind war, Lockwoods unehelicher Bruder.

Es war ihm nicht recht, dass sie den Namen kannte und nicht wegen seiner Illegitimität. Wenn sie auch nur einen Bruchteil dessen wüsste, was Jagger getan hatte … nie wieder würde sie ihn voller Freundlichkeit anschauen. »Ja, aber wie ich sagte, bevorzuge ich Locke.«

Einen Augenblick lang war sie still. Die dunkle Nacht umschloss sie, als sie vom Park davonfuhren. »Ich habe eine Menge Fragen.« Sie drehte sich, um ihn anzuschauen. »Fangen wir damit an, warum Sie heute Abend zu meinem Fenster gekommen sind.«

Es war das Beste, bei der Wahrheit zu bleiben oder zumindest einer teilweisen Version davon. »Um meine Wunde zu versorgen. Sie waren die am nächsten lebende Person, die ich kannte.« *Und mein Geld war in deinem Baum versteckt.*

»Und wie haben Sie sich die Wunde zugezogen?« Sie schaute zu ihm hinüber und heftete dann den Blick auf den blutigen Fleck auf seinem Frack. »War das ein Messer?«

»Sie kennen sich mit Waffen aus«, meinte er trocken. »Ich habe auch eine Frage an Sie.« Ablenkung war eine alte und sehr willkommene Waffe. »Wie kommt es, dass eine anständige junge Dame wie Sie mit einer Pistole umgehen kann? Und warum bewahren Sie zwei davon in ihrem Schlafzimmer auf?«

Sie zog ihre Hand von seinem Arm zurück und schob sie in ihre Jackentasche. Dann richtete sie den Blick nach vorn. »Ich bin mit zwei erheblich älteren Brüdern und zu vielen Vettern auf dem Land groß geworden.«

Er bemerkte, dass sie nur auf eine seiner Fragen geantwortet hatte und das auch nur knapp. So wie er nicht gedrängt werden wollte, würde er ihr die gleiche Höflichkeit erweisen.

Wieder senkte sich die Stille für gute zehn Minuten über sie. Endlich brach sie das Schweigen. »Stecken Sie in Schwierigkeiten?«

Eine rechtschaffene Schlussfolgerung für jemanden mit einer durchschnittlichen Intelligenz, und er kannte Audrey

Cheswick gut genug, um zu wissen, dass sie einiges mehr davon besaß. »Vielleicht.« Es war Zeit für weitere Ablenkung. Er legte den Arm um sie und zog sie an seine Seite, um ihre Wärme nicht zu vergeuden. »Wir werden bald dort sein.« Ethan würde an der ersten Herberge anhalten, sobald er das Gefühl hatte, dass sie weit genug von der Stadt entfernt wären.

»Es ist nur …« Ihre Stimme war von etwas Kaltem, Sprödem unterlegt, einer Traurigkeit die mit Unglauben untermalt war. »Ich habe nie zuvor auf jemanden geschossen. Ich hoffe, er wird wieder gesund.«

Ethan verbiss sich sein Lachen. In dieser Situation würde sie keinen Humor haben, während er nicht anders konnte, als über ihre Besorgnis für einen Verbrecher belustigt zu sein. »Sie haben ihn in der Nähe der Schulter erwischt. Er könnte vielleicht eine Zeitlang Schwierigkeiten mit seinem Arm haben, aber wenn er gut auf sich achtgibt, wird er wieder auf die Beine kommen.« Wahrscheinlich wäre er innerhalb einer Woche wieder zurück auf der Straße, um Gin Jimmys Willen durchzusetzen.

»Glauben Sie das?« Neben ihm entspannte sich ihr Körper. »Ich bin erfreut, das zu hören. Ich würde den Gedanke verabscheuen, einen Mann getötet zu haben.«

»Ihnen ist bewusst, dass er ihren Großvater bewusstlos geschlagen hat? Und er wollte Sie zu Gott weiß welchem Los entführen.« Ethan wusste, welches Los das war, aber ganz sicher würde er das ihr gegenüber nicht ausführen.

Sie versteifte sich. »Sie haben recht. Ich weigere mich, ein schlechtes Gewissen wegen ihm zu haben. Vielleicht wird er seinen Arm nicht wieder richtig benutzen können. Das würde ihm nur recht geschehen.«

Ethan lächelte in der Dunkelheit. »Wie geradeheraus Sie doch plötzlich sind.«

Genau in dem Moment bog ein Mann zu Pferd auf die

Straße ein und zwang Ethan, langsamer zu werden. Die Lichter des Kabrioletts warfen ihren Schein auf die gespannte Pistole in seiner Hand und das hässliche Grinsen auf seinem Gesicht. »Stehen bleiben und Geld her, Kumpel.«

Ethan packte die Zügel. *Verdammte Straßenräuber.* Er überlegte, den Mann umzufahren, doch das Kabriolett war kein besonders schweres Fahrzeug. Den letzten Ausschlag gab das klickende Geräusch zu seiner Rechten, vom Spannen einer Pistole. Ein zweiter Wegelagerer war neben ihnen aufgeritten und nahe genug, dass sein Schuss nicht danebengehen würde.

Audrey holte scharf Luft und packte Ethans Ellbogen mit beiden Händen, als ob ihr Leben davon abhinge. Sein Verstand suchte verzweifelt nach einer Lösung, wie er sie verteidigen sollte. Er hatte das Messer, das er dem Schurken bei Audrey abgenommen hatte, in seinen Stiefel gesteckt, aber er vermisste seinen vertrauten Dolch und wünschte, er hätte ihn nicht in der Gasse zurücklassen müssen. Er schüttelte den Kopf, um sich wieder zu konzentrieren, ein Problem, das er vor heute Abend noch nie erlebt hatte. Aber er hatte auch noch nie zuvor eine junge Dame beschützt.

Er hatte auch noch den Schlagstock, der neben seinem Frack auf dem Sitz lag.

»Folgen Sie allem, was ich tue«, raunte er Audrey eindringlich zu. Er hielt seine linke Hand hoch, was ihren Griff löste und auch ihren Hut als er mit den Fingern an der Krempe entlangstreifte. »Wir haben nichts für euch.« Das stimmte nicht, aber unter keinen Umständen würde er sich von seinem Geldbeutel trennen, der auf dem Boden des Kabrioletts zwischen ihren Füßen lag.

»Wir werden schon sehen«, antwortete der Straßenräuber zu seiner Rechten.

Der andere lenkte sein Pferd auf sie zu und kam zu Audreys Seite herum. Der Hut war ihr auf den Schoß gefallen, womit ihr Haar und Gesicht entblößt waren, und keinen Zweifel an ihrem Geschlecht ließ. Es gefiel Ethan nicht, wie der Mann sie anstarrte.

Heftig pulsierte Ethans Blut in seinen Adern. Er wünschte, sie hätte eine Pistole zum Schießen. Der Straßenräuber hätte nicht die geringste Chance.

Nun meldete sich der andere neben Ethan wieder zu Wort. »Zieh die Plane zurück. Langsam, oder mein Freund«, er nickte zu dem anderen Straßenräuber, »wird die Süße umbringen.«

Ethans Blut erreichte den Siedepunkt. Er wappnete sich und hoffte, Audrey könnte mit dem umgehen, was er zu tun hatte.

Er schlug die Abdeckung zurück und entblößte ihre Beine Stück für Stück. Wie die Kälte und Feuchtigkeit einer harschen Winternacht, sickerte Audreys Anspannung und Furcht in ihn. Als er die Plane zu ihren Fußgelenken zurückschlug zog er heimlich das Messer aus seinem Stiefel und schob es in den Ärmelaufschlag seines Fracks. Das Metall fühlte sich eisig an seinem Handgelenk an und der Griff stellte ein willkommenes Gewicht gegen seine Handfläche dar.

»Was ist das?«, fragte der Mann neben Audrey. »Sieht wie eine Tasche aus. Wirf sie her.«

»Ich habe keine Kraft«, antwortete Ethan, dessen Stimme von Schwäche und Schmerz unterlegt war. Er hielt seinen rechten Arm hoch, sodass der Straßenräuber auf seiner Seite den blutigen Fleck auf seinem Jackenärmel sehen konnte. »Ich bin verletzt. Du wirst sie dir holen müssen.«

»Sie kann sie werfen.«

»Werden Sie ohnmächtig!«, murmelte Ethan, der bei den Worten kaum die Lippen bewegte.

Ein Herzschlag verging und dann stieß sie einen kleinen

Schrei aus, ehe sie sich gegen ihn sacken ließ und dabei die Augenlider flatternd schloss.

»In Himmels Namen. Geh und hol sie, Tim!«, rief der Bandit auf Ethans Seite.

Der Straßenräuber stieg von seinem Pferd und trat auf die Seite des Kabrioletts zu. »Wir sollten die Karosse nehmen. Ich habe noch sie so etwas Schickes gesehen.« Er beugte sich zu der Tasche herab, um sie zu ergreifen, und Ethan ergriff seine Chance.

Er bäumte sich auf und schlitzte dem Mann den Hals auf. Das Blut spritzte über Audreys Hose und der Mann sackte zu ihren Füßen zusammen. Sie riss die Augen auf und schrie.

Ethan schob sie herunter, bis ihr Kopf nur wenige Zentimeter von dem blutenden Straßenräuber zu ihren Füßen entfernt war und in genau diesem Moment feuerte sein Partner seine Pistole hinter Ethan ab. Die Kugel streifte seine rechte Schulter. Mit einem Schrei drehte er sich um und sprang vom Kabriolett. Sein Körper traf auf den Straßenräuber und riss ihn vom Pferd. Sie landeten in einem Knäuel auf der anderen Seite des Reittiers, dicht beim Straßengraben. Das Tier wieherte und lief aufgeregt tänzelnd davon.

Ethan packte das Messer und rappelte sich auf die Knie. Der Straßenräuber versuchte ebenfalls, sich wieder aufzurichten, aber Ethan war ein bisschen schneller. Er schoss auf den anderen zu und zielte mit dem Messer nach dessen Halsschlagader, doch der andere riss die Hand hoch und handelte sich eine hässliche, klaffende Wunde am Unterarm ein.

Ein weiterer Schrei vom Kabriolett lenkte Ethans Aufmerksamkeit ab, was dem Straßenräuber die Möglichkeit gab, sich wegzurollen. Verdammt, wenn er nicht abgelenkt gewesen wäre, wäre der Dieb inzwischen tot.

Ethan bäumte sich erneut auf und langte nach dem Mann, der inzwischen jedoch wieder stand. Im wilden Lauf rannte er davon. Als Ethan Anstalten machte, ihm nachzusetzen, warf er einen Blick zurück zu ihrem Gefährt, um nach Audrey zu sehen, und erkannte eine leichtgebaute Gestalt – ein Junge, der vielleicht mit den Straßenräubern arbeitete oder vielleicht auch nicht – der mit seiner Tasche in den Händen heruntersprang. Der Junge schenkte Ethan nur einen kurzen Blick und rannte davon. *Mit seinem Geld.*

Fluchend rannte Ethan hinter ihm her, aber mit seinem doppelt verwundeten Arm und der Prellung, die er sich gerade durch seinen Angriff auf den Straßenräuber zugezogen hatte, war er zu langsam. Der Junge verschwand bereits in der dunklen Nacht. Einen weiteren, weitaus lauteren Fluch ausstoßend marschierte Ethan zu dem Kabriolett zurück. Himmel, Audrey! Sie hatte ein zweites Mal geschrien. Hatte der Junge ihr wehgetan? Warum war er mehr um sein Geld als um sie besorgt gewesen?

Sein Schamgefühl spülte über ihn hinweg, als er seine Kräfte sammelte und zum Kabriolett zurückrannte.

Als er ankam, stolperte sie auf die Straße und sein Atem ging heftig und schnell. Im Lampenlicht waren ihre Augen riesig und ihr Gesicht beinahe weiß. »Er ist ... er ist ... er ist tot.« Sie schlug sich die Hand vor den Mund und eilte an den Straßenrand.

Sie beugte sich vornüber, aber Ethan konnte nicht mit Sicherheit sagen, ob sie sich erbrach. Hin- und hergerissen zwischen der Entscheidung, zu ihr zu gehen oder den Leichnam aus dem Kabriolett zu schaffen, entschied er sich, Letzteres zu erledigen, ehe er sich Ersterem zuwandte.

Langsam ging er um das Kabriolett auf die andere Seite und blieb kurz stehen, um das Pferd zu beschwichtigen, das während der Begegnung erstaunlich ruhig geblieben waren. Ethans Erfahrungen mit diesen Tieren war nicht übermäßig umfangreich, aber er wusste, dass ein Pferd vor eine Kutsche wie dieser gespannt, ein gut geschultes Tier war. Gott sei dafür gedankt.

Der Straßenräuber lag auf dem Boden ausgestreckt und seine Füße baumelten über den Rand des Kabrioletts. Er lag auf der Seite und unter seinem Kopf hatte sich eine Blutlache gebildet. Seine Augen starrten blicklos in den Nachthimmel. Ethan verspürte keine Reue. In seinem Leben war das Motto »töten oder getötet werden« mehr als nur eine Vorstellung; es war die Realität.

Er zog den leblosen Körper aus dem Kabriolett. Seine Muskeln schrien vor Schmerz bei der Anstrengung, die erforderlich war, den großen Mann auf die Erde zu hieven. Dann zerrte Ethan den Räuber an den Straßenrand und stieß ihn in den Graben.

Als er sich umdrehte, stand Audrey neben der Kutsche. »Warum haben Sie ihn umgebracht?«

»Er hätte uns getötet.«

»Hätte er das? Wenn Sie ihm vielleicht die Tasche gegeben hätten, wären sie ihrer Wege gegangen und hätten uns in Ruhe gelassen.«

Ethan schüttelte den Kopf. »Nein, das hätten sie nicht. Bestenfalls hätten sie das Geld genommen und Sie. Ich sah, wie die beiden Sie angesehen haben.« In ihrem Blick hatte Lüsternheit und Gewalt geglänzt.

Sie hob die Hände an ihren Mund und kniff die Augen zusammen.

Gleichwohl der Schmerz in ihm tobte, zwang Ethan sich, zu ihr zu gehen. »Miss Cheswick. Audrey.« Er hatte keinerlei Erfahrung darin, eine bestürzte Frau zu beruhigen. »Er war ein sehr schlechter Mann. Ein Krimineller.« Wie Ethan. Er zog ihr die Hände vom Gesicht. »Schauen Sie mich an.«

Langsam schlug sie die Augen auf und enthüllte damit die Skepsis in ihren Tiefen. Sie wandte den Blick von ihm ab und sprach leise, aber bestimmt. »Ich möchte nach Hause.«

Er konnte sie nicht nach Hause bringen. Und wenn sie heimkehrte, wäre sie ein leichtes Ziel für Gin Jimmy. Erneut entschied er sich für eine Ablenkung. »Stehen Sie einfach hier und schauen Sie in die Sterne. Sehen Sie Aguila, den Adler?«

Sie legte den Kopf in den Nacken. Nach einer ganzen Weile stieß sie die Luft aus. »Ja.«

»Gut. Sagen Sie mir, was sie noch sehen.«

Er eilte zu dem Graben zurück, wo er dem Straßenräuber die Jacke vom Leib zog. Dann schaute er zu Audrey zurück und erkannte, dass sie ihn beobachtete. Er zeigte gen Himmel. »Was noch?«

Sie legte den Kopf wieder zurück und sah hinauf. »Ich sehe Cygnus, den Schwan und Delphinus, den Delfin.«

»Ausgezeichnet. Cygnus ist einer meiner Favoriten.« Mit der Jacke, dessen einer Ärmel bereits sehr blutig war, eilte er zu dem Kabriolett zurück. Den Rest des Kleidungsstücks benutzte er, um so viel Blut vom Boden des Kabrioletts zu wischen, wie er konnte.

Sie schwieg, als er an ihr vorbeiging, um die ruinierte Jacke loszuwerden, die er auf den Leichnam warf. Als er sich wieder zu ihr und dem Kabriolett umwandte, war er plötzlich vollkommen erschöpft. Sein Sichtfeld verschwamm. Seine Knie zitterten. Er konnte kaum bei Bewusstsein bleiben.

Er musste geschwankt sein, denn das Nächste, was er wahrnahm, war sie, wie sie auf ihn zukam.

»Geht es Ihnen gut?«, fragte sie. Sie fasste ihn an seinem gesunden Arm, nachdem sie sich gerade noch davon abgehalten hatte, ihn an der verletzten Seite zu berühren.

Nein, aber das sagte er nicht. Ein Gefühl der Übelkeit rumorte in seiner Magengrube. Auf einmal schien es gar nicht so ein schlechter Einfall, seinen Mageninhalt von sich zu geben.

»Wir müssen von der Straße herunter.« Sie zog ihn auf das Kabriolett zu und half ihm beim Hinaufsteigen.

»Eigentlich wird von mir erwartet, Ihnen zu helfen«, murmelte er.

»Es ist ein bisschen spät, sich wie ein Gentleman zu betragen, nicht wahr?«

Mit nichts hätte sie ihn mehr treffen können. Er hatte sich die größte Mühe gegeben, sich wie ein Gentleman aufzuführen. Nur das wollte er, verdammt noch mal. Doch das war unmöglich, wenn die Schwierigkeiten ihn wie besessen verfolgten. Wenn der Plan heute Abend erfolgreich gewesen wäre, würde er in Lockwood House auf die Verhaftung eines der berüchtigtsten Verbrecher Londons anstoßen, und er wäre frei von seinem alten Leben gewesen.

Stattdessen floh er mit zwei Wunden an seinem Arm aus London und unterwarf eine überaus liebenswerte junge Frau Abscheulichkeiten, die sie nie erleben sollte. Ja, insgesamt gesehen war es zu spät, ein Gentleman zu sein.

Mit einem geräuschvollen Aufatmen landete er auf dem Sitz.

Sie stieg auf und setzte sich neben ihn, wobei sie einen angeekelten Blick auf den Boden des Kabrioletts warf. Sie brach allerdings nicht zusammen, womit sie nochmals seine Einschätzung ihres unerschrockenen Geistes bestätigte. »Wie geht es Ihrem Arm? Soll ich fahren?«

Ethan wiegte seinen verletzten Arm und verzog das Gesicht. »Können Sie das?«

»Ich habe früher unsere offene Kutsche auf dem Land gefahren. Sie war zweispännig, also muss dies hier einfacher sein, nicht wahr?« Audrey nahm die Zügel auf.

Ethan wollte widersprechen, doch er war zu überwältigt von Schmerz und Erschöpfung. Er wollte nur die Augen schließen.

Das Letzte, was er hörte, war ein weiterer Schrei.

~

Audrey konnte Mr. Locke gerade noch davor bewahren, aus dem Kabriolett zu stürzen. Sie schlang die Arme um ihn und zog ihn zu sich heran, wobei sie versuchte, auf seinen Arm achtzugeben, doch letztendlich fürchtete sie, ihm noch mehr Schmerzen zugefügt zu haben.

Doch nun war er gegen sie gesackt. Im Lampenlicht beäugte sie sein Gesicht. Unter seinen Augen hatten sich dunkle Ringe gebildet, die von der Blässe seiner Haut noch unterstrichen wurden. Seine Augen waren geschlossen.

»Mr. Locke?« Sie schüttelte ihn sanft. »Mr. Locke?«

Er war absolut nicht ansprechbar.

Sie ließ ihn los, um ihn vorsichtig gegen sich zu platzieren und lehnte sich dann in den Sitz zurück. Panik wallte in ihr auf. Wohin sollte sie fahren? Sie konnte nicht hierbleiben. Einer der Straßenräuber war davongerannt. Er könnte mit Verstärkung zurückkehren.

Reiß dich zusammen, Audrey. Du bist kein wimmernder, geistloser Einfaltspinsel.

Sie drehte sich zur Seite und schüttelte ihn erneut – dieses Mal fester. »Mr. Locke. Wachen. Sie. Auf.« In Ermangelung von Riechsalz tat sie das Einzige, was ihr einfiel. Sie schlug ihn auf die Wange.

Er riss die Augen auf. »Autsch.«

»Entschuldigung, aber ich musste Sie wecken.« Besänftigend strich sie mit der Hand über seine stopplige Wange. Der dunkle Bartflaum war sichtbar. Sie sollte sein Erscheinungsbild schockierend finden, doch stattdessen war sie seltsamerweise von dem rauen Gefühl der Bartstoppeln unter ihren Fingern gefesselt.

»Nein, mein Arm.« Wieder stöhnte er und wiegte seinen verwundeten Arm mit dem guten.

»Sie können in Ihren Zustand der Bewusstlosigkeit

zurückfallen, sobald Sie mir Ihren Plan erläutert haben. Wohin soll ich fahren?«

Sein Kopf tippte gegen den Sitz zurück und er schloss die Augen. Über dem geschlungenen Knoten seiner Krawatte war sein Hals langgestreckt. Trotz seines unrasierten Zustands sah er wie ein Gentleman aus, aber er hatte heute Abend Dinge getan, von denen sie bezweifelte, dass die meisten Gentlemen sie tun könnten – oder würden. »Eine Herberge«, antwortete er schwach. Er versuchte, sich aufzusetzen, doch er konnte sich kaum bewegen. Er atmete in scharfen Stößen, als ob er eine große Strecke gerannt wäre.

Er durchbohrte sie mit seinem eindringlichen, grauen Blick. Augen, in die sie geschaut hatte, als sie ihm das Walzertanzen beigebracht hatte. Sie fragte sich, warum er dies nicht schon früher gelernt hatte. Doch ihn zu fragen, war sie zu schüchtern gewesen. Dies würde auf die Liste von Fragen gesetzt, die sie heute Abend angelegt hatte.

»Seien Sie vorsichtig. Nicht alle Herbergen sind …« Sein Kopf rollte gegen den Sitz zurück und wieder fielen ihm die Augen flatternd zu.

»Nicht alle Herbergen sind was?« Sie zwang ihn mit ihrem Willen, die Augen wieder aufzuschlagen, um ihr zu antworten, aber er rührte sich nicht. Sein Brustkasten hob und senkte sich im Rhythmus seines Atems, anfangs in rascher Folge und dann beruhigte er sich immer mehr, bis er einen Schlafrhythmus erreichte.

Sie rückte sich wieder auf dem Sitz zurecht und nahm die Zügel erneut auf. Es brauchte einige Anläufe, doch dann schaffte sie es, das Pferd in Bewegung zu setzen. Die Straße war stockdunkel und recht uneben. Sie war froh, dass Mr. Locke ohnmächtig war, denn das beständige Holpern und Rumpeln hätte ihm gehörige Schmerzen bereitet.

Ihre Gedanken wanderten zum Verlauf der Nacht. Sie hatte mit einem skandalösen Betragen begonnen – ein schneller Blick auf ihr Männerkostüm bestätigte dies – und sie endete in nahezu gleicher Weise. Wenn irgendjemand wüsste, dass sie mit Ethan Locke allein wäre, würde das ihren vollständigen gesellschaftlichen Ruin bedeuten.

Als ob es darauf ankäme. Welche Heiratsaussichten hatte sie denn schon? Keine. Ihre Eltern wären entsetzt; sie hatte sie früher schon schockiert, doch das wäre der Gipfel. Ach, aller Vermutung nach würde sie zu keinen Bällen oder Festen mehr gehen, aber welchen Sinn hatten sie überhaupt? Sie zierte die Wand und traf sich mit ihrem kleinen Kreis von Freundinnen – Dinge, die sie jederzeit und überall tun konnte.

Sollte sie nach London umkehren? Nein, sie wollte so bald wie möglich Unterschlupf finden und seit einigen Meilen war nichts mehr hinter ihr gewesen. Nach Hause zurückzukehren bedeutete allerdings, dass sie ihren Ruf wahren konnte. Ihr Magen begehrte auf, nicht mit der gleichen qualvollen Übelkeit, die der tote Straßenräuber provoziert hatte, aber dafür mit einer beklemmenden Anspannung, die von den Gedanken an das Leben begleitet wurden, das sie in London erwartete. Das Leben, das sie angestrengt versucht hatte, wertzuschätzen und darin Erfolg zu haben. Und in beiden Punkten war sie kläglich gescheitert.

Dennoch, wenn sie an die letzte Stunde dachte, summte ihr Körper von einem Hochgefühl – ungeachtet des toten Straßenräubers. Sie fuhr zusammen. Zu was für einer Person machte sie das? Sie hatte auf einen Mann geschossen, Diebstahl begangen und einen Mord mitangesehen. Nein, ganz bestimmt war es kein Mord, da Mr. Locke sie verteidigt hatte.

Und was für eine Person war Mr. Locke? Er hatte die Eindringlinge in ihrem Haus zurückgekämpft, den Diebstahl des Kabrioletts inszeniert und sie vor den Straßenräubern gerettet. Für nichts davon konnte sie ihn anklagen, sondern nur für die Art und Weise, wie er diese Dinge getan hatte. Und dennoch fühlte sie sich durch ihn gestärkt.

Das Kabriolett fuhr dahin. Fort von London. Fort von dem Leben, das sie nicht wirklich wollte. Ein Gefühl von Richtigkeit ergriff sie. Was auch immer jetzt passierte, wären die Dinge anders. Sie entspannte sich auf ihrem Platz und lächelte sanft. Das Einzige, was sie bei ihrer Ankunft in der Herberge tun würde, bestünde im Verfassen einer kurzen Nachricht an ihren Großvater, um ihm zu versichern, dass es ihr gut ging. Sie wollte ihn nicht in Sorge versetzen, doch andererseits würde sie auch keine Einzelheiten über ihren Aufenthaltsort oder ihre Beweggründe preisgeben.

Das Geräusch trappelnder Pferdehufe veranlasste sie, sich aufzusetzen und die Finsternis abzusuchen. Sie betete zu Gott, dass es nicht schon wieder ein Straßenräuber war. Wo um alles in der Welt war eine Herberge zu finden? Sie musste von dieser verfluchten Straßer herunter.

Der Reiter kam in ihr Sichtfeld. Und er ritt, genau wie der Straßenräuber, direkt auf die Straßenmitte zu.

KAPITEL 3

Lichtblitze stachen Ethan bis zur Rückwand seiner Augäpfel. Er drehte den Kopf und versuchte, der eindringlichen Grelle zu entgehen, worauf er prompt aufstöhnte, als der Schmerz wie ein Stich in seine Schläfe fuhr. Vorsichtig schlug er die Augen auf. Er blickte an die Decke über seinem Kopf und bemerkte, dass er in einem Bett lag und sein Arm wie Feuer brannte.

Die Erinnerungen an die letzte Nacht überkamen ihn. *Audrey.*

Er rappelte sich auf und zuckte vor Schmerz, den diese Bewegung hervorrief. Ein gründlicher Rundblick im Zimmer zeigte, dass es leer war. Es war schmal mit zwei schlanken Fenstern zu beiden Seiten seines Bettes. Ein kleiner Tisch und ein grob gezimmerter Stuhl standen vor dem Kamin, in dem ein Feuer glomm. Gleichwohl spärlich eingerichtet, wirkte der Raum sauber und gut gepflegt. Und vollkommen fremd.

Wo war er? War Audrey in der Nähe? Gott, er hoffte, dass ihr nichts zugestoßen war. Er erinnerte sich an nichts mehr, nachdem er den Leichnam des Straßenräubers aus dem Kabriolett gezerrt hatte.

Er schwang seine Beine über die Bettkante. Noch immer trug er seine Hose, doch sein Oberkörper war nackt, ausgenommen die Verbände um seinen Bizeps und die Schulter. Wer hatte seine Wunden versorgt? Noch wichtiger, wer hatte ihn entkleidet?

Die Tür öffnete sich und Audrey trat über die Schwelle. Sie trug mehrere gefaltete Kleidungsstücke über dem Arm. Ihr Blick traf auf seinen und sie lächelte. »Guten Morgen!«, wünschte sie ihm heiter, als hätte sie gestern nicht Dinge gesehen, die eine anständige junge Dame nicht sehen sollte.

Und heute Morgen sah sie wie eine anständige junge Dame aus – das Männerkostüm war verschwunden. Ein schlichtes graues Kleid hing ein bisschen locker um ihre Figur und für ihre überdurchschnittliche Körpergröße war es zu kurz. Ihr Haar war aufs Geratewohl aufgesteckt. Vereinzelte Locken lugten hier und dort hervor. Sie wirkte frisch und bezaubernd, ohne den geringsten Hinweis, dass sie am Vorabend den Weg in die Hölle und wieder zurück hinter sich gebracht hatte.

Sie legte die Kleidung auf den Stuhl neben dem Tisch und kam zu ihm herüber. »Sie sollten nicht aufstehen.«

»Wo sind wir?«, krächzte er, als ob er während der Nacht zu viel Gin in einem Freudenhaus getrunken hätte.

Sie zeigte auf seine Füße und bedeutete ihm, sie wieder zurück ins Bett zu heben. Allerdings behielt sie den Blick auf sein Gesicht fixiert. »In einer Herberge. Besinnen Sie sich nicht?«

Er gehorchte und zog die Füße wieder ins Bett, gleichwohl er sie auf der Bettdecke platzierte. »Sollte ich?«

Auf eine bezaubernde Art zogen sich ihre Augenbrauen zu einer verblüfften Miene zusammen. »Sie schienen zumindest halb bei Bewusstsein zu sein, aber vielleicht waren sie das gar nicht.« Dann schüttelte sie das Kissen auf. »Sie sollten sich hinlegen.«

»Könnte ich zuerst etwas zu trinken bekommen?« Ethan hatte keine Absicht, sich wieder hinzulegen.

»Freilich, ich hätte sofort daran denken sollen.« Sie ging zum Tisch, auf dem ein Krug und ein Becher bereitstand. Mit dem Wasser in der Hand kehrte sie zu ihm zurück und er trank gierig.

Er reichte ihr den geleerten Becher. »Danke.«

Sie hielt den Blick weiter auf sein Gesicht geheftet. Ihm ging auf, dass seine mangelhafte Bekleidung für jemanden wie Audrey vollkommen skandalös sein musste. Der Gentleman, der zu sein er versuchte, drängte ihn, ein Hemd überzuziehen, doch er fühlte sich derzeit auch wie ein verwundetes Tier, das sich nicht im Geringsten darum scherte.

»Was war gestern Abend passiert? Vermutlich habe ich das Bewusstsein verloren. Wie haben Sie uns hierher geschafft?« Mist, sie hatten überhaupt kein Geld, da der Junge seine Tasche aus dem Kabriolett gestohlen hatte. Wie bezahlte sie hierfür?

Sie drehte sich weg und schritt zu dem Stuhl. Bei ihrer Rückkehr reichte sie ihm ein Hemd. »Vielleicht könnten Sie dies überziehen.« Darauf senkte sie den Blick auf seine nackte Brust und auf ihren Wangen blühte es zartrosa auf.

Ethan lehnte sich an die Wand hinter seinem Bett zurück. Wie ein Ruck durchfuhr ihn Zufriedenheit. Audrey war eine wunderschöne Frau, intelligent und in der Lage, auf sich selbst aufzupassen. Unter anderen Umständen hätte er sich mit ihr im Bett gewälzt. Genau in dem Moment erinnerte ihn ein stechender Schmerz in seinem Arm, dass Wälzen irgendeiner Art wohl noch einige Tage warten musste.

Er nahm das dargebotene Hemd. »Ich bin nicht sicher, ob

ich meinen Arm heben kann, um es anzuziehen. Zumindest nicht ohne Hilfe.«

Ihr Erröten wurde noch intensiver. »Ich kann Ihnen helfen.«

Er setzte sich von der Wand vorwärts und zog sich das Hemd über den Kopf. Den linken Arm in den Ärmel zu schieben war kein Problem. Er schaute sie an und sie half ihm, den rechten Arm zu heben und durch den Ärmel zu schieben.

»Sie haben mir gestern Abend vermutlich nicht aus meiner Kleidung geholfen?«

Sie zog das Hemd über seinen Rücken und trat rasch vom Bett zurück. Ihr jungfräuliches Zartgefühl war entzückend. »Ja, mit Hilfe der Ehefrau des Wirts. Wir mussten allerdings die Kleider verbrennen.«

»Und dennoch haben Sie frische Garderobe aufgetrieben sowie auch eine Unterkunft, und Sie haben meine Wunden behandelt –«

Sie schnitt ihm das Wort ab. »Ja, *Wunden*. Warum haben Sie mir nicht gesagt, dass Sie angeschossen worden sind?«

»Wenn Sie sich erinnern, hatten wir nicht gerade Zeit für eine gemütliche Unterhaltung. Ich war von diesen lausigen Straßenräubern schrecklich abgelenkt – und dem Burschen, der mein Geld gestohlen hat.« Er beäugte sie eingehend. »Ich bedaure, aber ich muss Sie fragen, wie Sie für diesen Raum und meine Pflege aufkommen.«

Sie machte große Augen und mit Verspätung erkannte er, dass sein Kommentar in einer eher perversen Weise aufgefasst werden könnte. Er fügte hinzu: »Ich hatte nicht unterstellen wollen, dass Sie irgendetwas Unanständiges tun. Sie sind ohne Tadel, da bin ich sicher.«

Sie wandte den Blick ab. »Das bin ich eindeutig nicht, da ich mit Ihnen aus London geflohen bin.« Als sie ihren Blick wieder auf ihn richtete, zeigte sich in den Tiefen ihrer blaugrünen Augen eine stille Würde, und in dem Moment wusste er, dass er recht hatte – sie *war* ohne Tadel. Und nicht nur nach gesellschaftlichen Maßstäben. Sie war von Herzen eine gute und ehrliche Person. Die Art von Person, die schreiend vor seinesgleichen davonlaufen sollte.

»Ich hatte Geld in einer Tasche, die in meiner Hose eingenäht war«, antwortete sie.

Für einen Augenblick klappte ihm der Mund auf, ehe er ihn wieder schloss. »Ihre Hose. Warum zum Teufel haben Sie überhaupt eine Hose getragen? Und warum hatten Sie Geld darin eingenäht? Gott sei Dank hatten Sie das.«

»Ja, Gottlob hatte ich das, obwohl ich vermute, dass der Bow Street Ermittler für unsere Unterkunft aufgekommen wäre.«

Ethan gefror das Blut in den Adern. Es juckte ihm in den Beinen, die Flucht zu ergreifen. Im Geiste überschlug er, wie rasch er sich ankleiden und aus der Herberge flüchten konnte. Allerdings kannte er die Lage nicht, was ihm in einen deutlichen Nachteil brachte. Jeder Verbrecher, der etwas wert war, kannte jeden Fluchtweg aus einem Gebäude, ehe er es betrat. »Welcher Bow Street Ermittler?«

»Derjenige der Gott sei Dank gestern Abend auf der Landstraße patrouilliert hat. Ich habe ihn getroffen, nachdem Sie eingeschlafen waren, und er hat uns zu dieser Herberge geführt.«

Und nicht direkt in die Bow Street? Ethan entspannte sich, aber nur leicht. »Was haben Sie ihm erzählt?«

Sie blinzelte ihn an und wirkte ein bisschen unsicher, was wahrscheinlich daran lag, dass er diese Frage in einem recht grimmigen Tonfall gestellt hatte. »Ich sagte ihm, wir seien von Straßenräubern angegriffen worden.«

Dieses Mal regulierte er seine Stimme, als er fragte: »Was haben Sie ihm über uns erzählt?«

»Oh!« Sie lächelte ihn verführerisch an, was merkwürdige Dinge in seiner Magengrube bewirkte. Er fand sie recht attraktiv, aber es war mehr als das. Es gefiel ihm nicht. »Ich habe ihm erzählt, mein Name sei Mary St. Clyde, und dass Sie mein Bruder, Algernon, seien.«

»Algernon?«

Sie zuckte mit einer Schulter. »Um genau zu sein, habe ich Sie nur Al genannt.«

»Was für ein gotterbärmlicher Name.« Dass sie sich die Zeit genommen hatte, sich einen Alias für sie auszudenken und sogar einen Spitznamen stellte einmal wieder ihre Schlauheit und Tapferkeit unter Beweis. Er drehte den Blick von ihr weg. »Kluges Mädchen.« *Gefährliches Mädchen.* »Warum haben Sie gelogen?«

»Ich dachte, es sei besser, meine Identität im Augenblick zu verbergen. Mein Ruf wird wahrscheinlich ruiniert sein, aber andererseits habe ich auch keine Ambitionen, zu meinem Leben in London zurückzukehren, und somit ist es wirklich nicht von Belang.« Sie straffte die Schultern wie als Reaktion auf ein stilles Zwiegespräch, das sich in ihr abspielte. Er wollte sie fragen, was sie zu tun beabsichtigte, doch sie fuhr fort, ehe er den Mund aufmachen konnte.

»Der Ermittler war so freundlich, uns zu dieser Herberge zu führen, die, wie er wusste, einen guten Ruf hat. Sie hatten mich wegen der Herbergen gewarnt, aber ich fürchte, Sie hatten das Bewusstsein verloren, ehe Sie dies näher erklären konnten. Der Ermittler sagte, dass einige der Herbergen entlang der Straße gemeinsame Sache mit den Straßenräubern machen. Meinten Sie das?«

»Ja.« Und mit Gin Jimmy. »Wo sind wir genau?«

»Hounslow.«

Jimmys Betätigungsfeld reichte mindestens so weit, was bedeutete, dass sie wieder zurück auf die Straße mussten. Und wohin sollten sie fahren? Seine Erfahrungen mit dem Land beschränkten sich auf einige Besuche auf dem

Anwesen seines Vaters im nördlichen Oxfordshire in den Sommermonaten. Doch dorthin konnten sie nicht, da die Mutter seines Bruders dort lebte und krank war. Außerdem hasste sie Ethan wie Feuer das Wasser.

Er schaute zu Audrey zurück, die ihn erwartungsvoll beobachtete. »Wo ist der Ermittler jetzt?«

»Ich weiß es nicht«, antwortete sie. »Er hat uns hierher geleitet und dann ist er umgekehrt, denn er wollte sich um den toten Straßenräuber kümmern.« Sie schauderte und schlug den Blick nieder. »Entschuldigung. Ich hatte ihm erzählen müssen, was passiert war. Dass Sie ihn getötet haben, um mich zu verteidigen. Ich weiß, er war ein schrecklicher Verbrecher, aber er hat zumindest ein Begräbnis verdient.«

War das alles, was ein Verbrecher ihrer Meinung nach verdient hatte? Wenn sie wüsste, wie schrecklich er gewesen war …

»Sie wirken besorgt.« Sie tat einen Schritt auf das Bett zu. »Er kommt wieder zurück, um mit Ihnen zu sprechen. Glauben Sie, wir sollten ihm die Wahrheit sagen?« Ihre Schultern sackten zusammen. »Das sollten wir vermutlich.«

»Nein«, antwortete er, ohne nachzudenken, aber es gab keine andere Antwort. Die Wahrheit würde seine wahre Identität preisgeben – die eines berüchtigten Verbrechers – und das nicht nur für sie, sondern auch für Bow Street, die bereits nach ihm suchten, um ihn des Mordes vom Marquess of Wolverton und der Beihilfe zum Mord an Lady Aldridge zu bezichtigen. Ironischerweise waren dies zwei Verbrechen, die er nicht begangen hatte. Das würde allerdings niemand glauben. Niemand, mit Ausnahme seines Bruders, der gerade erst gestern Abend beschlossen hatte, ihm zu vertrauen. Dieser Gedanke verschaffte Ethan ein klein wenig Erleichterung.

»Sie haben mir immer noch nicht erzählt, warum Sie

London verlassen mussten. Oder warum Sie auf den Baum vor meinem Fenster geklettert sind.«

Und er hatte auch nicht vor, diese Fragen jetzt zu beantworten. »Angenommen, ich werde als der Mann identifiziert, der gestern Abend in Ihrem Haus war, denke ich, es ist folgerichtig, auch anzunehmen, dass Bow Street denken wird, ich hätte Sie entführt. Allein aus diesem Grund, sollte ich nicht nur Bow Street, sondern ganz London besser aus dem Weg gehen.«

Ihre Augenbrauen – schlanke braune Sicheln, die ihre Stirn ungemein elegant wirken ließen, so wie sie sich über ihre unbeschreiblichen Augen schwangen – senkten sich. Sie schüttelte einmal mit dem Kopf. Mit Bestimmtheit. »Das erklärt nicht, warum sie gestern Abend den Baum vor meinem Fenster hochgeklettert sind.«

»Vielleicht würden Sie mir gern erklären, warum Sie Männerkleidung trugen?« Sie machte große Augen und wieder schüttelte sie den Kopf mit Bestimmtheit. »Dann werden wir beide vermutlich ein paar Geheimnisse bewahren.«

Sie stieß die Luft aus und dann trat sie ans Fenster hinüber. Mit ihren langen Fingern teilte sie die Vorhänge und blickte nach unten. Er erinnerte sich, wie sich diese Finger mit seinen verschlungen hatten, als sie ihm das Walzertanzen beigebracht hatte. Er verzehrte sich nach diesen Fingern …«

Abrupt ließ sie den Vorhang fallen und drehte sich um. »Er ist zurück.«

~

Auf ein Neues fluchte Mr. Locke. Er fluchte eine ganze Menge, mehr als jeder andere Gentleman aus ihrem Bekanntenkreis, aber andererseits musste sie sich auch fragen, ob er wirklich ein Gentleman war. Sie würde es nicht wirklich wissen, es sei denn, er lüftete seine Geheimnisse, und da sie nicht bereit war, das ihre zu verraten, konnte sie ihm keinen Vorwurf machen, die seinen für sich zu behalten.

Er stieg aus dem Bett und zog vor Schmerz eine Grimasse, als er sich auf die Füße stellte.

Sie eilte an seine Seite. »Lassen Sie mich Ihnen helfen.«

»Wir müssen aufbrechen. Jetzt.«

»Setzen Sie sich. Ich werde Ihre restliche Garderobe holen.« Eilig lief sie zum Stuhl und nahm, was die Frau des Wirts neben dem Hemd an Kleidung gefunden hatte – eine Jacke, eine Krawatte und frische Strümpfe. Sie gab ihm Letztere und dann erkannte sie, dass er sie mit seinem verletzten Arm nicht anziehen konnte. Audrey nahm sie wieder zurück, kniete sich vor ihn und zog ihm den ersten Strumpf über sein linkes Bein. Sie versuchte, seiner nackten Wade keine Aufmerksamkeit zu schenken. Oder der Tatsache, dass ihre bloßen Finger diese Wade berührten. Vor allem aber versuchte sie, nicht darauf zu achten, wie sehr sie dies genoss.

Als beide Strümpfe angezogen waren, ging sie und holte seine Stiefel, die am Fußende des Bettes standen. Sie stellte sie vor seine Füße und half ihm, sie anzuziehen.

»Das ist verflucht umständlich«, knurrte er. Er stand vom Bett auf und machte sich daran, den Hemdsaum in seine Hose zu schieben. »Gehen Sie und schauen Sie nach, ob er noch dort draußen ist.«

Sie trat ans Fenster und blickte erneut hinunter in den Hof. »Dort sind zwei Männer zu Pferd, aber keiner der beiden ist der Ermittler. Da sind auch zwei reiterlose Pferde, die von einem Knecht gehalten werden.«

Ein weiterer Fluch, und dieser fiel recht farbenprächtig aus. »Helfen Sie mir in die Jacke.«

Sie eilte herbei, um ihm behilflich zu sein und dirigierte seinen rechten Arm in den Jackenärmel. »Die Frau des Wirts hatte keine Weste.« Verspätet ging ihr auf, dass sie ihm die Weste hätte geben können, die sie getragen hatte, aber nachdem Audrey ihre Geldbörse aus der Hose genommen hatte, hatte sie ihr Kostüm bei der Frau des Wirts für die Kleider eingetauscht, die sie jetzt trugen. Sie hatte auch Nadel und Faden ausgeborgt und die kleine Börse an die Oberseite ihres Strumpfs genäht. Bei nochmaligem Nachdenken hätte die Weste für seine breiten Schultern gar nicht gepasst.

Mit der Hand seines gesunden Arms schlang er die Krawatte um seinen Hals, sodass sie locker hing. »Wissen Sie, wo die Hintertreppe ist?«

»Das weiß ich nicht.«

Er fasste ihre Hand und durchbohrte sie mit seinen verheerenden grauen Augen. »Sagen Sie mir alles, was Sie über dieses Etablissement wissen. Wie viele Türen, wie viele Stockwerke, wie viele Leute sich hier aufhalten könnten.«

Sie schluckte. Er schaute sie so … erwartungsvoll an. Nein, das war nicht ganz richtig. Da war eine Intensität an ihm … es war die Gleiche, die er gestern Abend in jeder Situation hatte erkennen lassen. Wieder fragte sie sich nach seiner wahren Natur.

Sie durchforstete ihr Gedächtnis nach allem, an was sie sich nach ihrer späten Ankunft gestern Nacht, oder besser am frühen Morgen erinnern konnte. »Da ist eine Tür zum Hinterhof. Aber ich kenne keinen anderen Weg nach unten außer der Haupttreppe – wir sind im zweiten Stockwerk.«

Während sie berichtete, was sie wusste, war er ans Fenster getreten. »Ist es eine große Herberge? Wie viele Zimmer?« Er zog die Gardine zurück und fluchte heftig. Dann wirbelte er herum und marschierte auf sie zu. »Es ist

Zeit zu gehen.« Er fasste sie um den Ellbogen und drehte sie zur Tür herum.

Sie fügte sich und bei der Verzweiflung in seiner Stimme, erstarrte das Blut in ihren Adern zu Eis. Es war nicht Furcht, aber er war eindeutig ängstlich darauf bedacht, zu gehen. Was sie ängstlich machte.

Im Korridor hielt er inne. »Wo entlang?«

»Rechts.«

Aus dieser Richtung erklangen Stimmen – sie waren nicht nahe, aber dennoch präsent.

»Dann nach links.« Er ließ ihren Ellbogen los und marschierte den Flur entlang. Als er loslief, erzeugten seine Stiefel nur sehr leise Geräusche, und sein Gang erinnerte sie an eine Katze, die sich an ihre Beute anschleicht – leise, aber auf sicheren Pfoten. »Sie haben vorhin nicht geantwortet. Ist es eine große Herberge?«

»Vermutlich. Ich glaube, sie hat davon gesprochen, dass sie zehn Zimmer unterschiedlicher Größen hätten.«

»Sie müssen eine Dienstbotentreppe haben.« Er blieb an der Tür stehen und schob sie vorsichtig einen Spalt auf. Dann zog er sie wieder zu. Er ging zur nächsten auf der gegenüberliegenden Seite des Korridors und tat das Gleiche. Wieder schloss er die Tür und ging weiter. Die dritte Tür stieß er weiter auf. Sie trat hinter ihn und erkannte, dass es sich um eine schmale Treppe handelte.

Er blickte zu ihr zurück. »Leise«, flüsterte er, wobei er die Finger an die Lippen hob.

Das Licht von einem kleinen Fenster erhellte die Treppe. Er ging rasch, aber verstohlen hinab. Sie schloss die Tür hinter sich und folgte ihm dicht auf den Fersen, wobei sie versuchte, ebenso leise zu gehen wie er. Sie erreichten die Tür am Fuß der Treppe. Er zog sie langsam auf, bis sich ein winziger Spalt zwischen dem Rahmen und der Tür bildete. Er spähte durch den schmalen Schlitz.

Audrey hielt den Atem an und ihre Ohren lauschten angestrengt auf das geringste Geräusch, während ihr der Schweiß über den Nacken rann.

Er drehte den Kopf zu ihr. »Wo entlang zum Schankraum?«

Sie dachte einen Augenblick über den Grundriss nach. »Links. Vielleicht zehn Meter.«

Er nickte leicht und dann zog er die Tür weit auf. Er nahm sie an die Hand und drehte sich nach rechts. An der ersten Tür rechter Hand blieb er stehen und drehte sich zu ihr um. »Wieviel Geld haben Sie?«

»Ein bisschen.«

»Geben Sie mir eine Guinea.« In solch einem Augenblick bat er sie um Geld?

»Eine *Guinea*? Wofür?«

»Geben Sie mir einfach die verdammte Guinea.«

Sie zog die Hand aus seiner zurück und hob den Rock ihres geborgten Kleides. Sich bewusst, dass sie weit mehr von ihrem Bein zeigte, als es statthaft war einem Mann zu offenbaren, zog sie rasch die Münze aus ihrer Börse und ließ den Rock wieder fallen. Dann legte sie die Guinea in seine offene Hand.

Wortlos legte er die Finger darum und öffnete die Tür. Er zog sie in die Kammer, die ein klein wenig größer war als diejenige, in der er im oberen Stock aufgewacht war.

Er sah sich in dem Zimmer um. »Hier ist niemand.« Darauf eilte er zum Fenster und schob es auf. »Kommen Sie. Schnell.«

Sie trat zu ihm ans Fenster. »Sie hatten jemanden erwartet? Es ist beinahe Mittag. Ich bin sicher, dass die Reisenden längst aufgebrochen sind.«

»Verdammt, ich hatte nicht erkannt, dass es schon so spät ist. Das hätten Sie mir sagen sollen.«

Sein schneidender Ton gefiel ihr nicht. »Verzeihen Sie mir, aber Sie hatten nicht gefragt.«

Er bedeutete ihr mit einer Geste, ihm voran aus dem Fenster zu klettern. »Steigen Sie einfach aus dem Fenster, damit wir uns auf den Weg machen können.«

Richtig. Flüchten. Oder aber, sie könnte hierbleiben und mit den Bow Street Ermittlern nach London zurückkehren. Sie wollte wissen, warum er flüchtete, doch die Frage erstarb ihr auf der Zunge, als sie in seine Augen blickte. Dort spiegelten sich die Verzweiflung und Angst, die sie in seiner Stimme vernommen hatte.

Er murmelte etwas Unverständliches und kletterte aus dem Fenster, wenn auch unbeholfen, da sein Arm nicht mitspielen wollte. Sein Gesicht war vor Schmerz zerfurcht.

»Warten Sie«, meinte sie leise, ehe sie ihm folgte. Sie würde ihn nicht allein ziehen lassen. Abgesehen davon hatte sie London aus einem bestimmten Grund mit ihm verlassen. Dies war das Abenteuer, das sie sich immer gewünscht hatte. Es war die lebensverändernde Eskapade, die ihre Seele befriedigen würde.

Vorsichtig massierte er seinen verletzten Bizeps. »Wo ist unser Kabriolett?«

Genau genommen war es nicht *ihr* Kabriolett, doch sie glaubte nicht, dass jetzt der richtige Zeitpunkt wäre, ihn daran zu erinnern. »Es ist in den Stallungen auf der anderen Seite des Hofs.« Ein weiterer schlimmer Fluch folgte darauf aus seinem Mund. Dieses Mal konnte sie nicht an sich halten. »Ihnen ist bewusst, dass Sie sich in Gegenwart einer Dame befinden?«

Er sah sie von der Seite an. Dort war ein subtiles Heben seiner Lippen zu erkennen. »Die Männerkleidung trägt, ihr Geld an ihrem Körper versteckt und besser schießen kann als die meisten Männer. Trotz allem. Ja, ich bin mir dessen bewusst.« Er streckte die Hand aus. »Sind Sie immer noch auf meiner Seite?«

Sie schob die Finger durch seine. »Ja.«

»Dann lassen Sie uns gehen.« Er führte sie vom Hinterhof zu einer kleinen Steinmauer. Er bedurfte wenig Mühe, dieses Hindernis zu überwinden, doch nichtsdestotrotz stöhnte er vor Anstrengung.

Es gefiel ihr gar nicht, dass er Schmerzen hatte. »Sie sollten nicht aus dem Bett sein.«

Sobald sie beide auf der anderen Seite der Mauer waren, nahm er erneut ihre Hand. »Ich kann nicht hierbleiben.«

»Darf ich zu hoffen wagen, dass Sie mir irgendwann einmal erzählen, warum?«

»Irgendetwas sagt mir, dass Sie eine ganze Menge wagen.« Der Blick, den er ihr nun zuwarf, war sowohl dunkel als auch verführerisch. Er wärmte sie tief in ihrer Magengrube.

Sie wandte den Blick genau in dem Moment ab, als ein Rufen hinter ihnen ertönte – von der Herberge. Sie blieben beide stehen und drehten sich, um nachzusehen, aber sie konnten niemanden erkennen. Weiteres Rufen folgte, aber sie konnte nicht ausmachen, was gesagt wurde.

Er ließ ihre Hand los. »Wir müssen rennen.«

Ohne eine Antwort abzuwarten, stürmte er quer über das Feld los. Sie strengte sich an, mit ihm Schritt zu halten, was in ihrem Kleid schwierig war. Warum hatte sie sich bloß umgezogen? Wenn sie gewusst hätte, dass sie über Stock und Stein stürmen würden, hätte sie das nicht getan. Sie ließ seine Hand los, damit sie ihr Kleid raffen konnte und ihre Beine damit mehr Bewegungsfreiheit beim Laufen hätten. Und sie musste vollends rennen, um mit ihm Schritt zu halten.

Wie konnte er so schnell vorankommen? Am Abend zuvor war er so ernstlich verletzt worden und er hatte heute noch nichts gegessen. Er sollte sich in jeder Hinsicht erschöpft und schwach fühlen. Stattdessen rannte er, als hinge sein Leben davon ab. Vielleicht war dem so.

Audrey wagte einen Blick zurück auf die Herberge und erkannte ein paar Gestalten im Hinterhof. »Ich denke, sie kommen«, schnaufte sie.

Er drehte den Kopf nicht, aber er rannte noch schneller, als er nach links bog, wo sich eine Hecke befand. Er rannte daran entlang und sie dachte, er würde versuchen, einen Weg hindurch zu finden, damit sie auf der anderen Seite von ihren Verfolgern abgeschirmt wären.

Endlich tat sich ein Bereich im Laubwerk auf, der nicht ganz so dicht war, doch um einem Erwachsenen Durch- schlupf zu bieten war er nicht groß genug. Er blieb stehen und bog die Zweige auseinander. »Gehen Sie.«

Sie atmete schwer und beugte sich aufgrund des Stechens in ihrer Seite leicht nach vorn. Anders als er, hatte sie vor ein paar Stunden ein ordentliches Frühstück zu sich genommen und sie spürte jeden Bissen davon wie einen Stein im Magen. »Ich kann hier nicht durchpassen. Wie können Sie das dann?«

»Gehen Sie!« Er sprach leise, aber eindringlich und seine Augen hatten die Farbe der Wolken eines Wintersturms.

Sie schob die Hände durch die auseinandergehaltenen Äste und streckte einen Fuß in das Gebüsch. Dann schubste er sie und sie fiel auf der anderen Seite plump zu Boden. Sie biss den Kiefer zusammen, damit sie nicht vor Schmerz in dem Bein aufschrie, auf dem sie gelandet war. Er kam als Nächstes hindurch, und wich ihr gerade so aus, ehe er wieder loslief.

Sie rappelte sich auf und sammelte sich. Schmutz und Dreck klebten an ihrem Kleid, doch sie nahm sich nicht die Zeit, sich zu säubern. Mr. Locke rannte bereits auf das Gebäude zu, das sich einhundert Meter entfernt befand.

Wieder raffte sie die Röcke und, noch immer schwer atmend von ihrem letzten Spurt, rannte sie ihm nach. Leichter Regen fiel auf ihren bloßen Kopf und sie wünschte sich ihre Männerkleidung zurück, insbesondere den Hut. Es schien eine Ewigkeit zu dauern, bis sie das Gebäude endlich erreichten, ein verfallener Stall, der zu einem ebenso verfallenen Häuschen gehörte, das hinter dem Stall lag. Mr. Locke war bereits eingetreten und raffte Gegenstände zusammen, um … ein Pferd zu satteln? Sie sah sich um, aber sie konnte überhaupt kein Tier entdecken, geschweige denn ein Pferd.

Sie schaute nach draußen und erkannte vier Männer, die über das Feld rannten. Es gab keine Tür, die sich zumachen und absperren ließ, sondern da war nur ein offener Türrahmen. Sie trat weiter in das Innere auf Mr. Locke zu. »Sie werden in einer Minute hier sein.«

Er antwortete weder, noch schaute er sie an. Er verließ das Gebäude durch eine Tür auf der anderen Seite. Audrey folgte ihm rasch und ihre Stiefel stießen gegen das Stroh und die Erde unter ihren Füßen. Der Durchgang führte zu einer kleinen Umzäunung, auf der ein Pferd graste. Mr. Locke war bereits dabei, das Pferd zu zäumen. Sobald er dem Tier das Mundstück des Zaumzeugs ins Maul geschoben hatte, warf er ihm eine Decke über den Rücken und drehte sich dann endlich zu Audrey um. »Sie können sich entscheiden, zu bleiben. Ich bitte Sie nur, die Verfolger von mir wegzulocken.«

»Und wie soll ich das anstellen, wenn ich nicht weiß, wohin Sie – wir – gehen?« Sie überlegte, dass sie ein Dummkopf wäre, wenn sie nicht bleiben würde, aber die Verlockung nach Abenteuer war zu stark. Vielleicht war aber auch die Verlockung nach ihrem alten Leben einfach nicht vorhanden. »Nein, ich komme mit Ihnen.«

Der unmissverständliche Lärm ihrer Verfolger, die in den Stall drangen, verhinderte jede weitere Unterhaltung. Mr.

Locke legte seine Hände zusammen und hievte sie auf das Pferd und dann half sie ihm, hinter ihr aufzusitzen. Er stöhnte und sie stellte sich vor, dass ihm die Bewegung sehr wehgetan haben musste.

»Können Sie die Zügel nehmen?«, fragte er an ihrem Ohr.

Es wäre schwierig, ohne Sattel, der ihren Sitz unterstützte, doch seine Stütze war hilfreich. »Halten Sie sich an mir fest.«

Er schlang die Arme um ihre Mitte und presste die Brust an ihren Rücken. Sie schnalzte mit der Zunge und grub dem Pferd ihre Knie in die Flanken, als die Männer in den Hof stürmten.

»Halt, Jagger!« Da war wieder dieser Name.

Das Tor zur Umzäunung war nicht offen. Audrey war seit langer Zeit nicht mehr mit einem Pferd gesprungen. »Halten Sie sich gut fest!«

Mr. Locke presste die Arme um ihre Mitte, als sie über den Zaun setzten. Sie fühlte, wie er von ihr weg glitt als sie in einem Bogen darüber hinwegflogen, doch dann prallte er gegen sie, als sie auf dem Boden auftrafen. Wieder trieb sie das Pferd mit den Knien an und drängte es zu mehr Tempo. Rufe und Flüche erklangen hinter ihnen, doch sie wurden rasch leiser. Aufregung und Freude überfluteten sie, als sie ihre Verfolger abhängten.

Einige Minuten später gestattete sie dem Pferd, zu einem weniger frenetischen Galopp überzugehen.

»Was tun Sie?«, fragte Mr. Locke. Sein Atem kitzelte ihren Nacken. »Sie werden zur Herberge zurückkehren und ihre Pferde holen, um die Verfolgung fortzusetzen. Wir müssen so viel Abstand wie möglich zwischen uns und sie bringen.«

»Wir können das Pferd nicht endlos so schnell laufen lassen. Es ist besser, seine Kräfte zu schonen. Stimmt das nicht, süßes Mädchen?« Audrey tätschelte den Hals des Tieres.

Mr. Locke brummte zur Antwort.

»Wie geht es Ihrem Arm?«, fragte sie besorgt, dass er sich bei all den Anstrengungen wieder neu verletzt haben könnte.

»Schrecklich. Aber es ist besser als die Alternative. Wohin reiten Sie?«

»Ich weiß es nicht.« Sie blickte zum grauen Himmel auf und versuchte, die Position der Sonne zu bestimmen und damit die Richtung, in die sie ritten. Der leichte Regen war versiegt, doch es sah so aus, als würde sich ein kräftiger Schauer zusammenbrauen. »Nach Norden, wahrscheinlich. Es wird bald wieder regnen. Wir sollten Unterschlupf finden.«

»Wir halten nicht an. Wechseln Sie die Richtung.«

Sie lenkte das Pferd nach Westen. Einige Minuten war sie still und lauschte angestrengt, ob irgendjemand ihnen folgte. Sie wusste, dass Mr. Locke den Kopf mehrere Male aus gleichem Grund gedreht hatte. »Kommt jemand?«, fragte sie endlich.

»Noch nicht.«

Sie hatte keine Ahnung, wohin sie ritten, einmal abgesehen davon, dass es ungefähr nach Westen sein musste oder vielleicht Südwesten. Es gab kein Anzeichen auf eine Straße, aber sie kombinierte, dass Ethan sich ohnehin lieber von ihnen fernhielt.

»Werden Sie mir sagen, warum Sie vor Bow Street fliehen?«

»Das ist eine lange Geschichte. Und ein Missverständnis.«

»Das ist nicht gerade beruhigend.« War sie mit einem Verbrecher aus London geflohen? Ganz bestimmt sah es allmählich danach aus. »Sie können mir vertrauen – habe ich das nicht bewiesen?«

»Ich vertraue niemandem.«

Es war einfach eine Feststellung und eine, die als Erklärung eines Mannes abgetan werden konnte, der schwach vor
Erschöpfung und den Folgen seiner Verwundung war. Sein
Tonfall spiegelte allerdings eine Überzeugung wider, die sie
in ihren Knochen spürte. »Das klingt sehr einsam.«

»Das ist es.« Er lockerte den Griff um ihre Taille und
setzte sich ein Stück von ihr zurück, gleichwohl es unmöglich für sie beide war, sich nicht in irgendeiner Weise zu
berühren. Seine Hüften schmiegten sich noch immer an
ihren Hintern und sein Brustkorb war nahe genug an ihrem
Rücken, dass sie seine Wärme fühlte.

Sie wollte nicht, dass er sich einsam fühlte. »Nun, Sie sind
nicht mehr allein, und ich sage Ihnen noch einmal, dass Sie
mir vertrauen können. Ich hoffe, das werden Sie tun. Wie
sollen wir miteinander auskommen, wenn wir einander
nicht vertrauen können?«

»Miteinander auskommen? Was glauben Sie denn, was
wir hier tun?«

Sie hatte keinen Schimmer und wusste nur, dass es besser
war als das, was sie bisher getan hatte. »Sie haben überhaupt
keinen Plan, oder? Zum Glück für Sie habe ich einen.«

»Sie haben einen?« Er hätte nicht ungläubiger klingen
können, was Audrey mit einer Mischung aus Gereiztheit und
Stolz erfüllte.

»Das habe ich. Wir sind etwa zwei Tage von Wootton
Bassett entfernt.«

»Was ist ein Wootton Bassett, eine Hunderasse?«

Ungeachtet der Situation, die sie nicht einordnen konnte,
musste sie lächeln. »Nein, eine Stadt. Ich kenne Leute dort
und wir können uns zumindest ordentliche Kleidung
besorgen und eine Weile ausruhen, damit Sie wieder gene-
sen. Ich würde lieber eher haltmachen, aber ich bezweifle,
dass Sie damit einverstanden wären.«

»Sie sind eine sehr kluge junge Frau. Die Entfernung von Wootton Bassett zu London klingt perfekt.« Einen Moment lang verfiel er in Schweigen. Als er wieder zum Sprechen ansetze, war seine Stimme tief und vibrierte in ihr wie eine Melodie. »Warum helfen Sie mir?«

Als er das fragte, klang er genauso ungläubig wie auch vor einigen Minuten, aber da war noch etwas anderes. Es war eine zweifelnde Note, die vielleicht die Ursache für sein Misstrauen war. »Weil Sie mir geholfen haben. Sie haben mich und meinen Großvater vor diesen Männern gerettet. Und Sie haben mich auf Ihrer Flucht mitgenommen.« Sie spürte, wie er hinter ihr den Kopf schüttelte.

»Wahrscheinlich eine törichte Entscheidung.«

»Warum?«

»Müssen Sie das wirklich fragen?« Sein Tonfall war von Spott unterlegt. » Bow Street ist bereits hinter mir her, und jetzt habe ich auch noch eine junge Dame entführt.«

»Sie haben mich nicht entführt.«

»Dass sie das auch so sehen, bezweifle ich.«

»Sie werden es so sehen. Ich habe von der Herberge aus meinem Großvater eine Nachricht zukommen lassen, um ihm zu versichern, dass ich in Sicherheit bin.« Sie spürte, wie er sich hinter ihr anspannte und eilig fügte sie hinzu: »Ich habe ihm nicht gesagt, wohin wir unterwegs sind, oder mit wem ich zusammen bin. Diesen Fehler habe ich schon einmal gemacht.«

»Was?« Barg seine Frage ein Körnchen Respekt?

Sie formte die Lippen zu einem sanften Lächeln. »Ich bin vor zwei Jahren mit dem Sohn des Schmieds durchgebrannt.«

»Du liebe Güte, das haben Sie nicht getan.«

»Doch, habe ich.« Sie seufzte und ließ mit einem Atemzug das Bedauern entweichen, das sie immer empfand, wenn sie an das unglückselige Vorhaben dachte. »Leider hinterließ ich eine Nachricht, und meine Eltern brauchten nicht lange, um uns in einer Herberge aufzuspüren.«

»Sind Sie zusammen durchgebrannt?«

»Nein, ich war nicht in ihn verliebt, und er war auch nicht in mich verliebt. Wir waren Freunde, die sich ein anderes Leben wünschten. Ich wollte nicht mit einem reichen Gentleman verheiratet werden, den ich nicht mochte, und er wollte kein Schmied werden.«

»Also sind Sie einfach davongelaufen.« Wieder kitzelte sein Atem ihren Nacken, was ihr einen Schauer über den Rücken jagte. Sie versuchte, sich steif zu halten, damit er ihre Reaktion auf seine Nähe nicht bemerkte.

»Wir hatten einen Plan – wir wollten nach Amerika gehen. Mein Fehler bestand darin, dass ich meinen Eltern dies in der Nachricht mitgeteilt hatte. Sie konnten uns bis zu einer Herberge an der Küste verfolgen, wo wir eine Schiffspassage buchen wollten.« Erinnerungen an diesen peinlichen Abend drängten sich in ihre Gedanken, doch sie schob sie beiseite.

»Wer hatte diesen Ausflug finanziert – Sie oder der Sohn des Schmieds?« Er stellte die Frage in einer Weise, die darauf schließen ließ, dass er die Antwort bereits kannte. Verflucht sei er für diese Frage, die sie an ihr schlechtes Urteilsvermögen erinnerte.

Die vertraute Hitze, eine Begleiterscheinung ihrer Erinnerungen an ihr missglücktes Abenteuer, stieg ihr über den Nacken auf. Sie war froh, dass er ihr Gesicht nicht sehen konnte. »Das war ich.«

»Und was ist mit dem Sohn des Schmieds passiert?«

Ihr Kiefer verspannte sich krampfhaft, aber sie zwang die Worte heraus. »Meine Eltern haben ihn nach Amerika gehen lassen – sie haben seine Überfahrt bezahlt.«

Er zog seine Hände von ihrer Taille zurück, sodass er sie nur noch knapp an den Seiten hielt. »Wie praktisch für ihn.«

Er legte die gespreizten Handflächen an ihren Brustkorb. Gleichwohl der Wechsel in seiner Berührung subtil war, fühlte sie sich plötzlich ganz und gar *umschmeichelt*. Dann war sein Mund nahe an ihrem Ohr, näher als je zuvor. »Wenn ich jemals nach Amerika gelange, sollte er sich besser vorsehen.«

Sie konnte das genussvolle Beben, das seine Worte in ihr auslösten, nicht unterdrücken. Sie hoffte nur, dass er es nicht spürte.

KAPITEL 4

Obwohl sie müde und hungrig waren, hatte Ethan sie gedrängt, bis an den Stadtrand von Reading zu reiten. Sie hatten ein kleines Gasthaus gefunden, in dem sie sich als ein junges Paar namens Miller ausgegeben hatten. Für diese List hatten sie nur ein Zimmerchen mieten müssen, was auch alles war, dass ihnen das winzige Etablissement zu bieten hatte.

Ethan mochte das Gasthaus, da es in einer ruhigen Gasse lag und eine leichte Fluchtmöglichkeit bot. Ihr Schlafzimmer lag zur Straße hin, und er ließ das Fenster offen, damit er jeden hören konnte, der sich näherte.

Das Abendessen war eine einfache Angelegenheit mit Rindfleisch und Kartoffeln, aber sowohl Audrey als auch er hatten ihren Hunger gestillt. Dann hatten sie sich in ihre Kammer zurückgezogen, einen kleinen quadratischen Raum mit einem Bett, einem Kamin, einem kleinen Tisch mit spindeligen Beinen mit Waschgerätschaften und einem Stuhl.

Audrey ging direkt zu dem Krug auf dem Tisch und goss Wasser in das daneben stehende Becken. »Es ist Zeit, Ihre Wunde zu versorgen. Setzen Sie sich.« Ihr Tonfall war so entzückend kommandierend, dass er zuließ, über sich bestimmen zu lassen.

Der Stuhl stand beim Feuer, das der Wirt während ihres Abendessens geschürt hatte. Sein Arm schmerzte, aber er hatte sich an den dumpfen Schmerz gewöhnt, und es war erträglicher als die stechenden Schmerzen, unter denen er vergangene Nacht gelitten hatte, als er um ihre Sicherheit gekämpft hatte.

Sie kam an seine Seite und half ihm aus der Jacke. Er zuckte zusammen, als das Kleidungsstück über seine Wunden glitt. Sie hatte ihm die Krawatte umgebunden, ehe sie ins Gasthaus gegangen waren, und nun löste er den Stoff und zog ihn von seinem Hals. Sie nahm ihm das Tuch ab und hängte es an einen Wandhaken, an dem sie auch seine Jacke aufgehängt hatte.

Jetzt würde er sein Hemd ausziehen müssen. Er blickte zu ihr auf, wie sie neben seinem Stuhl stand. Als Beweis für ihr Unbehagen war ihr Blick auf den Kamin hinter ihm gerichtet. Doch was war die Ursache für ihr Unbehagen? Es konnte alles Mögliche sein, und er hatte keinen Anhaltspunkt dafür, dass sie die unbestreitbare Anziehung erwiderte, die er in ihrer Gegenwart empfand. Das war aber auch ein verfluchtes Ärgernis. Würde er sie nicht mögen oder anziehend finden, wäre die ganze Eskapade viel unproblematischer. Er wünschte, er könnte sie beruhigen, doch es war eine Tatsache, dass er ihre Hilfe brauchte. »Sie müssen mir wieder mit meinem Hemd behilflich sein.«

Sie nickte unmerklich. »Heben Sie den linken Arm hoch.« Er tat, wie ihm geheißen, und sie schob ihm das Kleidungsstück über den Arm und über den Kopf, sodass nur noch sein rechter Arm umschlossen war. Dann zog sie es vorsichtig von ihm herunter, ohne ihm auch nur das geringste Unbehagen zu bereiten.

»Gut gemacht.« Als er aufblickte, erkannte er, dass sie ihn beobachtete.

Ihre Wangen röteten sich. Dann lenkte sie den Blick auf seinen Arm, während sie sich daran machte, den Verband zu lösen, den sie ihm am Morgen angelegt hatte. Vermutlich. Er hatte nicht das geringste Erinnerungsvermögen an das, was sie getan hatte.

Sie drückte sacht auf seine Haut, was ihn dazu veranlasste, sich auf die Wange zu beißen und sich zu fragen, warum er den Gastwirt nicht um eine Flasche Brandy gebeten hatte. »Ich glaube, der Umschlag zeigt Wirkung, den die Frau des Wirts gestern Nacht aufgelegt hat. Und sie war so freundlich, mir einen kleinen Tiegel davon mitzugeben.« Sie zog das Medikament aus ihrer Rocktasche.

Er sah auf die Wunde – oder die Wunden; wie er sich erinnerte hatte er zwei – und erblickte sie zum ersten Mal. Vor Überraschung bekam er große Augen. »Ich habe geschlafen, als jemand meine Haut zusammengenäht hat?«

»Nicht ganz.« Sie trat zum Wasserbecken und tauchte den Zipfel eines Handtuchs in das Nass. Als sie zurückkehrte, säuberte sie die Nähte der Stichwunde. Die Schusswunde sah aus, als hätte sie die Haut kaum durchdrungen, denn es war nur ein langer, geröteter Wulst zurückgeblieben.

Sie schraubte den Tiegel auf und strich etwas von der Salbe auf seine Verletzungen. »Sie haben noch schlimmer geflucht, als Sie es bei Bewusstsein tun. Sie hatten sowohl mich als auch die herzensgute Frau des Gastwirts zu einem Schicksal verdammt, das schlimmer als die Hölle ist. Die Einzelheiten werde ich gewiss nicht wiederholen.«

Daraufhin fühlte er sich ein wenig besser, oder vielleicht war es der Anflug von Humor, der ihre Mundwinkel umspielte. »Wie lange müssen die Fäden drin bleiben? Und wer wird sie entfernen?« Er war nicht gerade erpicht darauf, sie selbst zu ziehen.

Sie legte den Verband um seinen Arm wieder an, und ihre schlanken Finger arbeiteten flink. »Sie sagte, es könne vielleicht zwei Wochen dauern, jedoch würde ich das merken, und hat mir erklärt, wie sie entfernt werden.«

»Ich verstehe. Und woher hat diese hochgeschätzte Frau ihre medizinischen Kenntnisse?«

Sie blickte ihn an, ihre aquamarinfarbenen Augen schimmerten im Feuerschein. »Sie vertrauen keinem, oder?«

»Nein. Aber Sie geben doch zu, dass es seltsam ist, einer Frau zu begegnen, welche die Fähigkeit besitzt, Wundbrand abzuwehren. Die Stichwunde ist recht tief, nicht wahr?«

Sie verzog das Gesicht zu einer Grimasse, als sie den Verband festband. »Das stimmt. Wir hatten großes Glück, dass sie Ihnen helfen konnte. Ein Geschenk des Schicksals darf man nicht anzweifeln.«

Das würde er auch nicht, insbesondere nicht in seiner derzeitigen Lage. »Ich hätte gerne mehr davon.«

»Hätten wir das nicht alle gern?«, murmelte sie. Sie rückte von seinem Stuhl ab und blieb vor dem Feuer stehen. »Es gibt nur ein Bett.«

Das dieser Umstand sich als Problem erweisen würde, wusste er, doch er wollte nicht auf dem Stuhl oder auf dem Boden schlafen. Sein gesamter Körper schmerzte und war wund von den Ereignissen der vergangenen Nacht und davon, den ganzen Tag auf einem Pferd geritten zu sein. So viel war er nicht mehr geritten, seit sein Vater ihn auf seinen Landsitz mitgenommen hatte, und das lag fünfzehn Jahre zurück.

»Es ist groß genug für uns beide«, antwortete er. »Ich verspreche, meine Hände bei mir zu behalten. Es ist nicht so, dass ich mich besonders gut bewegen könnte.«

Sie schaute ihn an und ihr Blick verweilte für einen kurzen Moment auf seinem entblößten Oberkörper. Sie schlang die Hände umeinander und strich sich dann über die

Falten ihres Rocks. Befürchtungen und Angst strahlten von ihr aus und erfüllten die winzige Kammer.

»Ich werde auf dem Boden schlafen.« Sie schaute ihn nicht an. »Sie sollten das Bett nehmen.«

»Sch–« Er nahm sich gerade noch zurück, ehe er wieder fluchen konnte. Er musste wirklich aufhören, dies in ihrer Gegenwart zu tun. »Blödsinn. Am Rande des Bettes liegt eine Decke. Rollen Sie sie zusammen und legen Sie sie als Barriere zwischen uns. Reicht das aus?«

Sie warf einen kurzen Blick in seine Richtung. «Ich denke schon.« Noch immer klang sie zweifelnd.

Was er jetzt fragen wollte, würde die Angelegenheit nicht leichter machen, aber es musste getan werden. »Ich, ähm, ich brauche Ihre Hilfe beim Ausziehen meiner Stiefel.«

Ihr Kopf schnellte hoch. »Oh.« Sie kam auf ihn zu, und er betete, dass sie nicht zu seinen Füßen kniete. Er war sich seiner Hingezogenheit zu ihr bewusst, aber er hatte die Sache in seiner Fantasie nicht weiter vorangetrieben. Er hatte sich nicht gestattet, offenes Verlangen zu empfinden. Doch dann, lieber Gott, kniete sie nieder, und zum ersten Mal verkrampfte sich sein Körper vor Lust in ihrer Gegenwart. Er zwang sich, den Blick abzuwenden und wappnete seine Nerven für ihre Berührung.

Ihre Finger legten sich um seine Wade und zogen den Stiefel von seinem Fuß. Dann wiederholte sie den Vorgang mit dem anderen Bein und stand schnell auf. Als er es wagte, sie anzusehen, hatte sie sich bereits auf die andere Seite des Bettes zurückgezogen und war geschäftig dabei, die Decke zusammenzurollen.

Nachdem sie die Barriere in der Bettmitte platziert hatte, kroch sie unter die Bettdecke. »Schlafen Sie gut«, wünschte sie ihm, ehe sie sich zur Seite drehte.

Er wollte gerade fragen, warum sie vollständig bekleidet

schlief, um dann zu entscheiden, dass selbst er nicht solch ein Grobian war. Sie war eine keusche junge Frau, und er würde sie in Ruhe lassen.

Zum hundertsten Mal fragte er sich, was zum Teufel er mit ihr anfangen sollte. Sie *war* eine keusche junge Frau, von der wahrscheinlich alle dachten, er hätte sie entführt. Oder zumindest würde Bow Street das annehmen. Was wusste sonst noch jemand über ihr Verschwinden? Böse Vorahnungen kribbelten in seinem Bauch.

Dachte sein Bruder, er hätte sie entführt? Gerade erst waren sie zu einer Art von Übereinkunft gekommen. Ethan hoffte, Jason würde im Zweifelsfall seinem Wort Glauben schenken. Logischerweise musste Ethan sich allerdings fragen, warum er das tun sollte. Ethan hatte Jason nur sehr wenig Grund gegeben, sein Vertrauen in ihn zu setzen, und er selbst hatte deutlich klargestellt, dass er im Gegenzug niemandem vertrauen konnte.

Jasons Verlobte, Lydia, war Audreys beste Freundin. Sie musste vor lauter Sorge zergehen. Vor schmerzlichem Bedauern darüber verzog er das Gesicht zu einer Grimasse. Er wünschte, es gäbe eine Möglichkeit, ihnen mitzuteilen, was geschehen und dass Audrey in Sicherheit war, doch er wagte nicht, etwaige Briefe zu schicken. Bow Street war ihnen zu dicht auf den Fersen.

Ethan streckte die Beine aus und rutschte auf dem Stuhl hinunter, bis er mit dem Hinterkopf auf der Lehne auflag.

Zum ersten Mal seit über einem Jahrzehnt hatte er keinen soliden Plan. Sein Vater war gestorben, als Ethan gerade erst zehn Jahre alt war, und hatte ihm und seiner Mutter nichts hinterlassen außer dem kleinen Haus, das er bei Ethans Geburt für sie erworben hatte. Das Haus wäre ein ordentliches Erbe gewesen, hätte seine Mutter es nicht zur Begleichung von Schulden veräußert. Als sie seinem Vater vier

Jahre später in den Tod folgte, war Ethan auf sich allein gestellt und hatte nur den ehemaligen Liebhaber seiner Mutter, Davis, als Ratgeber. Ohne Geld und ohne Perspektive hatte Ethan eingewilligt, sich an der Seite von Davis zum Dieb und Räuber ausbilden zu lassen. Bis Ethan gezwungen war, seinem eigenen Leben dem von Davis den Vorzug zu geben.

Seitdem hatte Ethan die Jahre damit verbracht, nach diesem Credo zu leben – überleben um jeden Preis. Er lebte noch immer nach diesem Credo, denn sonst hätte er den Straßenräuber vielleicht nicht getötet. Ein Bild von Audreys entsetztem Gesicht stahl sich in seine Gedanken. Er kniff die Augen zu, um es zu vertreiben. Verdammt, er hatte versucht, sich zu ändern. Er wollte sich ändern. Er hatte eine Beziehung zu Jason aufgebaut, dem einzigen Familienmitglied, das ihm noch geblieben war, und ihm lag an deren Fortbestand. Das war der einzige Grund, warum er den gescheiterten Plan, Gin Jimmy auszuschalten, ausgeführt hatte. Die dauerhafte Ausschaltung Gin Jimmys bildete für Ethan die einzige Möglichkeit, sich wirklich von dem kriminellen Leben zu befreien, das er bedauerte.

Messerscharf bohrte sich der Ekel in ihn. Die Zukunft, die er mit Jason ersehnt hatte, war passé. Sobald Ethan seinen Fuß wieder auf Londoner Pflaster setzte, würde er wegen Mordes verhaftet, vor Gericht gestellt und wahrscheinlich gehängt werden. Oder aber Gin Jimmys Männer würden ihn zuerst in die Finger bekommen und dann wäre sein Schicksal weitaus schlimmer. Da keine der beiden Optionen annehmbar war, blieb nur die Möglichkeit, dieses so ersehnte Leben hinter sich zu lassen.

Aber wofür? Um mit Audrey durchs Land zu ziehen?

Er erhob sich von dem Stuhl und trat ans Bett. Noch immer lag sie auf der Seite, mit dem Rücken zu ihm, die Bettdecke bis zu den Ohren gezogen. Ihre dunklen Locken waren hochgesteckt, jedoch hatten sich ein paar aus den Haarklemmen gelöst. Sie standen in starkem Kontrast zu dem elfenbeinfarbenen Kissen unter ihrem Kopf. Er sehnte sich danach, über eine davon mit dem Finger zu streichen und seine Neugierde zu befriedigen, wie weich sie waren. Seit den Tagen ihres heimlichen Walzerunterrichts bewunderte er die Schönheit ihres Haares, das einen eigenen Willen zu haben schien, da es sich zielsicher jeder ordentlichen Frisur entzog.

Er legte sich aufs Bett und dehnte seine schmerzenden Muskeln, bis auf seinen Arm, der eine solche Aktivität nicht vertragen würde.

Sie war eine anständige junge Dame. Die mit ihm aus London geflohen war und sich dafür entschieden hatte, um des Abenteuer willens mit ihm weiterzuziehen. Hatte sie wirklich versucht, nach Amerika durchzubrennen? Er konnte sich vorstellen, wie sie einem unbekannten Land entgegensegelte, so wie ihr Haar sich mit einer ähnlichen Unbändigkeit gebärdete und vollkommen befreit von allen Fesseln, in der salzigen Brise unkontrolliert und wunderschön wehte. Er könnte sich ihr anschließen und einen Neubeginn in Amerika wagen.

Was für ein Blödsinn. Er war verflucht noch mal Ethan Jagger. Nein, *Lockwood*. Sohn eines Viscount und Bruder eines Viscounts. Er hatte nicht vor, sich mit eingezogenem Schwanz aus dem Staub zu machen. Er wollte das Leben, das er verdiente, das Leben, das er an der Seite seines Bruders gerade erst zu kosten begonnen hatte.

Er drehte sich um und betrachtete die schlafende Audrey. Und stellte sich das Leben vor, das er hätte führen können, wenn sein Vater nicht gestorben wäre. Oder wenn seine Mutter nicht gestorben wäre und ihn mittellos zurückgelassen hätte. Oder wenn Davis ihn nicht rekrutiert hätte.

Oder wenn er sich nicht so leicht und gründlich hätte korrumpieren lassen.

Rückblickend schien es, als sei alles so gekommen, wie es kommen musste. Und wenn er sich noch so sehr wünschte, die Dinge wären anders, konnte er nicht ändern, wer er war und was er wahrscheinlich für immer bestimmt war zu sein: ein Krimineller.

~

Audrey erwachte kurz nach Sonnenaufgang. Normalerweise war sie keine Frühaufsteherin, jedoch teilte sie gewöhnlich auch ihr Bett nicht. Mit niemandem, schon gar nicht mit einem *Mann.* Die Barriere, die sie zwischen ihnen errichtet hatte, war immer noch an ihrem Platz. Sie spähte darüber hinweg. Mr. Locke lag auf dem Rücken. Den gesunden Arm hatte er über den Kopf gelegt und die dunklen Wimpern schmiegten sich an seine Wangen. Sie schaute bewundernd auf diese Wimpern, die lang und luxuriös wirkten, was für einen Mann absolut ungerecht war. Audrey wünschte sich, die ihren wären so spektakulär. Stattdessen waren sie einfach nur braun und unscheinbar. Wie alles andere von ihr.

Ruhend wirkte Mr. Locke jünger. Sein tintenschwarzes Haar war dicht und musste gestutzt werden. Sein Bart war noch länger, und überrascht stellte Audrey fest, dass sie es immer noch attraktiv fand. Trotz des Bartwuchses wirkte sein Kinn kantig und kräftig. Er mochte im Schlaf jung aussehen, doch er strahlte auch eine Kraft und Anziehung aus, die nicht zu leugnen war. Das galt zumindest für sie.

Mr. Locke schlug schlagartig die Augen auf, und plötzlich lag er auf ihr. Er hatte sich wie Quecksilber gerollt und presste sie in die Matratze.

Sie keuchte – sowohl vor Überraschung als auch wegen

des Schocks, den sein maskuliner Körper auf sie ausübte. Er war hart und muskulös, und zum ersten Mal in ihrem Leben fühlte sie sich anmutig und ungemein weiblich.

Er schaute sie mit seinen grauen Augen an, aber sie konnte nicht sofort erkennen, was er dachte. Doch dann zog er eine Augenbraue hoch und murmelte: »Guten Morgen«, ohne auch nur ein bisschen entschuldigend zu klingen.

»Wie bitte?«, entgegnete sie und verzweifelt versuchte sie zum tausendsten Mal in seiner Gegenwart nicht zu erröten.

Er blickte auf sie herab und studierte ihr Gesicht. Seine Hände lagen auf beiden Seiten ihres Kopfes, während sich seine Hüften fest gegen ihre pressten.

Sie krümmte sich unter ihm, was die Nähe nur noch verstärkte. Zwischen ihren Beinen zuckte es heiß und sie wollte ihn zu mehr einladen.

Er rollte sich sanft von ihr herunter, sodass seine Hüften ihre berührten, als er sich auf seine Seite des Bettes zurückzog.

Sie sprang auf, begierig darauf, Abstand zwischen sie zu bringen. »War das nötig?«

Er massierte seinen bandagierten Arm. »Wir befinden uns in einer prekären Situation. Ich bin auf der Hut.«

»Sie dachten, ich sei eine Bedrohung?«

»Nicht unbedingt Sie. Ich habe nicht sofort begriffen, wer Sie sind. Verzeihen Sie mir, dass ich nicht gewohnt bin, neben einer schönen jungen Dame der Gesellschaft aufzuwachen.« Er schwang die Beine über die Bettkante.

Er fand sie schön? Warm durchflutete es sie. Als sie ihm das Walzertanzen beigebracht hatte, hatte er ihr mit ähnlichen Komplimenten geschmeichelt und er hatte mit ihr geflirtet, was sie allerdings als den Charme eines Gentlemans abgetan hatte. Er war ungemein gut aussehend, und Männer, die wie er aussahen, flirteten mit jeder. Nun, mit allen außer ihr.

Sie brachte sein Hemd und half ihm, das Kleidungsstück anzuziehen, wobei sie versuchte, ihren Blick von den Muskeln abzuwenden, die sich auf seinem Rücken, seiner Brust und seinen Armen wölbten. Er hatte überall Muskeln. Das war sehr beunruhigend. Als er angezogen war, holte sie tief und anhaltend Luft. Viel besser.

Sie brachte seine Stiefel und zog sie ihm über die Waden, nachdem er seinen Fuß hineingesteckt hatte. »Ich binde Ihnen am besten die Krawatte wieder um.« Sie legte ihm das Tuch um den Hals und rückte seinen Hemdkragen zurecht. Er schaute sie aufmerksam an, und seine Augen bohrten sich dabei mit einer Hitze in sie, die sie bis in die Zehenspitzen spürte. War das beabsichtigt? Flirtete er wieder mit ihr? Sie war sich nicht sicher, ob sie das aushalten konnte. Vor ihm hatte noch nie jemand mit ihr geflirtet.

Sie senkte den Blick auf die Krawatte, die ihre ungeschickten Finger zu einem Knoten zu schlingen versuchten. »Bitte schauen Sie mich nicht so an.«

»Wie denn?«

Sie wagte einen Blick zu ihm, was sie bereute, da sein Blick sich nur noch verstärkt hatte, wenn das überhaupt möglich war. Außerdem hatte er seine Augenbraue schon wieder auf diese frustrierend provozierende Weise hochgezogen. »Ach, unwichtig.« Sie wusste, sie hatte gemurmelt, doch es war ihr zutiefst peinlich, die Aufmerksamkeit auf ihr Unbehagen zu lenken. Das ständige Erröten war schon schlimm genug.

Sie beendete ihre Aufgabe so rasch wie möglich und half ihm dann in die Jacke. Schließlich waren sie aufbruchbereit.

»Was ist mit Ihrem Haar?«, fragte er.

Über ihren aufgeregten Zustand war ihre eigene Toilette vollkommen in Vergessenheit geraten. Natürlich würde ihr Haar eine Katastrophe sein, aber sie hatte keine Haarbürste und hatte mehr Haarnadeln verloren, wie ihr übrig blieben.

Ein kleiner Spiegel an der Wand offenbarte ein vollkommen derangiertes Desaster. Jetzt zweifelte sie an der Aufrichtigkeit seines Flirts – er wollte sie sicher nur beschwindeln. Kein Mensch würde sie attraktiv finden, und schon gar nicht ein Mann wie er.

Sie zog die noch vorhandenen Nadeln aus ihrem Haar und blickte sich nach einer Stelle um, an der sie sie ablegen konnte.

Er tauchte mit geöffneter Handfläche neben ihr auf. Dort lagen bereits drei Haarnadeln.

Sie sah zu ihm auf. »Wo haben Sie die gefunden?«

»Im Bett.« Die alleinige Erwähnung des Wortes Bett drohte, ihr wieder die Hitze in den Nacken zu treiben, doch es gelang ihr, sie in Schach zu halten. »Ich halte die anderen fest, während Sie die Korrekturen vornehmen. Es tut mir leid, dass Sie keine Bürste haben.« Die Tatsache, dass er aufrichtig entschuldigend klang, machte die Sache nur noch schlimmer. Warum musste er auch so ritterlich sein, wenn sie genau wusste, dass er wahrscheinlich kein Gentleman war?

Sie gab ihm die Nadeln in die Hand. »Danke.« Der Versuch, ihr Haar zu einem annehmbaren Knoten zu frisieren, war nahezu unmöglich, doch es gelang ihr – zumindest für den Augenblick – ihn festzustecken. Zweifellos würde er sich unweigerlich nach und nach auflösen, sobald sie wieder unterwegs waren.

»Fertig?«, fragte er auf seinem Weg zur Tür.

»Ja.« Sie folgte ihm aus der Kammer und die schmale Treppe hinunter in den beengten Schankraum.

Die Frau des Wirts begrüßte sie und bot ihnen eine bescheidene Mahlzeit aus Kartoffeln, Schinken und Brot an. Als sie fertig waren und sich zum Gehen anschickten, kam sie mit einem kleinen Beutel auf Audrey zu. »Dies ist für Ihr Mittagessen«, meinte sie freundlich. »Und dies hier habe ich auch für Sie.« Sie reichte Audrey eine Haube und eine ... Bürste.

Audrey warf einen Blick zu Mr. Locke, der sich nahe der Eingangstür mit dem Gastwirt unterhielt. Er hatte um diese Sachen für sie gebeten, da war sie sich sicher.

»Und keine Sorge«, sagte die Frau des Gastwirts, »Ihr Geheimnis ist bei uns sicher. Niemand wird erfahren, dass die Millers hier vorbeigekommen sind. Ich weiß, dass Miller wahrscheinlich nicht Ihr richtiger Name ist.« Sie zwinkerte Audrey zu und umarmte sie kurz.

Was für ein Geheimnis hatte Mr. Locke ihnen erzählt? Audrey setzte sich die Haube auf und verstaute die Bürste im Proviantbeutel. »Vielen Dank für Ihre Freundlichkeit.« Sie drehte sich um und trat zu Mr. Locke.

Er öffnete ihr die Tür, und sie traten in den bedeckten Morgen hinaus. »Was ist das?«, fragte er und nickte in Richtung des Beutels.

»Proviant von Mrs. Hodges. Danke, dass Sie nach der Haube und der Bürste gefragt haben.«

Er sah sie fragend an. »Woher wissen Sie, dass ich es war?«

»Woher hätte sie es sonst wissen sollen?«

Er zuckte mit den Achseln und ging auf den Schuppen zu, in dem ihr Pferd untergebracht war. »Vielleicht war sie einfach nur aufmerksam.«

Audrey starrte ihm nach. »Wollen Sie damit sagen, es war offensichtlich, dass mein Haar eine Bürste nötig gehabt hatte?«

Er drehte sich um. »Wollen Sie einen Schurken aus mir machen?«

Sie erschauderte innerlich. *War* er nicht ein Schurke? »Welche Geschichte haben Sie ihnen aufgetischt?«

»Das, was wir vereinbart haben: dass wir ein junges Ehepaar sind.«

Die ungebundenen Bänder ihrer Haube flatterten im Wind. »Das kann nicht alles sein, was Sie gesagt haben. Mrs. Hodges meinte, ich solle mir keine Sorgen machen, unser ›Geheimnis‹ sei sicher.«

Er stieß die Luft aus und schritt auf sie zu. Dann nahm er sie an der Hand und zog sie auf den Schuppen zu. »Wir müssen uns auf den Weg machen.«

»Sie werden mir nicht verraten, was Sie gesagt haben, nicht wahr?«

»Was macht das schon?« Als sie beim Schuppen ankamen, ließ er ihre Hand los.

Sie wollte die Wahrheit wissen. Sie war sich inzwischen ziemlich sicher, dass er ein Verbrecher war. Das musste er einfach sein. Warum sonst würde er vor Bow Street fliehen? Und warum würde er ihr sonst die Wahrheit vorenthalten? Und noch wichtiger: Wenn sie glaubte, dass er ein Krimineller war, warum vertraute sie ihm dann? Sie hatte ihm am Vorabend einen Teil ihres Geldes gegeben, damit er ihre Unterkunft bezahlen konnte. Hatte er alles aufgebraucht? Er hatte ihr nichts davon zurückgegeben.

»Wo ist der Rest des Geldes, das ich Ihnen gegeben habe?«, fragte sie, als ihr Misstrauen sie übermannte.

Er nahm ihr den Beutel ab und band ihn auf den Rücken des Pferdes, das nun einen Sattel trug. »Ich musste alles aufbrauchen.«

Sie war froh, dass sie ihm nicht alles gegeben hatte. »Warum?«

Er band das Pferd los und führte es in den Hof. »Die Unterkunft, Ihre Ausrüstung, der Sattel und ein zweites Pferd, das wir irgendwann zurückbringen müssen. Ich konnte es mir nicht leisten, sie ganz zu kaufen.« Er nickte in Richtung der Gasse.

Ein Junge führte ein weiteres Pferd auf sie zu. Er betrat

den Hof, berührte seine Mütze und reichte Mr. Locke die Zügel.

»Danke, Junge.« Mr. Locke gab ihm einen Penny, und der Junge drehte sich um und lief den Weg zurück, den er gekommen war. »Tatsächlich war *das* das letzte Geld.«

Sie sah sich das zweite Pferd an. »Warum brauchen wir ein weiteres Reittier?«

»Ich dachte, wir kämen schneller voran, wenn wir getrennt ritten. Und ich dachte, Sie würden Ihr eigenes Pferd zu schätzen wissen – mit einem Damensattel – Sie sind eine sehr gute Reiterin.«

Ein weiteres Kompliment und ein weiteres freudiges Erröten. Sie musste zugeben, dass es wahrscheinlich sicherer war – zumindest für ihr Zartgefühl –, wenn er nicht hinter ihr gepresst säße. »Ich danke Ihnen.«

»Darf ich Ihnen aufhelfen?«

Sie band sich die Haube unter das Kinn. »Ja, bitte. Hat sie auch einen Namen?«

»Sie heißt Athena, wurde mir gesagt.« Er hob sie auf das Pferd und bestieg dasjenige, das sie am Tag zuvor gestohlen hatten. »Ich schätze, wir werden diese Stute hier weiterhin ›Mädchen‹ nennen müssen.«

Audrey plagte ein schlechtes Gewissen, da sie das erste Pferd gestohlen hatten, und sie fühlte sich erheblich besser, weil sie heute für alles bezahlt hatten, auch wenn das bedeutete, dass ihre finanziellen Mittel zur Neige gingen. Und sie war auch froh, dass er bezahlt hatte, anstatt auf Diebstahl zurückzugreifen. Vielleicht war er ja doch kein richtiger Krimineller. »Meinen Sie, wir könnten Ihr Pferd dem Bauern zurückgeben, von dem wir es, ähm, geliehen haben?«

»Ich denke schon.« Er klang nicht, als sei ihm dieser Gedanke schon einmal durch den Kopf gegangen. »Um ehrlich zu sein, weiß ich nicht einmal, wie wir jemanden finden, um Ihr Pferd zurückzubringen.«

Hatte er gelogen? »Aber Sie haben gesagt, Sie würden das. Es zurückgeben, meine ich.«

»Das habe ich, und ich werde es versuchen.« Er warf ihr einen strengen Blick zu. »Manchmal nimmt das Leben nicht den Lauf, den wir planen.«

Dessen war sie sich durchaus bewusst. Dennoch verspürte sie eine leichte Unbehaglichkeit.

Als sie vom Hof ritten, drehte er sich zu ihr um und meinte: »Mr. Hodges hat mir eine Wegbeschreibung nach Wootton Bassett gegeben. Freilich ohne Benutzung der Hauptstraßen.«

Ja, natürlich. Das hatte Mr. Hodges gewiss sonderbar gefunden. Plötzlich hatte sie es satt, dass er ihr Informationen vorenthielt. »Warum ist die Bow Street hinter Ihnen her? Ich denke, ich habe ein Recht zu erfahren, wovor ich fliehe.«

»*Sie* fliehen vor gar nichts.« Er trieb sein Pferd in den Trab.

Sie folgte ihm und holte mühelos auf. Sie würde nicht zulassen, dass er ihre Fragen erneut ignorierte. Vielleicht konnte sie eine andere Möglichkeit probieren, um etwas über seine streng gehüteten Geheimnisse zu erfahren. »Ich habe mir Gedanken über Sie gemacht. Sie wissen eindeutig, wie man stiehlt. Ich frage mich, ob Sie das Herz einer Dame gestohlen haben. Dazu sind Sie jedenfalls charmant und gut aussehend genug.«

Er blickte zu ihr hinüber. »Sehr amüsant.«

»Bow Street wäre wegen eines solchen Unsinns natürlich nicht hinter Ihnen her. Also haben Sie vielleicht etwas anderes gestohlen.«

Er hatte den Blick wieder nach vorn gerichtet, doch in seinem Profil konnte sie seinen finsteren Blick erkennen.

Sie fuhr mit ihrem Schema der Befragung fort. »Oder vielleicht war es ein ganz anderes Vergehen. Vielleicht haben Sie sich in der Öffentlichkeit betrunken aufgeführt.«

»Haben wir das nicht alle? Außer Ihnen natürlich, es sei denn, Ihre zwei Sherrys am Michaelistag haben Sie dazu verleitet, in der Öffentlichkeit Amok zu laufen.«

Sie lächelte. »Wie steht es mit Blasphemie? Sie fluchen gewiss gern und reichlich.«

»Macht Ihnen das Spaß?«

»In Ermangelung Ihrer Offenheit muss ich meine eigenen Vermutungen anstellen.« Und ja, es *machte* ihr Spaß. »Ich weiß! Ehebruch. Wie ich schon sagte, sind Sie zu gut aussehend für Ihr eigenes Wohl.«

»Na schön.« Er warf ihr einen bitteren Blick zu. »Wenn ich Ihnen etwas verrate, werden Sie dann aufhören?«

Sie hatte gehofft, ihn abzulenken, doch das stellte sich als schwierig heraus. »Das hängt davon ab, was Sie mir sagen.«

»Als ich ein Junge war, nannte man mich ›Pretty Boy‹.« Ein müder Hohn lag in seinem Tonfall, der sie zum Lachen reizte.

Sie sah zu ihm hinüber. Ja, er hatte ein schönes Gesicht, doch seine Anziehungskraft war so viel mehr als das. Er besaß eine Ausstrahlung – von Autorität und Arroganz, von Intelligenz und Witz, die ihm eine Aura von Macht verlieh, als hätte er jede Situation absolut im Griff. »Darf ich Sie Pretty Boy nennen?«

Er drehte seinen Kopf und ihre Blicke trafen sich. Das Eis in seinen Augen ließ sie frösteln. »Nein, das dürfen Sie nicht«, antwortete er. »Ich habe diesen Spitznamen gehasst. Keiner hat mich je ernst genommen.« Er parierte sein Pferd bis zum Stillstand, und sie tat dasselbe, weil sie sich von ihm gänzlich in Bann geschlagen fühlte.

»Möchten Sie wissen, wie ich diesen Spitznamen losgeworden bin?«, fragte er leise. Gefährlich.

Ein Schaudern durchschoss sie von innen. »Ja.« Das Wort war kaum noch ein Flüstern.

»Als Junge habe ich mich in einer Diebesbande verdingt. Als ich fünfzehn war, hatte ich es satt, wegen meines Aussehens gehänselt zu werden. Ich wollte Macht. Prestige. Respekt. Also tötete ich den Anführer der Bande und nahm seinen Platz ein. Nie wieder nannte mich jemand ›Pretty Boy‹.«

KAPITEL 5

Als die Sonne allmählich unterging, schaute Ethan zu Audrey hinüber. Sie hatten kaum ein Wort miteinander gewechselt, seit er ihr erzählt hatte, dass er Four-Finger Tom getötet hatte, und das war schon Stunden her. Sie hatten kurz zum Mittagessen und ab und an zur Erledigung persönlicher Bedürfnisse haltgemacht, aber die meiste Zeit waren sie unermüdlich geritten. Ihm lag daran so viele Meilen wie möglich zwischen sich und London zu bringen. Doch was dann? In der Nähe von Wootton Bassett bleiben, bis wann? Bis in alle Ewigkeit? Ihn juckte die Haut bei der Aussicht, sich in einem winzigen Dorf mitten auf dem Land niederzulassen.

»Werden wir bald haltmachen?« Ihre Stimme klang erschöpft, und ihre Haltung war die einer Person, die es müde war, auf einem Pferd zu sitzen. Ethan wusste das, denn sie musste seine eigene Haltung widerspiegeln, dessen war er sicher.

Er war müde, ihn schmerzte alles, weil er so lange im Sattel gesessen hatte, und sein Arm quälte ihn gelegentlich fast unerträglich. Er wollte haltmachen, aber es war kein

Dorf in Sicht. »Ich weiß nicht, ob wir vor Einbruch der Dunkelheit eine Bleibe finden werden. Vielleicht müssen wir uns mit etwas anderem begnügen.«

Sie lenkte ihr Pferd näher an ihn heran und ließ sie nebeneinander gehen. »Was soll das heißen?«

»Es bedeutet, dass wir vielleicht dort schlafen müssen, wo wir einen Unterschlupf finden. Vorausgesetzt, wir finden überhaupt einen.«

Sie antwortete nicht und hielt ihren Blick geradeaus gerichtet. Er sollte sich dafür entschuldigen, dass er sie vorhin erschreckt hatte. Denn er hatte sie erschreckt, da war er sich sicher. Er hatte nicht nur Diebstahl, sondern auch einen Mord zugegeben.

Er hatte überlegt, was er tun sollte, und versucht, einen Plan zu entwickeln. Sie aus London heraus zu bringen, war eine Reaktion aus dem Bauchgefühl heraus gewesen. Ja, sie hatte sich wegen Gin Jimmy in Gefahr befunden, aber Ethan fragte sich, ob er nicht Jason hätte bitten können, für ihre Sicherheit zu sorgen. Er war sich sicher, dass sein Bruder damit einverstanden gewesen wäre. Wenn Ethan ihm nur vertraut hätte. Oder auch nur daran gedacht hätte, ihm zu vertrauen. Liebe Güte, einen Verbündeten zu haben – einen echten, blutsverwandten Verbündeten – war gewöhnungsbedürftig.

Wieder warf er einen Blick auf Audrey, die in ihrem Sattel immer mehr zusammenfiel. Seine Zukunft war so ungewiss wie immer. Sie war eine Bürde, die er sich im Grunde genommen nicht leisten konnte, und er hatte getan, was er sich vorgenommen hatte - er hatte sie aus London herausgebracht. Er erwartete nicht, dass Gin Jimmy oder Bow Street, die wahrscheinlich keinen Ermittler für eine fröhliche Verfolgungsjagd entbehren konnten, ihnen so weit folgen würden. Immer kam Ethan im Geiste auf die offensichtliche Lösung zurück: Sobald sie Wootton Bassett erreichten, würde er sie bei ihren Freunden lassen – so fern von London wäre sie sicher – und dann würde er seiner Wege gehen.

Endlich kam ein kleines Gebäude in Sicht. Es lag am Rande eines großen eingezäunten Geländes, auf dem ein Dutzend Schafe im goldenen Licht der untergehenden Sonne grasten, das wie Sprenkel durch die Wolken fiel.

»Wird das genügen?«, fragte sie und beäugte die Schutzhütte.

»Finden wir es heraus.« Er trieb sein Pferd in einen leichten Galopp und hielt am Rande des Geheges an. Dort stieg er ab, wobei seine Wunden aufgrund der Bewegung wütend protestierten. Ihm wackelten die Beine, als wären sie aus Pudding. Er band das Pferd am Zaun an und kletterte hinüber, um den Bau in Augenschein zu nehmen.

Es war klein, vielleicht vier mal fünf Meter groß, mit drei Wänden und Stützpfeilern an der offenen Seite, die zur Weide zeigte. Der Boden aus Erde war mit Heu bedeckt. Leider gab es keine Decken, doch wenn sie auf der Suche nach etwas Besserem weiterritten, würden sie vielleicht nichts anderes mehr finden. Dies war zumindest ein Unterschlupf.

Er humpelte zum Zaun zurück, Gott, sein Hintern tat ihm weh. Sie saß immer noch im Sattel. Kluges Mädchen. Nun, da er nicht mehr im Sattel saß, wollte er wirklich nicht mehr auf sein Pferd steigen.

»Es ist ein Unterstand mit einem erdigen Boden.« Er hatte schon in schlimmeren Unterkünften genächtigt.

»Meinen Sie, wir finden etwas Besseres?«

Er warf einen Blick auf den rasch dunkler werdenden Himmel. »Wahrscheinlich nicht, ehe die Sonne untergeht.«

»Dann sollten wir hier bleiben.« Sie war bereits dabei, von ihrem Reittier herunterzugleiten, ehe er ihr zu Hilfe eilen konnte. Nicht, dass er mit seinem Arm eine große Hilfe gewesen wäre. Was für ein Gentleman er doch geworden war.

Er wollte auf etwas einschlagen oder jemanden anschreien. Das waren die üblichen Methoden, mit denen er seine frustrierte Energie loswurde. Das waren ganz eindeutig nicht die Handlungen eines Gentlemans. Aber hatte er dieses Bestreben nicht gründlich verpatzt? Jetzt gab es keine Hoffnung mehr für ihn. Wenn er nach London zurückkehrte, würde er gehängt werden. Seine beste Hoffnung war ein Neuanfang woanders, es sei denn, er wollte es mit Teague und dem Rest der Bow Street aufnehmen. Die glasklare Antwort darauf lautete nein, aber hatte sich sein Leben nicht verändert? Er hatte seinen Bruder, an den er sich wenden konnte, und vielleicht sogar Lord Daniel Carlyle, einen Viscount, der ein ehemaliger Friedensrichter war. Ethan hatte ihm einmal das Leben gerettet – und das Leben seiner Frau. Würde er Ethan zu Hilfe kommen? Gleichwohl er Ethan mindestens einen Gefallen schuldete, wenn nicht sogar zwei, weil er ihm in der Vergangenheit geholfen hatte, half man jemandem nach Ethans Erfahrung nur, wenn man selbst etwas davon zu erzielen hatte, und Ethan hatte keinem etwas anzubieten.

Audrey band ihr Pferd neben seinem an, dann nahm sie das Proviantpaket vom Sattel und kam zum Zaun. Die Umzäunung war nur etwas über einen Meter hoch, also reichte sie Ethan den Beutel und hievte sich hinauf. Als ihre Röcke sich verfingen befreite Ethan den Stoff, sodass sie ungehindert herunterspringen konnte.

»Ich kümmere mich gleich um die Pferde«, meinte Ethan und folgte ihr in den Unterstand.

Sie musterte das Innere und drehte sich dann zu ihm um. »Ich schätze, das ist besser als nichts. Ich werde etwas zu essen richten.« Sie hielt ihm die Hand hin, damit er ihr den Beutel mit dem Essen zurückgab.

»Machen Sie sich keine Mühe.« Er zog ein kleines Stück Käse aus dem Beutel und reichte ihr das Päckchen. »Ich werde einfach essen, bevor ich mich um die Tiere kümmere.«

Ihre Augen trafen zögernd seine. »Wird es so ablaufen? Sie sagen mir, Sie hätten jemanden getötet, und das ist alles? Ich habe alles getan, worum Sie mich gebeten haben. Ohne mich wären Sie in der Tat Gott weiß wo, seit Ihr Geld gestohlen wurde.«

Er sah sie mit hochgezogener Augenbraue an. »Nehmen Sie an, mein Geld *wäre* gestohlen worden, wenn Sie mich nicht begleitet hätten?«

Sie erbleichte. Er verkniff sich eine Entschuldigung und hasste es, dass er in den letzten Wochen so empfindsam geworden war. Aber warum? Hatte er sich nicht ändern *wollen?* Wenn er die Hülle seines früheren Lebens ablegen wollte, was gab es Besseres, als Freundlichkeit zu zeigen, und insbesondere ihr gegenüber? »Verzeihung«, meinte er leise. Ja, zumindest das hatte sie verdient. Und ein Mindestmaß an Aufrichtigkeit. »Ich glaube, Sie werden in Wootton Bassett außer Gefahr sein. Ich kann nicht glauben, dass Gin Jimmy uns so weit weg von London folgen würde.«

Sie hielt den Beutel und starrte ihn an. »Haben Sie vor, mich im Stich zu lassen?«

Sein Temperament – mürbe von der Reise, seinen Wunden und vor allem mangels eines Plans – drohte zu explodieren. Mit einer Hand wischte er sich über die Stirn und rieb sich kurz die Augen. Als er sie wieder ansah, beobachtete sie ihn immer noch, aber in ihrem Blick lag eine gewisse Vorsicht. »Ich lasse Sie nicht im Stich. Ich habe Sie aus London herausgebracht und Gin Jimmys Männer werden die Stadt nicht verlassen. Diese Leute in Wootton Bassett sind Ihre Freunde. Bei ihnen zu bleiben ist viel besser als ein Leben auf der Flucht.«

»Und was dann? Soll ich für immer dort bleiben? Alleine?«

Die Enttäuschung in ihrer Frage ließ ihn zusammenzucken. Er hatte nicht vorgehabt ... was zu tun? Ihr Hoffnung zu machen? Auf was? Er beugte sich zu ihr und zog die Augen zusammen. »Was erwarten Sie von mir? Wie Sie so akkurat festgestellt haben, bin ich ein *Krimineller,* und kein Gentleman, der Sie in ein Fantasieleben entführt.«

Vielleicht zum Schutz zog sie den Beutel näher an die Brust. Vielleicht wollte sie aber auch nur an etwas festhalten, weil sie sich völlig haltlos fühlte, und genauso fühlte er sich auch. »Ich glaube nicht, dass Sie ein Krimineller sein wollen.«

Das hatte er nie wirklich *gewollt*. Aber es war besser als betteln gewesen. Oder sterben. »Ich habe den Burschen getötet, weil ich es musste. Er hatte mich so weit ausgegrenzt, dass ich aus der Bande entfernt worden wäre.«

Sie blinzelte. »Entfernt?«

»Getötet.«

»Sie hatten keine andere Wahl?«

»Nicht, wenn ich leben wollte, Audrey.« Es war das erste Mal, dass er ihren Vornamen in einem Moment benutzte, in dem es nicht um die Verteidigung ihres Lebens ging, und er mochte, wie er sich auf seiner Zunge anfühlte. »Ich habe auf der Straße gelebt. Nach dem Tod meiner Mutter hatte es niemanden gegeben, an den ich mich hätte wenden können, niemanden, der sich für mich interessierte. Ich habe das Beste aus meinem Leben gemacht, mit allem, was ich vermochte.«

Dieses Leben schien so weit entfernt zu sein, wie das Leben eines anderen.

»Jetzt haben Sie diese Chance wieder«, sprach sie sanft. »Sie können ändern, was Sie sind, und wer Sie sein wollen.«

Das hatte er vor diesem Schlamassel mit Wolverton

versucht. »Ich hatte nie etwas anderes gewollt, als meinem Bruder Schmerz zuzufügen. Ihn so verletzen, wie er und seine Mutter mich verletzt hatten.«

Der Schmerz in ihren Augen hatte sich zu Mitgefühl gewandelt. Zumindest nahm er an, es könnte welches sein – so ganz sicher war er sich nicht, da es ihm so selten entgegengebracht worden war. »Warum?«, fragte sie.

Es gab keinen Grund, es ihr nicht zu sagen. Es war kein Geheimnis, und es bedeutete nicht, dass er ihr vertraute. Die Tatsachen seines Lebens waren einfach Tatsachen – kalte Fakten, die er nicht ändern konnte. »Als meine Mutter starb, hatte ich nichts. Niemanden, außer ihren letzten Beschützer.« Ein Bild von Davis´ grauem und verzweifeltem Gesicht, kurz bevor ihm die Kapuze am Tag der Hinrichtung über das Haupt gestülpt worden war, wurde vor Ethans innerem Auge lebendig. »Aber er war ein Verbrecher, und ich war zu einem Gentleman erzogen worden. Ich hätte nach Oxford gehen sollen.« Der Schmerz über seine verlorenen Träume überwog sogar noch den qualvollen Schmerz in seinem Arm.

»Ich ging zu Jason und seiner Mutter und flehte sie an, mich aufzunehmen. Sie lachte mir ins Gesicht. Dann spuckte sie mich an.« Seine linke Hand rollte sich unwillkürlich zu einer Faust zusammen.

»Jason hatte sich nicht eingemischt?«

Ethans antwortendes Lachen war genauso hohl und finster wie die Hülle seines Herzens. »Warum sollte er? Er hatte mich fast ebenso sehr gehasst wie sie. Sie hat mich zurück auf die Straße gesetzt und ich hatte keine andere Wahl, als Davis´ Schutz anzunehmen. Was bedeutete, dass ich mit ihm als Diebesfänger arbeiten musste.«

Sie runzelte die Stirn. »Das ist doch nichts Schlimmes.«

»Doch! Wenn er die Diebstähle einfädelte und die Diebe ins Gefängnis schickte oder einem schlimmeren Schicksal auslieferte. Und als er plante, mich auf dieselbe Weise zu benutzen …«

»Was meinen Sie?« Das Entsetzen in ihrer Frage passte zu dem vertrauten Gefühl des Verrats, das in seiner Magengrube rumorte.

»Es wurde gegen ihn ermittelt und er wollte den Verdacht von sich ablenken. Er hatte mir eine Falle gestellt, damit ich den Kopf für ihn hinhalten sollte, doch ich war dahintergekommen und dann war er derjenige, der am Galgen gebaumelt hat.«

Und das war der Auftakt zu Ethans Untergang gewesen. Danach schloss er sich der Diebesbande an, die von Four-Finger Tom angeführt wurde. Nachdem er sie übernommen hatte, erlangte er Respekt und Macht. Bald darauf hatte er für Gin Jimmys Mannschaft zu arbeiten begonnen und sich im Laufe der Jahre hochgearbeitet, bis er zu einem von Jimmys zuverlässigsten Männern aufgestiegen war.

Audrey setzte den Beutel ab und kam auf ihn zu. Ihre Augen waren weich und fürsorglich. Noch nie hatte ihn jemand so angesehen. Nicht einmal seine Mutter, als er noch ein kleiner Junge gewesen war. Er konnte ihre Besorgnis nicht ertragen. So etwas Reines hatte er nicht verdient. Er wich zurück. »Ich kümmere mich um die Pferde.«

»Warten Sie.« Sie berührte seinen Arm und es war wie der Energieschub, den er kurz vor einem Kampf oder einem Diebstahl erlebte. Aber tausendmal besser. »Ich kann mir das Leben nicht vorstellen, das Sie geführt haben, was Sie überwunden haben …«

Er wollte ihr Mitleid nicht, und er verdiente auch ihr Verständnis nicht. »Nein, das können Sie sich nicht vorstellen. Und deshalb werden sich unsere Wege trennen. Ich bin ein Verbrecher, und mehr werde ich nie sein.« Die Erkenntnis durchbohrte ihn, bis er sich übergeben wollte.

Sie drückte ihm ihre Finger in den Unterarm. »Warum

haben Sie Walzertanzen gelernt? Sie haben sich wie ein Gentleman benommen. Ganz London hält Sie für den charmanten, lang verschollenen Halbbruder Jason Lockwoods.«

»Bin ich das nicht?« Er befreite seinen Ellbogen aus ihrem Griff. »Ich *bin* der lange verschollene Bruder von Jason Lockwood, aber seien Sie versichert: Ich bin kein Gentleman.«

~

Später in der Nacht kauerte Audrey in der Ecke des Schafunterstands. Sie hatte sich auf die Seite gelegt und zu einer Kugel zusammengerollt und blickte auf die Weide, auf der sich die trüben Umrisse der entfernten Sträucher und Bäume in der Dunkelheit erhoben. Der Mond war schwach, sein Schein wurde schwächer und wieder heller, so wie die Wolken über ihn hinweg zogen.

Eigentlich sollte sie die Augen schließen und versuchen zu schlafen, doch ihr war zu kalt. Von Zeit zu Zeit durchlief sie ein Schüttelfrost, aber es gab keine Abhilfe, es sei denn, sie wollte sich an Mr. Locke kuscheln. Derzeit war sie sich nicht sicher, ob er jemand war, mit dem sie kuscheln *wollte*.

Er hatte ziemlich lange gebraucht, die Pferde zu versorgen. Als er endlich zurückgekehrt war, hatte sie bereits gegessen und seine Enthüllungen ein Dutzend Mal in ihrem Gehirn Revue passieren lassen. Sie konnte kaum glauben, was er ihr alles erzählt hatte, und doch war es angesichts allem, was sie ihn hatte tun sehen, einleuchtend. Kein Gentleman würde wissen, wie man ein Kabriolett stahl, oder sich gegen die Eindringlinge im Haus ihres Großvaters zur Wehr setzte, oder einen Straßenräuber tötet. Dann wieder sollte eine feine Dame nicht wissen, eine Pistole zu handhaben und noch weniger, einen Mann damit zu erschießen. Ja, das

Aussehen konnte trügerisch sein und sie würde versuchen, nicht zu richten.

Schließlich schloss sie die Augenlider. Wenn sie nicht schlief, ginge es ihr morgen erbärmlich, und sie mussten sich sputen, um Wootton Bassett zu erreichen. In Gedanken malte sie sich ein Feuer und ein warmes Bett aus. Und ein Bad. Wie himmlisch das werden würde.

Sie drehte sich auf die andere Seite, mit dem Gedanken, dass sie vielleicht besser mit dem Gesicht zur Wand läge, denn so würde ihr warmer Atem vom Holz reflektiert und wenigstens ihre Nase würde nicht erfrieren. Es war eine klägliche Überlegung, doch etwas anderes hatte sie nicht.

Ein paar Minuten später fuhr sie vor Schreck beinahe aus der Haut, als sich etwas über ihre Schultern schob. Schlagartig riss sie die Augen auf und drehte den Kopf, um zu sehen, wie Mr. Locke seinen Mantel über sie breitete. Er wandte sich zum Gehen.

»Nein.« Es war nicht gerecht, dass er in Hemdsärmeln schlafen sollte. Sie wusste, dass es furchtbar unpassend war, aber wozu diente der Anstand, wenn man fror? »Schlafen Sie hier. Wir teilen uns die Jacke.«

Er zauderte. »Ich halte das nicht für klug.«

»Nichts, von all den Dingen, die ich in den vergangenen beiden Tagen getan habe, war klug. Zwingen Sie mich nicht, jetzt damit anzufangen.«

Sein leises Schmunzeln vermittelte ihr einen Anflug von Wärme. »Wenn Sie darauf bestehen.«

»Das tue ich.« Sie hielt die Jacke hoch, damit er darunter schlüpfen konnte.

Er ließ sich hinter ihr auf dem Erdboden nieder und schob sich unter den Saum der Jacke, sodass der größte Teil des Kleidungsstücks sie bedeckte. Sie spürte seine Wärme, aber er war ihr nicht so nahe wie bei ihrem gemeinsamen

Ritt auf demselben Pferd. »Kommen Sie näher, um Himmels willen. Ich will es warm haben, Sie nicht?«

»Sie sind ein herrisches Frauenzimmer, wissen Sie das?« Er rutschte näher, bis seine Brust gegen ihren Rücken drückte. »Besser?«

»Sehr.« Seine Hitze strahlte bereits in sie ein. Vorhin hatte er versucht, sie zu bedrohen. Im Grunde genommen sollte sie sich vor ihm fürchten, doch das tat sie nicht. Er vermittelte ihr das Gefühl von Schutz und Sicherheit. Sie hatte den Schmerz in seiner Stimme wahrgenommen, als er von seiner Jugendzeit erzählt hatte, und ihr lag daran, ihm das Gefühl zu geben, dass sich jemand darum sorgte, was mit ihm geschah, dass sich jemand um sein Wohlergehen kümmern wollte. »Wie geht es Ihrem Arm? Ich wünschte, Sie hätten mir gestattet, ihn früher zu untersuchen.« Er hatte behauptet, es sei alles in Ordnung, aber sie wusste, dass er nur versuchte, die Distanz zwischen ihnen zu vergrößern.

»Ich werde Sie nachsehen lassen, wenn wir morgen ankommen, einverstanden?«

»Oder ich könnte morgen früh einen Blick darauf werfen.«

»Ich möchte unterwegs sein, sobald es hell ist.«

So dass sie nach Wootton Bassett kamen und er sie dort abliefern konnte. Damit blieb ihr heute Abend und morgen Zeit, ihn umzustimmen. »Was werden Sie unternehmen, wenn Sie Wootton Bassett verlassen?« Ihr stockte der Atem, als sie auf seine Antwort wartete.

»Selbst wenn ich es wüsste, würde ich es Ihnen nicht sagen.«

»Ich denke, Sie sollten bleiben. Nur eine Weile. Sie müssen Ihren Arm auskurieren.« Ihr Gehirn überlegte fieberhaft, mit welchem Argument sie ihn davon abhalten konnte, weiterzuziehen. Sie drehte sich um und schaute ihn an. »Sie können nicht aufbrechen, ehe ich die Fäden gezogen habe. Sie werden mindestens eine Woche bleiben müssen.«

Das gedämpfte Licht des Mondes fügte sich wie ein Heiligenschein um seinen Kopf und machte seine Gesichtszüge kaum erkennbar. Er zog die Mundwinkel hoch. »Muss ich das?«

»Ja. Ich bestehe darauf.«

»Sie mögen es, alles in die Hand zu nehmen«, murmelte er. »Aber nein, so lange werde ich nicht bleiben. Ich werde jemanden finden, der mir die Fäden zieht.«

»Das klingt nicht so, als hätten Sie einen Plan. Warum bleiben Sie nicht, bis Sie einen haben?«

Wahrscheinlich um nachzudenken, blieb er einen Moment still. »Wenn ich Ihnen sage, dass ich darüber nachdenke, lassen Sie mich dann schlafen?«

Mehr konnte sie nicht erwarten. Sie würde ihr Vorhaben morgen weiter vorantreiben. »Ja.« Eine andere Idee kam ihr in den Sinn. »Was soll ich Miranda und ihrem Mann sagen? Dass ich nur zu einem Besuch gekommen bin? Oder wollen Sie mit Ihrer Abreise warten, bis Sie sie kennengelernt haben?« Vielleicht würde ihm die Abreise dann schwerer fallen.

»Wahrscheinlich ist es für alle das Beste, wenn ich sie nicht kennenlerne, meinen Sie nicht?« Er schüttelte den Kopf. »Nein, antworten Sie nicht darauf. Ich fürchte mich vor dem, was Sie denken. Es ist viel einfacher und problemloser, wenn ich Sie zu Ihren Freunden bringe und mich auf den Weg mache, ehe ich jemanden kennenlerne.«

Audreys Mut sank. Er klang entschlossen. Dennoch konnte sie versuchen, sich bis morgen einen anderen Plan einfallen zu lassen. Doch im Augenblick übermannte sie die Erschöpfung. Sie drehte sich auf die Seite, sodass ihr Rücken wieder an seiner Brust lag.

Sie lauschte seinem Atem, tief und ruhig, und ließ ihn

durch sich hindurchströmen, bis seine Nähe und seine Wärme ihren Körper einlullten und sie sich entspannte. Als der Schlaf sie zu übermannen drohte, sprach sie noch eine letzte Sache an. »Ich weiß, dass Sie mich in Wootton Bassett zurücklassen wollen, aber wenn Sie sich entschließen, nach Amerika zu gehen, nehmen Sie mich hoffentlich mit.«

Mit nichts verriet er, dass er ihre Worte gehört hatte, und das war auch gut so. Wahrscheinlich würde er seinen Plan, sie abzusetzen, noch einmal bestätigt haben und würde so tun, als hätte es die letzten beiden Tage nie gegeben. Als hätten die vergangen beiden Tage ihr Leben nicht auf die unveränderlichste Weise verwandelt.

Ihr Körper zuckte, als der Schlaf sie übermannte.

KAPITEL 6

ls am nächsten Tag die Dämmerung einsetzte, warf Ethan einen Blick zu Audrey hinüber. Er war froh, dass sie endlich in die Ortschaft Wootton Bassett ritten. Sie wirkte müde, wozu sie auch allen Grund hatte, bedachte man, wie wenig Ruhe er ihr in den letzten beiden Tagen gegönnt hatte. An diesem Morgen waren sie kurz nach Sonnenaufgang von dem Schafzüchter geweckt worden, dem der Schuppen gehörte, in dem sie genächtigt hatten. Ihre Seelen verfluchend hatte er sie verjagt. Ethan war darauf gefasst gewesen, dass Audrey sich aufregen würde, doch den ganzen Tag über war sie sehr umgänglich geblieben. Tatsächlich verhielt sie sich ihm gegenüber erstaunlich fröhlich. Seine Enthüllungen hatten weder Angst noch Abscheu oder gar Mitleid ausgelöst. Sie behandelte ihn in gleicher Weise, wie sie es getan hatte, als er noch ihr Walzerschüler gewesen war.

Abermals wanderte sein Blick zu Audrey, die neben ihm ritt – wie schon so oft auf ihrer Reise. Er hatte sie eingehend betrachtet, die subtile Biegung ihrer Nasenspitze, den anmutigen Schwung ihrer Augenbrauen, den geschmeidigen

Schwung ihrer Lippen. Sie wirkte so elegant, trotz der hoffnungslosen Falten in ihrem Kleid und dem absoluten Wirrwarr ihrer Haare, die sich unter ihrer Haube hervorzuzwängen versuchten. Elegant und gefasst. Vielleicht war es die Art, wie sie sich trug. Oder das Engagement, mit dem sie sich auf das Abenteuer eingelassen hatte. Oder die Haltung, die sie bewiesen hatte, als sie bei seiner Enthüllung, jemanden umgebracht zu haben, nicht schreiend davongelaufen war.

Und das hatte er von ihr erwartet. Deshalb hatte er es getan. Sie hatte mit ihm geflirtet, verdammt, und er fühlte sich schon zu sehr zu ihr hingezogen. Aus ihrer Verbindung konnte sich nichts Gutes entwickeln, und sobald er sie in Wootton Bassett untergebracht wusste, würde es zu Ende sein. Er würde einen Brief an Jason schreiben und ihn bitten, für ihre Sicherheit zu sorgen, wenn sie nach London zurückkehrte, und er würde einen Brief an Carlyle beilegen. Der Mann schuldete ihm etwas, und Ethan würde es einfordern. Carlyle würde eine Möglichkeit finden, sie zu beschützen, bis Gin Jimmy merkte, dass Ethan für immer gegangen war.

Ein kalter Schauer strich Ethan über den Nacken. Nie hatte er sein Leben um das Wohlergehen eines anderen Menschen herum geplant. Es war ein verdammtes Ärgernis. Und doch hatte er sich – zumindest vorübergehend – an sie gebunden, als er sich für seinen Walzerunterricht in ihr Haus geschlichen hatte.

Wenn Sie sich entscheiden, nach Amerika zu gehen, nehmen Sie mich hoffentlich mit.

Ihre Bitte hatte ihn noch lange wach gehalten, nachdem sie in den Schlaf gefallen war. Er hatte tatsächlich in Erwägung gezogen, was sie sagte. Nach Amerika zu fliehen, wo er Ethan Lockwood sein *konnte*. Und sie könnte ... Was könnte sie sein? Seine Frau? Der Traum, den er sich lange Zeit ausgemalt hatte, auf irgendeine Weise das Leben wiederzuerlangen, das man ihm gestohlen hatte, hatte nie häusliches Glück beinhaltet.

Dieser Traum hatte angefangen, Wirklichkeit zu werden, als er vor einigen Wochen als Jason Lockwoods lang verschollener Bastard-Bruder in die Gesellschaft eingetreten war. Die Leute waren von seiner mysteriösen Herkunft und seinem charmanten Wesen begeistert gewesen, was in krassem Gegensatz zu Jasons Ruf als potenzieller Verrückter stand, der berüchtigte lasterhafte Feste veranstaltete – ein Ruf, für den Ethan gesorgt hatte.

Ethan hatte ein gründliches Werk getan und Jason vor Jahren aus der Gesellschaft verbannt, als er ihm bei einem Kampf versehentlich eine Wunde im Gesicht zugefügt hatte, die eine hässliche Narbe hinterlassen hatte. Anschließend hatte er Sorge dafür getragen, dass Jasons Dienerschaft aus seinem Stadthaus geflohen war und ihn wie seine Mutter für verrückt erklärt hatte. Jasons Eheaussichten waren prompt zunichtegemacht, und ihm war nichts als ein furchterregender Ruf geblieben, den er in einen von Skandalen und Dekadenz geprägten verwandelt hatte, als er Londons bedeutsamste lasterhafte Feste zu veranstalten begann.

Doch Ethan lag nichts mehr an dieser Rache. Stattdessen hatten Jason und er angefangen, auf die Brüderlichkeit Anspruch zu erheben, die in den Trümmern verloren gegangen war, den der Hass ihrer Eltern hinterlassen hatte. Das war für Ethan kostbarer, als er sich je hätte träumen lassen. Ein Gefühl der Zugehörigkeit, der Richtigkeit ... Das wollte er. Und das konnte er in Amerika nicht erlangen, was bedeutete, dass er eine Lösung finden musste, dies in London zu verwirklichen.

»Ich weiß nicht, wo Bassett Manor liegt.« Der Klang von Audreys Stimme unterbrach seine Gedanken. Bassett Manor war das Anwesen, auf dem ihre Freunde wohnten.

»Es sollte nicht allzu schwer zu finden sein«, gab er

zurück, als ihre Pferde auf der High Street entlangschritten. »Wie viele Herrenhäuser kann ein kleines Dorf haben?«

»Tatsächlich gibt sogar noch ein weiteres in der Nähe, Cosgrove.«

Verdammt reiche Leute. »Schauen wir uns einfach um, einverstanden?«

Sie ritten die Straße entlang und kamen an einigen Geschäften und einem Pub vorbei. Vor einem großen Gebäude waren mehrere Kutschen geparkt. Als sie näher kamen, tönte Musik aus den offenen Türen.

Die Laternen der Kutschen und des Gebäudes erhellten die Umgebung und erlaubten ihm, ihr Gesicht klarer zu sehen. Sie lächelte. Sein Herz machte einen kleinen Satz, als hätte es einen Schlag ausgesetzt.

»Können wir nur für eine Minute zuhören?«, fragte sie und lenkte ihr Pferd an den Straßenrand.

Er folgte ihr und stieg ab, wobei sein Körper aufgrund seiner verschiedenen Schmerzen protestierte. Er band sein Pferd an einen Pfosten und war ihr beim Absitzen behilflich. Während er ihr Pferd neben dem seinen festband, strebte sie zur Seitenwand des Gebäudes, wo ein Fenster offen stand, und klopfte mit dem Fuß zur Musik.

Sie sollten Bassett Manor finden, aber er konnte ihr diese kleine Freude nach der anstrengenden Reise nicht verwehren. Ebenso wenig konnte er sich selbst die Freude verwehren, sie zu beobachten.

Die Musik stoppte und setzte dann wieder ein, aber mit einer langsameren Melodie. Ein Walzer.

Sie drehte sich zu ihm um. »Haben Sie geübt?«

Das hatte er in der Tat. Mit einigen der Dirnen im Crystal, dem Freudenhaus, in dem sein Hauptquartier in St. Giles lag. Sie waren nicht annähernd so versiert oder anmutig wie Audrey gewesen, doch er hatte die Augen geschlossen und sich alle Mühe gegeben, sie sich an ihrer Stelle vorzustellen.

Ihm ging auf, dass er nun die Gelegenheit hatte, die Realität zu genießen. Vielleicht war es die letzte Gelegenheit, die er je dazu haben würde.

Er trat auf sie zu und verbeugte sich höflichst. »Darf ich um die Ehre dieses Tanzes bitten?«

Sie erwiderte die Verbeugung mit einem Knicks. »Sie dürfen.«

Er ergriff ihre Hand und legte seine andere Handfläche in ihren Rücken, ehe er sie im Tanzschritt herumschwang. Er hatte ausreichend geübt, sodass er die Schritte ohne zählen hinbekam, jedoch war er immer noch in Sorge, ihr auf die Zehen zu treten, wie es ihm beim ersten Mal passiert war, als er mit ihr geübt hatte.

»Sie *haben* geübt. Und das mit ausgezeichnetem Erfolg. Sie tanzen himmlisch, Sir.«

Er widerstand dem Drang, sie auf ihren anmutigen Hals zu küssen. »Ich hatte eine ausgezeichnete Lehrerin.«

»Sie scheinen der perfekte Gentleman zu sein.« Ihre Stimme hatte unbeschwert geklungen, doch nun war sie dunkler und ernster. Wieder blickte sie ihn mit diesem unendlich warmen und mitfühlenden Blick an, der jeden Schutzwall zum Einstürzen zu bringen drohte, den er um sich herum errichtet hatte. »Ich sage es noch einmal: Sie können ändern, wer Sie sind und wer sie sein wollen. *Mit wem* Sie zusammen sein wollen.«

Er wusste, worauf sie hinauswollte. Die Versuchung schwebte ihm ebenso sicher vor Augen, wie ihn die Verheißung der Brüderlichkeit zurück nach London lockte. Beides war ein Risiko, und das Risiko war ihm nicht fremd …

»Ethan.« Ihre Stimme riss ihn in die Gegenwart zurück. Hatte sie ihn bei seinem Vornamen genannt? Niemand außer Jason hatte ihn so genannt, seit seine Mutter gestorben war. Er hatte »Jagger« geheißen, solange er denken konnte.

Die Musik in seinen Ohren schien zu verklingen, als er

ihr in die Augen blickte. Er wurde langsamer in seinen Bewegungen, bis sie keinen Walzer mehr tanzten. Sie berührte seine Wange. Seine glatte, unvernarbte Wange, die eines Pretty Boy.

»Wussten Sie, dass Jason seine Narbe von mir hat? Ich wünschte, es wäre andersherum gewesen.«

Sie schüttelte den Kopf. »Warum?«

Er lächelte traurig. »Eine bedrohlich wirkende Verunstaltung des Gesichts hätte viel besser zu meinem Lebensstil gepasst als dem seinen.«

Sie hob die andere Hand und schmiegte sie um sein Gesicht. »Wünschen Sie sich das nicht. Tun Sie es nicht.«

Ein Teil von ihm wusste, was sie vorhatte, ehe sie es tat, doch er war von ihrer Berührung wie gelähmt, von diesem sanften Ausdruck des Verständnisses und der Empathie in ihrem Blick. Und bei Gott, selbst wenn er sich hätte bewegen können, hätte er es nicht getan. Er wollte ihre Lippen auf seinen.

Sie küsste ihn, ihr Mund presste sich mit einer Unschuld auf seinen, die süßer war als jede Delikatesse, die er in all den dekadenten Jahren als Gin Jimmys rechte Hand gekostet hatte. In dieser Zeit war Ethan ungezählte Male dem Tod entronnen, immer mit einem leidenschaftlichen Hunger nach Leben und einer absoluten Weigerung, sich zu ergeben, doch jetzt glaubte er, er könnte seinen Schöpfer willkommen heißen, denn nichts konnte dem Himmel näher sein als sie. Und er hatte sich auch noch nie etwas anderes so sehr gewünscht.

Er schlang seinen anderen Arm um sie und zog sie an sich heran. Ihr großer, biegsamer Körper schmiegte sich mit süßer Präzision an den seinen, als wäre ihre Verbindung von Gott selbst gewollt gewesen. Ein alberner Gedanke, denn Gott würde Ethan Jagger keine Beachtung geschenkt haben.

Sie ließ ihre Hände von seinem Gesicht zu seinem

Nacken wandern. Er nahm das als Einladung auf und legte den Kopf schräg. Mit seinen Lippen übte er Druck auf ihren Mund aus, schmeichelnd, neckend. Er hielt sie fest, in der Erwartung, dass sie zusammenzucken würde, als er über ihre Unterlippe leckte. Sie überraschte ihn erneut, indem sie ihn noch fester umklammerte. Ihre Lippen teilten sich zu einer weiteren Einladung, die er nicht ablehnen konnte.

Er schlüpfte mit der Zunge in ihren Mund. Vorsichtig, um sie nicht zu erschrecken, leckte er ihre Mundhöhle und genoss ihre samtige Weichheit. Sie zauderte und erlaubte ihm den Kuss, doch sie erwiderte ihn nicht. Das war nicht genug. Ihm lag daran, dass sie ihm gab, was sie empfing, dass sie an der Verzückung teilhatte, die er empfand.

Er ließ seine linke Hand über ihren Rücken gleiten und befingerte die Locken, die sich aus ihren Haarklemmen gelöst hatten und ihren Nacken streiften. Sie waren so weich und seidig, wie er es sich vorgestellt hatte. Er wollte die Hände in ihnen vergraben, während er ihren Mund erforschte. Und warum auch nicht? Vielleicht bekam er diese Chance nie wieder.

Er fuhr mit den Fingern in ihr Haar unter der Haube, bis er ihren Hinterkopf berührte. Dann vertiefte er den Kuss, fuhr mit seiner Zunge wie besessen in ihrem Mund herum und forderte ihre Antwort.

Jetzt zuckte sie. Oder erschauderte sie? Was auch immer sie tat, sie wich nicht zurück und nur das brauchte er. Er zog leicht an ihrem Haar und nahm ihren Kopf dabei ein wenig zurück, worauf sich ihr Hals bog. Er knabberte an ihrer Unterlippe. »Küss mich, Audrey.«

Während er zu ihr sprach, blickte er auf ihre geschlossenen Augenlider. Blitzartig schlug sie die Augen auf, dessen aquamarinblaue Tiefe wie Juwelen funkelten. Sie schaute ihn nur einen kurzen Moment an, ehe sie seinen Mund zu ihrem zurück dirigierte und genau das tat, was er ihr aufgetragen hatte.

Ihr Kuss war nicht perfekt und nicht anmutig. Ihre Zähne streiften seine, als sich ihre Münder berührten, aber die Heftigkeit, mit der sie ihn an sich drückte und ihre Zunge gegen seine drängte, schürte sein Bedürfnis wirkungsvoller als jede lustvolle Fantasie. Sie war jedoch kein Traum. Sie war real und wunderbar und alles, von dem er nie gewusst hatte, wie er es ersehnte.

Er streichelte ihre Kopfhaut, während er ihren Mund verwüstete. Brennend brach sich der Kuss durch sein Inneres Bahn. Sein Schaft versteifte sich, so wie am neulichen Morgen, als er sich auf sie gerollt hatte. Das hatte er als typisches morgendliches Problem abtun können. Jedoch konnte er nicht länger leugnen, dass er Audrey wollte. Er wollte sie nackt und stöhnend unter sich spüren. Auf ihm. Auf jede Weise, die er sie erleben konnte.

Ihre Finger gruben sich in seinen Nacken. Sie eiferte ihm nach und knabberte an seiner Unterlippe. Seine Lust flammte mit voller Wucht auf und er zog ihren Kopf noch weiter zurück, sodass ihr Hals frei lag, dann legte er seinen offenen Mund auf ihr Fleisch. Er saugte und knabberte unterhalb ihres Kiefers, dann leckte er sich einen Weg zu ihrem Ohr. Gerade hatte er seine Zähne zärtlich über ihrem empfindlichen Ohrläppchen geschlossen, als ein Husten hinter ihm sein Verlangen zum Erliegen brachte.

»Ach du meine Güte, ist das Audrey Cheswick?«

~

*A*udrey riss die Augen auf und trat einen Schritt zurück. Ethan ließ sie los – es hatte keinen Sinn mehr, an ihn als jemand anderen als Ethan zu denken – und ihre Knie wurden weich. Es gelang ihr, sich auf das Paar zu konzentrieren, das sie aus etwa einem Meter Entfernung anblickte und zwischen ihnen und der Straße stand. Natürlich erkannte sie die beiden, denn es waren die Leute, nach denen sie mit Ethan gesucht hatte.

»Lady Foxcroft.« Audrey bemühte sich, ihre Stimme frei von Befürchtungen zu halten. Sie knickste, wie es sich in Gegenwart der Tochter eines Herzogs geziemte. Dann wiederholte sie die formelle Handlung vor ihrem Mann. Wenn er auch kein Ebenbürtiger war, so verdiente er doch einen Knicks, dachte sie sich. »Mr. Foxcroft.«

»Guten Abend, Miss Cheswick«, begrüßte Mr. Foxcroft sie. Er warf sowohl Audrey als auch Ethan einen prüfenden Blick zu. »Sie sind für die Veranstaltung ein wenig schlicht gekleidet.«

Audrey und ihre Freundinnen kannten Lady Foxcroft als Miranda, bevor sie zweieinhalb Jahre zuvor wegen ihres skandalösen Betragens aus London verwiesen worden war. Ihre Heldentaten hatten Audrey dazu inspiriert, ihr eigenes unglückseliges Abenteuer mit dem Sohn des Schmieds in Angriff zu nehmen.

Miranda versetzte ihrem Mann einen spielerischen Klaps auf den Arm. »Fox, sie gehen eindeutig nicht zur Veranstaltung. Sonst würden sie nicht am Fenster herumschleichen. Was macht ihr denn hier draußen?«

Die Befürchtungen, die Audrey beim Vernehmen des Hustens überfallen hatten, kehrten um das Zehnfache zurück. Sie schaute Ethan an und hoffte, sie würde nicht so panisch aussehen, wie sie sich fühlte. Er hingegen wirkte ruhig und kühl, ganz und gar nicht so, als hätten sie gerade eine unglaubliche Umarmung ausgetauscht, die auf dramatische Weise unterbrochen worden war.

»Wir sind eigentlich auf der Suche nach Ihnen.« Ethan lächelte, und die Wirkung brachte Audreys Knie erneut ins Wackeln. Der Mann besaß einen verheerenden Charme, wenn er es darauf anlegte, und wahrscheinlich auch, wenn nicht. »Wir, ähm –«

»Sind durchgebrannt«, antwortete Audrey, die sich näher an ihn heranschob und einen Arm um seine Taille schlang. Es hatte keinen Sinn zu kaschieren, was sie getan hatten. Und was sollten sie den beiden sonst sagen? Ihr Plan, oder besser gesagt, Ethans Plan, war gewesen, sie einfach auf Bassett Manor abzusetzen und ihr die Erklärungen zu überlassen, wie sie dorthin gekommen war. Doch nun, da sie beide auf die Foxcrofts gestoßen waren und sich in einer Umarmung verfangen hatten, schien ein neuer Plan angebracht.

Miranda und ihr Mann sahen sich an, und der Zweifel stand ihnen deutlich ins Gesicht geschrieben. Ihr Mund verzog sich zu einer verwirrten Miene. »Ihr seid auf dem Weg nach Gretna Green hierhergekommen?«

»So ähnlich«, entgegnete Ethan ruhig und entzog sich Audrey. »Wir haben einen weiten Weg hinter uns. Könnten wir nach Bassett Manor gehen, um ein Bad zu nehmen und vielleicht etwas zu essen?«

Miranda richtete sich auf. »Aber gewiss! Wir sind gerade erst zur Veranstaltung gekommen, aber wir lassen euch mit der Kutsche nach Hause fahren.«

Fox sah sie an, sein Mund verzog sich zu einem halben Lächeln. »Sollten wir nicht mit ihnen fahren? Um des Anstands willen?«

»Wozu die Mühe? Sie sind eindeutig ohne Begleitung unterwegs.« Miranda warf einen Blick auf Audrey, die sicher war, dass ihr Gesicht ein kräftiges Scharlachrot angenommen hatte. Sie lächelte ihr mitfühlend zu. »Tut mir leid, Liebes.« Miranda berührte ihrem Mann am Arm. »Sie wollen sich frisch machen, da bin ich sicher. Wir werden sie später sehen. Ich möchte die vierteljährliche Zusammenkunft nicht verpassen.« Sie drehte sich um und schaute

Audrey und Ethan an. »Wissen Sie, mein Mann ist der beste Tänzer in ganz Wiltshire.«

Audrey hielt es nicht für angebracht, dagegenzuhalten, dass Ethan tatsächlich der beste Tänzer in ganz England war. Wahrscheinlich, weil ihre Meinung mehr mit seinen Küssen als seinen tatsächlichen Tanzkünsten zu tun hatte.

Mr. Foxcroft musterte Ethan. »Gretna Green, sagten Sie? Sie sind ein bisschen vom Weg ab, wenn Sie aus London kommen.« Abermals ließ er einen Blick über die beiden schweifen und er fragte sich, warum sie so gekleidet waren – Ethan in seinem unvollständigen Anzug und Audrey in ihrem unmodischen, schlecht sitzenden Kleid. Gott sei Dank hatte sie wenigstens die Haube, um ihr unmögliches Haar zu verbergen, gleichwohl sie vermutete, dass es ein katastrophales Durcheinander war, nachdem Ethan seine Hände darin verflochten hatte. Heiß wallte es in ihrem Bauch auf, und verzweifelt versuchte sie, nicht an ihren Kuss zu denken. Oder besser gesagt, an die *Küsse*.

Ethans Gesichtszüge waren friedlich, sein Lächeln gutmütig. »Wie ich schon sagte, es war so etwas in der Art. Wir sind nicht auf dem Weg nach Gretna Green.«

Audrey erkannte, was er da tat; genau so war er in den letzten Tagen mit ihr verfahren. Er tat so, als würde er höflich auf Fragen antworten, aber in Wirklichkeit gab er nicht die Informationen preis, die man eigentlich erfahren wollte. Andererseits hatte er ihre Fragen auch schlichtweg ignoriert oder ihr klar gesagt, dass er sie nicht beantworten würde. Sie beschloss, dass dies die bessere Taktik war.

»Könnten wir das später besprechen, Foxcroft?« fragte Ethan. »Ich würde Miss Cheswick gern sofort nach Bassett Manor begleiten.«

»Gewiss, und ich heiße Fox.«

Ethan reichte ihm die Hand. »Ethan Locke.«

Miranda reichte Ethan die Hand, der ihr einen Kuss auf

den Handschuh drückte. »Fox, du erinnerst dich, er ist der Bruder von Lord Lockwood.«

Ethan lächelte breit. »In der Tat. Wir, ähm«, er warf einen Blick auf ihre Pferde, »haben Reittiere, die versorgt werden müssen.«

»Wir werden ein paar Pferdeknechte schicken, um sie abzuholen, wenn die Kutsche zurückkommt, um uns nach Hause zu bringen. Fox?« Mit einer Kopfbewegung zeigte sie in Richtung des Kutschers.

Fox schüttelte den Kopf und ging zu dem Mann, um ihm Anweisungen zu erteilen. Bei seiner Rückkehr erklärte er: »Alles ist organisiert. Der Kutscher wird Sie umgehend nach Bassett Manor bringen.«

»Ich danke Ihnen.«

Miranda ging zu Audrey und hakte sich bei ihr unter. »Entschuldigt uns, meine Herren.« Sie entfernte sich ein paar Schritte mit ihr und flüsterte: »Was zum Teufel tust du hier mit ihm?« Ihr Blick glitt über Audreys Gestalt. »Und sieh dich nur an. Großer Gott, was ist passiert?«

»Das ist eine schrecklich lange Geschichte. Ich werde sie dir später erzählen.« *Was mir Zeit verschafft, mir genau zu überlegen, was ich sagen soll.* »Wie auch immer, wenn du Kleidung hast, die wir ausleihen könnten ...«

Miranda winkte mit der Hand. »Natürlich. Bitte einfach meine Zofe um alles, was ihr braucht.« Sie machte kehrt und führte Audrey dorthin zurück, wo Ethan in der Nähe der Kutsche wartete. »Wir sehen uns später!« Sie winkte, dann zog sie ihren Mann zu der Zusammenkunft.

Unterdessen half Ethan Audrey in die Kutsche und stieg dann hinter ihr ein. Sie setzten sich fast sofort in Bewegung, und das Rumpeln und Schwanken des Gefährts mit seinen herrlich gepolsterten Sitzen war eine willkommene Abwechslung zum Reiten.

Ethan hatte sich auf dem Sitz ihr gegenüber niedergelassen. Die Laterne im Inneren der Kutsche zeigte den angespannten Zug um seinen Kiefer und die Furchen um seinen Mund. »Das war unglücklich«, bemerkte er.

»Dass sie uns erwischt haben? Ja.« Sie wollte gerade sagen, dass der Kuss alles andere als unglücklich gewesen war, doch sie beschloss, dass es vielleicht besser wäre, nicht darüber zu sprechen. Nicht, solange Ethan verstimmt wirkte. »Bist du wütend?«

Seine Gesichtszüge entspannten sich ein wenig, und er lehnte den Kopf zurück, sodass er an die Decke der Kabine blickte. »Nein. Ich muss nur meinen Plan ändern.« Er senkte den Blick und warf ihr einen halb amüsierten, halb frustrierten Blick zu. »Sie denken, wir brennen durch.«

»Was hätte ich denn sonst sagen sollen? Sie haben uns gesehen ... du weißt schon.« Audrey rückte in die Ecke, die vom Licht der Laterne nicht ganz durchdrungen wurde, in der Hoffnung, ihre flammendroten Wangen zu beschatten.

Er zog den Vorhang beiseite und schaute hinaus. »Ich weiß es nicht. Ich denke, wir werden ihnen morgen einfach sagen, dass wir unsere Ansichten geändert haben. Die beiden werden einwilligen, mit einer Geschichte aufzuwarten, die deinen Ruf bewahrt, da bin ich sicher.«

»Mein Ruf ist nicht mehr zu retten.« Sie hatte diesbezüglich keinerlei Gewissensbisse, doch ihr war klar, dass ihre Familie am Boden zerstört sein würde. Daran konnte sie jetzt allerdings auch nichts mehr ändern. »Mein Großvater weiß, dass ich mit dir gegangen bin.«

Er ließ den Vorhang fallen und lehnte sich zurück. »Wenn alle denken, ich hätte dich entführt, könnte dein Ruf noch zu retten sein.«

Sie lachte, doch es klang hohl. »Du verstehst die feine Gesellschaft wirklich nicht, oder? Ich könnte allen erzählen, dass du mich in der Nacht entführt, aber keine Hand an mich gelegt hast. Niemand würde das glauben. Außerdem werde ich niemanden glauben lassen, dass du mich entführt hast, denn das hast du nicht.«

Das Schweigen zwischen ihnen dehnte sich zu einem langen Moment aus, ehe sie fortfuhr. »Lass uns einfach behaupten, wir wollen zusammen nach Amerika gehen. Dann können wir abreisen, sobald dein Arm geheilt ist.«

»Um tatsächlich nach Amerika zu gehen? Mein Leben – mein Bruder – ist in London, Audrey.«

«Du hast London verlassen. Und in ziemlicher Eile. Wird Bow Street bei deiner Rückkehr nicht auf dich warten?« Wie sehr sie sich danach sehnte zu erfahren, warum sie ihn verfolgten.

»Wahrscheinlich.«

Diesmal war die Hitze, die ihr ins Gesicht stieg, ihrer Wut zuzuschreiben. »Warum willst du mir nicht einfach sagen, was passiert ist? Es kann doch nicht schlimmer sein, als jemanden zu töten, und das hast du doch schon zugegeben.«

Er rieb sich mit der Hand über die Augen. »Audrey, bitte frag mich nicht. Ich habe dir schon viel mehr erzählt, als ich je jemandem anvertraut habe.« Er ließ die Hand sinken und richtete einen finsteren Blick auf sie. »Lass mich das nicht bereuen.«

Sie beugte sich ein wenig vor. »Es gibt Leute, die dir helfen würden. Dein Bruder und Lydia. Und ich. Und wir kennen noch andere Leute.«

»Dein Vertrauen in die Menschen ist erstaunlich.« Der Unglaube in seinem Tonfall erfüllte die Kutsche mit einer säuerlichen Aura. »Du nimmst an, es gäbe eine Möglichkeit, mir zu helfen, ohne zu wissen, was ich verbrochen habe.«

Sie verschränkte die Arme vor der Brust. »Siehst du, warum es so viel einfacher wäre, wenn du mir einfach vertrauen würdest?«

»Was für dich einfach scheint, ist für mich verflucht unmöglich. Ich kann nicht tun, was du verlangst.«

Die Erschöpfung von den letzten Reisetagen und der Auseinandersetzung mit ihm in dieser Sache ließen sie zurück in die Sitzpolster sinken. »Nein, das *willst* du nicht. Das ist ein Unterschied. Ich hoffe nur, dass du eines Tages eine Möglichkeit finden wirst, das zu erkennen.«

KAPITEL 7

Ethan war dankbar, gestern Abend keine Befragung von Fox hatte über sich ergehen lassen zu müssen. Bei Audreys und seiner Ankunft in Bassett Manor, einem alten Steinhaufen, der aussah, als würde er gerade renoviert, hatte man sie sofort in ihre Zimmer geführt. Er hatte eine Mahlzeit und ein Bad in seinem Zimmer genossen und sich gezwungen, ins Bett zu sinken, worauf ihn die ganze Nacht hindurch Träume von schokoladenfarbenen Korkenzieherlocken und blauen Augen quälten.

Jetzt strömte allerdings das grelle Licht eines hellen Oktobermorgens durch die Fenster der Halle, und als er in den Frühstücksraum trat, saß Fox bereits am Tisch.

»Guten Morgen«, begrüßte Fox ihn lächelnd. Er deutete auf die Anrichte, auf der sich die Speisen türmten. »Bedienen Sie sich.«

Ethan staunte über die Menge und Vielfalt der Speisen. Es gab Schinken und Bücklinge, Kartoffeln und Rüben, Eier, Brot und Käse. Das war eine ganze Menge Essen für Fox und seine Frau und ihre Gäste.

Fox unterbrach Ethans Katalogisierung des Menüs.

»Miranda wollte ein richtiges Frühstück für Sie haben. Ich habe ihr gesagt, es sei zu viel.«

»Wahrscheinlich.« Wie auch immer, Ethan hatte Hunger und würde sein Bestes tun, um eine Lücke in ihrem Sortiment zu hinterlassen. Er schaufelte sich einen Teller voll und setzte sich zu Fox an den Tisch.

Fox beäugte Ethans Teller. »Vielleicht auch *nicht*.« Er schob sich einen Bissen Toast in den Mund. Dann lehnte er sich auf seinem Stuhl zurück. »Sie brennen also nicht gerade nach Gretna Green durch. Verzeihung, ich muss das fragen.«

Ethan verstand. Deshalb hatte er sich auch gut überlegt, was er antworten wollte. Er hoffte nur auf Audreys Kooperation, indem sie alles abblies, ehe sie sich in irgendetwas verstrickten. Andernfalls müsste er derjenige sein, der sie verließ, und es war nicht in seinem Sinne, irgendjemanden denken zu lassen, sie sei sitzen gelassen worden – sie hatte wirklich etwas Besseres verdient. »Nein, wir sind auf dem Weg nach Plymouth, wo wir ein Schiff nach Amerika nehmen wollen.«

Fox schoss in seinem Stuhl nach vorne. »Tatsächlich. Das ist ein mächtiger Schritt.«

Ethan zuckte mit den Schultern. »Ich bin der uneheliche Sohn eines Viscounts. Drüben sind meine Aussichten wahrscheinlich besser.«

Fox lehnte sich in seinen Stuhl zurück. »Ihre Aussichten sind das, was Sie aus ihnen machen. Ich erkenne durchaus einen Vorzug darin, an einem neuen Ort neu anzufangen, um sich zu etablieren. Aber es ist ja nicht so, als würden Sie hier nicht akzeptiert. Meiner Vermutung nach würden Sie als Lockwoods unehelicher Sohn an mehr Toren Einlass finden als ich als ehelicher Niemand.«

Ethan häufte einen Löffel Kartoffeln auf. »Sie sind kein Niemand. Sie sind mit der Tochter des Herzogs von Holborn verheiratet. Das verschafft Ihnen überall Zutritt.«

»Sie wissen, was ich meine. Vor Miranda war ich nicht mal gut genug, dem Mann die Stiefel zu putzen.« Fox´ Mund verzog sich zu einer Grimasse. »Glauben Sie mir, das hat er mir gesagt.«

Ethan schluckte. Er verstand, was Fox zu sagen versuchte, und widersprach ihm nicht. In Wahrheit hatte Ethan damit gerechnet, trotz seiner unehelichen Herkunft einen Platz in der Gesellschaft einnehmen zu können. Er war, wie Fox betont hatte, der Sohn eines Viscounts. Das zählte etwas, und wenn es ihm auch keinen Freibrief verschaffte, würde es ihm wahrscheinlich ermöglichen, so ziemlich alles zu tun, was er wollte.

Und das war was? An Hauspartys teilnehmen? Tee trinken mit Londons Elite? Eine Eintrittskarte für Almack's? Er verschluckte sich fast an dem Bissen Bückling, den er gerade in den Mund geführt hatte. Also vielleicht nicht unbedingt Almack's, diesen Horror, jedoch überlegte er, dass ihm die eine oder andere Hausparty gefallen könnte. Die letzten Tage auf dem Pferderücken waren schmerzhaft gewesen, aber er besann sich auf die Reitstunden, die er als Junge genommen hatte, an die Versprechen, mit seinem Vater zu reiten, mit ihm auf die Jagd zu gehen, und er fing an, die Träume wieder lebendig werden zu lassen, die er längst für zerstört gehalten hatte. Träume, die wegen seiner Probleme sowohl mit der Bow Street als auch mit Gin Jimmy wahrscheinlich immer noch in unerreichbarer Ferne waren.

»Sie sollten heute mit mir zum Waisenhaus kommen«, sagte Fox. »Ich zeige Ihnen, was wir dort tun.«

Ethan war überrascht, dass er tatsächlich in Versuchung geriet, ein paar Tage zu bleiben. Er war müde, redete er sich ein, und er wollte seinen Arm auskurieren, aber es hatte auch etwas Verlockendes, ein oder zwei Tage mit Audrey zu verbringen, ehe er sich auf den Weg machte. Oder zumindest heute. Da sie heute Morgen ihr Zimmer noch nicht verlassen hatte, bot sich keine Gelegenheit, ihren Plan zu organisieren. Also konnte er Fox ebenso gut zu seinem Waisenhaus begleiten. »Mit Vergnügen, zeigen Sie mir Ihr Waisenhaus.«

Fox stieß sich vom Tisch ab und stand auf. »Ausgezeichnet. Ich warte draußen auf Sie, wenn Sie fertig sind.«

Ethan nickte und genoss die Ruhe, sein Frühstück so zu genießen, wie er es so oft tat: allein.

Etwas mehr als eine halbe Stunde später lenkte Fox seinen Karren die lange Auffahrt zu Stipple's End hinauf, einem monströsen Gebäude, das ebenso alt war wie Bassett Manor, aber weniger stattlich wirkte. Ethan verstand nicht viel von Architektur, aber selbst er konnte erkennen, dass das Haus in den letzten Jahrhunderten mehrmals umgebaut worden war.

Er machte sich nicht die Mühe, seine Reaktion im Zaum zu halten. »Wie alt ist dieses Haus?«

Fox kicherte, als er den Karren um das Gebäude herum zu einem Stall im hinteren Bereich dirigierte. »Sechshundert Jahre. Aber das ist nur das ursprüngliche Gebäude. Die verschiedenen Erweiterungen erfolgten in unterschiedlichen Epochen.«

Ethan betrachtete die Dachgiebel, von denen ein Teil frisch repariert zu sein schien. »Und Sie sagen, es sei schon fast so lange im Besitz Ihrer Familie, wie es existiert?«

Ein Junge von vielleicht zwölf Jahren sauste auf sie zu. Fox reichte ihm die Zügel, als er vom Karren stieg. »Danke, Charlie.«

Ethan stieg vom Karren herunter und schloss sich Fox an, als dieser sich auf den Weg zur Rückseite des Hauses machte.

»Wir betreiben das Waisenhaus seit fast vierhundert Jahren, seit Stipple's End durch Heirat in den Besitz der Familie Foxcroft überging«, fuhr Fox fort. »Meine Vorfahren brauchten keine zwei Herrenhäuser und wollten das zusätzliche Gebäude nutzen, um etwas für die Kinder in der

Gegend zu tun. Eigentlich nahm das Ganze als Schule seinen Anfang, doch nach und nach wurde es zu einem Waisenhaus.« Fox hielt die Hintertür auf und bedeutete Ethan, ihm in einen schmalen Korridor voranzugehen.

Ethan trat ein und schnupperte, als ihm ein penetranter Geruch entgegenschlug.

Fox schritt an ihm vorbei. »Sie haben wohl schon mit dem Anstreichen begonnen. In den letzten Jahren haben wir eine Menge Verbesserungen vorgenommen. Vor zwei Jahren ist das Dach in die große Halle gestürzt.«

Ethan folgte ihm in eine riesige Halle. »Das klingt teuer.«

»Ziemlich. Zum Glück habe ich Miranda geheiratet. Sie hat ein Anwesen geerbt, mit dem sich Geld verdienen lässt, und ich konnte auf Bassett Manor entsprechende Verbesserungen vornehmen, sodass es jetzt ein besseres Einkommen erwirtschaftet.«

»Sie haben sie wegen ihres Geldes geheiratet?« Gleichwohl ein alltägliches Vorgehen, überraschte es Ethan, Fox dies sagen zu hören.

Fox drehte sich um und schaute ihn an. »Ganz und gar nicht. Ich habe sie geheiratet, weil sie Miranda ist. Es ist schlichtweg ein glücklicher Zufall, dass sie meinen finanziellen Status verbessert hat.«

Schlagartig fühlte Ethan sich auf der Hut. Fox hatte sich in sie verliebt. So wie Jason sich in Lydia verliebt hatte. Himmel, überall um ihn herum war Liebe. Was, wenn ihm das auch widerfahren würde – mit Audrey? Er hatte nie in Erwägung gezogen, sich zu verlieben, und nun ... der Zeitpunkt konnte nicht schlechter gewählt sein. Wenn er einen Grund gebraucht hätte, um Audrey zu verlassen, so hatte er ihn jetzt. Nicht, dass er tatsächlich in Gefahr war, sich in sie zu verlieben. Er *war* jedoch in Gefahr, seiner Lust zu erliegen.

»Bernard, ihr habt heute aber früh angefangen«, stellte Fox fest und ging auf die Jungen zu, die gerade malten.

Ein großer Junge, wahrscheinlich um die fünfzehn Jahre alt, drehte sich um. Er hielt einen runden Pinsel in der Hand und war damit beschäftigt, die Wand mit Tünche zu bestreichen. »Guten Morgen, Fox. Ich hoffe, es macht Ihnen nichts aus. Ich wollte das heute erledigen, wenn möglich.«

»Warum sollte ich etwas gegen deinen Fleiß einzuwenden haben?« Fox klopfte dem Jungen auf die Schulter. »Locke, das ist Bernard, er ist bei uns, seit er wie alt war, vier Jahre?«

Bernard nickte. »Beinahe zehn Jahre.«

Ethans Neugierde war geweckt. «Wie bist du nach Stipple's End gekommen?«

»Mein Vater war bei der Marine, doch er kehrte nicht mehr heim. Meine Mutter starb, und der Pfarrer – wir lebten in Swindon – schickte mich hierher.«

Ethan wusste, was aus dem Jungen geworden wäre, falls der Pfarrer nicht eingeschritten wäre. Er dachte an all die Londoner Kinder, die in Armenhäusern oder auf der Straße landeten. Er wusste nicht, welches Los das Schlimmere war. Er wusste jedoch mit Sicherheit, dass Stipple´s End weitaus besser war als eine dieser Alternativen.

Fox drehte sich um und sah zwei jüngeren Jungen zu, die sich wieder dem Tünchen zugewandt hatten. »Das Streichen der Wände in der großen Halle ist der letzte Schritt in der langen Renovierungsphase. Miranda wollte tapezieren, aber ich habe sie davon überzeugt, dass Tünche in einer Einrichtung voller Kinder die klügere Wahl ist. Ihr leistet gute Arbeit, Jungs.«

Einer von ihnen, ein apfelbäckiger Junge, der nicht älter als neun oder zehn Jahre alt sein konnte und dessen Hände mit Tünche bedeckt waren, grinste ihn an.

Fox nickte Ethan zu. »Kommen Sie, ich zeige Ihnen die

Bibliothek, dem einzigen Raum dessen Dekoration ich Miranda gestattet habe.«

Ethan folgte ihm einen Korridor entlang und dann an einer großen Treppe vorbei. Er konnte nicht aufhören, an die Jungen zu denken und die unbeschreiblichen Möglichkeiten, die ihnen hier geboten wurden, wenn sie hierher kamen. »Was passiert mit den Kindern, wenn sie von hier fort müssen?«

Fox bog nach rechts durch eine Tür. Er drehte sich um und sah Ethan an. »Bernard hat sich sehr für die Renovierung interessiert. Wir hatten ein Architekturbüro aus London hier, und Bernard war fasziniert. Ich beabsichtige, ihn ein paar Jahren auf eine weiterführende Schule zu schicken – er ist erst dreizehn, obwohl er älter aussieht, ich weiß – und dann wird er bei ihnen in die Lehre gehen.«

Ethan stolperte beinahe über die Teppichkante, als er die Bibliothek betrat. Dass ein Waisenkind so viel aus seinem Leben machen konnte, war verblüffend. »Das ist ein bemerkenswerter Ort, Fox.« Gleichwohl er beeindruckt und erstaunt war, bezweifelte er, dass ihm dieses Waisenhaus Aufnahme gewährt hätte. Mit vierzehn Jahren war Ethan zu alt gewesen für alle Einrichtungen, abgesehen vom Armenhaus. »Haben Sie eine Altersgrenze für die Kinder, die Sie aufnehmen?«

Fox wiegte den Kopf erst nach rechts, dann nach links. »Gewissermaßen. Es ist mehr eine Ermessensentscheidung. Ich kann erkennen, ob jemand zu sehr in seinen Gewohnheiten verhaftet ist, um von unserer Arbeit zu profitieren. Wir bringen ihnen grundlegende Fähigkeiten bei, zum Beispiel wie man ordentlich spricht und isst, wie man sich in verschiedenen Situationen verhält. Es scheint, als ob die Kinder solche Dinge wissen sollten, aber Sie wären überrascht, was wir in unserem Stand als selbstverständlich erachten.«

Wenn Fox nur wüsste, in welchem »Stand« Ethan gelebt hatte, dass er nur zu gut wusste, wie anders die Dinge in den unteren Klassen lagen. Er war nicht nur wegen seines guten Aussehens verspottet worden, sondern auch wegen seiner großbürgerlichen Sprechweise und seiner Manieren. Er hatte hart daran gearbeitet, seine Sprechweise zu »verunreinigen« und sich weniger formell zu betragen, ehe er sich etabliert hatte.

Ethan blickte sich in dem riesigen, mit Bücherregalen gesäumten Raum um. »Die Waisen haben Zugang zu all dem hier?«

»Ja. Nach dem Tod meines Vaters habe ich alle Bücher von Bassett Manor hierher geschafft. Es ist sinnvoller, sie für die Kinder zugänglich zu machen. Ich leihe mir nur die Bücher aus, die ich brauche, und gebe sie zurück, wenn ich fertig bin.«

Seine eigene private Leihbibliothek. Eines der Dinge, die Ethan seit dem Tod seines Vaters am meisten vermisst hatte, waren Bücher gewesen. Ethan war ein leidenschaftlicher Leser, doch als seine Mutter das von Lockwood für sie gekaufte Haus veräußert hatte, hatte sie auch die Bücher verkauft. Ethan las, wenn er konnte, aber das Leben eines Verbrecherkönigs hatte ihm diesen Luxus nicht gestattet. Sollte er sein Leben als Ethan Lockwood zurückerlangen, würde er eines tun: Er würde seine eigene gottverdammte Bibliothek haben.

Er schlenderte zum Bücherregal und fuhr mit dem Finger über die Buchrücken. Mit einem tiefen Atemzug versuchte er, den typischen Geruch von Pergament und Tinte, von Wissen und Freude einzufangen. »Wie haben Sie das alles geschafft? Sie haben angedeutet, vor Ihrer Heirat mit Miranda in einer finanziell prekären Situation gewesen zu sein. Dennoch ist es Ihnen gelungen, zwei Anwesen zu unterhalten und«, er drehte sich zu Fox um, »wie viele Kinder zu versorgen?«

»Das variiert, aber wir beherbergen derzeit neunundvierzig. Seit ich Miranda geheiratet habe, können wir mehr aufnehmen. Sie hat darauf bestanden.«

»Sie teilt jetzt Ihre Hingabe?«

»Lautstark. Sie hätten sie erleben sollen, als sie zur Strafe für ihr skandalöses Verhalten gezwungen worden war, hier zu arbeiten.« Fox′ Augen funkelten, als er lächelnd antwortete. »Sie war völlig aus ihrem Element gerissen gewesen. Trotzdem hat sie mich vom ersten Moment an verzaubert.«

Ethan wandte sich wieder den Büchern zu, nahm einen dicken Band in die Hand und blätterte durch die Seiten, wobei er sich an dem Gewicht des Wälzers in seiner Handfläche erfreute. Er blickte zu Fox auf. »Das ist also Ihr ganzes Leben? Das Waisenhaus?« Ein nobles Unterfangen.

»Und unsere eigene Familie. Sie haben Alexander, unseren Sohn, noch nicht kennengelernt. Er ist erst ein Jahr alt.« Fox schüttelte den Kopf. »Er hat schon alle um den Finger gewickelt, genau wie seine Mutter. Im Laufe des Vormittags wird er wohl hier sein, nehme ich an.«

Ethan blickte wieder auf, abermals überrascht. »Er verbringt hier Zeit mit den Waisenkindern?«

Fox′ antwortender Blick war kühl. »Ja. Ich bin mit den Waisen aufgewachsen, und ich halte mich dank dessen für einen besseren Menschen.«

Ethan klappte das Buch zu. »Ich wollte Sie nicht beleidigen. Ich war nur erstaunt zu hören, dass Sie Ihrem Sohn erlauben, sich unter sie zu mischen. Die meisten Gentlemen würden das nicht tun.«

Fox legte den Kopf schief und schien sich ein wenig zu entspannen. »Ich bin nicht wie die meisten Gentlemen. Ich bin kaum ein Gentleman. Vergessen Sie nicht, ich bin nur

Montgomery Foxcroft, Landwirt und Waisenhausbesitzer. Der zufällig die Tochter eines Herzogs geheiratet hat.«

Eine Vision von Ethan in solch einem Leben blitzte vor ihm auf. Könnte er sich in einer Situation einrichten, in der er ein Gentleman vom Lande mit einer Frau und Gefolgsleuten war, Menschen, die von ihm abhängig waren? Er hatte Untergebene, die für ihn arbeiteten, aber das war nicht dasselbe. Bei mehreren Gelegenheiten hatten sie sich gegen ihn gewandt oder ihren Posten einfach für ein besseres Angebot im Stich gelassen. Es gab einen gewissen Grad von Loyalität, aber Geld und die Verheißung von Macht gewann meist die Oberhand. Ethan stellte sich vor, dass es in Fox' Erfahrung anders war. »Sie haben sich hier ein bemerkenswertes Leben aufgebaut. Es ist beneidenswert.«

»Sie hoffen, das Gleiche in Amerika zu tun?« Fox drehte sich bei seiner Frage zu ihm und lehnte sich mit der Schulter an ein Bücherregal. »Verzeihen Sie mir, aber ich bin neugierig, warum Sie beide in erster Linie durchgebrannt sind. Haben Audreys Eltern Ihren Antrag aufgrund Ihrer Abstammung abgelehnt?« Fox' Lippen schürzten sich vor Widerwillen.

Ethan war dem Mann dankbar für sein Mitgefühl, doch er würde keine Informationen preisgeben, die er nicht nennen musste. »Audrey und ich ziehen es vor, irgendwo neu anzufangen. Sie wollte schon seit Langem nach Amerika.« Diese Aussage zumindest entsprach der Wahrheit. Überraschenderweise. Noch immer konnte Ethan kaum glauben, dass sie versucht hatte, mit dem Sohn des Schmieds davonzulaufen. Sie war entweder überaus abenteuerlustig oder außerordentlich verwegen. Ethan erkannte diese Qualitäten in ihm selbst. Sie waren es, die ihn zu einem erfolgreichen Verbrecher gemacht hatten – man musste schon ein bisschen von beidem besitzen, wenn man auf die größten Belohnungen aus war.

Fox blieb eine Weile still. Vielleicht versuchte er, zu entscheiden, ob er Ethan zu einer besseren Antwort drängen sollte. Ethan nahm ihn mit unerschütterlichem Blick ins Visier, ob er es wagte, ihn weiter zu befragen.

Mit einem subtilen Nicken stieß sich Fox von dem Bücherregal ab. »Wenn Sie mir etwas anvertrauen wollen, verspreche ich Ihnen die größte Diskretion. Bis Amerika ist es ein schrecklich weiter Weg, doch vermutlich sind die Möglichkeiten dort unvergleichlich – für die richtigen Leute. Ich hoffe, Sie und Miss Cheswick sind die richtigen Leute.« Er straffte sich. »Kommen Sie, es gibt noch mehr zu sehen, wenn Sie interessiert sind. Sie können das Buch mitnehmen, wenn Sie wollen.«

Das Angebot nahm er an. »Danke.« Ethan klemmte sich das Buch unter den Arm und begleitete Fox aus der Bibliothek. Fox' Worte sprangen in seinem Gehirn umher – Amerika *war* ein schrecklich weiter Weg. Könnten Audrey und er auch irgendwo näher neu anfangen? An irgendeinem Ort, der es ihm erlaubte, seinen Bruder ab und an zu sehen?

Alarmglocken läuteten in seinem Gehirn. Was zum Teufel tat er da? Plante er etwa *überhaupt etwas* mit Audrey in seinen Gedanken? Es war alles eine Lüge. Eine Erfindung, die sie den Foxcrofts erzählt hatten, um ihr Hiersein zu erklären. Sie hatten keine Zukunft, keine Beziehung und keinen Grund, zusammen zu sein. Je eher er von ihr fortkam, umso besser. Für alle.

KAPITEL 8

Audrey war keineswegs eine Frühaufsteherin, jedoch hatte sie an diesem Morgen recht lang geschlummert. Die frischen Kleider, welche die Zofe für sie bereitgelegt hatte, waren von einer Machart, die Audrey erlaubte sich eigenständig anzukleiden. Das war ein Segen, denn sie wollte Ethan so bald als möglich sehen. Gleichwohl sie sich mit ihrer Toilette beeilte, war es überaus mühselig, sich ohne fremde Hilfe das Haar zu frisieren. Als sie schließlich entschied, dass sie einigermaßen präsentabel war, begab sie sich – dank mehrerer Tage im Sattel ein wenig steif – auf den Weg nach unten. Ihre Eile war jedoch vergebens, da sie den Frühstücksraum, abgesehen von Miranda, die mit ihrem kleinen Sohn auf dem Boden saß, leer vorfand.

Miranda lächelte zu ihr auf. »Guten Morgen, ich hoffe, du hast gut geschlafen?«

Panik keimte in Audreys Bauch auf und ließ sie zittrig werden. Sie wollte nicht plaudern. »Ja, danke. Ist Mr. Locke schon heruntergekommen?« Sie hielt praktisch den Atem an und wartete auf die Antwort. Er würde doch nicht ohne ein Wort zum Abschied einfach gegangen sein …

»Er ist mit Fox in Stipple's End. Wenn du willst, können wir sie besuchen. Lass mich Alexander nur zu seinem Kindermädchen nach oben bringen, damit er ein Nickerchen machen kann.«

Audrey besann sich, dass es sich bei Stipple´s End um das Waisenhaus handelte, welches das Paar betrieb. Wenn Ethan dort war, wollte Audrey unbedingt dorthin. »Das wäre schön. Ich werde rasch mein Frühstück einnehmen.«

Miranda hob ihren Sohn in die Arme und brachte ihn zu Audrey. »Sag Miss Cheswick guten Tag, Alex.«

Er streckte ihr die Hand entgegen, die Finger gespreizt. »Ba!«

Audrey konnte nicht anders, als ihn ebenfalls anzugrinsen. »Ba!«

Seine Lippen spreizten sich und zeigten zwei Zähnchen, die aus dem unteren Teil seines Mundes hervorlugten. »Ba!«

Audrey schob den Kopf ein wenig vor, damit er ihre Wange berühren konnte. Stattdessen griff er in ihr Haar und zog eine Locke heraus. »Ba!«

Miranda lachte. »Wir könnten dieses Spiel den ganzen Tag spielen, aber du willst wahrscheinlich essen und Alex muss schlafen. Bediene dich an der Anrichte und klingle, wenn du etwas brauchst – einer der Diener oder ein Dienstmädchen wird dich bedienen.«

Audrey antwortete mit einem Nicken, als die beiden gingen, und bediente sich selbst. Ihre Gedanken wanderten sofort zu Ethan zurück und dazu, was sie als Nächstes tun würden.

Sie.

Sie würden gar nichts tun. Seine Absicht war, sie hier zurückzulassen, und was sollte sie tun? Nach London zurückkehren? Sie musste ihn dazu bringen, sie mitzunehmen. Sie war zumindest noch nicht bereit, ihrem Abenteuer ein Ende zu setzen. Im besten Fall würde es ihr gelingen, ihn zu überzeugen, ihr zu vertrauen, und dann würde sie einen Weg finden, ihm bei seinem Problem mit Bow Street zu helfen.

Während sie ihr Frühstück verspeiste, sinnierte Audrey darüber nach, wie sie zu Ethan durchdringen könnte. Sie fragte sich auch, ob er seine Wunden angemessen versorgt hatte. Gestern Abend hatte sie ihm den kleinen Tiegel mit der Salbe gegeben, doch sie wusste nicht, ob er sie tatsächlich aufgetragen hatte.

Als sie gerade fertig war, kehrte Miranda mit Hauben für beide zurück. Sie reichte Audrey eine davon.

»Danke, dass du mir das Kleid und diese Haube geliehen hast.« Sie setzte sich die Haube auf den Kopf, dankbar, etwas zu haben, das ihr widerspenstiges Haar bändigte, und knüpfe die Bänder unter dem Kinn zu einer Schleife.

»Das ist kein Problem. Das Kleid ist aus der Zeit, als ich mit Alexander schwanger war. Ich dachte, das größere Mieder würde dir besser passen, wenngleich es mir leidtut, dass es so kurz ist. Aber du bist ja auch ziemlich groß.«

»Es ist wunderschön.« Audrey fuhr mit ihrer Hand über das weiche Baumwollkleid. Es war hübsch und, was am allerwichtigsten war, praktisch.

Miranda schmunzelte. «Nicht ganz das, was wir in London tragen würden, oder? Ich bin bei Weitem nicht mehr die junge Frau, die ohne Rücksicht auf ihren Ruf durch London schlenderte. Die Mutterschaft verändert einen Menschen drastisch. Und das habe ich, glaube ich, zum ersten Mal zu spüren bekommen, als ich vor zwei Jahren in Stipple's End gearbeitet habe, in dem Sommer, als ich aus London verbannt worden war.«

»Daran erinnere ich mich. Du wurdest auf dem Dark Walk in Vauxhall erwischt?«

Miranda band die Bänder ihrer Haube zusammen. »Niemand sollte davon wissen.«

Audrey stand vom Tisch auf und verließ zusammen mit Miranda den Frühstücksraum. »Lady Lydia Prewitt ist meine engste Freundin. Ich fürchte, ich weiß viele Dinge, die die Leute nicht wissen sollten.« Lydia hatte die letzten Jahre als eine von Londons vorrangigsten Klatschbasen verbracht, und zwar auf Geheiß ihrer ruppigen Großtante, die ihre Anstandsdame und auch Londons *führende* Klatschbase war.

»Ich verstehe.« Miranda schürzte die Lippen, und Audrey hatte das Gefühl, dass Miranda Lydia vielleicht nicht mochte. Doch das erging vielen Leute so. Allerdings kannten sie die wahre Lydia nicht, die freundlich und geistreich war und die beste Freundin, die Audrey sich wünschen konnte. Vielleicht würden die Leute Lydia jetzt, da sie nicht mehr unter der Fuchtel ihrer Tante stand und sich entschieden hatte, eine Zukunft mit Jason Lockwood aufzubauen, so sehen, wie sie wirklich war.

»Lydia ist kein schlechter Mensch. Sie ist das Opfer schrecklicher Umstände, die sich auf ihre Familie gründen. Das kannst du doch sicher verstehen?« Audrey wusste, dass Mirandas Vater, der Herzog von Holborn, ein kalter und furchteinflößender Autokrat war. Mirandas Schwägerin Olivia Sinclair war mit Audrey befreundet, und Audrey war schon der eine oder andere Bericht über die Grausamkeit des Herzogs gegenüber seinen Kindern zu Ohren gekommen.

Miranda beäugte sie misstrauisch. »Das kann ich. Und ich weiß eine zweite Chance zu schätzen. Die Menschen hier haben mir eine gegeben. Sie lehrten mich, was im Leben wirklich wichtig ist. Hierher zu kommen – ins Exil verbannt – war das Beste, was mir passieren konnte. Ich danke Gott tagtäglich aufs Neue, so töricht gewesen zu sein, dass man mich aufs Land geschickt hat. Es ist schon komisch, wie sich eine schlechte Entscheidung als genau das herausstellen kann, was alles ins Lot bringt.«

Audrey räumte ein, dass ihre Entscheidung, Ethan zu

begleiten, nicht gut durchdacht war, und erst mit der Zeit würde es sich zeigen, ob sie etwas Gutes bringen würde. Sie hatte sich ein Abenteuer gewünscht, etwas, das sie mit Aufregung und Zielstrebigkeit erfüllte, statt mit Gleichgültigkeit und Langeweile. Sie blinzelte. Es war schon aufregend. Und sie hatte es als sehr erfüllend empfunden, Ethans Wunden zu versorgen und ihm zur Flucht zu verhelfen, auch wenn sie sich dieser Tatsache nicht richtig bewusst gewesen war. Wenn er ihr nur vertrauen würde, würde sie alles in ihrer Macht Stehende tun, um ihm zu helfen. Tief in ihrem Herzen wusste sie, dass er nicht das Ungeheuer war, für das er sich ausgab, und er sich zu ändern versuchte. Warum sonst hätte er sich bemüht, sich in der Gesellschaft zu etablieren?

»Audrey, wie hast du Mr. Locke kennengelernt?«

»Eigentlich durch Lydia. Lord Lockwood und sie werden meiner Vermutung nach in Kürze ihre Verlobung bekannt geben.« Wenn sie das nicht schon getan hatten. Lydia hatte vorgehabt, Lockwood ihre Liebe zu gestehen und ihm einen Heiratsantrag zu machen, falls nötig. Er hatte bereits um sie angehalten – in aller Öffentlichkeit –, inmitten der erwartungsvollen Blicke und Anspannung der gesamten feinen Gesellschaft war sie erstarrt und hatte nichts darauf erwidert. Sie bedauerte ihr Schweigen und seine Beschämung zutiefst. Audrey war sich sicher, dass sie es wiedergutmachen würde. Überraschenderweise waren sie ein perfektes Paar.

Miranda hielt einen Moment inne, als sie in die große Eingangshalle schlenderten. »Ach ja? Ich bin schockiert zu hören, dass Lockwood heiraten wird. Was ist mit seinen lasterhaften Festen?«

»Er gibt sie auf.«

Miranda lachte. »Das wird eine Menge Gentlemen enttäuschen.«

»Das ist anzunehmen.« Audrey wandte den Blick ab und schritt zur Eingangstür. Sie wusste weit mehr über diese

Feste als die meisten anderen. Mit Ausnahme von Lady Philippa Sevrin war Audrey die einzige junge, unverheiratete Frau, die jemals an einer solchen Party teilgenommen hatte. Tatsächlich hatte sie an vier teilgenommen, einschließlich einer in der Nacht, in der sie London mit Ethan verlassen hatte.

»Lydia hat also die Liebe mit Englands skandalösestem Schurken gefunden, und du die zu seinem unehelichen Bruder?« Miranda warf ihr einen amüsierten Blick zu. »Warum musste London so *interessant* werden, nachdem ich fort war?«

Audrey konnte sich ein Lachen nicht verkneifen, und dann lachte auch Miranda. Doch ein ernüchternder Gedanke hielt sich beharrlich in Audreys Hinterkopf – sie hatte keine Liebe mit Ethan gefunden. Aber was hatte sie dann gefunden?

Miranda öffnete die Tür – Audrey hatte am Abend zuvor von der Zofe erfahren, dass sie keinen Butler hatten, sondern nur eine Haushälterin, eine Köchin, ein paar Dienstmädchen, die verschiedene Aufgaben übernahmen, und nur ein paar Diener, die auch in anderen Funktionen arbeiteten, sodass nur selten ein Bediensteter am Eingang stand – und führte Audrey in die späte Morgensonne.

»Was für ein zauberhafter Tag«, schwärmte Miranda und sah in den blauen Himmel auf, an dem nur einige wenige Wolken dahinzogen. Sie wandte sich erwartungsvoll an Audrey. »Jetzt musst du mir aber sagen, warum ihr durchbrennt. Ist es, weil Mr. Locke unehelich ist?«

Das war eine einfache Erklärung. Aber würde ihre Eltern das wirklich interessieren? Audrey war beinahe vierundzwanzig. Vielleicht wären sie froh, ihre Tochter mit einem unehelichen Anwärter verheiraten zu können. Immerhin war er der Sohn eines Viscounts, und das war allemal besser als der Sohn eines Schmieds. »Ja. Sie sind enttäuscht von meiner Wahl.«

Der Kutscher fuhr auf sie zu und brachte das Fahrzeug zum Stehen. Er öffnete die Tür und half erst Miranda und dann Audrey beim Einsteigen. Während der kurzen, zehnminütigen Fahrt nach Stipple's End sprachen sie über elterliche Enttäuschungen und darüber, dass sie selbst ihren eigenen Kindern gegenüber viel mehr Verständnis aufbringen würden. Audrey hoffte nur, dass sie eines Tages die Gelegenheit haben würde, selbst Mutter zu sein.

Beim Waisenhaus angekommen, wurden sie an der Tür von einer rundlichen Frau in einer Schürze mit einem breiten Grinsen begrüßt. »Guten Morgen, Miranda.« Ihr Gesicht verfinsterte sich sofort. »Wo ist Alexander?«

»Er schläft. Millie hat versprochen, dass sie ihn später herbringt.« Miranda drehte sich zu Audrey um. »Sie hassen es, wenn ich ohne das Baby komme. Audrey, das ist Mrs. Gates, die Vorsteherin von Stipple's End. Mrs. Gates, das ist meine Freundin, Miss Audrey Cheswick.«

Mrs. Gates neigte den Kopf. »Es ist mir ein Vergnügen, Sie kennenzulernen, Miss Cheswick.« Sie öffnete die Tür und bedeutete den beiden, einzutreten.

»Gleichfalls.« Audrey trat in eine riesige Halle, in der es stark nach Tünche roch. Die hintere Wand war etwa zur Hälfte gestrichen, aber es sah aus, als hätte man mittendrin aufgehört.

»Was ist mit den Malerarbeiten passiert?«, fragte Miranda.

»Ein improvisiertes Picknick im Apfelgarten«, antwortete Mrs. Gates. »Es ist so ein schöner Herbsttag, und wer weiß, wie viele wir noch erleben werden. Außerdem wollten die Kinder Äpfel pflücken, bevor nächste Woche der Rest geerntet wird. Fox und Mr. Locke sind bei ihnen.«

»Dann gehen wir zu ihnen.« Lächelnd hakte Miranda

sich bei Audrey unter und führte sie durch die große Halle, dann einen schmalen Korridor hinunter zu einer Tür, die in den Hinterhof führte. Sie wandten sich nach links und schritten einen Hügel hinunter zum Obstgarten. Die Mittagssonne wärmte Audreys Schultern durch den Stoff ihres geborgten Kleides.

Der Lärm lachender, spielender Kinder drang zu ihnen herüber. Eine kleine Gruppe war auf einer Lichtung in ein Spiel vertieft, während andere auf Bäume kletterten. Ein Mann, bei dessen Anblick Audrey ziemlich sicher war, dass es sich dabei um Ethan handelte, stand auf einer Leiter, die an einem Baum lehnte.

Er balancierte einen Korb voller Äpfel auf seiner Hüfte, während er die Leiter hinunterkletterte. Unten angekommen, drehte er sich um. Seine grauen Augen glitzerten im Sonnenlicht und schienen zu strahlen, als sie sich auf Audrey hefteten. »Miss Cheswick«, murmelte er.

Audrey rückte näher und sprach leise. »Sie sollten mich wahrscheinlich Audrey nennen. Da wir angeblich durchbrennen.« Sie sah ihn mit hochgezogenen Augenbrauen an und forderte ihn auf, Verständnis zu bekunden.

Er legte den Kopf schief. »Ich verstehe. *Audrey*.«

Das einzelne betonte Wort streifte schmeichelnd über ihre Brust und wanderte zu ihren Gliedmaßen, um sie wie eine intime Liebkosung zu streicheln. Sie besann sich darauf, dass sie nicht allein waren, selbst wenn es sich plötzlich so anfühlte, als wäre dem so. »Miranda hat mich hergebracht.«

Ethan ließ den Blick zu Miranda wandern. »Hallo. Nochmals vielen Dank für Ihre Gastfreundschaft.« Er warf einen Blick auf seinen Aufzug. Er trug eine graue Jacke über einer dunkelblauen Reithose. Die Jacke war ein wenig zu breit für seine Schultern, aber die Farbe harmonierte mit seinem schwarzen Haar und seinen hellgrauen Augen. Er trug eine schlichte Krawatte, was mehr war, als Fox trug – sein Hemd war am Kragen offen. Er kam mit einem weiteren Korb voller Äpfel um den Baum herum und stellte ihn neben seiner Frau ab.

Fox drückte Miranda einen Kuss auf die Wange. »Du bist so schön, wie der Tag hell ist.«

Miranda rollte mit den Augen. »Mein Mann, der Dichter.« Sie warf ihm einen Blick zu, der eindeutig eine persönliche, intime Bedeutung hatte. Audrey wandte ihre Aufmerksamkeit wieder Ethan zu, um sich nicht aufzudrängen.

Ihren Blick auf Ethan zu lenken, half allerdings nichts, denn er schaute sie mit einer Intensität an, bei der ihr Gesicht feuerrot anlaufen würde. »Warum schaust du mich so an?«, flüsterte sie eindringlich, ehe sie sich eines Besseren besann.

»Wir sollen doch ein Paar mimen, nicht wahr?« Als er darauf ihre Hand nahm, berührten sich ihre entblößten Finger und entfachten Empfindungen, die Audrey bis in ihr Innerstes spürte. Er hob ihre Hand, um ihr einen Kuss auf den Handrücken zu geben, ohne den Blick von ihr abzulassen.

Ungeachtet der Sonnenwärme lief ihr ein Schauer nach dem anderen über das Rückgrat. »Hattest du wirklich auf die Leiter klettern müssen? Wie steht es um deinen Arm?«

»Es geht ihm viel besser.« Seine Worte waren leise. »Wichtiger ist aber, dass sie nichts von meiner Verletzung erfahren sollen. Zu viele Fragen.«

Sie verstand. »Hast du den Umschlag aufgelegt?«

»Ja, *Krankenpflegerin*.« Seine Augen tanzten vor Heiterkeit und sie fühlte sich mehr an ihren koketten Walzertanzpartner erinnert als an den gefährlichen Verbrecher.

»Kommt und esst ein bisschen Hühnchen«, forderte Fox sie auf und deutete auf eine Decke, auf der mehrere Körbe mit Speisen standen. »Für uns Erwachsene gibt es einen speziellen Korb.«

Ethan ließ Audreys Hand los, was enttäuschend gewesen wäre, hätte er sie nicht sofort in ihren Rücken gelegt, um sie zur Decke zu führen. Audrey schwebte praktisch dahin. Sie konnte sich nicht daran erinnern, wann ein Gentleman ihr jemals so eine besondere Aufmerksamkeit geschenkt hatte. Wahrscheinlich, weil es noch nie vorgekommen war.

Sie machten es sich auf der Decke bequem, während die Kinder um sie herumtollten. Normalerweise hätte Audrey mehr Interesse für ihre Spiele und ihr Gelächter gezeigt, aber sie konnte ihre Aufmerksamkeit nicht von ihrem magischen Begleiter abwenden. Es schien, als müssten sie sich nicht gerade anstrengen, um vorzugeben, ein Paar zu sein.

Miranda tischte ihnen etwas Hühnchen und natürlich Äpfel auf, obwohl sie Audrey eine kleinere Portion auf den Teller tat, weil sie erst vor Kurzem gefrühstückt hatte. Audrey war das einerlei, sie interessierte sich nicht im Geringsten für die Mahlzeit.

Fox wandte sich an Audrey. »Locke hat mir erzählt, dass Sie und er nach Amerika gehen.«

Miranda schnappte nach Luft. *Amerika?* Warum?«

Fox lachte. »Vergeben Sie meiner Frau. Einst hielt sie von Wootton Bassett genauso wenig.«

Sie versetzte ihm einen spielerischen Klaps auf den Arm. »Wenigstens ist es noch England. Und ich bin herumgekommen. Jetzt kann mir nicht mehr vorstellen, irgendwo anders zu leben.«

»Ich kann mir vorstellen, dass du von Amerika dasselbe sagen würdest, wenn wir zusammen gingen. Schließlich kommt es nicht darauf an, wo man lebt, sondern mit wem man zusammen ist.«

Mirandas Augen trafen die ihres Mannes und ihre Lippen

formten sich zu einem seligen Lächeln. »Da kann ich nur beipflichten.«

Und das konnte auch Audrey. Deshalb war sie ja auch bereit, mit Ethan nach Amerika zu gehen. Hatte er das tatsächlich zu Fox gesagt, und auch wirklich so gemeint? Sie warf ihm einen flüchtigen Blick zu. Er verspeiste gerade eine Hähnchenkeule und schien nicht auf das Thema achten. Aber sie kannte ihn besser als das. Er nahm alles wahr.

Miranda drehte sich um und richtete den Blick auf Audrey. »Was wird deine Familie davon halten?«

Audrey zog eine Schulter hoch. »Sie werden sich daran gewöhnen müssen.«

Miranda seufzte. »Das werden sie. Das haben meine Eltern auch getan.« Sie lächelte Fox bedauernd zu. »Allerdings müsst ihr nicht den ganzen Weg bis nach Amerika auf euch nehmen, um eurer Familie aus dem Weg zu gehen. Wootton Bassett ist weit genug entfernt, dass ich meine Eltern nicht zu tolerieren brauche und sie weder mich noch Fox erdulden müssen. Es ist ein großartiges Arrangement.«

»Vermutlich könnten wir in England bleiben«, meinte Audrey. Nur waren sie ja nicht einmal wirklich dabei durchzubrennen. Sie war sich so gut wie sicher, dass er sich darauf vorbereitete, sie hier sitzenzulassen. Warum hatte er Fox dann gesagt, dass sie nach Amerika gehen würden? Das musste zu seiner List gehören – hoffentlich würde er sie einweihen.

Sie warf einen Blick zu Ethan, der allerdings den Kindern zusah, wie sie den Hügel hinunterrollten.

»Ich hoffe, ihr werdet es euch noch einmal überlegen.« Miranda machte große Augen, als sie sich zu Audrey beugte und ihren Arm berührte. »Ihr könntet euch sogar hier niederlassen. Wir würden gerne jemanden finden, der uns mit dem Waisenhaus hilft. Es wird immer größer und es gibt so viel zu tun. Was halten Sie davon, Mr. Locke?«

Ethan hatte den Blick noch immer auf die Kinder gerichtet. »Das habe ich schon seit Ewigkeiten nicht mehr gemacht – einen Hügel hinunterrollen.«

Bei Ethans vollständigem und typischen Mangel einer Antwort auf Mirandas Frage unterdrückte Audrey ein Lächeln. Normalerweise fand Audrey dieses Verhalten empörend, doch in diesem Fall war es überraschenderweise entzückend. Vielleicht, weil sie plötzlich den Berg hinunterrollen wollte. Mit ihm.

»Dann müssen wir eben mitmachen.« Fox stand auf und hielt Miranda die Hand hin. »Komm, meine liebe Frau.«

Miranda ergriff seine Hand und erhob sich.

»Da ich geborgte Kleider trage, muss ich wohl fragen, ob ich mitmachen darf«, sagte Ethan und stand auf.

So lustig es auch aussah, glaubte Audrey nicht, dass es Ethans Arm guttun würde. Ganz und gar nicht. »Mein Kleid ist auch nur geliehen. Ich würde mich schrecklich fühlen, wenn wir die Kleidung ruinieren würden.« Sie versuchte, Ethan einen flehenden Blick zuzuwerfen, um ihm stumm mitzuteilen, dass er sich wieder hinsetzen sollte.

Fox schüttelte den Kopf. »Das ist nicht der Rede wert. Und betrachten Sie sie als die Ihren. Wir werden euch nicht ohne Ausstattung auf den Weg schicken.« Seine Augen verdunkelten sich für einen Moment. »Und wir werden auch nicht fragen, warum ihr ursprünglich gar keine hattet.«

Also hatten sie etwas bemerkt. In dem Versuch, das plötzlich empfundene Unbehagen abzuschütteln, stand Audrey auf.

Miranda tat so, als würde sie ihm einen finsteren Blick zuwerfen. »Fox, sei höflich. Es ist ja nicht so, als hätten wir selbst den Anstand nicht schon einmal missachtet.«

Fox zeigte mit dem Finger auf sie. »*Du* hattest den Anstand ignoriert. Ich hatte mich sehr bemüht, dir den Hof zu machen, so wie es sich gehört.«

»Na schön.« Sie reckte das Kinn und warf ihm einen hochmütigen Blick zu. »Wie auch immer, sei höflich und kümmere dich um deine eigenen Angelegenheiten.«

Er hob abwehrend die Hände und gab ihr einen Klaps auf den Hintern, als sie sich dem Hügel zuwandten. Miranda warf ihrem Mann einen koketten, aufreizenden Blick zu. Audrey sah zu Ethan, um herauszufinden, was er von ihrem romantischen Geplänkel hielt, aber er war damit beschäftigt, sich einen Fussel vom Ärmel zu bürsten.

Er sah auf, registrierte sie und zog fragend die Stirn kraus.

»Was ist mit deinem Arm? Du solltest wirklich nicht den Hügel hinunterrollen.«

»Was soll ich sagen?« Er berührte sie erneut im Rücken und drängte sie, Fox und Miranda zu folgen.

»Sag ihnen einfach, du wärst vom Pferd gestürzt oder etwas Ähnliches.«

Er gluckste. »Nein. Meine Reitkünste sind auch ohne diese Lüge schon miserabel genug.«

»Du lügst gern.« Auf seinen finsteren Blick hin fügte sie hinzu: »Zumindest umgehst du es gern, die Wahrheit zu sagen.« Und darin war er ziemlich gut.

Er schielte sie von der Seite an. »Vielleicht will ich einfach nur einen Hügel mit dir hinunterrollen.«

»Beeilt euch!«, rief Miranda vom Gipfel des Hügels.

Sie beeilten sich und gesellten sich zu Fox, Miranda und dem Jungen, der die Aktivität anführte.

»Philip«, meinte Fox an ihn gewandt, »wir benötigen ein Wettrennen nur für Erwachsene.«

Philip, ein Junge von vielleicht dreizehn Jahren, grinste. »Ihr habt Fox gehört«, rief er den anderen Kindern zu. »Macht Platz, damit unsere Ältesten sich austoben können.«

Fox zuckte bei dem Wort Älteste zusammen, doch dann schüttelte er den Kopf mit einem kleinen Lächeln. »Wie funktioniert dies? Wer zuerst unten ankommt, gewinnt was?«

»Die erste Wahl bei Mrs. Gates Kuchen heute Nachmittag beim Tee«, verkündete Philip.

Fox tippte sich mit dem Finger an den Mund. »Das wird für uns nicht funktionieren, da wir wahrscheinlich nicht zum Tee da sein werden.«

»Der Gewinner darf heute Abend das Thema unseres Unterhaltungsprogramms nach dem Essen bestimmen«, schlug Miranda mit einem schelmischen Funkeln in den Augen vor.

Fox beugte sich zu Audrey und Ethan vor. »Wir dürfen sie nicht gewinnen lassen, sonst müssen wir Scharade oder ähnlichen Unsinn spielen.«

Miranda verschränkte die Arme. »Du hast keine Ahnung, was mir vorschwebt.«

Audrey hatte ihre eigenen Vorstellungen von der Art der Unterhaltung nach dem Dinner, der sie den Vorzug geben würde, doch an nichts davon wären ihre Gastgeber beteiligt.

»Ich werde Sorge dafür tragen, zu gewinnen«, meinte Ethan mit einem entschlossenen Zug um den Mund. Schon oft hatte Audrey ihn mit diesem Blick gesehen. Miranda hatte nicht die leiseste Chance.

Philip trat von der Kuppe des Hügels zurück. »Also gut, nehmen Sie Ihre Positionen ein. Legen Sie sich einfach auf die Seite, die dem Hang zugewandt ist.«

Mit gespannten Gesichtern versammelten sich die Kinder um Philip. Schließlich stellten sich einige in der Nähe von Fox auf, da sie offensichtlich darauf brannten, zu erfahren, wie er sich schlagen würde.

Audrey legte sich mit der Seite ins Gras. Dann drehte sie den Kopf und schaute Philip an.

»Fertig? Losrollen!« Philip ließ seinen Arm sinken.

Audrey stieß sich ab und rollte ein paar Meter, bevor sie

aufhörte. Der Hügel war zu Anfang nicht übermäßig steil, sodass sie sich anstrengen mussten, um weiterzurollen. Sie schob sich vorwärts und purzelte noch ein paar Meter weiter, wobei sie lachte, als sie die Anfeuerungsrufe der Kinder hörte, die sie weiter anspornten. Sie hielt die Arme dicht an den Seiten und stürzte sich den Hügel hinunter. Der Untergrund sackte weg, als sie auf einen steileren Abschnitt traf, und ihre Drehungen nahmen an Geschwindigkeit zu. Ihr Gleichgewicht geriet völlig aus den Fugen, während sie immer schneller rollte. Sie schloss die Augen, um die wirbelnden Bilder von Boden und Himmel in Schach zu halten. Dann landete sie auf etwas Festem, aber sehr Warmem.

Sie schlug die Augen auf und blickte in ein klares Grau. In unmittelbarer Nähe. So nah, dass sie seine Wärme spüren konnte.

Und sie konnte den angespannten Zug in seinem Gesicht erkennen.

Beunruhigung überkam sie. »Bist du wohlauf?« Sie hoffte, dass er sich seine Stiche nicht aufgerissen hatte.

»Ich glaube schon.« Seine Stimme war angespannt und dürftig. »Dies war allerdings keine gute Idee. Wahrscheinlich sollte ich zukünftig auf dich hören.«

Audrey würde ihn daran erinnern, dass er das gesagt hatte. »Ja, das solltest du. Gleichwohl ich dich loben muss, dass du das Fluchen unterlassen hast.«

Dies entlockte ihm ein Lachen von solch einer Wärme, dass Audrey nicht anders konnte, als mit ihm zu lachen.

»Glaube mir«, sagte er. »Es hat mich gehörige Anstrengung gekostet.«

»Hast du es wegen mir oder der Kinder getan?«

Sein Blick war ruhig und direkt. Er ging ihr bis ins Mark. »Die Kinder konnten mich nicht hören.«

Er hatte es also für sie getan. Beinahe hätte sie vergessen, dass sie mitten an einem strahlenden Tag unter Dutzenden von Menschen waren, und beugte sich vor, um ihn zu küssen.

Er schüttelte den Kopf und richtete sich in eine sitzende Position auf. »Nicht hier«, murmelte er.

»Nicht hier« bedeutete eventuell woanders. Sie konnte es kaum abwarten.

Mit einer Grimasse kam Ethan auf die Beine. Audrey rappelte sich auf. Fox und Miranda standen etwa zwanzig Meter entfernt und lachten. Die Kinder riefen ihm Chor: »Fox hat gewonnen! Fox hat gewonnen!«

»Verflixte Schulter«, brummte Ethan. »Ich hätte gewinnen sollen.«

Audrey wünschte, sie könnte nach seinen Wunden sehen. Sie hoffte nur, dass er die Nähte nicht aufgerissen hatte. Die Fäden sollten erst in ein paar Tagen entfernt werden. »Du fluchst schon wieder.«

Er warf ihr einen entschuldigenden Blick zu. Das war das erste Mal und sie war überrumpelt. Doch rasch fing sie sich wieder und nutzte dies zu ihrem Vorteil aus. »Warum hast du ihnen gesagt, dass wir nach Amerika gehen? Du hast doch nicht wirklich vor, das zu tun, oder?«

Er antwortete umgehend. »Nein. Sie kommen«, flüsterte er. Er legte seinen guten Arm um ihre Taille und zog sie zu sich heran. »Gut gerollt, Fox.«

Audrey lehnte sich an Ethan. Obwohl sie wusste, dass es keine Zukunft für sie gab, ließ sie sich auf die List ein. Für heute würde sie Ethans Verlobte spielen. Und sie würde jeden Moment davon genießen. Der morgige Tag – und alle, die darauf folgten – würde früh genug anbrechen.

KAPITEL 9

Als Gewinner des Rollwettbewerbs hatte Fox das Tanzen als Unterhaltung nach dem Essen ausgewählt. Um genügend Gäste zum Tanzen zu haben, hatte Miranda zwei weitere Paare eingeladen. Die Knotts, Rob fungierte als Fox' Verwalter, und seine Frau Felicity, waren langjährige Freunde von Fox. Beatrice Stratham war Mirandas entfernte Cousine – ihre Eltern hatten Miranda beherbergt, nachdem sie aus London verbannt worden war. Beatrices Ehemann, Donovan, war ein ehemaliger Abgeordneter, der seinen Sitz verlor, nachdem er die Annahme von Bestechungsgeldern gestanden hatte. Miranda hatte Audrey erzählt, dass Fox maßgeblich an Strathams Bloßstellung beteiligt gewesen war, was verständlicherweise eine angespannten Beziehung zwischen den beiden Männern zur Folge hatte. Doch seit die beiden Frauen sich nähergekommen waren, erduldeten sie die Gesellschaft des jeweils anderen, wenn es sich nicht umgehen ließ.

Ethan begleitete Audrey aus dem Speisesaal. »Welche Art von Tanz wird es geben?«, flüsterte er dicht an ihrem Ohr.

Sie beugte sich zu ihm. »Eine Menge von der Sorte, die

du, wie ich glaube, als ›albern‹ bezeichnet hast.« Das war während ihrer ersten Walzerkursstunde gewesen.

»Ich habe nicht die geringste Ahnung, wie man etwas anderes als Walzer tanzt.«

Sie tätschelte ihm den Arm, als sie den Salon betraten. »Du hast den Walzer ziemlich schnell gelernt. Ich bin sicher, dass du das Gleiche mit dem Bauerntanz schaffen wirst. Ich sorge dafür, dass Miranda und Fox den ersten Tanz anführen und wir als Letzte gehen. So kannst du sehen, wie es gemacht wird.«

Er warf ihr einen Seitenblick zu. »Ich werde einfach nicken und so tun, als ob ich verstehe, was du sagst.«

Audrey lächelte ihn an und lachte leise. »Du kannst so tun, als ob du tanzen könntest, so wie ich den Betrunkenen gespielt habe, als wir das Kabriolett ausgeborgt haben. Du wirst eine ebenso gute Figur abgeben, wie du aussiehst.« Sie neigte den Kopf, um die Röte zu verbergen, die sich auf ihre Wangen stahl. Sie konnte sich nicht helfen; er sah wirklich wunderbar aus. Er trug einen prachtvollen Anzug, der ihm so gut passte, dass sie sich fragte, ob jemand an seiner Kleidung Änderungen vorgenommen hatte, so wie Felicity Knott dies bei Audreys Kleid getan hatte. Sie hatte den Saum eines von Mirandas alten Kleidern mit einem Volant versehen, sodass die Länge nun mit Audreys großem Wuchs harmonierte.

»Danke«, entgegnete er auf ihre beschämende Bemerkung hin. »Aber ich bin sicher, dass ich im Vergleich zu deiner Brillanz heute Abend verblasse.«

Jetzt errötete sie aus einem ganz anderen Grund. Glücklicherweise wurden sie gerade zum Tanz gerufen. Sie warf ihm einen aufmunternden Blick zu und führte ihn auf die provisorische Tanzfläche.

Während der nächsten halben Stunde unternahm Ethan außerordentliche Anstrengungen, um mitzuhalten. Falls jemand bemerkte, dass er noch nie in seinem Leben einen Bauerntanz getanzt hatte, so verlor er kein Wort darüber.

Stratham, ein etwas kleinerer – kleiner als Audrey, jedenfalls – aber attraktiver Zeitgenosse, strich sich das dunkle Haar zurück. »Sagen Sie mal, Locke, haben Sie schon lange nicht mehr getanzt?«

Zumindest *hatte* keiner vorher etwas gesagt.

Ethan warf dem ehemaligen Abgeordneten einen flammenden Blick zu, den er aber schnell wieder kaschierte. Nicht dass Stratham es bemerkt hätte. Er verbrachte die meiste Zeit damit, seine Frau zu umgarnen, die ihr erstes Kind erwartete.

Eine kleine Auswahl an Erfrischungen war angerichtet worden, und die Gentlemen nutzten nun die Gelegenheit, ein Glas Hochgeistiges zu genießen. Beatrice und Felicity unterhielten sich über ihre bevorstehende Mutterschaft, während Miranda mit einer leicht betretenen Miene zu Audrey trat. »Ich muss dich um Verzeihung für Stratham bitten. Er kann manchmal mit der Tür ins Haus fallen.«

Audrey nickte verständnisvoll. »Das ist schon in Ordnung. Ethan tanzt nicht sehr oft, und wenn, dann ist es meist ein Walzer. Wie neulich bei der Veranstaltung.«

Miranda blitzte ein Lächeln auf. »Das hattet ihr also gemacht?«

Sehr zu Audreys Leidwesen wurde ihr Gesicht ganz heiß, aber sie war ein hoffnungsloser Fall, wenn es darum ging, ihre Selbstkontrolle im Zaum zu behalten.

»Ich muss dich um Verzeihung bitten«, meinte Miranda und berührte Audrey am Arm. »Ich wollte dich nicht in Verlegenheit bringen.«

»Das ist schon in Ordnung. Ich habe die schreckliche Angewohnheit, schnell rot zu werden. Andauernd. Es ist wirklich ein Ärgernis.« Fast hätte sie »verfluchtes Ärgernis«

gesagt, als sie von der lästigen Angewohnheit sprach. Ethan hinterließ offenbar Eindruck bei ihr.

»Wie lange glaubst du, werdet ihr, Mr. Locke und du, wohl bleiben, bevor ihr nach Amerika weiterreist?« Miranda zog die Nase kraus. »Tut mir leid, aber es ist einfach so weit weg. Wie ich heute Nachmittag schon sagte, verstehe ich nicht, warum ihr so weit fahren müsst. Warum reist ihr nicht nach Gretna Green und kehrt anschließend nach England zurück?« Sie legte den Kopf schief und lächelte sanft. »Ihr könntet sogar hierher zurückkommen.«

»Was meinst du?«

»Fox hat mir von Mr. Lockes Interesse an dem Waisenhaus erzählt. Er scheint ein Mann zu sein, der seinen Platz in der Welt sucht. Und wir würden wirklich gern ein paar Leute finden – die richtigen Leute –, die uns helfen würden, die Einrichtungen in Stipple's End zu erweitern. Stell dir vor, wir könnten sogar noch mehr Kindern helfen.«

Ethan interessierte sich für das Waisenhaus? Davon war Audrey überrascht. Mehr als überrascht. Sie war fasziniert. »Ihr würdet uns bleiben lassen? Um hier zu leben?«

Miranda tätschelte ihr den Arm. »Es ist eine Überlegung wert.« Sie sah zu Felicity und Beatrice hinüber, die auf sie zukamen.

Audrey zwang sich zu einem Lächeln, während sie versuchte, das Gespräch in den Hintergrund ihrer Gedankengänge zu drängen. Das war schwierig – Miranda hatte ihr mehr als nur *etwas* zum Nachdenken gegeben: Sie hatte ihnen eine weitere Möglichkeit offenbart.

Diese beinhaltete jedoch einen entscheidenden Aspekt, über den sie und Ethan nie gesprochen hatten, und von dem sie nicht einmal sicher war, ob einer von ihnen das wollte: die Ehe. Sie mochte Ethan und fühlte sich zu ihm hingezogen, doch es gab so viele Dinge, die sie nicht über ihn wusste. Nahm sie die Dinge hinzu, *die* sie wusste, musste sie zugeben, dass eine Zukunft mit ihm unwahrscheinlich war, egal, wie wunderbar sie sich mit ihm fühlte.

Sie musste ihn einfach überzeugen, zu bleiben. Vielleicht würden sich die Dinge mit der Zeit klären?

~

Später am Abend streifte Ethan sein Hemd ab. Mit Audreys Hilfe war das Ausziehen einfacher gewesen. Er hätte Fox' Angebot annehmen können, sich von einem Kammerdiener helfen zu lassen, doch das hatte er abgelehnt. Als er vor einigen Wochen in die Gesellschaft eingetreten war, hatte er versucht, sich eines Kammerdieners zu bedienen, doch es stellte sich als eine ungewohnte Angelegenheit heraus, an die man sich erst gewöhnen musste, und der Gedanke hatte sich einfach nicht festgesetzt.

Vielleicht hatte es damit zu tun, dass der von Ethan eingestellte Mann ein Krimineller wie er selbst war. Er hatte keinen Unbekannten in sein intimes Umfeld einlassen wollen. Scheinbar vermochte er nicht einmal, jemandem zu trauen, der sich um seine Garderobe kümmerte.

Darüber hinaus hätte ein von Fox zur Verfügung gestellter Diener seine Wunden gesehen, und Ethan brauchte einem Angestellten, der alles ausplaudern würde, wirklich nicht noch eine Erklärung für die Stiche zu liefern. Er kannte Dienstboten, und sie waren ein geschwätziger Haufen.

Er hatte allerdings um einen Bottich mit heißem Wasser gebeten, damit er baden konnte. Barfüßig tappte er zum Spiegel in der Ecke, um seine Wunde zu begutachten. Sie hatte ein wenig geblutet und einen kleinen, dunklen Fleck auf dem Verband hinterlassen, aber zum Glück war nichts bis auf sein Hemd durchgesickert.

Nachdem er den Verband abgewickelt und auf den Boden

hatte fallen lassen, untersuchte er die Hautstelle. Es sah nicht böse aus und fühlte sich schon besser an, obwohl das Berg-abrollen eine Qual gewesen war. Er hatte seine Torheit den ganzen Nachmittag über verflucht, das ganze Dinner hindurch und auch während des unterhaltsamen Teils danach.

Ethan vermochte sich nicht zurückzubesinnen, wann er sich zuletzt so gut amüsiert hatte. Er hatte weder an Gin Jimmy, noch an Bow Street, noch an seinen Bruder gedacht, sondern nur daran, mit Audrey Schritt zu halten und einige neue Tänze zu lernen – Bauerntänze. Nie hätte er geglaubt, dass sie ihm Spaß machen würden, und am nächsten Tag würde er sich bestimmt nicht mehr erinnern können, wie es ging. Obwohl er die Schritte vielleicht nicht im Gedächtnis behielt, so würde der Abend für ihn jedoch unvergesslich bleiben.

Verdammt, es hatte sich gut angefühlt, normal zu sein, wenn auch nur für einen Tag. Er war ernstlich versucht, noch einen weiteren Tag zu bleiben, doch er befürchtete, es könnte sich daraus noch ein Tag und wieder ein weiterer Tag ergeben. Aber wäre das denn so schlimm?

Mirandas Einladung, hier sesshaft zu werden und im Waisenhaus zu helfen, war wahrscheinlich scherzhaft gemeint, aber sie hatte durchaus ihren Reiz. Nie hatte er sich vorstellen können, irgendwo anders als in London glücklich sein zu können, doch mit eigenen Augen zu sehen, was Fox für so viele junge Menschen bewirkte, ließ ihn aufmerken. Wenn er an die Jungen dachte, denen er helfen könnte – Jungen aus London, die er hierherbringen und denen er eine Ausbildung bieten könnte ... Sie wären vor dem Verbrechen und dem Abschaum Londons sicher, vor den Verlockungen, die sie unausweichlich zu einem Leben voller Bitterkeit und Reue verführen würde.

Ein Leben wie Ethans.

Ein leises Klicken ließ ihn nach dem Messer in seinem Stiefel greifen, aber er trug nichts an den Füßen. Er wandte sich vom Spiegel ab und entspannte sich sofort beim Anblick von Audrey, die sich in sein Zimmer stahl.

Eilig lief er zur Tür und schloss sie rasch, um sie dann, gegen das Holz gelehnt, zu betrachten, wie sie in ihrem fest in der Taille gebundenen Morgenmantel dastand. Der Morgenmantel reichte ihr kaum bis zu den Knöcheln, sodass er die Gelegenheit hatte, ihre nackten Füße zu bewundern. Jammerschade, dass nicht mehr von ihr zu sehen war.

Unverzüglich heftete sie den Blick auf seinen Arm. »Ich bin gekommen, um deine Verletzungen zu versorgen.« Sie nahm ihn an der Hand und zog ihn zum Kamin, in dem ein helles Feuer brannte. Der Tag war warm gewesen, doch in der Nacht war es recht kalt geworden.

Ethan ließ sich – liebend gern – von ihr führen. Vielleicht war sein perfekter Tag doch noch nicht vorbei.

Sie betrachtete seine Messerwunde und runzelte die Stirn. »Da ist getrocknetes Blut.«

»Kaum der Rede wert. Mir fehlt nichts.«

Mit strenger Miene ging sie zur Waschschüssel mit dem inzwischen lauwarmen Wasser und tauchte einen Lappen hinein. Sie kehrte zu ihm zurück und säuberte die Naht, so gut sie konnte. »Tut es weh?«

»Nein«, log er. Es schmerzte tatsächlich ein wenig, doch im Vergleich zu dem Vergnügen, das ihre Finger beim Streicheln seiner Haut auslösten, war das unerheblich.

»Wo ist die Salbe?«

»In der Schublade des Nachttischchens.«

Sie holte die Salbe herbei und strich sie auf seine Wunde. Aus der Tasche ihres Morgenrocks holte sie einen Streifen Baumwolle hervor. »Ich habe dir einen neuen Verband mitgebracht.« Sie wand ihn um seinen Arm und befestigte die Enden. »So. Kein Hügelhinunterrollen mehr.«

Sie sah ihn mit einem aufrichtigen, aber fesselnden Blick an.

Kapitulierend hob er die Hände. »Du hast gewonnen. Ich danke dir für dein Kommen. Du solltest wohl jetzt in dein Zimmer zurückkehren, nehme ich an.«

Ihre Augen wurden schmal. »Nicht so eilig. Du bist mir eine Erklärung schuldig. Du hast mir erzählt, du hättest keine Zeit, hier zu bleiben, und du müsstest dich auf den Weg machen. Und dann erzählst du Fox, wir würden nach Amerika durchbrennen. Ich werde dir nicht erlauben, meinen Fragen auszuweichen. Diesmal nicht.«

Sie war so resolut und auf so bezaubernde Weise beunruhigt, dass er ihre Gereiztheit fast noch verlängern wollte. Doch selbst er war nicht so grausam. »Ich hatte Fox irgendetwas sagen müssen.«

Sie wich vor ihm zurück. »Du beabsichtigst also, zu gehen?«

Er runzelte die Stirn. Er wollte nicht, dass sie ihn verließ. »Ich muss. Irgendwann.«

»Warum?«

Er vermochte ihr nicht alle Antworten zu geben, die sie forderte. Zuzugeben, dass er Vier-Finger-Tom getötet hatte, war eine Sache. Das lag nun mehr als ein Jahrzehnt zurück. Er würde ihr nicht beichten, dass er wegen Mordes am Marquess von Wolverton gesucht wurde, insbesondere deshalb nicht, weil er es nicht getan hatte und er befürchtete, dass sie ihm nicht glauben würde. Sie mochte ihn. Sie schaute ihn an, wie keine andere Frau ihn je angeschaut hatte, und verdammt, sie war wie Sonnenlicht für seine geschwärzte Seele. Sie verlangte nichts von ihm, außer seinem Vertrauen. Ironischerweise – tragischerweise – war es genau das, was er ihr nicht geben konnte. »Es ist kompliziert.«

»Das muss es nicht sein«, entgegnete sie leise und senkte

den Blick auf den Teppich, der ihre Füße vor dem Kamin weich polsterte. Als sie ihr Gesicht wieder hob, waren ihre Augen so klar und blaugrün, dass er glaubte, er würde aufs Meer hinausblicken. Er hatte es schon zweimal gesehen. Erst im letzten Frühjahr, als er zu einem Preisboxkampf nach Cornwall gefahren war, und als Junge, als sein Vater ihn nach Brighton mitgenommen hatte. Jenes Leben war kaum noch eine Erinnerung, und doch schien es ihm nach einem Tag wie heute zum Greifen nah.

Sie richtete das Rückgrat auf und biss die Zähne zusammen. »Warum hast du mich mitgenommen?«

Weil Gin Jimmy Männer geschickt hatte, um sie zu entführen. Sie hatten gedacht, sie sei ihm wichtig. Und verflixt, wenn sie es damals nicht gewesen war, dann war sie es jetzt ganz sicher. Sie zu verlassen wäre das Beste, was er für sie tun konnte, damit Gin Jimmy glaubte, er hätte die Nase voll von ihr. Nie behielt er eine Frau lang, also war es nur logisch, dass Ethan sich irgendwann von ihr trennen würde.

Doch was war mit der Bow Street? Es war eine Sache, in Wootton Bassett neu anzufangen, um einer unangenehmen Familie aus dem Weg zu gehen, wie es Lady Miranda getan hatte, aber etwas ganz anderes, einer Anklage wegen Mordes zu entgehen. Früher oder später würde er sich damit auseinandersetzen müssen.

»Ich habe dich mitgenommen, um dich vor den Männern zu schützen, die in dein Haus kamen.« Ethan blickte sie aufmerksam an. »Du weißt doch noch, was sie gesagt haben – sie seien wegen dir gekommen.«

Plötzlich wirkte sie sehr angespannt. »Wer waren sie?«

»Männer, die für meinen Arbeitgeber, Gin Jimmy, arbeiten. Er ist ein Verbrecherkönig, Audrey, ein sehr böser Mann.«

»Warum wollten sie mich holen?«

Wie immer überlegte er, wie viel er preisgeben sollte. In diesem Fall glaubte er nicht, dass es für sie – oder ihn – schädigend sein könnte, wenn sie die Wahrheit erführe. »Sie glauben, du bedeutest mir etwas. Vermutlich hatten sie beobachtet, wie ich mich in dein Haus geschlichen habe, als du mir Walzerunterricht gegeben hast.« Was bedeutete, dass sie ihn schon seit Wochen beschatteten. Wie lange hatte Gin Jimmy Ethan schon in Verdacht, dass er sich gegen ihn stellen würde? Oder hatte er Ethan einfach nur im Auge behalten, der in die Gesellschaft ausgesandt worden war, um die Witwe eines von Gin Jimmys »Insidern« im Auge zu behalten, eines Earls, der gegen Bezahlung gute Möglichkeiten für Diebstähle im Kreise der feinen Gesellschaft ausgekundschaftet hatte. Diese Witwe war schließlich ermordet worden, ein Mord, der auch Ethan zur Last gelegt wurde.

Audreys Augen weiteten sich kurz, bevor sie sich dem Feuer zuwandte. »Ich verstehe. Aber du denkst, ich sei hier sicher, und somit kannst du weiterziehen und ich bleibe zurück? Das war doch dein Plan, nicht wahr?«

Es hatte keinen Sinn, Audrey anzulügen. Sie hatte die Wahrheit verdient – zumindest, soweit diese sie selbst betraf. »Ja, ich denke, dass du so weit weg von London sicher sein wirst. Ich hatte vor, dich zu bitten, unsere angebliche Beziehung zu beenden. Anschließend werde ich gehen.«

Sie schenkte ihm ein trauriges Lächeln. »Das ist großmütig von dir. Allerdings wird dies meinen Ruf nicht schonen.«

Er konnte sich nicht davon abhalten, sich ihr zu nähern. »Du wusstest in dem Moment, als du aus deinem Fenster geklettert bist, dass dein Ruf in Mitleidenschaft gezogen würde.«

»Das wusste ich. Und ich würde es wieder tun.« Sie drehte sich zu ihm um, nur noch einen knappen Meter entfernt. Er könnte die Hand ausstrecken und sie berühren, doch das wagte er nicht. Sie verdiente so viel mehr, als er ihr geben konnte.

»Ethan.« Ihre Augen wurden sanft. »Ich würde es wieder tun. Ich will nicht zurück nach London – selbst, wenn ich könnte, und es klingt, als wäre es dort nicht sicher für mich, zumindest noch nicht und vielleicht auch nie? Ich verstehe nicht wirklich, wie das funktionieren soll. Doch du kannst mich beschützen, hast du gesagt, also bitte«, sie holte tief Luft, »nimm mich mit.«

Sein Herz pochte heftig und rief einen Widerhall von Wünschen und Bedürfnissen hervor, die sich durch seinen Körper drängten, bis sie sich in seinen Leisten niederließen. Frauen hatten ihn schon um alles Mögliche angefleht: Gefallen, seine Aufmerksamkeit, Geld. Noch nie hatten sie ihn so ernsthaft um seine Gesellschaft angefleht, als hinge ihr ureigenster Frieden davon ab. Dennoch durfte er sie nicht in die Finsternis einlassen, die seine Existenz ausmachte. Nicht jetzt, und, um ihre Worte aufzugreifen, vielleicht niemals.

»Ich kann nicht.«

»Warum nicht? Du sagtest, ich sei sicherer bei dir. Bewahre meine Sicherheit. Lass mich das Gleiche für dich tun. Ich glaube nicht, dass sich jemand um dich gesorgt hat. Ich schon. Das werde ich tun.«

Für einen Moment geriet der Raum ins Schwanken und seine Knie drohten nachzugeben. Er konnte das von ihr gemachte Angebot kaum aushalten, und dennoch – seine Seele lechzte danach wie noch nie zuvor.

Sie trat vor ihn und legte die Hand an seine Wange. »Weise mich nicht ab. Ich will mit dir gehen – aus eigenem Willen. Es gibt nirgends einen Platz für mich. Nie habe ich mich so lebendig gefühlt wie mit dir. Wir könnten zusammen ergründen, was immer wir zu ergründen haben. Oder« – meinte sie mit einem schiefen Lächeln – »wir könnten tatsächlich nach Amerika auswandern und sein, wer immer wir verdammt noch mal sein wollen.«

Sie hatte geflucht. Für ihn.

Ethan presste seinen Mund zu einem feurigen Kuss auf ihren. Er wollte sie nicht verlocken oder einladen, er wollte sie besitzen, sie zähmen, sie völlig unter seine Kontrolle bringen. Wenn er den Entschluss fasste, etwas haben zu wollen, eroberte er es voll und ganz. Und er wollte Audrey.

Er fuhr mit den Händen in ihr Haar, weil er wusste, dass es sich bei der geringsten Bemühung aus den Nadeln lösen würde. Er wurde nicht enttäuscht. Mit einer sanften Bewegung seiner Finger glitten ihre Locken über seine Hände und ihren Rücken herab. Veilchen und Honig umhüllten seine Sinne.

Mit seiner Zunge fiel er über ihren Mund her und war erfreut, als sie ihm bei jedem Stoß entgegenkam. Sie hatte die Hände um seinen Nacken geschlungen und presste ihren Leib an seinen. Audrey war größer als jede andere Frau, die er je in den Armen gehalten hatte, was bedeutete, dass sie auf eine Art und Weise mit ihm harmonierte, wie keine andere Frau je zuvor. Sein Schaft drängte sich heiß an ihre Hüfte. Er richtete sie auf, und dirigierte sie so, dass er zwischen ihren Schenkeln stand. Während er eine Hand über ihren Rücken gleiten ließ, spannte er die andere um ihren Hintern, um sie fest an sich zu ziehen.

Sie stöhnte leise auf. Ethan fuhr fort, sich an ihrem Mund zu laben, während er seine Hand zur Vorderseite ihres Morgenmantels brachte. Er schlüpfte unter den Stoff und fragte sich, ob sie – hoffentlich – darunter nackt war. Doch das war nicht der Fall. Ihr Unterkleid hinderte ihn daran, ihre bloße Haut zu berühren. Genau das war die Unterbrechung, die er gebraucht hatte, damit die Vernunft in seinem Gehirn erneut Halt finden konnte.

Abrupt zog er sich zurück und trat einen Schritt zurück.

»Audrey«, krächzte er. »Du solltest in dein Zimmer zurückkehren.«

»Das möchte ich nicht.« Sie band ihren Morgenmantel auf, doch sie streifte ihn nicht von ihren Schultern. Sie bemühte sich sehr, sich verführerisch und mutig zu geben, jedoch entging ihm das leise Zittern ihrer Besorgnis nicht.

Liebe Güte, sie war eine Jungfrau. Ethan hatte *nichts* mit Jungfrauen zu tun. Zumindest nicht, seit er das selbst einmal gewesen war. Es war eine peinliche Affäre gewesen, als er fünfzehn war. Von da an hatte er sich versiertere Partnerinnen ausgesucht. Trotzdem war er vollkommen sicher, dass keine von ihnen Audrey das Wasser reichen konnte.

»Audrey, du musst. Dein Ruf mag Schaden genommen haben, aber ich will deinen Ruin nicht verantworten.«

»Und wenn ich dir sage, dass ich bereits ruiniert bin?«

Ihm fiel der Sohn des Schmieds ein und ihre gescheiterte Flucht nach Amerika. Ihr Verhalten ihm gegenüber im Laufe der letzten Tage, deutete nicht auf eine Frau hin, die sich einem Mann auf intimer Ebene ungezwungen zeigt. »Das würde ich dir nicht glauben.«

Noch als er die Worte aussprach, war er sich nicht mehr so sicher. Hatte sich mit dem Sohn des Schmieds etwas ereignet? Plötzlich wollte er ein gottverdammtes Schiff besteigen und diesen Mistkerl auf der anderen Seite der Erdkugel finden.

Ihre Gestalt entspannte sich leicht, und so auch er. »Ich weiß, dass du mich begehrst. Warum kann ich nicht bleiben?«

Er konnte sich ein Lachen nicht verkneifen, da er ihre Aufrichtigkeit liebte. Wie seltsam und angenehm wäre die Welt, wenn die Menschen so ehrlich wären wie sie.

»Es ist für alle das Beste.« Er streckte die Hand aus und band ihren Morgenrock zu, wobei seine Hände leicht zitterten, als sie ihre Hüfte streiften. Er wünschte sich so sehr, jeden Fetzen Stoff von ihrem Körper zu reißen und sie im goldenen Schein des Feuers zu ehren. »Du verdienst ein besseres Leben, als mit mir auf der Flucht zu sein.«

Sie legte ihm die Hand auf die Brust, und seine Willenskraft geriet ins Schwanken. »Du musst nicht fortlaufen.« Sie würde ihn noch umbringen.

Er küsste sie erneut, diesmal sanfter, jedoch noch immer mit all dem Verlangen, das er so lange, seit er denken konnte, unterdrückt hatte. Vielleicht schon immer. Er könnte sich erweichen lassen. Die Kontrolle aufgeben, auf die er gebaut hatte, um sich zu distanzieren – allein und sicher. Deshalb vertraute er niemandem, ihm nahezukommen. Alle hatten ihn im Stich gelassen oder verletzt oder beides. Wenn er eines gelernt hatte, dann war es die Erkenntnis, dass nichts beständig war. Nichts. Zumindest nicht für ihn.

Jäh riss er sich von ihr los. Er legte ihr die Hände auf die Schultern und stieß sich von ihr ab, wobei er einige Schritte rückwärtsging, ehe er seine Meinung ändern konnte. »Geh. Bitte.«

»Ich werde nicht Schluss machen.« Sie reckte das Kinn und warf ihm einen herausfordernden Blick zu. »Das musst du schon selbst tun.« Sie wusste, das wollte er nicht, und versuchte, ihn zu zwingen, Farbe zu bekennen. Dann machte sie kehrt und als sie ging, neckten ihn noch ihre Locken.

Lange Zeit blickte er auf die geschlossene Tür. Er ließ sich von niemandem zu etwas zwingen und es war jammerschade, dass sie das nicht erkannte. Warum zog er dies dennoch in Betracht?

~

Am nächsten Morgen ließ sich Audrey in aller Frühe von einem Dienstmädchen wecken. Sie wollte verhindern, dass Ethan sich in aller Eile aus dem Staub machte, ehe sie aufgestanden war. Als sie unten eintraf, erfuhr sie allerdings, dass er Fox zum Waisenhaus begleitet hatte, um ihm bei einigen Reparaturen zur Hand zu gehen. Aufgrund ihrer Befürchtung, er könne sie auf Bassett Manor zurücklassen, beeilte sie sich, zu den beiden zu gelangen.

Während der kurzen Fahrt nach Stipple's End besann sie sich auf Ethans Küsse. Und seine Zurückweisung. Sie war enttäuscht gewesen, dass er sie abgewiesen hatte, aber sie wusste auch, wie schmerzlich dieser Entschluss für ihn gewesen war. Lächelnd hoffte sie, ihr wäre der erste Schritt gelungen, ihn davon zu überzeugen, dass sie zusammen glücklicher als getrennt wären.

Als sie am Waisenhaus ankam, war sie erleichtert, ihn und Fox bei der Arbeit an einem Zaunabschnitt vorzufinden. Es war die Umzäunung einer Schafweide. Sie lächelte über die Ironie, angesichts ihres Nachtlagers zwei Tage zuvor.

Der übrige Vormittag verging wie im Fluge, während Audrey Mrs. Gates bei verschiedenen Aufgaben rund um Stipple's End zur Hand ging. Es war schon fast Mittag, als Mrs. Gates sie bat, die Kinder beim Eindecken des Tisches zu beaufsichtigen. Als Audrey damit fertig war, machte sie sich auf den Weg in die Küche, um sich zu erkundigen, ob sie beim Auftragen der Mahlzeit helfen konnte.

Kurz vor der Tür blieb Audrey stehen, als sie die Stimme von Rob Knott hörte. »Der Mann sagte, er käme von der Bow Street und würde einen Mann namens Jagger oder Locke suchen.«

»Bow Street?«, fragte Fox, und seine Stimme stieg vor Überraschung eine Oktave höher.

Bow Street war hier? Audrey bekam keine Luft. Sie wollte niemanden auf ihre Anwesenheit aufmerksam machen, aber noch wichtiger war, dass sie einfach keine Luft in ihre Lungen bekam.

»Leider hat Stratham den Mann belauscht und ausgesagt,

er hätte Locke auf Bassett Manor getroffen, und dass er Ihr Gast sei.«

Fox fluchte. »Verzeihen Sie, Mrs. Gates. Stratham ist eine Landplage.«

»Wusstest du, dass Bow Street nach Locke gesucht?«, fragte Rob.

»Nein, das wusste ich nicht.« Fox klang konsterniert. »Ich gehe und rede mit ihm. Rob, ist der Ermittler auf dem Weg?«

»Das weiß ich nicht«, entgegnete Rob. »Als ich erfuhr, dass Bow Street nach ihm sucht, bin ich umgehend hergekommen.«

Mehr musste Audrey nicht hören. Sie stürmte aus dem Gebäude und blieb kurz stehen. Miranda und drei Mädchen stiegen gerade im Stallhof von ihren Pferden ab. Audrey konnte ihr Glück kaum fassen. Sie eilte hinüber.

Miranda reichte ihre Zügel einem der Jungen, die gerade lernten, wie man Pferde versorgte. »Audrey, kommen wir zu spät zum Mittagessen? Ich fürchte, ich habe die Zeit vergessen. Die Mädchen haben sich heute so gut geschlagen.«

»Nein, du bist genau zur rechten Zeit gekommen.« Audrey betrachtete Mirandas Reittier. »Darf ich mir eins der Pferde ausleihen? Ich muss Ethan abholen, und ich habe mir den Knöchel verstaucht, deshalb würde ich lieber reiten.« Die Lüge kam ihr überraschend leicht über die Lippen.

»Keineswegs, nimm meines«, bot Miranda an.

Audrey war sich nicht sicher, ob sie Mirandas Pferd nehmen wollte. Was, wenn Ethan und sie sich umgehend auf den Weg machten? Sie würde sich das Tier nur leihen, aber die Dauer der Leihgabe war noch unbestimmt. »Ich nehme einfach dieses hier.« Sie nahm die Zügel des nächstgelegenen Tieres in die Hand.

«Das ist Posy. Sie wird dir keinerlei Schwierigkeiten machen.«

Audrey führte sie an den Aufsteigblock und saß auf. »Ich

sehe euch in einer Weile!« Sie bezweifelte eher, dass dem so war und verspürte einen Stich des Bedauerns, dass sie vielleicht fortging, ohne sich ordentlich bedankt oder verabschiedet zu haben. Lächelnd schaute sie Miranda an. »Danke. Für alles.« Dann wendete sie Posy und raste auf die Schafweide zu.

~

Ethan schlug einen Nagel in den Zaun, und die Anstrengung und körperliche Ertüchtigung beschwichtigten ihn auf eine Weise, mit der er nicht gerechnet hatte. Alles war hier draußen so anders – die Stille, der Geruch nach Erde und Gras, die Einfachheit. Er war nicht sicher, ob es ihm gefiel, aber er hasste es nicht. Er mochte allerdings das Gefühl gebraucht zu werden, und dass er einen positiven Beitrag leistete. Indem er den Zaun bei einem Waisenhaus instand setzte? Er lachte über sich selbst. Er konnte es besser treffen.

In London tat er, was er konnte. Er versuchte, nach kleinen Jungen Ausschau zu halten, und während er normalerweise zu spät war, um sie vom Verbrechen abzubringen, gab er doch sein Bestes, ihnen beizubringen, wie sie auf sich selbst aufpassen konnten. Er bildete sie auf eine Weise aus, in der er nie unterrichtet worden war, und er hoffte, damit einen kleinen Unterschied zu machen.

Außer in dem Fall von Oscar. Er war ein junger Bursche gewesen, ziemlich klein für sein Alter, ein Waise – oder das sagte er jedenfalls. Er könnte gut und gern Eltern gehabt haben, die entweder zu betrunken waren, um sich um ihn zu kümmern oder sie hatten ihn rausgeschmissen, weil sie zu viele andere hungrige Münder zu füttern hatten. Mit neun würde er als alt genug erachtet worden sein, auf sich selbst aufzupassen.

Er war in einem der Freudenhäuser aufgetaucht, und wäre als Prostituierter geendet oder er hätte sich einer aus Kindern bestehenden Diebesbande angeschlossen. Er hatte es als Taschendieb versucht, aber er war nicht sehr geschickt. Ethan konnte sehen, dass er scheitern würde und wahrscheinlich im Gefängnis oder Schlimmerem landen würde. Also hatte Ethan, der damals mit siebzehn noch recht jung gewesen war, den Jungen aus London zu einer Pfarrgemeinde geschafft.

Ethan hatte damals genügend verdient, um als Gentleman durchzugehen. Er hatte den Vikar überzeugt, dass der verwaiste Oscar ein ausgezeichneter Pferdeknecht oder Gärtner werden würde, oder irgendetwas, worin der Vikar ihn ausbildete. Dann hatte er diesem eine Geldsumme übergeben, die so großzügig bemessen war, dass dieser nicht nein sagen konnte. Doch wie sich herausstellte, war das Geld gar nicht nötig gewesen. Die Gattin des Vikars, die ihnen Tee gebracht hatte, war über Ethans Vorschlag in Tränen ausgebrochen. Die beiden hatten keine eigenen Kinder bekommen können und betrachteten Oscar als Geschenk des Himmels. Das war der glücklichste Tag in Ethans Leben gewesen.

Bei seiner Rückkehr nach London hatten allerdings einige seiner Kumpanen vermutet, was er getan hatte. Es hatte ihn in ihren Augen weich und schwach dastehen lassen. Nie wieder hatte er sich solch einer Schwäche hingegeben. Und nun, da er hier inmitten von Fox′ Gutherzigkeit und Wohlwollen stand, lastete sein Mangel an Tatkraft schwer auf ihm.

Das Geräusch eines herannahenden Pferdes ließ ihn aufblicken. Ein einzelner Reiter kam auf dem Weg entlang der Schafweide auf ihn zu. Ein Kribbeln machte sich an Ethans Nacken bemerkbar, doch er ignorierte es. Es könnte irgendjemand sein.

Seine Hutkrempe schirmte seine Augen von der Sonne

ab, doch nichtsdestotrotz kniff er sie in dem Bemühen zusammen, den Reiter zu erkennen. Als er sich näherte und Ethan ihn erkannte, gefror ihm das Blut in den Adern. *Teague.*

Ethan spannte sich an und wollte losrennen, doch das Pferd würde ihn schnell überholen. Sein Verstand raste. Er wollte nicht nach London zurückgezerrt werden, wo ihn der Galgenstrick erwartete. Leider schien dies plötzlich unausweichlich. Es sei denn, er könnt Teague überwältigen.

Teague dirigierte das Pferd durch die Lücke in der Umzäunung – die Lücke, die Ethan und Fox gerade reparierten – und blieb stehen. Er zog eine Pistole aus seiner Tasche und zielte auf Ethans Herz. »Endlich habe ich Sie gefunden.«

Ethan kämpfte gegen seine aufsteigende Panik an. Seine Finger krampften sich um den Hammer. Ihn zu fühlen, verschaffte ihm eine gewisse Beruhigung. »Sie sind einen sehr langen Weg gekommen. Die meisten Leute hätten aufgegeben. Tatsächlich habe ich nicht gewusst, dass die Ermittler so weit raus kommen.« Er war zufrieden, dass er ruhig und unberührt klang, doch andererseits hatte er diese Art von Täuschung auch jahrelang perfektioniert.

Teague glitt vom Pferd, doch er hielt die Waffe weiterhin auf Ethan gerichtet. »Ich würde Ihnen bis ans Ende der Welt folgen. Insbesondere jetzt, da ich Sie von Ihrer beschützenden Armee getrennt habe. Und ich habe obendrein Anklagen gegen Sie.«

»Ach ja, die Anklagen. Sie haben schwer gearbeitet, um etwas zu finden. Die Ironie ist, dass dies genau das Verbrechen ist, dessen ich unschuldig bin.«

Teague zog die Lippen kraus. »Ich habe sie über Wolverton mit einem verdammten Messer stehen sehen. Es kann nicht eindeutiger sein.«

Da konnte Ethan nicht widersprechen, aber er hatte den

Marquess nicht umgebracht. »Es war Gin Jimmy. Sie wissen, dass Wolverton einen Diebesring kontrolliert hatte. Er arbeitete für Gin Jimmy, genau wie Aldridge.«

»Und Wolverton ist genau wie Aldridge tot.« Teague legte den Kopf schief. »Sie sind Gin Jimmys rechte Hand. Sie waren dort. Es ist nur logisch, dass Sie seine Anordnungen ausführen würden.«

Logisch ja, aber er hatte es nicht getan. Ethan biss die Zähne zusammen. »Ich habe mir eine Menge Dinge zuschulden kommen lassen, aber diese Tat gehört nicht dazu.«

Teagues dunkle Augen glitzerten in der Mittagssonne. »Zählen Sie sie für mich auf, damit ich die Anklage gegen Sie noch schwerwiegender machen kann. Sollen wir mit meiner Schwester anfangen?«

Ethan hatte nichts anderes erwartet. »Es war nichts Illegales am Schicksal Ihrer Schwester. Sie können mich nicht für ihre Entscheidungen zur Rechenschaft ziehen.«

»Den Teufel kann ich nicht. Sie ist aufgrund dessen gestorben, was Sie ihr angetan hatten.«

Ein Stich des Bedauerns bohrte sich in Ethans Magengrube. Janey Teague war einst ein liebes Mädchen gewesen. So wie er ein anständiger Junge gewesen war. Dass sie ein gefährliches Leben gewählt hatte, anstatt für jegliche Möglichkeiten zu kämpfen, die ihr Bruder gefunden hatte, war nicht Ethans Schuld. Mit fünfzehn hatten sie beide zusammen ihre erste Liebe erlebt. Er hatte sie gemocht. Er hatte es gemocht, jemanden zu haben, mit dem er intim sein konnte, doch ihre Beziehung hatte nicht lange gedauert. Sie war jung, schön und besaß einen Reichtum an Charme. Von dem Versprechen auf Ruhm und Reichtum verlockt, hatte sie Ethan verlassen, um die Geliebte eines anderen Mannes zu werden. Jahre später, als sie seine Gunst verloren und sich in Ethans Welt wiedergefunden hatte, unternahm sie einen

Versuch, sich aufgrund ihrer früheren Beziehung Zugang zu Gin Jimmys bevorzugtem Freudenhaus zu verschaffen, um wahrscheinlich Gin Jimmys Aufmerksamkeit zu erregen. Sie war allerdings abgewiesen worden und Monate später war Ethan zu Ohren gekommen, dass sie durch Alkohol den Tod gefunden hatte. Seitdem lastete Teague ihm die Schuld für ihren Tod an, denn im Sterbebett hatte sie ihm erzählt, dass Ethan derjenige gewesen war, der sie ruiniert hatte.

Ethan packte den Hammer fester und überschlug, ob er Teague damit entwaffnen könnte. »Ich war ein Junge und sie war mehr als bereit gewesen. Und *sie* hatte mich verlassen – mit ihren späteren Entscheidungen hatte ich nichts zu tun. Es tut mir leid, dass sie gestorben ist, aber wenn ich nicht ihr Erster gewesen wäre, hätte sie einen anderen gefunden.«

»Sie mieses Stück Dreck!«, spie Teague aus.

»Ich werde nicht mit Ihnen kommen«, stelle Ethan mit ruhiger Stimme fest. Er testete das Gewicht des Hammers in seiner Hand. »Ich habe Wolverton nicht umgebracht. Sie werden gegen mich kämpfen müssen.«

Teague schüttelte den Kopf. »Lassen Sie den Hammer fallen, oder ich jage eine Kugel in Sie. Das wäre ein Jammer, weil ich Sie lieber hängen sehen würde. Der andere Ermittler wird in Kürze hier sein. Wir werden Sie fesseln und dann in den Ort schaffen, wo ich einen Karren auftreiben werde, um Sie zurück nach London zu transportieren.«

Ethans Blut erstarrte zu Eis. Der Klang von Hufgetrappel drang an seine Ohren und sein Magen krampfte sich zusammen. Der andere Ermittler.

»Wie ich sagte. Hier kommt Lewis.« Er verzog den Mund grimmig. »Lassen Sie jetzt den Hammer fallen.«

Ethan stahl sich einen Blick auf den Weg, doch da war kein Pferd. Dann sah er es den Hügel vom Waisenhaus herabstürmen. Es trug einen Damensattel und ein Rock flatterte an der Flanke des Tieres. *Audrey.*

Erleichterung durchflutete ihn und er versuchte, Teague abzulenken, damit er Oberhand gewann. Er grinste Audrey zu. »Es ist nicht Lewis.«

Teague drehte sich um und zog die Stirn kraus. Ethan griff an und benutzte den Hammer, um Teague die Pistole aus der Hand zu schlagen. Die Waffe gab einen Schuss in die Luft ab und Teagues Tier stürmte davon.

Teague wirbelte zu ihm herum, als Audrey auf sie zustürmte. Sie trieb ihr Pferd gegen Teague, der zur Seite fiel, ehe er zertrampelt würde.

»Ethan!«, schrie sie, und brachte ihr Pferd neben ihm zum Stehen. »Steig auf.«

Er wollte ihr sagen, vom Pferd zu steigen, damit er allein losreiten konnte, aber wie um alles in der Welt sollte er ein Pferd mit Damensattel reiten? Unbeholfen stieg er hinter ihr auf und sie manövrierte das Pferd auf die Straße. Dann trieb sie das Tier zu einem vollen Galopp.

Er schlang die Arme um ihre Taille, um sich festzuhalten, und war dankbar, dass sie so eine exzellente Reiterin war. So dachte er jedenfalls. In dieser Sache hatte er wirklich keine Erfahrung.

Ihr Haupt war unbedeckt und ihre dunklen Locken flogen gegen seine Wangen, was bewies, dass sie wahrscheinlich alles hatte stehen und liegen lassen, um ihn zu retten. Während ein Teil von ihm begeistert über diese Feststellung war, blieb der Rest von ihm kalt und tot. Sie sollte nicht mit ihm hier sein. Sie sollte nach Bassett Manor zurückkehren, wo sie in Sicherheit wäre.

Nach einer kurzen Weile ließ sie das Pferd langsamer laufen.

Sein Inneres verkrampfte sich frenetisch. »Musst du langsamer werden?«

»Ich kann Posy nicht so lange so fordern.«

Posy? Er schaute in den Himmel auf und versuchte ihre

Richtung zu bestimmen. Südöstlich von Wootton Bassett würde er schätzen. Was würde er mit Audrey nur anfangen? »Du kannst nicht weiter mit mir kommen.«

Sie schüttelte den Kopf. »Ich werde dich nicht im Stich lassen. Ich habe immer noch Geld und du nicht. Du brauchst mich.«

Solange er sich erinnern konnte, war er allein gewesen. Daran hatte Teague ihn gerade erinnert. »Ich brauche niemanden. Und ich bin ziemlich sicher, dass deine Information an den Bauern neulich in der Frühe, Teague auf meine Spur gebracht hat.« Sie hatte einen einfachen Fehler begangen und wenn er nicht so ein Mistkerl wäre, würde er ihr das nicht ins Gesicht schleudern. Doch er musste sie zur Umkehr bewegen, und vielleicht würde sie das tun, wenn sie aufhörte, ihn zu mögen.

»Das tut mir leid, aber ich werde dich nicht verlassen.« Einen Moment blieb sie still, doch er ahnte, dass sie noch nicht geendet hatte. »Der Ermittler – Teague? – er ist dir einen furchtbar langen Weg gefolgt. Wirst du mir jetzt erzählen, warum er dich verhaften will?«

Sie waren an einem Wäldchen angelangt. Es war eine perfekte Stelle, um sich zu verstecken, falls das nötig werden sollte. Audrey brachte Posy zum Stehen.

»Was tust du?«, zischte Ethan an ihrem Ohr.

»Anhalten.« Sie drehte sich um und schaute ihn an. »Ich habe dir gerade die Haut gerettet, was ich nun schon seit einigen Tagen tue und du hast mir immer noch nicht erzählt, warum Bow Street dich durch ganz England verfolgt. Ich habe die Wahrheit verdient.«

Ethan starrte sie an und verabscheute, dass sie ihm geholfen hatte, selbst wenn er Erleichterung und Freude empfand, dass sie ihn jetzt wirklich begleiten sollte. Teague hatte ihn gefunden, also bestand die Chance, dass Gin Jimmys Männer nicht weit zurück lagen. Ethans Verärgerung über seinen Mangel an Kontrolle über die gesamte Situation erfasste seine Emotionen. Er glitt vom Pferd um einen Moment nachzudenken. »Ich habe dich nie gebeten, mir zu helfen.«

»Ich werde nicht gehen.« Sie folgte ihm vom Pferd gleichwohl ungraziös und fiel gegen ihn. Sie fasste seine Arme, um ihn zu stabilisieren. Er verzog das Gesicht, als ihre Finger sich in seine Wunde gruben. Darauf zog sie die Hände zurück. »Es tut mir leid.« Ihr Blick wurde hart. »Nein, es tut mir nicht leid. Und ich werde dich nicht allein lassen.«

Das Geräusch herannahender Pferde ließ sie beide den Kopf wenden. Zwei Reiter stürmten auf sie zu, und nach der Art und Weise zu urteilen, wie sie mit ihren Pistolen auf sie zielten, handelte es sich entweder um weitere Ermittler – oder schlimmer, um Gin Jimmys Männer.

KAPITEL 10

Ethan schubste Audrey zu Boden und fiel auf sie drauf. So viel dazu, dass sie hier draußen sicher wäre.

Ein Pistolenschuss erscholl. Ethan wappnete sich für den Schmerz und atmete auf, als nichts passierte. Er stahl sich einen Blick hinter sich und sah, dass einer der Männer vom Pferd gestiegen war, während der andere noch immer direkt auf sie zuhielt. Posy wieherte und rannte davon.

Ethan rollte sich von Audrey und zog sie hoch. »Lauf!« Er rannte mit ihr auf die Bäume zu und zog sie hinter einen Stamm. »Kannst du auf einen dieser Bäume hinaufklettern?«

Sie drehte den Kopf, um ihn anzuschauen, und dann drückte sie seine Hand. »Ich werde dich nicht im Stich lassen.«

Er lehnte den Kopf gegen das raue Holz zurück. »Grundgütiger, du bist unmöglich. Hier oben wirst du sicherer sein.«

»Ich kann dich nicht gegen beide kämpfen lassen. Sie haben Pistolen.«

»Jagger, du kannst nirgends mehr hin«, rief einer der Männer.

Ethan spähte um den Stamm herum. Ein schlaksiger Kerl mit gespannter Pistole drang in das Wäldchen ein. Der zweite war nicht sichtbar. Wahrscheinlich lud er seine Pistole neu, wenn er klug war.

Ethan zog das Messer aus seinem Stiefel. Wenn er etwas in den Jahren gelernt hatte, in denen er sein Leben verteidigt hatte, dann war es, schnell zu handeln und sicher zu handeln. Er trat von hinter dem Baum hervor und warf sein Messer auf den Mann mit der Pistole. Gleich unterhalb des Schlüsselbeins drang die Klinge ins Fleisch. Der Getroffene brachte es fertig, noch einmal einen Schuss abzugeben, der allerdings nicht annähernd in die Nähe von Ethan oder Audrey kam.

Der schlaksige Kerl geriet ins Taumeln und sank mit großen Augen auf die Knie. Ethan rannte zu ihm hin und zog sein Messer heraus. Dann packte er den Mann bei seinem Haarschopf und zog seinen Kopf zurück, um ihm mit einer schnellen Drehung seines Handgelenks die Kehle mit dem Messer durchzuschneiden. Er ließ den Körper einfach zu Boden sacken und wirbelte herum, bevor der zweite Mann ihn überraschen konnte, doch er war nicht wieder aufgetaucht.

Vorsichtig schlich sich Ethan zu der Stelle, an der sie ihre Pferde angehalten hatten. Die Tiere grasten unbekümmert, ohne sich der Gefahr um sie herum bewusst zu sein. Allerdings waren *sie* auch nicht in Gefahr.

Mist, Audrey.

Ethan machte auf dem Absatz kehrt und rannte zu dem Baum zurück, wo er sie verlassen hatte. Zu spät.

Der zweite Mann, ein Grobian mit breiter Brust, hatte Audrey um die Taille gepackt. Er drückte ihr eine Pistole in die Seite, doch die reale Bedrohung war das Messer, das er an ihre Kehle hielt.

»Komm mit mir, Jagger und ich lass dein Mädchen gehen.«

Audreys Haut war totenbleich geworden. Ihre großen, blauen Augen waren auf Ethan fixiert.

Ethan umklammerte das Messer in seiner Hand und überdachte seine Möglichkeiten, von denen keine darin bestand, mit diesem Hundesohn mitzugehen. Das bedeutete aber nicht, dass er das Spiel nicht mitspielen würde. »Wie willst du das anstellen?«

»Lass das Messer fallen«, forderte der Mann, »und dann gehst du auf die Knie.«

»Hast du vor, mich umzubringen oder wirst du mich zu Gin Jimmy zurückbringen? Deshalb bist du gekommen, nicht wahr?«

»Du bist ein kluger Bursche, aber das wissen wir ja alle.«

»Du wirst ihn nicht allein dorthin schaffen können«, wandte Audrey ein, deren Stimme leise, aber stark war. Unfehlbar überraschte sie Ethan immer wieder mit ihrem Mut.

Der Schurke grinste und brachte seinen Mund viel zu dicht an Audreys Ohr. »Das habe ich nicht vor. Es sind noch ein paar Herren gleich hinter uns.«

Audrey zuckte zusammen. Ethans Geduldsfaden wurde immer dünner. Er wollte dies zu einem Ende bringen. Jetzt. Aber wenn er daneben traf …

Des Mannes Grinsen wandelte sich zu einer boshaften Grimasse. Er trieb das Messer in Audreys Hals, bis ein Blutstropfen erschien. »Lass das Messer fallen, Jagger.«

Ethan zauderte nicht. Er schleuderte die Waffe und betete, dass er gut gezielt hatte. Das Messer traf den Mann in die Halsschlagader. Er verdrehte die Augen und dann taumelte er rückwärts.

Audrey schwankte. Ethan eilte herbei, um sie aufzufangen. »Ich habe dich!« Er schaute ihr in die Augen und versuchte, ihr Kraft zu spenden. Doch er konnte nicht bei ihr bleiben. Noch nicht.

Er drückte ihr die Arme und stürzte zu der Stelle, an der der Mann gefallen war. Seine Augen starrten in die Baumwipfel und sein Mund sprudelte, als das Blut zwischen seinen Lippen hervortrat.

Ethan zog sein Messer aus seinem Hals. Das Blut floss aus der Wunde und befleckte die Erde unter ihm mit einer immer größer werdenden schwarzroten Lache.

Ethan wischte die Klinge an der Jacke des Mannes ab und steckte das Messer wieder in seinen Stiefel. Sie mussten von hier fort, für den Fall, dass tatsächlich noch zwei weitere Männer kämen. Er war nicht sicher, ob er das glauben sollte, aber er würde es nicht darauf ankommen lassen.

Er ging zu Audrey hinüber, die sich umgedreht hatte, um zu sehen, was er tat. Er nahm sie sanft am Arm und drehte sie weg. »Schau nicht hin.«

Er führte sie rasch zwischen den Bäumen hindurch und fluchte im Stillen, dass sie an dem anderen Mann vorbeigehen mussten. Sie hielt den Blick starr geradeaus gerichtet.

»Das Schöne an der ganzen Sache ist, dass wir jetzt zwei gesattelte Pferde haben, die uns hinbringen, wohin wir wollen«, meinte er. Nun stand es außer Frage, dass sie mit ihm kommen musste.

Sie zog ihren Arm von ihm weg. »Ich werde nicht mit dir gehen.« Sie stellte keinen Augenkontakt her, sondern behielt ihren abwesenden Blick bei. Hatte sie ihre Meinung geändert?

»Ich fürchte, das wirst du müssen. Du hast ihn gehört. Es kommen mehr Männer.«

»Ich werde nach Wootton Bassett zurückreiten. Das hast du doch gewollt, nicht wahr?« In dem Wäldchen hatte sie so resolut geklungen, verängstig, doch immer noch tapfer. Jetzt klang sie besiegt. Gebrochen.

Ethan hasste sich in dem Moment mehr, als er je für möglich gehalten hatte. Doch welche Wahl hatte er gehabt? Er konnte nicht zulassen, dass diese Männer ihr etwas antaten. Oder ihn gefangen nahmen.

Er packte sie an den Schultern und zwang sie, ihn anzuschauen. »Du kommst mit mir. Ich hatte gedacht, du seist so weit von London entfernt sicher, aber das ist eindeutig nicht der Fall. Wir müssen weiter.«

»Fox wird für meine Sicherheit Sorge tragen, sobald ich zurück bin.«

Er bediente sich seiner ernsthaftesten Stimme, wissend, dass es der Sache nicht förderlich war, aber sie hatten keine Zeit, hierüber zu debattieren. »Du hast mir nicht zugehört, Audrey. Steig auf das Pferd.« Er zog sie zu dem am nächsten stehenden und versuchte, sie zum Aufsteigen zu bewegen.

Sie setzte sich zur Wehr und stieß ihn dabei mit dem Ellbogen an. »Lass mich los!«

Er hatte sie schockiert, so wie in jener Nacht auf der Landstraße, als er den Straßenräuber umgebracht hatte. Sie würde das Erlebnis verarbeiten und es als notwendig akzeptieren, genauso wie sie das früher schon getan hatte. Zumindest hoffte er, dass sie das tun würde.

Er schmiegte die Hände auf beiden Seiten um ihren Kopf und drückte ihren Rücken flach gegen die Flanke des Tieres. »Audrey.« Sanft drückte er seine Finger an ihre Kopfhaut. »Du denkst nicht klar. Ich weiß, das war traumatisch. Aber ich musste sie töten. Entweder das oder ich hätte zugelassen, dass sie mich umbringen, weil dies die einzige andere Möglichkeit war, wie dies ausgehen konnte.«

Endlich zeichnete sich Emotion in ihren Augen ab, dunkel und bis zur Seele durchdringend. »Warum gehst du nicht nach Wootton Bassett zurück? Bow Street ist eine bessere Alternative, als töten zu müssen, um am Leben zu bleiben.«

Er würde ihr nicht auseinandersetzen, dass es zu seiner zweiten Natur geworden war, um sein Leben zu kämpfen und er lieber eintausend von Gin Jimmys Helfershelfern umbringen würde, als sich der Gefahr auszusetzen, am Galgen zu enden.

Er wusste nicht, warum er endlich beschloss, ehrlich zu ihr zu sein. Er wusste nur, dass sie mit ihm kommen musste, und er würde alles tun, damit das passierte. Er beugte sich näher und schaute ihr in die Augen. »Weil ich wegen Mordes gesucht werde und keine Lust habe, am Galgen zu baumeln.«

~

Die nächsten eineinhalb Tage ließ Audrey über sich ergehen, ohne kaum ein Wort mit Ethan zu wechseln. Sie waren letzte Nacht lange nach Einbruch der Dunkelheit weitergeritten, doch der Mond hatte ihnen den Weg zu einem kleinen Gasthaus in den Außenbezirken von Bath geleuchtet. Ethan hätte es vorgezogen, wieder in einem Schuppen zu schlafen, aber sie mussten die Pferde wechseln. Sie hatten sie zu lange zu hart gefordert. Und so hatten sie eine Herberge mit Poststation aufgesucht, wo sie ihre Pferde austauschten – was auch die Anschaffung eines Damensattels für Audrey beinhaltete – und einige Stunden schliefen. Dieser Halt am frühen Morgen schien inzwischen eine Ewigkeit her, gleichwohl erst die Abenddämmerung desselben Tages angebrochen war.

Gerade erst hatten sie die Stadt Glastonbury umrundet – sie wichen Orten aus, die zu bevölkert waren – und Ethan hatte ihr vor einiger Zeit mitgeteilt, dass sie in Street, einem kleinen Dorf einige Meilen entfernt, haltmachen würden. Noch immer vertraute er ihr nicht genügend, um ihr das endgültige Ziel ihrer Reise mitzuteilen. Wäre er nicht so zielstrebig unterwegs gewesen, hätte sie wahrscheinlich bezweifelt, dass er überhaupt eines hatte.

Müdigkeit übermannte sie, und sie schloss die Augen, während ihr Pferd vor sich hin trottete. Vergangene Nacht und auch heute früh hatte sie vor lauter Erschöpfung geschlafen, doch die Bilder der von Ethan getöteten Männer hatten sie in ihren Träumen verfolgt. Sie nahm es ihm nicht wirklich übel, nicht wenn er es getan hatte, um ihre Leben zu retten. Was sie nicht ganz verarbeiten konnte, war die Mühelosigkeit, mit der er die Taten begangen hatte. Er hatte das Messer geworfen, als würde er dies jeden Tag seines Lebens tun, und er hatte die gleiche Reue aufgebracht, die man nach dem Zerquetschen einer Fliege aufbringen würde, um nicht zu sagen, gar keine. Und nun kannte sie die Wahrheit über seine Flucht aus London: Bow Street wollte ihn wegen Mordes verhaften. Sie war zu fassungslos gewesen, um nach weiteren Informationen zu fragen, zu überwältigt von den Ereignissen, die sich zugetragen hatten.

»Du schläfst doch nicht etwa ein, oder?« Seine Stimme, die von ihrer rechten Seite kam, ließ sie aufschrecken.

»Nein.«

»Ich weiß, dass du müde bist. Wir sind fast da«, sagte er.

»In Street, aber wohin geht es danach? Ich wünschte, du würdest es mir sagen. Ich werde es niemandem verraten.«

Er presste den Mund zu einem schmalen Strich zusammen. »Ich kann es mir nicht leisten, dass es dir aus Versehen herausrutscht.«

Sie starrte ihn an. »Ich bin kein Einfaltspinsel.«

»Das habe ich auch nicht behauptet, doch im Täuschen bist du auch nicht sehr geschickt.«

Sie dachte an die Zeiten, in denen sie alle in Lockwood House hinters Licht geführt und sie dazu gebracht hatte, sie für einen Mann zu halten. »Darin bin ich besser, als du denkst.«

Er warf ihr einen flüchtigen Blick zu. »Ach ja?«

»Frag mich nicht danach. Ich werde genauso verschlossen sein wie du.« Sie tröstete sich damit, dass sie ein Geheimnis hatte, das sie vor ihm verbergen konnte. »Glaube nicht, dass deine gestrige Enthüllung mein Gemüt beschwichtigt hat.«

»Das würde mir nicht im Traum einfallen.« Er klang amüsiert, dieser Mistkerl.

Sie hatte seine halben Antworten und sein unverschämtes Betragen so satt. Sie brachte ihr Pferd zum Stehen. Er ritt ein paar Meter vor ihr, ehe er anhielt und sich umdrehte.

Sie ließ ihr Pferd neben seines treten. »Hast du einen Mord begangen? Abgesehen von gestern. Und dem Wegelagerer. Und dem Jungen, den du getötet hast, als du jünger warst.« Vier Menschen. Er hatte mindestens vier Menschen umgebracht. Es würde sie nicht wundern, wenn es noch mehr wären.

»Fragst du mich, ob ich getan habe, wessen Bow Street mich beschuldigt? Nein, das habe ich nicht.«

Ein Teil der Anspannung entwich aus ihr und ließ ihre Gestalt ein wenig erschlaffen. Instinktiv schenkte sie ihm Glauben, doch warum? Welchen Grund hatte er ihr gegeben, ihm zu vertrauen? Er hatte sie in Sicherheit gebracht, sie um jeden Preis beschützt. Aber er wollte sich ihr trotzdem nicht öffnen.

»Warum sollte ich dir glauben?« Sie hob die Hand, um ihn am Sprechen zu hindern, obwohl sie wusste, dass er wahrscheinlich kein Wort sagen würde – zumindest nicht zu diesem Thema. »Unwichtig. Ich will es nicht wissen. Ich will nur dort ankommen, wohin wir unterwegs sind. Willst du mich auch dort zurücklassen?«

Sein Kiefer krampfte sich zusammen, als er sie anschaute. Schließlich antwortete er. »Das weiß ich nicht.«

Vielleicht hatte er kein Ziel. Das hatte er vorher auch nicht. »Weißt du überhaupt, wohin wir reiten?«

»Ja. Sehr weit weg von London. An einen Ort, von dem ich hoffe, dass du dort sicher bist.«

Sie versuchte sich vorzustellen, wohin er sie bringen könnte, aber woher sollte sie wissen, was in seinem geheimnisvollen Kopf vorging? Zu hören, dass er überhaupt jemanden oder einen Ort außerhalb Londons kannte, ganz zu schweigen von »sehr weit« weg, überraschte sie. »Du glaubtest, ich sei in Wootton Bassett sicher.«

Sein Blick veränderte sich und wurde finster. »Fürs Erste müssen wir in Bewegung bleiben. Ich überlege mir, was wir tun, wenn wir dort sind, wo wir hinwollen.«

Sie hatte genug von seinem rücksichtslosen Gebaren. »*Du* überlegst dir, was zu tun ist. Ich soll dabei nicht gefragt werden?«

Er riss seinen Blick von ihr los. »Verdammt, Audrey, ich versuche zu tun, was das Beste für dich ist.«

Sie verschärfte ihren Tonfall. »Meine Eltern haben auch versucht, das zu tun, was ihrer Meinung nach das Beste für mich ist. Ich denke, ich sollte selbst entscheiden, was das Beste für mich ist. Deshalb bin ich mit dir gekommen.«

Er schaute sie an, doch sein Blick war undurchschaubar. »Wir müssen einen Platz finden, wo wir bleiben können.« Er trieb sein Pferd an. Da sie nicht mitten im Nirgendwo feststecken wollte, folgte sie ihm. »Um Geld zu sparen, können wir nicht jede Nacht in einem Gasthaus übernachten. Ich würde gerne eine Häuschen oder ein Gebäude finden, das uns aufnehmen könnte. Ein Pfarrhaus wäre gut – dort hilft man anderen gern.«

Das war vernünftig. »Du willst einfach um Unterkunft bitten?«

»Du erwartest ein Kind, und wir können heute nicht mehr weiterreisen.«

»Was?« Es war gut, dass sie auf einem Pferd saß, denn zu Fuß wäre sie gestolpert.

Er warf ihr einen flüchtigen Blick zu. »Wir wollen, dass sie Mitleid mit uns haben. Hast du eine bessere Idee?«

Nein, aber das hieß nicht, dass sie die seine gutheißen musste. Vor zwei Tagen hätte sie bei der Vorstellung, so einen Unsinn vorzutäuschen, noch gelacht. Sie hatte es genossen, ihre Verlobung in Wootton Bassett vorzutäuschen. Noch nie zuvor hatte sie sich so lebendig und begehrt gefühlt. »Und warum reiten wir mit nichts als den Kleidern, die wir am Leib tragen?«

»Ich bin dein Bruder und ich helfe dir bei der Flucht vor deinem brutalen Ehemann.«

Ihr Buder. So viel also zu einer vorgetäuschten Romanze. Sie blickte zu Ethan hinüber. Mit seinem weichkrempigen Hut sah er wie ein Bauer aus, aber unter der Krempe war das Gesicht eines harten Mannes zu sehen, eines Kriminellen, der unaussprechliche Dinge gesehen und getan hatte. Seine Küsse hatten sie verzaubert, aber was konnte er ihr darüber hinaus versprechen? Er hatte ihr einen großen Gefallen getan, als er sie neulich Nacht wieder in ihr Zimmer geschickt hatte, und wenn sie klug wäre, würde sie jeglichen Abstand zwischen ihnen beiden begrüßen.

Sie ritten an einem Tor zu einer breiten Auffahrt vorbei. Audrey schaute auf und erkannte ein Herrenhaus auf einem Hügel. Es war stattlich und wunderschön in der untergehenden Sonne, welche die Fenster goldfarben schimmern ließ.

Sie ritten einige Minuten, ehe Ethans scharfe Stimme ihre Aufmerksamkeit auf ihn lenkte. »Audrey.« Er nickte auf eine Abzweigung mit einem schmalen Weg, an dem ein Mann sie beobachtete.

Der Mann trat auf die Straße. Ethan glitt mit der Hand zum Stiefel. In der Hoffnung, einen weiteren gewalttätigen Akt umgehen zu können, ritt Audrey an Ethan vorbei und sprach den Mann an. Er schien die dreißig überschritten zu haben, mit zerzaustem Haar und ungeschnittenem Bart. Seine Kleidung war in gutem Zustand, aber ein bisschen schmutzig. Er zog den Hut vor ihr, was sie ermunternd fand.

»Guten Abend guter Mann«, meinte Audrey, als Ethan neben sie ritt.

»'n Abend, Miss.« Sein Blick schnellte zu Ethan.

»Ich bin Miss Hughes.« Zu spät fiel ihr ein, dass sie verheiratet sein sollte. Na schön. »Dies ist mein Bruder.«

Ethan nickte ihm zu. »Wir sind auf der Suche nach einem Platz, wo wir die Nacht verbringen können.«

»Das nehme ich an.« Der Mann schaute in den dunkler werdenden Himmel auf. »Es gibt nicht viele Plätze in Street.«

»Wir sind auch ein bisschen knapp bei Kasse«, meinte Ethan. »Vielleicht können Sie uns irgendwo hinschicken, wo man zu Großherzigkeit neigt.«

Der Mann nickte. »Mir will kein solcher Platz einfallen. Aber Sie sind willkommen, bei mir zu übernachten. Ich bin Peck. Ich lebe in der Einsiedelei bei Versant House.«

Das musste das Herrenhaus gewesen sein, an dem sie vorbeigekommen waren. Audrey wusste von einigen Einsiedlern bei großen Herrenhäusern, doch nie hatte sie einen kennengelernt. »Danke für Ihre Großzügigkeit.«

Ethan sah zu ihr hinüber, und sie konnte an dem Zug um seinen Mund erkennen, dass er nicht überzeugt war, diesen Einsiedler zu begleiten. Audrey war der Ansicht, es sei das Beste, was sie sich erhoffen konnten. Der Einsiedler würde niemandem von ihnen erzählen. Dies würde ihnen zu einem Grad an Anonymität verhelfen, den sie wahrscheinlich nirgendwo anders finden würden.

Sie trat mit ihrem Pferd näher an seins heran. »Komm, Bruder. Der Einsiedler scheint ein netter Kerl zu sein, und er ist ganz allein.«

Mit einem fast unmerklichen Kopfnicken schien er

begriffen zu haben, was sie meinte. »So sei es.« Er blickte auf den Einsiedler hinunter. »Zeigen Sie uns den Weg.«

»Es ist nicht weit.« Er führte sie etwa eine halbe Meile den schmalen Pfad hinunter, ehe er durch etwas unwegsameres Gelände zu einer kleinen Lichtung inmitten einer Baumgruppe gelangte. Er deutete auf ein kleines Bauwerk aus Stein. »Meine bescheidene Behausung.«

Bescheiden, in der Tat. Sie bestand aus einem einzigen Raum und der Boden war aus gestampfter Erde, doch sie verfügte zumindest über eine Feuerstelle.

Der Einsiedler gestikulierte in Richtung der Bäume. »Bindet eure Tiere einfach dort an. Ich kann keinen Unterstand für sie bieten, jedoch gibt es dort drüben frisches Gras, einen Apfelbaum und einen Bach.« Er wies in die entgegengesetzte Richtung, aus der sie gekommen waren.

Ethan stieg von seinem Pferd und Audrey tat es ihm nach. Er übernahm es, die beiden Tiere anzubinden und abzusatteln, und dann striegelte er sein Pferd mit bloßen Händen so gut es ging, während Audrey das Gleiche für das ihre tat. Der Einsiedler war inzwischen in sein kleines Häuschen gegangen.

»Was zum Teufel ist eine Einsiedelei?«, fragte Ethan.

Er hatte noch nie davon gehört? Aber warum sollte er das auch? »Einige große Häuser wie das, an dem wir vorbeigekommen sind, unterhalten Einsiedeleien – kleine Häuschen oder sogar Höhlen. Die meisten sind nur Zierbauten, doch diese hier ist echt. Das Haus Versant hält sich offenbar einen lebenden Einsiedler.«

Entsetzt riss er die Augen auf. »Was soll das heißen – *halten*? Ist er ein Haustier?«

Sie schüttelte den Kopf und lächelte über seine Reaktion. »Nein. Er zieht es wahrscheinlich vor, allein und in der Natur zu leben. Manche Landbesitzer nehmen einen

Einsiedler in ihre Dienste, um ihren Besuchern eine Art von Unterhaltung zu bieten.«

Ethan hielt beim Säubern seines Pferdes inne. »Das verstehe ich nicht.«

Audrey schmunzelte. »Nein, das kann ich mir vorstellen. Es ist wirklich eine sonderbare Situation, wenngleich sie, wie mein Vater sagt, auch nicht mehr so beliebt ist wie früher. Wie ich schon sagte, gibt es in vielen Fällen nur eine Einsiedelei, eine Behausung wie diese, die recht bezaubernd und fantasievoll aussieht. Manchmal lebt aber auch ein Mensch dort, um dem Mythos Wahrheit zu verleihen und das Fantastische lebendig werden zu lassen.«

Ethan schüttelte den Kopf und wirkte völlig perplex. »Ich werde die Exzentrik der Reichen nie verstehen. Er wird dafür bezahlt, hier draußen allein zu leben, weil es den Grundbesitzer und seine Freunde amüsieren könnte?«

»So ist es.« Obwohl dieser Gedanke, als er dies sagte, tatsächlich vollkommen lächerlich klang. »Dem Eremiten ist dies ganz recht, und somit ist es keine verletzende Vereinbarung.«

»Ich verstehe.« Er klang so, als verstünde er es eigentlich nicht.

Audrey beendete das Striegeln ihres Pferdes. »Ich gehe Äpfel für die Pferde pflücken. Sie sollten neben Gras noch etwas anderes fressen.« Seit sie angebunden waren, grasten die beiden.

»Nein, lass mich das tun. Ich werde sie auch tränken.«

Audrey sah ihm zu, wie er sich einen Weg durch das Gebüsch bahnte, und wünschte, es könnte zwischen ihnen wieder so sein, wie in Wootton Bassett. Den Hügel hinunterzurollen schien eine Ewigkeit her. Es war ein Teil des Abenteuers, nach dem sie sich gesehnt hatte, aber sie erkannte, dass es nur einen Teil davon ausmachte. Das Hier und Jetzt, dieser Kampf ums Überleben, wäre genau das gewesen, was sie getan hätte, wenn sie nach Amerika aufgebrochen wäre. Wollte sie das wirklich? Möglicherweise, mit der richtigen Person. Doch war Ethan die richtige Person?

»Ich habe Kanincheneintopf zum Abendessen.« Die Stimme des Einsiedlers ließ sie aus ihren Gedanken aufschrecken. »Tretet ein.« Er winkte ihr von der Tür aus einladend zu.

»Mein Bruder ist losgezogen, um Äpfel für die Pferde zu holen.« Sie warf einen Blick zurück in die Richtung, in die Ethan gegangen war.

»Er kommt schon herein, wenn er zurück ist.«

Nickend betrat sie die kleine Behausung. Sie war schon einmal in einem solchen Bau gewesen, doch es hatte sich um einen Zierbau gehandelt, während dies ein richtiges Zuhause war. Im Inneren war es dunkel, und es gab ein einziges Fenster an der gegenüberliegenden Wand. Im Kamin loderte ein Feuer, dessen Wärme in den Raum strahlte und ihn ordentlich aufwärmte. Ein schmales Bett stand in einer Ecke und es gab einen einzelnen Stuhl mit einem klapprigen Tisch.

»Ich habe nicht genügend Sitzgelegenheiten, doch der Teppich ist bequem genug.« Er deutete auf den ovalen Teppich, der vor der Feuerstelle lag. »Seine Lordschaft schenkt mir gerne Dinge, die er nicht mehr braucht.«

Nicht sehr viele Dinge, schien es, doch es war besser als nichts. Sie ließ sich auf den Teppich sinken und rollte ihre Füße zur Seite. Dann nahm sie die Haube vom Kopf und spürte sofort, wie ihr Haar seitlich herabfiel und sich gegen die wenigen Nadeln sträubte, die noch in der lockigen Masse steckten. »Sind Sie hier glücklich?«

Gleichwohl sie Ethan die Modalitäten des Arrangements erklärt hatte, war sie nicht sicher, ob sie seine Verblüffung über eine solche Situation nicht zumindest teilweise teilte.

Insbesondere das Leben im Freien und die Einsamkeit, was, wie sie annahm, der springende Punkt war.

»O ja«, antwortete der Einsiedler und kniete sich vor die Feuerstelle, um den Eintopf mit einer Kelle in drei Schalen zu schöpfen, die auch dieses Mal wie aus dem Herrenhaus ausrangiert aussahen. »Die Einsamkeit tut mir wohl, doch hin und wieder schätze ich Gesellschaft.« Er lächelte sie herzlich an und reichte ihr dann eine dampfende Schüssel. Aus einem schmalen Schränkchen in der Ecke nahm er drei Löffel hervor und gab ihr einen davon. »Wohin sind Sie und Ihr Bruder unterwegs?«

Ethan würde von ihr erwarten, unverbindlich zu bleiben. Sie versuchte, die Art und Weise nachzuahmen, wie er um die Fragen herumtanzte. »Wir sind nur auf der Durchreise.« Gleichwohl Ethan ihr eine konkrete Geschichte vorgegeben hatte, die sie erzählen konnte, stellte sie fest, dass sie solch eine schreckliche Existenz gar nicht erst vorgeben wollte. »Mein Bruder wird an einer Lehranstalt für Jungen unterrichten und hat mir eine Stelle als Haushälterin für den Rektor beschafft.«

»Dann ist er wirklich Ihr Bruder?« Der Einsiedler schaute sie skeptisch an.

Audrey schlug den Blick nieder und senkte ihren Löffel in den aromatischen Eintopf. »Ja, das ist er. Ich bin sehr stolz auf ihn.«

»Mr. Hughes«, meinte der Einsiedler, »kommen Sie herein und setzen Sie sich zu uns.«

Audrey drehte den Kopf und schaute zur Tür. Ethan stand im Schatten und das Zwielicht warf einen schwachen Glanz um ihn. Er sah kräftig und stattlich aus, und sie stellte sich ihn vor, wie er das Leben eines Einsiedlers in der glanzvolleren Einsiedelei lebte, die sie zuvor gesehen hatte, die mit Säulen, bogenförmigen Türöffnungen und zahlreichen funkelnden Fenstern ausgestattet war. Könnte er so leben? Würde er das wollen?

Ethan trat ein und setzte sich neben Audrey auf den Teppich. Er legte seinen Hut bei der Feuerstelle ab und nahm sich seine Schale mit dem Eintopf und dem dritten Löffel mit einem dankbaren Nicken zu dem Eremiten. Ethan warf Audrey einen fragenden Blick zu, doch sie konnte nicht verstehen, was er fragte. Hatte er die Geschichte mitangehört, die sie erzählt hatte? Wenn nicht, sollte sie ihn besser informieren.

»Mein Bruder Wendell wird ein ausgezeichneter Lehrer sein«, meinte sie. »Er ist recht gut darin, kleine Jungen zu motivieren.«

Ethans Nasenflügel flatterten, doch das war der einzige Hinweis darauf, dass er vielleicht überrascht oder entsetzt war. Zu schade. Sie war es müde, immer nur seine Anweisungen zu befolgen. Sie hatte sich entschieden, sich auf dieses Abenteuer einzulassen und sie hatte eine Menge durchgemacht. Wenn sie ihn als Lehrer wollte, statt vor einem gewalttätigen Ehemann zu flüchten, konnte er die Rolle mitspielen.

»Was werden sie dann unterrichten?«, fragte Peck, ehe er sich einen Löffel Eintopf in den Mund schob. Audrey beobachtete Ethan und fragte sich, was er wohl sagen würde. Er hatte erzählt, dass er nach Oxford hätte gehen sollen und er hatte verbittert darüber geklungen, dass ihm dies verwehrt geblieben war. Vielleicht war es von ihr nicht sehr durchdacht gewesen, einen Lehrer aus ihm zu machen.

»Eine ganze Reihe von Dingen«, entgegnete er gelassen. »Gleichwohl Griechisch zu meinen Lieblingsfächern zählt.« Er sagte etwas, das wohl Griechisch sein musste, und brachte Audrey dazu, ihn überrascht anzuschauen. Er beobachtete sie mit diesem Anflug von Arroganz, bei der ihr unweigerlich heiß in der Magengegend wurde. »Bildung ist eine Zierde im Wohlstand und eine Zuflucht in der Not‹.«

Peck grunzte zustimmend. »Ich hatte Glück genug, das Lesen gelernt zu haben, doch außer meiner Muttersprache spreche ich keine weiteren Sprachen.«

Ethan beugte sich leicht vor. »Wie wird man ein Einsiedler?«

»Ich nehme an, das muss für jeden anders sein, doch wenn man genug Fehler macht und genug gute Gelegenheiten verpatzt, bleibt einem vermutlich nicht mehr viel anderes übrig.«

Audrey wartete auf eine Reaktion von Ethan, der sich allerdings wieder seiner Mahlzeit zugewandt hatte.

Peck aß seinen Eintopf auf, trank die restliche Brühe aus seiner Schale und wischte sich mit dem Ärmel über den Mund. Dann stand er auf und stellte die Schale samt dem Löffel auf den Tisch. »Stellen Sie das Geschirr einfach hier ab. Ich werde es morgen früh im Bach waschen. Jetzt werde ich mich zur Jagd aufmachen. Richten Sie sich bequem ein und gehen Sie, wann immer Sie wollen.«

Audrey blinzelte ihn an. »Sie jagen nachts?«

»Es gibt viele Kreaturen, die nur in den dunklen Stunden lebendig werden.« Er grinste. »Schmackhafte Kreaturen.«

Ethan nickte lachend. »Da haben Sie recht.«

Peck nahm eine Decke vom Fußende seines Bettes und legte sie neben Audrey. »Ich habe nur diese eine zusätzliche Decke, doch sie ist besser als gar keine. Schlafen Sie gut.«

Nachdem er hinausgegangen und die Tür dabei geschlossen hatte, wandte sich Audrey an Ethan. »Warum hast du gelacht? Was weißt du schon von der nächtlichen Jagd?«

»Eine ganze Menge. Das beste Wild lässt sich erst blicken, wenn die Sonne untergegangen ist. Wir Jäger wissen das.«

Das Funkeln in seinen Augen ließ sie erschaudern. Was könnte er wohl in London jagen?

Sie dachte an Pecks Begründung, warum er ein Einsiedler war, über Fehler und verpatzte Gelegenheiten. Das Pech hatte Ethan zu einem kriminellen Leben getrieben, das er sonst nicht gewählt hätte. »Du scheinst mehr mit dem Einsiedler gemeinsam zu haben, als ich gedacht hätte.«

»Hm.« Er löffelte das letzte bisschen Eintopf in seinen Mund. »Bist du fertig?« Auf ihr Nicken hin nahm er ihre Schale entgegen und stellte ihr Geschirr auf dem Tisch ab. »Warum hast du ihm gesagt, ich sei Lehrer? Was ist mit der Geschichte, die wir geplant hatten?«

»›Wir‹ hatten keine Geschichte geplant. Das warst *du*. Ich wollte weder schwanger sein noch missbraucht.« Sie streckte ihre Beine vor sich aus. »Wie auch immer, wo hast du gelernt, Griechisch zu sprechen?«

Er stand neben dem Tisch und schaute ins Feuer. »Da habe ich nicht. Mein Vater hatte mehrere Lieblingszitate.«

»Hättest du gern Griechisch gelernt?«

Er zuckte mit den Schultern. »Ich weiß es nicht. Ich hatte einen Lehrer, der mich eine Zeit lang in Latein unterrichtet hatte, doch das meiste davon habe ich vergessen.«

Ein, durch eine Tragödie unterbrochenes Leben. Dass er noch immer hier war und ums Überleben kämpfte, war ein Beweis für seine Selbstdisziplin. Sie hatte nicht viel Kenntnis über sein Leben, doch sie konnte sich vorstellen, dass er eine bedeutende Persönlichkeit war. Warum sonst wären ihm die Männer so weit von London gefolgt? »Was für ein Verbrecher bist du?«, fragte sie leise. »Du sagtest, Gin Jimmy sei ein Verbrecherkönig. Was bist du?«

Er drehte den Kopf und schaute sie an. Der Feuerschein tanzte in seinen Augen. Er streifte seine Jacke ab, faltete sie zusammen und legte sie auf den Teppich, der den blanken

Erdborden beim Kamins bedeckte. »Euer Kopfkissen, Mylady. Nehmt auch die Decke.«

Er dachte nicht daran, ihr zu antworten. Schon wieder. Sie wollte vor Frustration schreien. Allerdings begnügte sie sich damit, ihn anzustarren, doch er schenkte ihr keine Beachtung, während er seine Krawatte aufband, seine Weste auszog und sich sein eigenes, kleineres Kissen machte.

Sie sollte seine Wunde inspizieren, doch sie war zu verärgert. Darüber hinaus hatten sie den Verband in Bassett Manor gelassen, sodass es nichts anderes zu tun gab, außer ihn zu untersuchen. Sie hatte bemerkt, dass er angefangen hatte, sich daran zu jucken, was bedeutete, dass die Wunde heilte. Zumindest hatte die Frau des Gastwirts ihr das so gesagt.

Den Kopf auf seine Weste gebettet, legte er sich auf den Teppich. Sie tat es ihm gleich, wobei sie seine Jacke als Kopfkissen verwendete und die fadenscheinige Decke über sich deckte. Sie achtete darauf, dass mindestens einige Handbreit Abstand zwischen Ethan und ihr lagen. Dann rollte sie sich auf die Seite und drehte ihm den Rücken zu.

»Ich bin Gin Jimmys rechte Hand. Besser gesagt, war ich das, bis ich versucht habe, ihn zu hintergehen.«

Ihr Atem geriet ins Stocken und sie hielt ihn an, um besonders leise zu sein, für den Fall, dass er noch etwas sagen würde. Als er das nicht tat, drehte sie sich um und schaute ihn an. Er starrte mit offenen Augen an die Balkendecke.

»Was hast du getan?« Die Angst um ihn ließ ihren Puls schneller werden. Kein Wunder, dass die Männer ihm so weit aus London gefolgt waren. Wenn er sich gegen diesen Verbrecherkönig gestellt hatte, würde er sich damit Feinde gemacht haben.

»Ich wollte Ethan Lockwood sein.« Er formte den Mund zu einem schiefen Lächeln. »Ein alberner Traum, wie ich jetzt weiß.«

»Er ist nicht albern. Und es muss auch kein Traum sein.« Sie rückte näher an ihn heran. »Du bist Ethan Lockwood, nicht wahr?«

Er drehte den Kopf und sah sie an. Das durchdringende Grau seiner Augen verbrannte sie fast aufgrund seiner Intensität. »Ich bin, wer ich bin, Audrey. Ich bin ein Verbrecher, der wegen Mordes gesucht wird, und ich bezweifle, dass es eine Möglichkeit gibt, mich davon freizusprechen. Scheinbar halte ich es nicht einmal ein paar Tage durch, ohne jemanden umzubringen.«

Sie vernahm den Schmerz und den Kummer in seiner Stimme und sehnte sich danach, dies alles zu lindern. »Ich werde dir helfen, so gut ich kann.«

Seine Miene wurde hart. »Mir ist nicht zu helfen. Jegliches Bedauern, das ich beim Töten dieser Männer verspürt habe, war wegen dir. Ich bereue, dich mitgenommen und meiner Verderbtheit ausgesetzt zu haben. Doch eines musst du wissen: Ich bereue nicht, sie getötet zu haben. Im Gegenteil, ich genieße es. Ich bin aufgestiegen, um Gin Jimmys rechte Hand zu werden, weil ich klug, gerissen und vor allem rücksichtslos bin. Vergiss das nie, und halte mich nie für jemanden, der ich nicht bin. Ich bin der Einsiedler, Audrey. Ein einsames Ungeheuer, das sein Los gewählt hat und es ertragen muss.«

Darauf stieß sie die Luft aus, die sie die ganze Zeit, während er geredet hatte, angehalten hatte. Sie wollte ihm widersprechen, ihm noch einmal sagen, dass es noch nicht zu spät war, sich zu ändern, jedoch hatte er ihr bislang nicht zugehört.

Erneut richtete er den Blick an die Decke. »Schlaf ein. Wir haben noch vier oder fünf Reisetage vor uns, bis wir in Beckwith ankommen.«

Beckwith? Der Name kam ihr bekannt vor . . . Lord

Sevrins Anwesen in Cornwall. Auf dem ihre Freundin Philippa lebte.

Ethan drehte ihr den Rücken zu, was das Ende ihres Gesprächs und vielleicht auch ihrer Freundschaft anzeigte, falls es jemals eine gewesen war. Sie drehte sich auf den Rücken und betrachtete das sich über ihr kreuzende Holz. Zumindest hatte er endlich etwas von sich preisgegeben, und er hatte ihr verraten, wohin ihr Weg führte. Es war ein kleiner Sieg, den sie dennoch feiern würde, denn es war der einzige, den sie hatte.

Der Einsiedler Peck erwachte früh und verließ das winzige Häuschen. Ethan schlug die Augen auf, nachdem er gegangen war. In der Nacht hatte er sich zu Audrey gedreht. Jetzt betrachtete er sie im Schlaf, während ihre langen, dunklen Wimpern sich an ihren Wangen fächerten. Das Feuer war erloschen, doch es strahlte noch so viel Wärme aus, dass ihre Wangen rosig und schön waren.

In jeder Nacht, die sie zusammen verbracht hatten, hatte er ihr beim Schlafen zugesehen. Die beiden Nächte, die er getrennt von ihr auf Bassett Manor verbracht hatte, waren ihm kalt und einsam erschienen. Er war verstimmt darüber gewesen, wie rasch er sich an ihre Gesellschaft gewöhnt hatte. Er hatte recht damit, ein Einsiedler zu sein – er hatte viel zu lange ein einsames Leben geführt, und es widerstrebte ihm, anderen Vertrauen entgegenzubringen, geschweige denn das zu wollen.

Wollte er sich auf sie verlassen? Ihr vertrauen?

Die Verlockung war groß. Sie war so ernsthaft in ihrem Bestreben, ihm zu helfen, ihn zu begreifen, ihm Recht zu verschaffen. Das alles war so unangebracht. Das hatte er nicht verdient, insbesondere nicht von ihr. Deshalb würde er sie weiterhin auf Abstand halten, egal wie schrecklich weich er ihr gegenüber inzwischen geworden war.

Und das war er geworden.

Sie beschäftigte seine Gedanken jeden Tag, während sie ritten, und erfüllte seine Träume in jeder Nacht. Sie war schön, und bei Gott, er begehrte sie so sehr, dass es ihn fast schüttelte. Er war nicht besser als eine brünstige Bestie. Sie wollte ihn besser machen, und er wollte sie vögeln. Das war ein guter Beweis dafür, dass er ihrer nicht würdig war.

Er musste nur die nächsten paar Tage überstehen, bis sie Beckwith erreichten. Dann konnte er sie bei Sevrin abliefern, der für ihre Sicherheit sorgen würde. Nach seinem Abschied dort würde er nach London zurückkehren und versuchen, seinen Namen reinzuwaschen. Wie könnte er das anstellen? Teague würde vor nichts zurückschrecken, um dafür zu sorgen, ihn für den Mord am Marquess of Wolverton an den Galgen zu bringen. Und er hatte es ihm leicht gemacht. Lieber Himmel, Teague *hatte* ihn mit einem blutigen Messer über der Leiche stehend ertappt. Ethan wischte sich mit den Händen über die Augen und fluchte ob seiner Dummheit, wie er dies seit jener Nacht unzählige Male getan hatte.

Er hatte einen ausgefeilten Plan ausgeheckt, bei dem Wolverton als Kopf eines Diebesrings entlarvt werden sollte, welcher Mayfairs Elite beraubte, während er gleichzeitig den Anschein erwecken wollte, dass Wolverton Gin Jimmy hintergangen hatte, um den Verbrecherkönig aus dem Elendsviertel herauszulocken. Dieser letzte Teil war am schwersten zu meistern gewesen. Jimmy blieb in der Nähe seiner üblichen Lokale, wo er sicher und geschützt war. Es hatte sorgfältiger Planung bedurft, ihn aus St. Giles herauszulocken, damit er angreifbar war. Aber Gin Jimmy hatte erfahren, dass ihn jemand reingelegt hatte.

Ethan hatte zu ergründen versucht, wie das geschehen

war. Er konnte nur vermuten, dass Jimmy an jenem Abend zu spät bei Wolverton angekommen war, nachdem Bow Street – die von Ethan einen anonymen Tipp erhalten hatten – bereits im Haus des Marquess postiert waren. Anstatt in Wolvertons Haus zu sein, als Bow Street eintraf, war er erst später aufgetaucht. Wahrscheinlich hatte Bow Street Ethans Tipp ignoriert, um sich zu tarnen, bis sie den Verbrecherkönig gefasst hätten, und so hatte Jimmy sie im Haus gesehen.

Es war nur folgerichtig, dass Jimmy anschließend auf die Jagd nach Wolverton ging und ihn während einem von Jasons berüchtigten lasterhaften Festen anschließend in Lockwood House fand. Jimmy hatte einen von Jasons Dienern getötet, sich seine Livree angezogen, um unbemerkt ins Haus zu gelangen, und dann hatte er Wolverton getötet. Ethan hatte sich gerade in dem Moment auf die Terrasse begeben, als Wolverton im Sterben lag. Der Marquess hatte Ethan erzählt, dass Jimmy als Diener verkleidet war. Dann hatte Ethan das Messer erblickt, das Jimmy benutzt hatte. In den Griff war der Buchstabe J eingraviert, von dem Ethan wusste, dass er für Jimmy stand, der aber auch als Abkürzung für Jagger interpretiert werden konnte. Er hatte es in der Absicht aufgehoben, es vom Tatort zu entfernen, doch dann waren Jason und gleich darauf Teague auf die Terrasse getreten und hatten ihn entdeckt.

Nach Ansicht von Bow Street war Ethan ein Mörder. Es wurde nicht besser dadurch, dass man ihn auch für den Tod von Lady Aldridge verantwortlich machen wollte, die durch die Mitwirkung von Jimmys Helfershelfern an einer Opiumvergiftung gestorben war. Ihr Mann, der einen zweiten Mayfair Diebesring angeführt hatte, war im letzten Frühjahr getötet worden, als er Gefahr lief, von einem ehemaligen Richter gefasst zu werden. Jimmy wollte nicht, dass Aldridge oder seine Witwe den Behörden von den komplizierten

Diebesringen berichteten, die er im Herzen von Londons feiner Gesellschaft aufgebaut hatte.

Audrey schlug die Augen auf und sie blinzelte mehrmals, ehe sie sich auf ihn konzentrierte.

Er versuchte, ihren Gesichtsausdruck zu deuten, was ihm aber misslang. »Guten Morgen.«

»Guten Morgen«, murmelte sie. Sie setzte sich abrupt auf. Ihr Haar war völlig aufgelöst, so wie immer, wenn sie schlief. Die dunklen Locken fielen ihr in Kaskaden über die Schultern. Sie hob die Hände und betastete die Fülle.

Er sammelte die Haarnadeln ein, die auf und um seine Jacke verstreut lagen und reichte sie ihr. »Hier. Ich sehe keinen Spiegel, und nach der Länge von Pecks Bart zu urteilen, gibt es vermutlich keinen.«

Sie hielt ihm die flache Handfläche entgegen, um die Haarnadeln entgegenzunehmen. »Vermutlich hast du recht.« Sie lächelte ihn an, und es waren Momente wie diese, in denen er sich fragte, ob er sich wirklich für ein normales Leben entscheiden konnte. Mit ihr.

Diese lächerliche Fantasie abschüttelnd stand er auf. »Ich muss draußen eine Runde drehen.«

Er nahm sich die Zeit für eine rudimentäre Reinigung in dem schmalen Bach, der etwa siebzig Meter von der Einsiedelei entfernt verlief. Er fragte sich, ob er Peck begegnen würde, doch das tat er nicht.

Auf einem Stein hockend beugte er sich vor und spritzte sich Wasser ins Gesicht. Das Geräusch eines Gewehrschusses in der Nähe schickte ihn fast vor Schreck in den Wasserlauf. Er sprang auf und sauste zur Einsiedelei zurück. Wenn Jimmys Männer sie abermals gefunden hätten … Beinahe wäre er wegen seiner Verzweiflung, zu Audrey zu gelangen, gestolpert.

Sobald er die Lichtung erreicht hatte, blieb er abrupt stehen. Vier junge Dandys standen mit ihren Gewehren herum. Peck und Audrey standen an der Tür des Häuschens.

Alle sahen außer Gefahr und unversehrt aus. Ethans Herzschlag fing an, sich zu beruhigen.

Einer der Dandys drehte sich um. »Dies ist also Ihr Bruder?« Er betrachtete Ethans feuchtes Haar und seine Hemdsärmel. Ethan hatte sich nicht die Mühe gemacht, seine Weste anzuziehen oder irgendwelche anderen Kleidungsstücke, während diese Männer in ihrem besten Jagdanzug glänzten. Ihr feiner Aufzug nagte an Ethan. Seine Kleidung und Requisiten in London konnten es jederzeit mit ihrer Ausstattung aufnehmen. Er mochte ein gottverdammter Verbrecher sein, aber er war der bestangezogene in London.

Audrey war es gelungen, ihr Haar zu einer gediegeneren Frisur zu zähmen. Mit Mirandas dunkelblauem Kleid, das zu kurz für sie war, wirkte sie wie eine untergeordnete Miss in weitergereichten Kleidern. Das verabscheute Ethan weit mehr als seinen eigenen unzulänglichen Aufzug. Unter anderen Umständen würde er sie in feinste Seide kleiden und mit Juwelen schmücken.

»Ja, dies ist mein Bruder, Wendell«, antwortete Audrey. »Wendell, diese Gentlemen sind auf ihrem morgendlichen Jagdausflug.«

»Ich habe den Schuss gehört. Ich vertraue darauf, dass Eure Jagd nicht Einsiedlern gilt.« Er machte sich nicht die Mühe, seinen finsteren Blick zu verbergen. Was für Schwachköpfe feuerten so dicht bei der Einsiedelei?

»Nein, nein«, antwortete einer von ihnen leutselig. »Es war nur ein Fehlschuss!« Er schien Ethans Ärger entweder nicht zu bemerken oder vielleicht war es ihm auch einerlei, was Ethan nur noch mehr reizte. Alle achteten auf seine Reaktion. Es war allgemein bekannt, dass es für niemandes Gesundheit zuträglich war, Jagger zu verstimmen.

Ethan schritt durch die Gruppe von Gentlemen und

betrat das Häuschen. Schnell zog er seine Weste an und band seine Krawatte mit einem schlichten Knoten. Er zog seine gründlich zerknitterte Jacke an, als er wieder nach draußen ging.

»Wenn Sie nicht so eine entzückende junge Dame wären«, meinte einer der Männer zu Audrey, »könnte ich geneigt sein, meinem Vater über Pecks Betragen zu berichten.«

»Was für eine Art von Betragen ist das?«, fragte Ethan, ohne auch dieses Mal die Schärfe in seiner Stimme zu unterdrücken.

»Gäste zu haben. Wir bezahlen ihn nicht dafür, dass er unterhält.«

Einer der anderen Männer schnaubte. »Das ist genau, warum ihr ihn bezahlt. Um uns zu unterhalten. Und ich fühle mich durch Miss Hughes durchaus sehr unterhalten.« Er ließ einen lasziven Blick auf Audreys Brust fallen und Ethan konnte sich gerade noch zügeln, um dem Mann nicht seinen Dolch in den Hals zu rammen.

»Ach Wendell, wir sollten uns vielleicht auf den Weg machen«, meldete sich Audrey zu Wort, ehe sie ihn am Arm berührte, um seinen mordlustigen Blick von den Männern abzuwenden, die sie beleidigt hatten. Audrey traf Ethans Blick und sie weitete die Augen, um ihm wahrscheinlich mitzuteilen, dass er aufhören sollte. Gleichwohl Ethan den Mann vernichten wollte, der sie beäugt hatte, erkannte er, dass solch eine Dummheit, wenngleich sie auch befriedigend wäre, ihrer Sache nicht helfen würde.

Er zwang sich, den Dandys zuzulächeln, und seine Lippen drohten, unter der Anstrengung nachzugeben. »Gebt Peck nicht die Schuld. Er hatte bloß Mitleid mit uns, und wir sind nur auf der Durchreise. Es war recht spät und meine Schwester ist in einem eher delikaten Zustand.«

Er warf Audrey einen Blick zu, deren Gesicht blass

geworden war. »Komm, Schwester, es ist an der Zeit für uns, aufzubrechen.« Er ging zu ihren Pferden und band sie los. Dann half er Audrey beim Aufsteigen.

Ethan verbeugte sich in aller Höflichkeit vor dem Einsiedler und missachtete die anderen absichtlich. »Danke für Ihre gütige Gastfreundschaft.« Dann schwang er sich auf sein Pferd und führte Audrey von der Lichtung.

Bis sie auf der Hauptstraße angekommen waren, konnten sie nicht Seite an Seite reiten. Dann verschwendete Audrey keine Zeit, neben ihm zu reiten. »Warum hast du das über meinen Zustand gesagt?«

»Ich wollte jegliche Schwierigkeiten im Keim ersticken, die unser Besuch vielleicht für Peck nach sich ziehen könnte.« Und versuchen, sie für die lüsterne Aufmerksamkeit der Männer weniger attraktiv zu machen.

»Ich glaube nicht, dass es irgendwelche Schwierigkeiten verursacht hat.«

»Du hast gehört, was dieser Einfaltspinsel gesagt hat. Er überlegte, seinen Vater zu informieren, dass Peck seine Rolle als angestellter Einsiedler irgendwie missbraucht hat.« Scheinbar war Peck nur wenig besser als ein Sklave. Damit waren sie sich letztendlich doch nicht so ähnlich. Ethan genoss absolute Freiheit. Er konnte tun, was immer er wollte und wann immer er wollte.

Sein Körper sackte in sich zusammen, als hätte er einen Tritt in die Magengrube bekommen. Nein, das konnte er nicht. Er konnte Jimmy nicht einfach mitteilen, dass er es leid war, seine rechte Hand zu sein, und er als Ethan Lockwood ein richtiger Gentleman in der Gesellschaft werden wollte. Niemals würde Jimmy ihn ziehen lassen, oder ihn von seinen kriminellen Verpflichtungen freisprechen. Aus genau diesem Grund hatte Ethan seinen Plan, ihn zu Fall zu bringen, überhaupt erst inszeniert. Nur dann wäre er wahrhaftig frei.

Ethan und der Einsiedler waren genau gleich. Männer, die sich für ein Leben mit der Hoffnung auf Verbesserung entschieden hatten, nur um letztendlich festzustellen, dass sie kaum bessergestellt waren, als die Leibeigenen aus vergangenen Zeiten.

»Ich bin mir nicht sicher, ob sie es wirklich böse gemeint haben«, gab Audrey zu bedenken.

Seine Hände verkrampften sich um die Zügel. »Das wärst du vielleicht, wenn du bemerkt hättest, wie sie dich angesehen haben.«

Sie schaute kurz zu ihm hinüber und nickte dann, als sie begriff, was er meinte. »Das habe ich nicht bemerkt. Keiner sieht mich jemals so an.«

Ich schon. Er verkniff sich die Worte, ehe er sie aussprach. Es bestand absolut kein Grund, eine Anziehung zwischen ihnen noch zu fördern.

Die nächsten paar Minuten ritten sie schweigend. »Peck sagte, er habe uns etwas Brot in die Satteltasche gepackt«, bemerkte sie. »Ich hoffe, die Herren meinten es nicht böse mit ihm. Er ist wirklich eine gute Seele.«

Eine gute Seele. Wie sich Ethan danach sehnte, dass sie so über ihn dachte. Konnte er gütig sein? Er hatte es versucht. In den letzten Monaten hatte er alles getan, um Menschen zu retten, und dabei seine Haut aufs Spiel gesetzt. Er war nicht nur schuldlos an Lady Aldridges Tod, sondern er hatte auch vergeblich versucht sie zu bewegen, London zu verlassen, um sie aus Jimmys Zugriffsbereich herauszubringen. Und nun, da er erkannte, wie weit Jimmy zu gehen bereit war, um seinen Willen durchzusetzen, musste er sich fragen – hätte es geholfen? Ethan fragte sich, ob ihm gar eine Überlebenschance beschieden war, wenn er nach London zurückkehrte. Seinen Namen reinzuwaschen war eine Hürde; Jimmys Todesurteil zu überleben, wäre eine weitaus gefährlichere.

Er hatte eine andere Wahl. Er könnte nach Amerika

gehen und neu anfangen. Das entsprach weder seinem Plan noch seinem Wunsch, doch was wäre, wenn Audrey ihn begleitete? Sie schien für diese Vorstellung nicht nur offen zu sein, sondern sogar begeistert davon. Immerhin hatte sie schon einmal einen ersten Versuch unternommen.

Er warf ihr einen Seitenblick zu, doch ihr Blick war starr geradeaus gerichtet, ihre Haltung aufrecht und majestätisch. Einst hätte sie vielleicht eingewilligt, mit ihm zu gehen, doch jetzt? Nach allem, was sie von ihm gesehen und er von sich preisgegeben hatte?

Er wollte einen kleinen Funken Hoffnung schüren, doch er wusste nicht, wie. Das von ihm gewählte Leben hatte ihn gelehrt, solche nutzlosen Gefühle aufzugeben.

~

Vier sehr lange Tage später folgte Audrey Ethan in die winzige Herberge, in der sie sich in Lostwithiel eine Kammer gemietet hatten. Es wäre ihre letzte Station vor Beckwith.

Noch nie war Audrey so erleichtert gewesen, irgendwo anzukommen. Ihr Körper war erschöpft und ihr Verstand gleichfalls. Ethan auf Distanz zu halten, kostete sie große geistige Anstrengung. Sie hatten sich beide eine gegenseitige Ausweichtaktik angewöhnt, doch sie wusste nicht, ob ihm dies leichter fiel oder nicht. Gewiss schien es so, als ob dem so sein könnte. Sie nahmen ihre Mahlzeiten in relativer Stille ein, ritten in absolutem Schweigen dahin und tauschten jeden Abend beim Schlafengehen und jeden Morgen beim Aufwachen nur einige Höflichkeiten aus. Wenn sie darüber nachdachte, war dies das Gegenteil des Abenteuers, das sie sich erhofft hatte.

Zumindest seit ihrem Aufenthalt in der Einsiedelei.

Davor hatte ein lebensveränderndes Ereignis nach dem

anderen stattgefunden. Die Frage war nur, auf welche Weise? Ihr Leben hatte sich unwiderruflich gewandelt, was bedeutete, dass sie überlegen musste, was sie unternehmen wollte, sobald sie in Beckwith eingetroffen waren. Sie wusste, was sie *nicht tun* konnte. Sie konnte nicht zu dem Leben zurückkehren, das sie vor Ethan Locke-Jagger-Lockwoods Auftauchen darin geführt hatte. Womit ihr eine Existenz als Jungfer blieb und sie sich vielleicht in ihre eigene Einsiedelei zurückzog oder, wenn sie sich wirklich ihrem Ruin hingeben wollte, sie das Leben einer Halbweltdame führen musste. Bei diesem absurden Gedanken musste sie lächeln.

»Audrey?« Ethan stupste sie am Arm an und riss sie aus ihren Gedanken.

»Ja?«

»Wir haben eine Kammer, wenn auch eine sehr kleine, direkt unter dem Dach. Der Wirt bereitet sie gerade vor. Ich habe auch um einen Zuber mit Wasser gebeten.«

Audrey quiekte fast vor Freude. Die vergangenen beiden Nächte hatten sie in einer Scheune und einem Schuppen zugebracht. Sie war einfach nur dankbar, heute Nacht ein Bett zu haben – alles andere war Extravaganz.

»Danke.«

Für einen Moment verharrte sein Blick auf ihr. Gleichwohl ihre Beziehung sich zwar abgekühlt hatte, galt das nicht für die Anziehungskraft zwischen ihnen. Jede Nacht kämpfte sie, den Abstand zwischen ihnen einzuhalten, und jeden Morgen wachte sie an seine Wärme gekuschelt auf.

»Der Wirt meinte, wir könnten dort hindurchgehen«, er deutete auf eine Tür auf der anderen Seite der Treppe, »und unser Abendessen einnehmen.«

Audrey nickte, ehe sie ihm in den kleinen Gastraum vorausging, wo sie eine köstliche Mahlzeit aus Hammeleintopf und dem besten Ale genossen, das sie je getrunken hatte.

Ethan war offenbar ihrer Meinung. »Unser Gastwirt ist

ein ausgezeichneter Brauer. Er wäre einer der beliebtesten Brauer in London«, lobte er. Diese Art unverfänglicher Gespräche führten sie, seit sie die Einsiedelei verlassen hatten. Audrey war es leid, sich solche Mühe zu geben, und nickte nur.

Stirnrunzelnd fragte er: »Bist du müde?«

Sie zog die Augenbrauen hoch. »Bist du das nicht?«

Er lachte leise. »Ich glaube, ich mache einen schlechten Eindruck auf dich. Du wirst sarkastisch. Wenn ich nicht aufpasse, wirst du auch noch zynisch werden.«

»Das möchte ich bezweifeln. Ich bin viel zu optimistisch.«

Er trank den Rest seines Ales. »Eine bemerkenswerter Charakterzug.« Dann nahm er sie mit einem dunklen Blick ins Visier. »Verliere ihn nicht.« Er wischte sich mit der Serviette über den Mund und stand auf. »Bist du bereit, nach oben zu gehen? Ich bin sicher, dass der Wirt inzwischen fertig ist.«

»Ja.«

Er übernahm die Aufgabe eines Dieners und zog den Stuhl zurück, damit sie aufstehen konnte. Sie drehte den Kopf, um ihn anzuschauen, doch er war bereits zurückgetreten, um einem Blickkontakt auszuweichen.

Sie stiegen die zwei Treppen hinauf, von denen die Letztere sehr eng und schmal war. Auf den letzten paar Stufen mussten sie die Köpfe einziehen, damit sie nicht an die Decke stießen.

Die Kammer war wirklich winzig. Genau in der Mitte befand sich der Dachgiebel, und nur dort konnten sie aufrecht stehen. Es gab keine Feuerstelle, doch mehrere Lampen tauchen den Raum in warmes Licht. Am besten war allerdings der Zuber mit Wasser, aus dem der Dampf in die Luft aufstieg. Er war nicht groß genug, um darin zu baden, doch er enthielt genügend Wasser für sie beide.

»Du hast den Vortritt«, meinte er.

Sie schaute sich in der Kammer um. Der Zuber stand auf dem Boden und davon abgesehen gab es nur die Lampen und eine kleine Pritsche in der Ecke. Ihre Habseligkeiten, die verschiedenen Dinge, die Ethan im Laufe der letzten Tage beschafft hatte, einschließlich einer zweiten Haarbürste und einer Haube, da sie die erste in Bassett Manor zurückgelassen hatte, und ein kurzes Spencer-Jäckchen, das in den kühlen Nächten wenigstens ein Mindestmaß an Wärme spendete – lagen in der Ecke. Der Wirt musste sie von ihrer Satteltasche hinaufgebracht haben, die ebenfalls von Ethan auf mysteriöse Weise beschafft worden war.

Der Freiraum und die Möblierung waren eindeutig spärlich, doch Audrey fand es nach ihren letzten Unterkünften grandios. Dennoch gab es keine Privatsphäre. Vermutlich konnte sie Ethan bitten, wieder nach unten in den Gastraum zu gehen, doch als sie vorhin gegangen waren, war die Frau des Wirts geschäftig hereingekommen, um wahrscheinlich für die Nacht sauberzumachen.

»Ich werde mich einfach auf die Pritsche legen und zur Wand schauen«, meinte er. »Ich gelobe, dass ich mir keinen Blick stehlen werde.«

Sie vertraute ihm, dass er das nicht tun würde, was angesichts all dessen, was sie von ihm wusste, wahrscheinlich töricht war. Dennoch hatte er bewiesen, sich ihre Interessen stets zu Herzen zu nehmen. »Ich werde mich beeilen.«

Sie trat an den Zuber und kniete sich daneben, wobei sie den Rücken dem Bett zuwandte. Dann zauderte sie, bis sie hörte, wie Ethan sich hinlegte. Um sich zu vergewissern, drehte sie sich um und schaute nach. Er hatte seine Jacke und Weste abgelegt, die er zusammen mit seiner Krawatte am Fuß der Pritsche abgelegt hatte.

Zufrieden, dass die Situation so privat wie nur möglich war, hakte sie ihr Kleid auf. Glücklicherweise war es ein

Kleidungsstück, das sie ohne die Hilfe einer Zofe ausziehen konnte. Es fühlte sich wunderbar an, sich davon und auch ihrem Korsett zu befreien. Und obwohl sie beides wieder anziehen sollte, ehe sie zu Bett ging, glaubte sie nicht, dazu imstande zu sein.

Sie tauchte eines der kleinen Handtücher, die der Wirt bereitgelegt hatte, in das Wasser und wusch sich das Gesicht. Das Tuch duftete schwach nach Rosmarin, was nur zu ihrem Wohlbefinden beitrug. Sie schloss die Augen und stellte sich vor, daheim zu sein. Doch das rief eine gegenteilige Wirkung hervor. Sie wollte nicht daheim sein. Sie wollte hier sein.

Darauf warf sie einen Blick über die Schulter zu Ethan. Er schaute nicht länger zur Wand. Er hatte sich zu ihr umgedreht und beobachtete sie.

Ihr Atem stockte ihr in der Lunge. »Du hast versprochen, nicht zu schauen.«

Sein Blick geriet nicht ins Schwanken. »Du hast mir vertraut?«

Sie blickte ihn aus schmalen Augen an, doch ohne Hitzigkeit, als sie dies als das Geplänkel erkannte, dass sie so mit ihm vermisst hatte. »Du hast mir jede Menge Gründe geliefert, zu glauben, dass ich bei dir sicher bin. In jeder Hinsicht.«

Er ließ sich auf den Rücken fallen und richtete den Blick zur Decke. »Ich bin ein Schurke, Audrey. Bis in alle Ewigkeit. Du machst mich ... Nein, ich bin immer noch ein Schurke.«

Sie machte ihn was? Er würde es ihr nie verraten, wenn sie fragte, also machte sie sich gar nicht erst die Mühe.

Sie sehnte sich danach, ihr Hemd von ihrem Körper zu streifen und die Tage der Reise abzuwaschen, doch sie war sich nicht sicher, ob sie das wagte. Wenn sie mit dem Rücken zu ihm stand, würde er nichts ... Intimes sehen. Vorausgesetzt, sie zog das Hemd nur teilweise herunter. Ihren Mut sammelnd, schlängelte sie ihre Arme aus den bedeckenden Hemdsärmeln. Das Kleidungsstück bauschte sich um ihre Taille. Sie trödelte nicht und beendete ihre Toilette so rasch und gründlich als möglich, berücksichtigte man ihren teilweise bekleideten Zustand.

Als sie geendet hatte, legte sie das feuchte Tuch beiseite und zog das Hemd wieder über ihre Arme. Erst dann wagte sie einen mutigen Blick zurück zu Ethan. Wieder beobachtete er sie unverhohlen. Wahrhaftig ein Schurke.

Das auf ihrer Haut trocknende Wasser hätte sie kühlen sollen, doch Hitze sammelte sich in ihrem Bauch und breitete sich in ihr aus. Unter dem Hemd fing ihre Haut zu kribbeln an und ihre Brustwarzen versteiften sich zu festen Spitzen. Erneut wandte sie sich von ihm ab, in der Hoffnung, die Anziehung zwischen ihnen niederzuringen. Vielleicht würde sie letztlich doch ihr andere Bekleidung wieder anziehen müssen.

»Ich bin fertig.« Sie stand auf und entfernte sich von dem Zuber, wobei sie sorgfältig darauf achtete, ihm den Rücken zuzuwenden, gleichwohl es eigentlich keinen Ort gab, an den sie sich zurückziehen konnte.

Sie hörte ihn von der Pritsche aufstehen, und sie konnte den leisen Luftzug spüren, als er sich an ihr vorbei bewegte. Sie schnappte sich eine Decke vom Bett und legte sie sich um. Dann stahl sie sich einen Blick auf Ethan. Er kniete ebenfalls neben dem Becken. Dann zog er sich das Hemd über den Kopf und die Lampen warfen einen goldenen Schein über seinen muskulösen Rücken.

Sie zwang sich, mit dem Rücken zu ihm auf dem Bett zu sitzen. Diese Entbehrung trug nichts dazu bei, das Verlangen zu lindern, das in ihr brannte.

»Audrey?«

Der Klang seiner Stimme versetzte sie mit einem Ruck in eine noch intensivere Wahrnehmung. Hatte er irgendwie ihre Gedanken gelesen? Natürlich nicht, denn das war unmöglich.

»Ja?« Ihre Stimme klang viel zu hoch.

»Ich glaube, es ist Zeit, mir die Fäden zu ziehen.«

Sie drehte sich zu ihm und schaute auf die Wunde. Sie sah rosa aus und gut verheilt. Ja, die Fäden konnten wahrscheinlich gezogen werden. Doch sie hatte kein Messer.

Noch als sie dies dachte, zog er sein Messer aus dem Stiefel. Dann zog er sein Schuhwerk aus und schob es an die Wand. Er setzte sich neben den Zuber. »Würdest du eine der Lampen bringen?«

Eine stand neben ihm, doch zwei würden besseres Licht spenden.

Sie schluckte und versuchte, nicht auf seine nackte Brust zu schauen. Oder in sein Gesicht, das so gut aussehend und kühl, und ihr dennoch teurer war, als sie es je für möglich gehalten hatte. Trotz seiner Fehler, oder vielleicht gerade deshalb, hatte sie große Zuneigung zu diesem Mann entwickelt.

Sie nahm die Lampe, die dem Bett am nächsten stand und trug sie zu dem Zuber. Dann kniete sie sich neben ihn. Er hielt ihr das Messer auf seiner Handfläche hin. Mit ihren Fingern streifte sie seine Haut, als sie es entgegennahm. Es war leichter, als sie es sich vorgestellt hatte. Aus irgendeinem Grund hatte sie gedacht, dass eine tödliche Waffe sich schwer und bedrückend anfühlen musste.

Es wäre knifflig, unter die Naht zu fahren, ohne in seine Haut zu stechen. »Du darfst dich nicht bewegen.«

Sein Blick bohrt sich in ihren. »Ich werde wie eine Statue sein.«

Die offenbar vorhatte, sie nicht aus den Augen zu lassen.

»Bitte schau mich nicht so an. Ich bin schon nervös genug.«

Sein Blick drückte leichte Überraschung aus. »Warum?«

Sie probierte das ungewohnte Messer in ihrer Hand. »Ich bin keine Chirurgin.«

Sein Mund wurde weicher und das verwandelte sein Gesicht. Sie erkannte, dass er sich anders hielt als ihr charmanter Tanzpartner beim Walzer, im Gegensatz zu dem brutalen Verbrecher. Dass er sich innerhalb eines Atemzuges von einem in den anderen verwandeln konnte, erfüllte sie mit Ehrfurcht – und Beklemmung.

»Du wirst das schon schaffen. Mach es einfach langsam.« Er berührte sie leicht an der Hand.« Und wenn du mir einen Stich versetzt, erschrick nicht. Das habe ich ohnehin verdient.«

Sie wollte ihm widersprechen, denn niemand verdiente Schmerzen, aber mehr noch wollte sie es hinter sich bringen. Sie nahm ihren Mut zusammen und schob die Klinge unter den Faden, den sie vorsichtig durchtrennte. Das Messer schnitt sauber durch den Faden. Sie atmete aus und setzte die Waffe ab, froh, damit fertig zu sein. So rasch, sie es wagte, zog sie die Fäden aus seiner Haut.

Er sog einen Atemzug ein, und sie erstarrte. »Was ist los?«, fragte sie.

Seine Lippe bog sich nach oben. »Es kitzelt.«

Rasch machte sie sich daran, zu Ende zu kommen. Es ginge nicht, wenn sich dies hier zu etwas anderem entwickelte. Sie fühlte sich sehr zu ihm hingezogen, doch er hatte seine Einstellung deutlich dargestellt. Sie war ein Hindernis, und er hätte sie schon längst hinter sich gelassen, wenn er sich nicht verpflichtet gefühlt hätte.

Sie zog gerade den letzten Faden durch seine Haut, als er seine Hand auf ihre legte. Die Wärme seiner Finger versengte sie. Sie versuchte, sich loszumachen, doch er hob ihre Hand, nahm den Faden und warf ihn fort.

Dann drückte er ihr die Lippen auf die Fingerspitzen. »Ich danke dir.«

Durch die Berührung mit seinem Mund war ihr Verlangen entfacht. Was sich in ihr geregt und sie in Versuchung geführt hatte, erwachte zum Leben. Vielleicht war es die Nähe in der beengten Kammer oder das verlockende Flackern des Laternenlichts oder der Anblick seiner unverhüllten, goldenen Haut – alles zusammen, entschied sie. Was auch immer der Grund war, sie nahm ein Tuch, das sie anfeuchtete, um ihm dann damit über die Brust zu wischen.

Als er die Luft einsog, klang es inmitten der Stille wie ein Krachen. Der Schreck rüttelte sie durch und ihre Hand blieb wie erstarrt an ihm liegen.

»Hör nicht auf.« Seine Stimme krächzte. Sie hatte nicht den Mut, ihm ins Gesicht zu sehen. Sie hatte kaum den Mut, damit fortzufahren, was sie gerade tat, doch nun, da sie dieses gefährliche Spiel begonnen hatte, wollte sie es zu Ende bringen.

Sie säuberte seine Brust und seine Schultern, wobei sie besonders darauf achtete, die winzigen Flecken getrockneten Blutes abzuwaschen, die sich beim Entfernen der Fäden gelöst hatten. Abgesehen von dieser Wunde wies sein Leib mehrere, verstreut liegende Narben auf. Eine darunter war besonders lang und zog sich vom Schlüsselbein über das Brustbein. Sie wollte ihn fragen, wie er sich diese Verletzungen zugezogen hatte, doch sie wollte die stille Verbindung zwischen ihnen nicht unterbrechen.

Der Kratzer von der Kugel des Straßenräubers war nur noch ein schwacher roter Streifen. Bald wäre er ganz verschwunden. Und die Erinnerung? Würde ihre gemeinsame Zeit verblassen, so wie der Tag in die Nacht überging? Das wollte sie nicht. Bis ans Ende ihrer Tage würde sie sich an ihre Zeit erinnern – an ihn. Plötzlich schien es unbedingt erforderlich, dass er sie nie vergaß.

»Dreh dich um.« Ihre Stimme klang stark, befehlend. Sie riskierte einen Blick auf sein Gesicht. Er wölbte seine

Augenbraue auf diese verflixt attraktive Weise, die ihr Herz zum Flattern brachte.

Er drehte sich so, dass er mit dem Rücken zu ihr stand. Sie wusch ihn weiter, tauchte das Tuch in den Zuber und schrubbte seinen Rücken. Sie wusch seinen Hals und es juckte sie in den Fingern, den Verlauf der Sehnen dort mit den Fingerspitzen nachzuzeichnen. Die Vertiefung hinter seinem Ohr zu küssen.

Die Hitze stieg ihr ins Gesicht und sie war froh, dass er sie nicht sehen konnte. Doch dann drehte er sich um. Sie senkte den Kopf. »Deine Füße?«, fragte sie leise.

Er streckte seine Beine aus und sie wusch seine Beine vom Saum seiner Hose bis zu den Zehen. Es war der intimste Akt, den sie je vollzogen hatte. Als sie fertig war, rang sie um Atem und ihr war warm. Sie wollte sich die Decke von den Schultern schleudern, doch damit würde sie sich nur entblößen und möglicherweise auch ihr Verlangen. Konnte er ihr Verlangen erkennen?

Abermals schaute sie ihm zaudernd ins Gesicht, und angesichts der nackten Lust in seinen Augen biss sie sich auf die Innenseite ihrer Lippe. Mit solchen Dingen hatte sie nur wenig Erfahrung, doch genau auf diese Weise hatte er sie in jener Nacht auf Bassett Manor angeschaut. Nein, diesmal war es sogar noch intensiver, entschied sie.

Sie legte das Tuch weg und befahl sich, zu der Pritsche zu gehen. Doch sie rührte sich nicht. Sie betrachtete ihn einfach nur, die kräftige Form seiner Nase, den Bogen seiner Wangenknochen und den Drei-Tage-Bart, der ihm seit der letzten Rasur gewachsen war. Er sah verwegen aus. Vollkommen unbezähmbar. Verheerend gut aussehend.

Endlich bewegte sie sich und strecke die Hand nach der Kante der Pritsche aus. Er rührte sich ebenfalls. Mit einem Arm, den er ihr um die Taille schlang, zog er sie zu sich heran. Er schaute sie nur einen winzigen Moment an, und seine Augen sagten alles, was nötig war: *Ich will dich.*

Mit verzweifeltem Hunger trafen sich ihre Münder. Die Decke rutschte ihr von den Schultern, als sie sich an seinem Bizeps festhielt und sich an seinen warmen Brustkasten presste. Nur ihr Unterhemd trennte sie, und sie spürte ihn auf eine Weise, wie noch nie zuvor – seine Wärme, seine Stärke, seine Macht.

Er hielt sie mit einer Hand, die er tief in ihren unteren Rücken drückte, während er sich mit der anderen in ihrem Haar verfing, wobei sich ihre Haarnadeln auf dem Boden verstreuten. Mit den Fingern kämmte er ihre Locken und wölbte die Hand um ihren Hinterkopf, um sie mit seinem Mund und seiner Zunge gefangen zu halten.

Aber das brauchte er nicht, denn sie war eine bereitwillige Mitspielerin. Sie erwiderte seinen Kuss mit eifrigem Lecken und sehnsüchtigem Saugen, wobei sie das vom letzten Mal Gelernte zur Anwendung brachte.

Er schob die Hand seitlich an ihrem Gesicht zu ihrem Hals hinunter. Mit dem Daumen streichelte er über die Unterseite ihres Kinns und überredete sie auf diese Weise, ihren Mund noch weiter zu öffnen, damit er sie noch vollständiger genießen konnte. Noch nie hatte sie sich so verletzlich und verführerisch gefühlt.

Dann ließ er von ihrem Mund ab und wanderte zu ihrem Hals. Mit seiner Hand wanderte er indessen tiefer, bis er sie vorsichtig über ihre Brust legte. Sie spannte sich an, doch er drängte sie nicht. Seine Handfläche lag bloß auf ihrer Wölbung, als er ihren Hals mit seinen Lippen und der Zunge huldigte.

Die Augen geschlossen, warf sie den Kopf in den Nacken, unfähig, sich aufrecht zu halten, als ihr Körper in seiner Umarmung dahinschmolz. Seine Hand in ihrem Rücken bot ihr Halt, während sein Mund sie in Ekstase versetzte. Nach und nach wurde sie sich seiner anderen Hand bewusst, die sich um ihre Brust geschlossen hatte – langsam und mit großer Sanftheit. Mit seinen Fingerspitzen neckte er ihre Brustwarze. Ein Stöhnen wurde laut und sie erkannte, dass es von ihr kam. Sein Mund senkte sich tiefer und reizte ihre Haut, womit er ihr Verlangen noch weiter anfachte. Er legte die Lippen um ihre Brustspitze und sie fühlte seine Zunge an ihrer empfindlichen Brustwarze. Der Stoff ihres Unterhemds behinderte ihn, ihre Haut direkt zu berühren, doch sie war sich nicht sicher, ob das etwas ausmachte. Die Empfindungen spülten über sie hinweg und brachten sie dazu, sich seinem Mund entgegenzurecken. Keuchend bewegte sie ihre Hände, um sein Haar am Hinterkopf zu fassen.

Er drückte ihre Brustwarze nach oben und quetschte sie beinahe grob, doch es war himmlisch, da es die Spitze sogar noch fester werden ließ. Ihr Schoß pulsierte, als sie von einer wilden Begierde überkommen wurde.

»Leg dich zurück.« Seine Worte brachen durch den sexuellen Nebel, der sich über sie gelegt hatte. Sie fühlte, wie sie sich rücklings auf die Pritsche fallen ließ. Sie fiel nicht wirklich, da seine Hand sie stützte. Es gelang ihm, sie beide auf das Bett zu bugsieren, ohne die Hand von ihrer Brust zu nehmen.

Über sie gebeugt hielt er inne und sie schlug die Augen auf. Sie wollte dies, sie wollte ihn. Doch er hatte recht, dass sie Besseres verdient hatte. Sie hatte ihrem früheren Leben den Rücken gekehrt, doch das bedeutete nicht, dass sie sich mit dem zufriedengeben musste, was er ihr anzubieten hatte – was ungenügend war. Ihre körperliche Anziehung war anders als alles, was sie je gekannt hat, ein berauschender Balsam für ihre hungrige Seele. Sie wollte allerdings mehr als das – sie wollte, dass er sich ihr öffnete, und sie wollte sein Vertrauen. Sie wollte mehr, als er ihr geben konnte.

Sie stemmte eine Hand auf seine Brust und drückte. »Ethan.«

Er ließ von ihrer Brust ab und eine eisige Kälte überkam sie. »Verzeih mir.« Er setzte sich auf und drehte sich weg, um ihr dann die Decke zu reichen, die ihr von den Schultern gerutscht war.

Sie zog die Decke wieder über sich und rutschte zum entfernten Ende der Pritsche. »Verzeih du mir auch. Ich wollte dich nicht ermutigen.«

»Du bist daran schuldlos.« Seine Stimme klang angespannt. Er stand auf und zog erst sein Hemd an und dann seine Stiefel. Dann nahm er seine Jacke.

Sie stütze sich auf ihren Ellbogen. Noch immer bebte ihr Körper vor Verlangen. Es wäre so leicht, ihn zurückzurufen, doch das würde sie nicht tun. »Wohin gehst du?«

»Nach draußen. Schlaf ein bisschen. Wir werden früh aufbrechen, damit wir so bald als möglich in Beckwith ankommen.« Er drehte sich um und ging hinaus.

Für geraume Zeit starrte sie die geschlossene Tür an. Morgen würde ihr Abenteuer zu Ende gehen. Morgen würde sie kämpfen, um nach vorn zu schauen, und ihre Zeit mit Ethan zu einem ordentlichen Päckchen schnüren, auf das sie sich besinnen konnte und das sie liebevoll belächeln würde. Heute Abend allerdings würde sie um die Zukunft weinen, die sie nie haben würde.

KAPITEL 12

Wie üblich wachte Ethan früh auf. Anstatt sich damit zu quälen, Audrey beim Schlafen zuzuschauen, verließ er die Pritsche und machte sich fertig. Er stieg die steile, enge Treppe zu der Tür hinunter, die zum Korridor und dann zu der nächsten Treppe ins Erdgeschoß führte. Dann ging er weiter in den Raum, in dem sie gestern das Abendessen eingekommen hatten und stieß auf den Wirt.

Er war ein schmaler, scheinbar gebrechlicher Mann, doch Ethan glaubte, dass seine unscheinbare Erscheinung eine stahlharte Konstitution verbarg. Gestern Abend hatte er darauf bestanden, sich um ihre Pferde zu kümmern, und er hatte sich um ihr Bad gekümmert – ohne die Hilfe eines Dieners. Er blinzelte Ethan an. »Ihr seid früh auf.«

»Wir müssen heute viele Meilen zurücklegen.« Nur das würde er sagen. Er war vorsichtig genug, ihr Reiseziel nicht zu verraten. Bow Street konnte noch immer hinter ihm her sein, und zwar insbesondere, wenn Teague irgendwie ihr Reiseziel ausgetüftelt hatte. Ethan hatte die Möglichkeit erwogen, dass Teague sie bis nach Beckwith verfolgen könnte, doch ihm fiel nichts Besseres ein, wohin sie gehen könnten. Seiner Ansicht nach musste Audrey bei Sevrin sicher sein. Er war der einzige Gentleman aus Ethans Bekanntenkreis, der sich unter kriminellen Elementen behaupten konnte.

Der Wirt nickte. »Ich werde für Sie beide ein kaltes Mittagessen einpacken, das Sie mitnehmen können.«

»Danke.« Ethan wählte seine Worte mit Bedacht. »Darf ich mich auf Ihre Diskretion über unseren Aufenthalt hier verlassen?«

Der Mann lachte und es war ein tiefer, kehliger Klang, der ihn unangenehm an seinen früheren Mentor, Gin Jimmy, erinnerte. »Nicht Eure Schwester, nicht wahr?«

Ethan drückte ihm eine weitere Münze, eine der letzten, die er hatte, in die Hand. »Ich weiß Eure Hilfe zu würdigen.«

»Ich hoffe, Ihr macht es ihr recht. Ich werde gehen und die Pferde holen.« Er verließ den Raum durch die Küche, die im hinteren Teil des Gebäudes lag.

Ethan könnte den Rest seines Lebens damit verbringen, zu versuchen, Audreys Träume wahr werden zu lassen und dennoch bezweifelte er, dass er es ihr auch nur »annähernd« recht machen konnte.

Die Frau des Wirts servierte ihm Toast und Schinken. Sie grinste, als er um einen Humpen Ale bat – und eine zusätzliche Flasche zum Mitnehmen. »Mein Ehemann macht das beste Bier in Cornwall.«

»Vielleicht in England«, gab Ethan zurück, wobei er ihr Lächeln erwiderte.

Das Knarren der Stufen veranlasste ihn, sich von dem kleinen Tisch, an dem er sein Frühstück einnahm, abzuwenden. Audrey erschien, die Haube und die Bürste in der Hand, und ihr Haar zur Hälfte aufgesteckt.

Sie betastete ihren Hinterkopf. »Ich konnte nicht alle Haarnadeln finden.«

Die Frau des Wirts kehrte mit Ethans Ale zurück und

schnalzte mit der Zunge, als sie Audrey sah. »Kommen Sie mit mir, meine Liebe. Ich werde Sie ordentlich herrichten.« Sie streckte die Hand aus und führte Audrey durch eine Tür fort.

Ethan beobachtete das sanfte Schwingen von Audreys Hüften, als sie der Frau des Wirts folgte. Plötzlich war sein Verstand voller Bilder und Empfindungen – ihr seidiges Haar, die Rundung ihrer Brust, die Hitze ihrer Hüften, als er sich auf der Pritsche an sie schmiegte. Wenn er seine Gedanken nicht zügelte, würde er sich genau wie gestern Abend entschuldigen müssen. Seine linke Hand war ein ärmlicher Ersatz für das, wonach er sich sehnte, doch es war alles, was er hatte. Die Alternative – der Verlockung zu erliegen – war undenkbar. Damit würde eine Grenze überschritten, von der sie nicht wieder zurückkonnten, und das würde Ethan nicht tun. Etwas, das ihm zu seinem kriminellen Erfolg verholfen hatte, war sein Wissen, wann er aufhören musste, ehe er einen kritischen Fehler beging, der einen nicht wiedergutzumachenden Schaden anrichtete.

Kurze Zeit später erschien Audrey in der Tür. Ethan erkannte sofort die Londoner junge Dame, die ihm das Walzertanzen beigebracht hatte. Ihr Haar war ordentlich frisiert und sie trug ein frisches Kleid, das zu ihrer Größe passte. Der Stil des Kleides war schon ein paar Jahre alt, aber seine blassgrüne Farbe betonte ihre Augen, die eher jadefarben als aquamarin wirkten. Unter ihren Brüsten verlief ein eingefädeltes elfenbeinfarbenes Band, das ihre köstliche Fülle hervorhob. Wieder einmal erinnerte ihn ihre Haltung an jemanden, der unantastbar war – zumindest für ihn.

Er konnte seine Reaktion nicht unterdrücken. »Du bist so schön.«

Sie errötete, und ihm wurde bewusst, wie er ihre Ausbrüche von Schüchternheit und Verlegenheit vermisst hatte. Warum waren sie seltener geworden? Weil sie nicht mehr so viel miteinander sprachen, oder war es mehr als das? Hatte er ihre Unschuld ruiniert?

Der Gastwirt kam weiterem zuvor, als er seinen Kopf ins Zimmer steckte. »Die Pferde sind bereit.«

Ethan blickte zu Audrey, die sich die Haube unter dem Kinn festband. Die Frau des Gastwirts eilte herein und trug Audreys Spencer, den Ethan vor drei Nächten in einem Gasthaus entwendet hatte.

Sie lächelte Audrey an, als sie ihr in die Jacke half. »Bitte sehr, meine Liebe. Passen Sie nun gut auf sich auf.«

Audrey umarmte die Frau kurz. »Nochmals vielen Dank für das Kleid.«

»Ich freue mich, jemanden gefunden zu haben, der es trägt.«

Audrey nickte, dann wandte sie sich zum Gehen. Ethan bedeutete ihr, ihm vorauszugehen, und bemühte sich, stoisch zu bleiben, während sie an ihm vorbeiging, obwohl er den verzweifelten Drang verspürte, die Hand auszustrecken und sie im Rücken zu berühren.

Sie traten hinaus in den dunklen, grauen Morgen. Auf ihrer Reise waren sie mit überwiegend trockenem Wetter gesegnet gewesen, aber der Himmel sah aus, als könnte er ihre Hoffnungen auf einen weiteren schönen Tag zunichtemachen.

Audrey hob das Gesicht zum Himmel. »Ich wage zu behaupten, dass das Regenwolken sind.«

»Wir sollten aufbrechen.« Ethan half ihr beim Aufsitzen, ehe er sein eigenes Pferd bestieg.

Sie waren eine Stunde unterwegs, bevor der Regen einsetzte. Wenigstens war es ein sanfter Regen, und es würde einige Zeit brauchen, bis er sie durchnässte. Hoffentlich blieb das auch so.

»Was hast du vor, wenn wir in Beckwith ankommen?«,

fragte Audrey. »Ich möchte sicher sein, dass ich bei dem Seemannsgarn mitspiele, das du spinnen wirst.«

Das hatte er verdient. Er verlangte von ihr, dass sie bei allem mitmachte, was er beschloss, obwohl es ihr anscheinend Spaß machte, seine Pläne von Zeit zu Zeit zu durchkreuzen – wie bei dem Einsiedler. »Ich werde ihm die Wahrheit sagen, dass du mit mir aus London geflohen bist, zu deiner eigenen Sicherheit.«

Sie hielt ihr Pferd an und starrte ihn an. »Die Wahrheit?«

Auch das hatte er verdient. »Wir müssen weiterreiten.« Als sie sich wieder in Bewegung setzte, fuhr er fort: »Ich muss ihm die Wahrheit sagen«, zumindest darüber, »damit du in Sicherheit bist. Er muss wissen, dass Gin Jimmy dich entführen wollte, um an mich heranzukommen.«

»›Wollte‹? Du meinst ›will‹. Ich bezweifle, dass sich seine Pläne geändert haben.«

»Vielleicht nicht, aber ich hoffe, dass er sich nicht die Mühe gemacht hat, uns so weit von London zu folgen.« Insbesondere nicht nach dem, was Ethan den Männern angetan hatte, die er bereits geschickt hatte – doch das sagte er nicht laut. »Ich hoffe auch, dass er erkennen wird, dass du kein gutes Druckmittel gegen mich bist, wenn ich weg bin.« Er wartete ihre Reaktion ab, doch sie schwieg und die Krempe ihrer Haube schirmte ihr Gesicht vor ihm ab. Mein Gott, wann hatte er sich je darum geschert, was andere von seinen Worten oder Taten hielten? Die Verärgerung, die er zu schüren versuchte, schlug nicht einmal Funken. Dieser Mann war verschwunden – zumindest, was sie betraf. Ihm lag etwas daran, was sie von ihm dachte.

Schließlich fragte sie: »Wohin willst du gehen?«

Früher wäre er ihrer Frage ausgewichen. Er dachte immer noch darüber nach, doch letztendlich war er der Mauer überdrüssig, die er um sich errichtet hatte. Mit ihr konnte er sich selbst sein. Oder etwa nicht? War sie von allen

Menschen, die er in seinem Leben kennengelernt hatte, nicht die Geduldigste, die Gütigste, die Versöhnlichste gewesen? »Ich weiß es nicht. Wahrscheinlich zurück nach London. Ich kann nicht für immer auf der Flucht sein.« Und er konnte sie nicht in ständiger Gefahr schweben lassen.

Sie warf ihm einen scharfen Blick zu. »Aber du wirst hängen.«

Ein kalter Schauer bemächtigte sich seiner Knochen und ließ seine Zähne schmerzen. Seine feuchten Kleider fühlten sich plötzlich an, als wären sie mit einer Schicht Eis überzogen. »Jason wird mir helfen.« Das hoffte er. Gott, konnte er wirklich darum bitten? Er konnte sich nicht einmal daran erinnern, wie es sich anfühlte, um Hilfe zu bitten. Vertrauen und Erwartungen waren etwas für schwächere Männer.

»Ich bin froh, dass du ihn bitten wirst. Ich bin auch froh, dass du Lord Sevrin die Wahrheit sagst.« Ihre Stimme wurde weicher. »Ich denke, du wirst auch erleichtert darüber sein.«

Den Rest des Tages verbrachte Ethan mit Grübeln, auch nachdem die Wolkendecke aufgerissen war und die Sonne sie getrocknet hatte. Die Luft hatte sich verändert, und der Wind trug den nicht allzu fernen Geruch des Meeres heran, an den er sich von seinem letzten Besuch hier erinnerte. Es war schon später Nachmittag, als er endlich das Schweigen brach. »Wir sind fast da. Vielleicht noch eine Meile.«

»Du warst schon einmal hier, nicht wahr?«

Er nickte. »Im letzten Frühjahr. Mein Boxer sollte bei einem Preiskampf antreten.«

»Aber am Ende war es doch Lord Sevrin, nicht wahr? Philippa hat mir davon erzählt.«

Er hatte nicht gewusst, dass Sevrins Frau und Audrey sich so gut kannten. Das könnte sich als schwierig erweisen, auch wenn es so aussah, als hätte Philippa nicht erzählt, was er getan hatte. Hätte sie das, wäre Audrey nie mit ihm mitgegangen. Er schob den Gedanken beiseite, ohne länger darüber nachdenken zu wollen. Er hatte weitaus gewichtigere Dinge zu bedenken, unter anderem, wie zum Teufel er es schaffen könnte, einfach von ihr fortzugehen.

Einen Großteil des Tages hatte er damit zugebracht, sich vorzustellen, mit ihr zusammen fortzugehen. Nach Amerika, oder irgendwo anders hin, und ein Leben zu beginnen, in dem niemand die Namen Jagger oder Lockwood kannte. Er hatte hier und da genügend Geld gebunkert, um sie dorthin zu bringen, wo sie hinwollten, und um ihnen zumindest eine bescheidene Existenz zu ermöglichen. Aber was sollte er dann tun? Eine Farm betreiben? Einen Beruf erlernen? Er dachte an Fox, und während die Landwirtschaft für Ethan nicht in Frage kam, übte die Leitung eines Waisenhauses einen überraschenden Reiz aus.

Allerdings war es ein ganz anderes Problem, an sein verstecktes Geld heranzukommen. Vielleicht konnten Sevrin und Jason ihm auch dabei helfen. Dass er diese Alternative tatsächlich in Erwägung zog und bereit war, noch mehr Unterstützung anzufordern, bereitete ihm Kopfzerbrechen. Verflixt, aber auf dieser Reise hatte er sich verändert.

Er ließ seinen Blick zu Audreys Profil schweifen. Bei ihrem Anblick schmerzte ihm die Brust. Ebenso wenig, wie er über irgendwelche Schwierigkeiten mit Lady Philippa nachdenken wollte, stand ihm der Sinn danach, der Frage auf den Grund zu gehen, warum Audrey ihm dieses Gefühl vermittelte.

Schließlich ritten sie die Auffahrt zu Beckwith hinauf. Audrey betrachtete das beeindruckende Gebäude, das eine umgebaute mittelalterliche Festung war. Derzeit befand es sich nicht gerade in bestem Zustand, doch seine Lage auf einer Klippe, mit Blick auf die Bucht, war beneidenswert. Das Wetter in Cornwall war normalerweise wärmer und angenehmer als in London. Ethan hatte seinen Aufenthalt in der nahe gelegenen Stadt Truro genossen.

»War dies einst eine Burg?«, fragte Audrey.

»Ich glaube schon.« Ethan hatte in Truro von einigen Bewohnern nur einige wenige Einzelheiten erfahren. Sevrin war während Ethans Besuch nicht übermäßig gesprächig gewesen. Obwohl Ethan einen Versuch unternommen hatte, den Viscount um Entschuldigung zu bitten, war er sich nicht ganz sicher, ob ihre Ankunft hier willkommen war. Nun, da sie hier waren, beschlichen ihn die Zweifel.

Kurz vor dem Haupteingang hielten sie auf dem, mit Muschelkies bedeckten Weg an. Ethan saß ab und war dann Audrey behilflich, das Gleiche zu tun. Wie es sich für einen Gentleman geziemte, bot er ihr seinen Arm. Sie schaute ihn fragend an, als ob solch ein Verhalten seltsam sei, und seiner Vermutung nach war dem auch so. Er hatte sich nicht gerade wie ein Gentleman benommen.

Er würde versuchen, dies in der ihnen verbleibenden Zeit wiedergutzumachen. Das Frösteln, das er den ganzen Tag über bekämpft hatte, machte sich wieder bemerkbar und ein eisiger Schauder befiel seinen Nacken. Er mochte nicht daran denken, sie zu verlassen. Noch nicht.

Er klopfte an die Tür, die unverzüglich von einem großen, jungen Diener geöffnet wurde. Ethan erkannte ihn vage von seinem letzten Besuch. »Guten Tag, wir sind Freunde von Lord und Lady Sevrin. Würden Sie ihnen bitte ausrichten, dass Mr. Ethan Locke und Miss Audrey Cheswick eingetroffen sind?«

Der dumpfe Klang von Stiefeln, die über den Marmorboden herannahten, veranlasste Ethan, an dem Lakaien vorbeizuschauen. Die dunklen Brauen zu einem finsteren Blick zusammengezogen, tauchte Sevrin in der Eingangshalle auf. »Was, zum Teufel, machen Sie hier?«

*A*udreys Griff um Ethans Arm wurde fester. Lord Sevrin wirkte nicht erfreut, sie hier zu sehen. Oder wenigstens Ethan. Audreys Anwesenheit schien Sevrin überhaupt nicht aufgefallen zu sein.

»Dürfen wir hereinkommen?«, fragte Ethan höflich. Ohne eine Antwort abzuwarten, trat er über die Schwelle und zwang den Diener, zurückzutreten.

Sevrin blieb mitten in der Eingangshalle stehen und richtete den Blick schließlich auf Audrey. »Miss Cheswick, sind Sie wohlauf?« Er lenkte seinen wütenden Blick wieder zu Ethan zurück. »Sie haben sie doch nicht entführt, nicht wahr?«

Ethans Blick wurde schmal. »Macht sie den Eindruck, als sei sie entführt worden?«

Audrey trat auf ihren Gastgeber zu. Hoffentlich würde er ihr Gastgeber sein. Wo sonst sollten sie hingehen? Ihnen blieben fast keine Geldreserven mehr, und falls sie wieder in einer Scheune schlafen musste, würde sie wahrscheinlich weinen. »Lord Sevrin, ich bin aus freien Stücken hier.«

All die Geschichten, die sie in den vergangenen Tagen erzählt hatten, schossen ihr durch den Kopf, doch Ethan wollte die Wahrheit sagen. Dieser Gedanke verwirrte sie immer noch. Was hatte sich geändert? Sie schaute Ethan an, aber seine Züge waren immer noch zu einer Maske verhärtet, die seine Gereiztheit zeigte. »Mr. Locke hat mich nicht entführt. Er hat mir sogar bereits mehrmals das Leben gerettet.«

Sevrin stemmte die Hände in die Hüften und starrte Ethan an. Er wirkte nicht, als würde er Audrey glauben. »Ich bin überzeugt, dass er Ihnen nur das Leben retten musste, weil er es in Gefahr gebracht hatte.«

In diesem Moment kam Philippa hinter Sevrin in die Eingangshalle. »Was ist denn hier los?« Bei Ethans Anblick blieb sie plötzlich stehen und schnappte nach Luft, ehe sich ihr Mund zu einem O formte, als sie Audrey sah. »Audrey!« Sie stürzte herbei und zog sie weiter von Ethan weg. »Ned, mach bitte die Tür zu.«

Der Diener gehorchte, doch er behielt ein wachsames Auge auf Ethan. Dieser trat einen Schritt zur Seite, wobei sein Blick von Sevrin zu Audrey wanderte. Sie nahm den winzigen Riss in seiner grimmigen Beherrschung wahr – ein leichtes Stirnrunzeln.

Audrey legte ihre Hand auf Philippas. »Es geht mir gut. Wir mussten aus London fliehen. Es ist eine furchtbar lange Geschichte. Könnten wir uns setzen und die Sache besprechen?« Sie sehnte sich nach einem Glas mit etwas, das sie von innen wärmte.

»Natürlich.« Philippa hakte Audrey unter. »Komm mit mir.« Sie drehte sich um und führte Audrey aus der Eingangshalle, doch dann blickte sie noch einmal über ihre Schulter zu Ethan zurück.

Audrey drehte sich ebenfalls um und sah, wie die beiden Männern sich eine ganze Weile anstarrten, ehe Sevrin die Hände in die Seiten stemmte und Ethan mit einem Nicken bedeutete, ihm vorauszugehen.

Philippa half Audrey aus ihrem Spencer und nahm ihr die Haube ab, um beides an Ned weiterzureichen, der ihnen gefolgt war. »Würdest du bitte Mrs. Oldham ausrichten, das Zimmer im Nordflügel für Miss Cheswick zu richten?«

Mit einem Nicken zog sich der Diener aus dem Raum zurück. Es war nicht zu überhören, dass sie keine Anweisungen für Ethans Unterbringung erteilt hatte.

»Philippa«, meinte Audrey, »Mr. Locke braucht auch ein Schlafzimmer.«

Philippa warf Ethan einen wütenden Blick zu. »Ich bin mir nicht sicher, ob ich ihn in meinem Haus wohnen lassen will.«

»Bitte«, flehte Audrey und drückte Philippa die Hand, »wir haben einen so langen Weg hinter uns, und er erholt sich noch von seiner Verwundung.«

»Die er sicher auch verdient hatte.« Philippa schüttelte den Kopf. »Es tut mir leid, Audrey, aber ich kann mir nicht vorstellen, warum du freiwillig mit einem Kriminellen wie Jagger durch Südengland reist.«

Philippa kannte ihn als Jagger? Audrey kribbelte die Haut am Hals vor Unbehagen. »Ich habe dir gesagt, dass er mir das Leben gerettet hat. In London war ich in Gefahr.« Und Sevrin hatte recht, es *war* wegen Ethan. Diese Männer hatten sie entführen wollen, weil sie dachten, sie bedeutete ihm etwas. Dem war nicht so. Ihr Unbehagen wuchs, bis sie sich kalt und hohl fühlte.

»Sie hatten recht, Sevrin.« Ethans tiefe Stimme durchbrach die Spannung, die düster im Raum hing. »Sie war meinetwegen in Gefahr. Ich habe sie hierher gebracht, weil es der am weitesten entfernte – und noch wichtiger – der sicherste Ort ist, den ich mir vorstellen konnte.«

»So sicher war er für mich gar nicht, als Sie im letzten Frühjahr hierhergekommen sind.« Philippas Stimme triefte vor Hohn. Noch nie hatte Audrey ihre Freundin so reden hören, nicht einmal, als sie sich über die skandalösen Affären ihrer Eltern beklagte.

»Ich habe mich wiederholt dafür entschuldigt. Und ich habe mich um die Sache gekümmert.« Er warf Sevrin einen finsteren Blick zu.

»Indem Sie Swan umbringen ließen?« Philippa drehte sich zu Audrey um. In ihren goldbraunen Augen lag Besorgnis, aber auch Ernsthaftigkeit. »Du weißt nichts über diesen Mann. Du hast ihn vielleicht letzten Monat in London als Ethan Locke kennengelernt, aber er ist ein Verbrecher.«

»Das weiß ich.« Aber was wusste sie wirklich? Er war von seinem Halbbruder und Lockwoods Mutter schlecht behandelt worden, und das hatte ihn zu einem kriminellen Leben getrieben. Er stahl und tötete mit Leichtigkeit und war ein ausgezeichneter Tänzer geworden. Er war auch wütend und frustriert, weil seine Pläne nicht so aufgegangen waren, wie er es sich vorgestellt hatte. »Er versucht, sich zu bessern.«

Philippa sah Ethan an. Sie schürzte die Lippen. »Das mag sein, aber er hat noch eine ganze Menge zu verbessern. Ich kann nicht zulassen, dass du ihn für einen anständigen Menschen hältst. Vielleich hat er nicht dich entführt, aber mich schon, und zwar zwei Mal, während mich einer seiner Männer ein drittes Mal gegen meinen Willen mitgenommen hat.«

Audrey starrte sie ungläubig an. Sie hatte keine Ahnung von all diesen Vorkommnissen. Dann fiel ihr Blick auf Ethan. Seine grauen Augen waren kalt. Sie hatte von ihm erwartet, wütend zu sein, doch seine Züge blieben emotionslos.

»Ja, ich habe Lady Philippa entführt.« Er ging zu einer Anrichte mit einer Auswahl von Flaschen alkoholischer Getränke und goss etwas davon in ein Glas. »Ich brauchte einen Preisboxer und ich wollte Sevrin. Ich hatte versucht, ihn zu mir einzuladen, doch er hat daraufhin zwei meiner Männer verprügelt. Dies ist ein Beweis, dass alle Männer einen gewissen Grad an gewalttätigem Vorsatz innehaben.« Er hob sein Glas zu einem stummen Toast auf den finster dreinblickenden Sevrin und nahm dann einen kräftigen Schluck.

Seine kontrollierte Antwort verdatterte Audrey. Sie öffnete den Mund, um nach dem Grund zu fragen, doch Ethan fuhr fort. »Ich hatte Philippa benutzt, um mir Sevrins Kooperation zu sichern. Nicht nur einmal, sondern zweimal. Ich ließ sie von meinen Männern während einer Hausparty außerhalb Londons entführen und zu Sevrins Kampf bringen. Auf diese Weise konnte ich sicher sein, dass

Sevrin sein Bestes geben würde, um als Sieger hervorzugehen.«

Audreys Glieder fühlten sich schwach an. Es kostete ihr Gehirn Mühe, zu verarbeiten, was er ihr erzählte, und warum dies schlimmer zu sein schien als das, was sie bereits von ihm wusste. Entführung konnte nicht schlimmer sein als Mord, oder? Doch all das zusammengenommen … »Warum wolltest du gewinnen?« Das war die einzige Frage, die ihr Mund zu formulieren vermochte.

»Ich gewinne immer. Zumindest war das so lange der Fall, bis ich aus London fliehen musste.« Nun wurde sein Tonfall finster, und die Wut kam wieder zum Vorschein, die sie in der Eingangshalle erspäht hatte. »Ich habe dir gesagt, Audrey, ich bin erbarmungslos. Ich habe es dir gesagt. Du hast etwas Besseres verdient.«

Ja, das hatte er. Doch sie hatte an ihrem Glauben festgehalten, dass er sich ändern wollte, dass er es versucht hatte. Es steckte so viel mehr in ihm als das, was er nach außen hin zeigte.

Er sah Philippa an, und seine Miene zeigte einen Anflug von Reue. »Ich bereue einzig und allein, Swan mitgebracht zu haben, als ich zum Kampf kam. Ich hatte keine Ahnung, dass er Philippas Entführung plante – etwas, das er, wenn nicht wegen mir, nie getan hätte. Ohne mich hätte er nicht einmal von ihrer Existenz gewusst, geschweige denn die Gelegenheit gehabt, in ihrer Nähe zu sein.«

Audrey schüttelte den Kopf. Sie freute sich über sein Bedauern in dieser Sache, doch das konnte nicht das Einzige sein. Er hatte mindestens ein halbes Leben, das er bereuen sollte, nicht wahr?

Audrey nahm entfernt wahr, wie Philippa ihr über den Rücken streichelte. Das sollte eigentlich tröstlich wirken, aber ihr Verstand war zu sehr in Aufruhr, um sich zu entspannen. Sie schaute Ethan in die Augen, der nun wieder so distanziert wirkte. »Du hast mir gesagt, Gin Jimmy sei ein schlechter Mensch. Aber das bist du auch.«

Sein Blick war unnachgiebig. »Ja, das bin ich.«

Und das war's. Endlich hörte sie die kalte, nackte Wahrheit von ihm.

Sie hätte nicht überrascht sein sollen, und vielleicht war sie das auch nicht, doch dies aus seinem Mund zu hören, ließ die Realität in den Kokon eindringen, den sie, wie sie jetzt erkannte, um sie herum gewoben hatte – oder, was ihn anbelangte, zumindest um sich selbst. Sie wandte den Blick von ihm ab, unfähig, ihre Dummheit, Vertrauen in ihn zu setzen, in diesem Moment auszuhalten. »Philippa, würdest du mir mein Zimmer zeigen?«

Fürsorglich führte Philippa sie den Weg zurück, den sie gekommen waren. Audrey blieb stehen, als sie an Ethan vorbeikam. »Danke, dass du mich hergebracht hast. Ich bin sicher, du wirst verstehen, warum es das Beste ist, wenn ich bleibe, während du deinen Weg fortsetzt. Unsere Bekanntschaft ist beendet.«

KAPITEL 13

Vor Jahren, als Ethan auf der Straße gelebt hatte, war sein Leben düsterer geworden. Seitdem hatte er in einem beständigen Grau gelebt, in dem es keine Klarheit gab, kein Richtig oder Falsch, nur das Dasein. Doch mit Audrey hatte er einen nie gekannten kurzen Schimmer von Helligkeit erspäht, einen Hoffnungsschimmer, einen Hauch von Glück. Jetzt, Stunden, nachdem sie ihre ... wie auch immer dies zu bezeichnen war, beendet hatte, drohte eine vollkommene Schwärze ihn zu übermannen.

Ethan sah sich in der kleinen, spärlich eingerichteten Kammer um, die Sevrin ihm zugestanden hatte. Gleichwohl sie lediglich von einem sterbenden Feuer und einer einzigen Kerze erhellt wurde, konnte Ethan die bescheidene Einrichtung ausmachen: ein Bett, ein Schrank, ein Stuhl. Das Kämmerlein hatte nicht einmal einen Blick auf die Bucht – doch mehr hatte Ethan nicht von ihm verdient. Eigentlich ging es wahrscheinlich sogar darüber hinaus.

Das Abendessen, das ihm die Haushälterin, Mrs. Oldham, vor drei Stunden gebracht hatte, war schlicht, aber köstlich gewesen. Ethan hatte sich bei ihr erkundigt, wo er ein Bad nehmen könnte. Sie hatte die Lippen geschürzt, um ihm deutlich zu machen, dass sie ihn bereits als Schurken betrachtete, und ihm geantwortet, ihr Sohn Ned, der Diener, würde sich darum kümmern. Im Anschluss an das Abendessen hatte er Ethan genügend Wasser gebracht, dass er sich besser waschen konnte, wie seit Bassett Manor nicht mehr.

Ethan hatte die Zwischenzeit auf dem Bett liegend verbracht und über seinen nächsten Schritt nachgedacht. Er würde morgen nach London aufbrechen, nachdem er Jason einen Brief vorausschicken würde – vorausgesetzt, er konnte Sevrin überhaupt dazu überreden, das zu tun. Törichterweise hatte Ethan die Macht der Erinnerung dieses Mannes unterschätzt – und, was noch wichtiger war, die seiner Frau.

Lady Philippa besaß eine überaus geringschätzige Meinung von ihm. Konnte er ihr das wirklich verdenken? Er hatte ihr keinerlei Anlass gegeben, ihn zu mögen, und schon gar keinen Grund, ihm zu vertrauen. Im Nachhinein betrachtet, hätte er sich vielleicht eine andere Zufluchtsstätte aussuchen sollen, doch nein, dies war der beste Ort für Audrey. Sevrin würde für ihren Schutz sorgen, und sie war so weit von London entfernt, wie er sie bringen konnte, ohne sie auf ein Schiff zu setzen, das sie um die halbe Welt befördern würde.

Ethan sprang vom Bett auf, von dem er die ganze Zeit an die Decke gestarrt hatte. Er brauchte einen Drink.

Er schnappte sich den Kerzenstummel und machte sich auf den Weg nach unten in die große Halle. In dem riesigen Kamin am Ende des Raumes gegenüber der Treppe brannte noch immer ein Feuer. Ethan blickte sich um, aber der Raum wirkte verwaist.

Er trat an die Anrichte und schenkte sich ein Glas Whisky ein, von dem er die Hälfte in einem Zug hinunterstürzte. Dann klemmte er sich die Flasche unter den Arm und trug seine Kerze und sein Glas durch die große Halle in ein kleineres Zimmer mit großen Fenstern. Die Nacht war dunkel, doch Ethan ließ sich auf ein Sofa fallen und starrte in die Schwärze, denn er war der Ansicht, sie würde das widerspiegeln, was er in seinem Inneren fühlte.

Er war sich nicht sicher, wie lange er so dasaß, aber als er sein drittes Glas Whisky trank, kam Sevrin in das Zimmer. »Wie ich sehe, haben Sie sich an meinem Alkohol bedient«, sagte er.

Ethan gestikulierte in Richtung der Flasche, die auf einem niedrigen Tisch vor ihm stand. »Leisten Sie mir Gesellschaft.«

»Wie großmütig von Ihnen, mich einzuladen.« Er ging hinaus und kehrte mit einem Glas zurück, das er unverzüglich füllte. Er nahm Ethans Kerzenstummel vom Tisch und zündete zwei Lampen an, ehe er in einem Stuhl neben Ethans Sofa Platz nahm. »Sie sollten nicht zu viel trinken. Sie wollten doch früh aufbrechen, nicht wahr?«

»Ja«, sagte Ethan. Vorhin hatten sie über seine Abreise gesprochen.

Sevrin nippte an seinem Getränk. »Ich werde nicht versuchen, Sie aufzuhalten, aber Sie sollten wissen, dass ich Lockwood geschrieben und ihn über Ihr Eintreffen informiert habe. Mein Diener hat den Brief in den Ort gebracht, damit er gleich morgen früh mit der Post auf dem Weg ist.«

Ethan war ein wenig überrascht, aber das hätte er nicht sein sollen. Jeder würde ihn natürlich wie den Verbrecher behandeln, der er war. »Ich wünschte, ich hätte es gewusst. Ich wollte Sie bitten, ob ich einen Brief an ihn aufgeben dürfte. Ich möchte, dass er vor meiner Ankunft von meiner Rückkehr erfährt.«

Sevrin runzelte die Stirn. »Sie wollen tatsächlich nach London zurückkehren? Ich gestehe, dass ich Ihnen nicht geglaubt habe, als Sie mir dies vorhin gesagt hatten.« Er schüttelte den Kopf. »Eine Anklage wegen Mordes ...«

Ethan zuckte mit den Schultern und bemühte sich, gelassen zu wirken, gleichwohl er innerlich ein furchtsames Durcheinander war. Er konnte sich nicht besinnen, wann er sich das letzte Mal so gefühlt hatte, als ob er nicht die absolute Kontrolle über sein Leben hätte. »Ich habe Ihnen gesagt, dass nicht ich Wolverton ermordet habe, sondern Gin Jimmy. Es muss doch eine Möglichkeit geben, das zu beweisen.«

Sevrin stützte die Ellbogen auf die Armlehnen seines Sessels. »Wenn Sie entlastet werden, kehren Sie dann zu Ihrem kriminellen Leben zurück?«

Seltsamerweise fühlte sich Ethan bei dieser Art von Frage noch unbehaglicher als bei dem Gespräch über die Mordanklage. Vielleicht lag es daran, dass ihm dies am meisten bedeutete. Oder weil ihm Zweifel kamen, dass sein Traum in Erfüllung gehen würde. »Das würde ich eher nicht tun. Viel lieber möchte ich meinen Platz als Ethan Locke wieder einnehmen.«

»Weiß Lockwood das?«

»Ja.« Es war ein Quell des Widerstreits zwischen Jason und ihm gewesen, wenngleich Ethan glaubte, seinen Bruder letztendlich davon überzeugt zu haben, dass er versuchte, ein neues Leben anzufangen. Allerdings erst, *nachdem* er ihm die Wahrheit darüber gesagt hatte, was er vorgehabt hatte – Gin Jimmy zu Fall zu bringen, damit er sein kriminelles Leben für immer hinter sich lassen konnte. Hätte sein Plan funktioniert, wenn er Jason früher vertraut hätte, wie dieser ihn immer wieder gebeten hatte? Ethan trank einen kräftigen Schluck Whisky.

Sevrin beobachtete ihn wachsam, wie ein Falke, der seine Beute umkreist, oder ein Dieb, der sein Ziel anvisiert.

Nachdem Ethan tief Luft geholt hatte, wagte er einen

gewaltigen Vertrauensvorschuss. »Ich habe Gin Jimmy aus dem Elendsviertel gelockt, damit Bow Street ihn als Drahtzieher mehrerer Diebesringe festnehmen könnte. Darunter befand sich auch derjenige des Marquess of Wolverton. Ich habe dafür gesorgt, dass Jimmy erfuhr, Wolverton hätte Bow Street erzählt, Gin Jimmy stecke hinter den Diebesringen und habe den Tod von Lord und Lady Aldridge inszeniert.«

Sevrins Augen weiteten sich kurz. »Er hat Lady Aldridge umgebracht? Ich dachte, sie sei einer Laudanumvergiftung erlegen.«

»Das ist sie auch, jedoch wegen Gin Jimmy. Er wollte mich damit betrauen, für ihren Tod zu sorgen, doch ich habe es nicht über mich gebracht.« Er blickte in die schwarze Nacht hinaus und das Bedauern regte sich in seinem Inneren.

Sevrin beugte sich ein wenig vor. »Sie konnten Lady Aldridge nicht töten?«

Ethan schüttelte den Kopf. »Ich habe versucht, sie zu retten.« Eindringlich hatte er versucht, sie zu überzeugen, London zu verlassen, doch sie hatte sich geweigert, das Haus zu verlassen, in dem Aldridge und sie einen Großteil ihrer gemeinsamen Zeit verbracht hatten. Sie war über seinen Tod im vergangenen Frühjahr am Boden zerstört gewesen. Wenn Ethan das Ableben des Earls auch nicht verursacht hatte, war er jedoch nicht in der Lage gewesen, es zu verhindern, was dazu beitrug, jedes bisschen Schuldgefühl, das Ethan über die Jahre zu begraben versucht hatte, zum Vorschein zu bringen. Vielleicht war es diese Schuld, die ihn dazu trieb, sich Bow Street zu stellen. Das, und Audrey. Er wollte ihrer würdig sein, wenn er auch befürchtete, das nie sein zu können.

Sevrin lehnte sich in seinem Stuhl zurück. »Was hat sich geändert? Sie waren – um Ihre eigenen Worte zu benutzen – rücksichtslos in Ihrem Umgang mit uns. Ich möchte Sie immer noch jedes Mal verprügeln, wenn Sie mir unter die Augen kommen.«

Daran zweifelte Ethan nicht. »Ich würde nicht versuchen, Sie aufzuhalten, trotz Ihres tödlichen Hakens.« Sevrin hatte ihn einmal geschlagen, und das hatte Ethan gereicht, um nie wieder seine Faust spüren zu wollen.

Sevrin visierte ihn mit einem direkten Blick. »Was ist passiert? Sie waren ein König – zumindest sah es so aus, als Sie mich in Ihr Versteck geschleppt hatten. Warum sollten Sie das aufgeben wollen?«

Ethan lachte, doch sogar für seine eigenen Ohren klang es hohl. »Alle lecken mir die Füße, weil sie Angst haben. Nie weiß ich, wer meine Freunde sind.« Er konnte Sevrins eindringlichen Blick nicht länger ertragen, also betrachtete er seinen Whisky. »Ich habe keine Freunde. Als Sie sich bereit erklärt hatten, für mich zu kämpfen, dachte ich ... Ich dachte, wir könnten Freunde sein. Wenn die Dinge anders gelaufen wären.« Er blickte zu Sevrin auf. »Ich bereue, was ich Ihnen angetan habe – und noch mehr, was ich Philippa angetan habe. Sie beide zusammen zu sehen ... Ihre Liebe füreinander.« Er trank einen weiteren Schluck zur Stärkung. »Ich wollte nicht mehr allein sein.«

»Ein Verbrecher mit einem Herz.« In Sevrins Stimme lag ein ungewisser Hauch – Unglaube, Verwunderung? »Ich wusste nicht, dass es so etwas gibt.«

Ethan runzelte die Stirn. »Ich habe kein Herz, nur ein größer werdendes Gewissen. Es gefällt mir nicht, was ich zu tun habe. Nie hab ich es wirklich gern getan, aber ich hatte keine andere Wahl.« Er hob den Blick zu Sevrin und versteifte sein Rückgrat. »Außerdem war ich verdammt gut darin.«

»Das ist der Jagger, den ich kenne«, meinte Sevrin leise.

Wut sprühte in Ethan auf. Mit einem Knall stellte er das Glas auf den Tisch vor ihm, sein Körper geriet im Nu in

Kampbereitschaft. »Sie wissen *nichts*. Ich habe mehr Vermögen, als ich ausgeben kann, und ich genieße den Respekt und die Bewunderung vieler Männer.«

Sevrin stellte sein Glas ebenfalls ab und beugte sich vor, wobei sich seine Nasenflügel blähten. »Wollen Sie das oder wollen Sie ein Gentleman sein? Beides können Sie nicht haben – zumindest nicht so, wie Sie sich selbst geschaffen haben.«

»Meinen Sie verdammt noch mal, ich wüsste das nicht?« Ethan erhob sich, als er die Worte herausschrie, und seine Wut tobte in ihm. Er trat an das Fenster und lehnte seine Stirn gegen das kühle Glas. Dies beschwichtigte sein aufgeriebenes Temperament. Er schloss die Augen. »Ich will kein Verbrecher mehr sein. Das Problem ist nur, dass es mich nicht loslässt.«

»Wegen dieser Anklage von Bow Street.«

Ja, und ... »Nein. Die Dinge, die ich tun musste, seit ich Audrey aus London herausgebracht habe.« Er wandte sich vom Fenster ab und ließ den tief in seinen Knochen aufgestauten Schmerz heraus. »Ich habe stehlen müssen. Ich musste töten. Um sie warm und wohlauf zu halten und ihre Sicherheit zu wahren.«

Sevrins Augen glitzerten. »Das ist kein Verbrechen. Ich würde alles tun, um Philippa zu beschützen.« Für eine Sekunde senkte er den Blick. »Obwohl ich Ihre Schuldgefühle verstehe. Ich habe viele Jahre damit verbracht, gegen dieses Gefühl anzukämpfen, und ich frage mich immer noch, ob ich es jemals wirklich besiegen werde.« Er blickte wieder auf. »Zum Glück habe ich Philippa an meiner Seite, die mir hilft.«

Mit keinen anderen Worten hätte er Ethan mehr zunichtemachen können. Er wandte sich wieder dem Fenster zu. Es war eine Ironie des Schicksals, dass er endlich jemanden gefunden hatte, dem er vertraute ... von dem er sich

Vertrauen wünschte, und dass gerade ihre Bedeutsamkeit ihn zu Handlungen veranlasst hatte, die sicherstellten, dass sie dies nie tun würde.

»Sind Sie in sie verliebt?« Sevrins Frage traf Ethan wie ein Messer im Rücken.

Ethan spannte sich an, doch er drehte sich nicht um. Er hatte keine Ahnung, wie sich romantische Liebe anfühlte. Er hatte seine Mutter und seinen Vater geliebt, aber auf eine verehrende, kindliche Weise. »Ich weiß es nicht. Ich liebe niemanden.«

»Nicht einmal Ihren Bruder?«

Er hatte in den letzten Wochen große Zuneigung zu Jason entwickelt. Sie hatten eine brüderliche Übereinstimmung errungen, eine Verwandtschaft, die Ethan sich nie hatte vorstellen können, aber Liebe? »Ich weiß es nicht. Möglicherweise.«

»Sie haben gesagt, Sie hätten für Audrey gestohlen und getötet, um sie zu beschützen. Offensichtlich ist sie Ihnen sehr wichtig. Hätten Sie diese Dinge auch getan, wenn sie nicht in Gefahr gewesen wäre?«

Ethan versuchte nachzudenken, doch er konnte keine Antwort darauf finden. Ehrlich gesagt, konnte er sich nicht vorstellen, ohne sie zu sein. Deshalb konnte er die Frage auch nicht beantworten. Also sagte er das Einzige, was ihm in den Sinn kam. »Ich will sie nicht verlassen.«

Sevrin trat an das Fenster und blieb ein paar Meter entfernt stehen. »Ich hatte Philippa einmal verlassen, weil ich dachte, es wäre das Richtige für sie. Ich traf eine Entscheidung, die sie betraf, ohne dies vorher mit ihr zu besprechen. Das war die schlechteste Entscheidung, die ich je getroffen habe. Zum Glück ist sie weitaus klüger und mutiger als ich und ist mir nachgereist.«

Was wollte er damit sagen? Dass er zuerst mit Audrey reden sollte? So wie er schon vor Wochen mit Jason hätte reden sollen … ihn in seinen Plan einweihen und ihn um Hilfe bitten sollen. Dazu brauchte man allerdings Vertrauen, was er nie aufbrachte. Nun musste er es indes Audrey schenken, wenn er irgendeine Zukunft mit ihr haben wollte. Wenn sie ihn überhaupt haben wollte. »Sie haben Audrey gehört. Sie will nichts mehr mit mir zu tun haben.«

»Dann kehren Sie nach London zurück und schauen Sie, wie es sich anfühlt, sie zu verlassen. Ich wette, Sie haben es bereits herausgefunden, wenn Sie in Plymouth ankommen.« Sevrin warf ihm einen Blick zu, der ihm deutlich sagte, dass er ein Idiot wäre, wenn er fortging. »Wie auch immer Sie sich entscheiden, verspreche ich Ihnen, dass wir Miss Cheswicks Sicherheit gewährleisten werden.«

Ethan wollte ihn mit seinem gebieterischsten Blick anstarren, einem Blick, der kein Versagen duldete und den er fortwährend bei seinen Männer zur Anwendung brachte. Doch er war zu sehr von Ängsten und Unsicherheiten überwältigt. Er konnte nur eines sagen: »Danke.«

~

Audrey entließ das junge Dienstmädchen, das Philippa geschickt hatte, um ihr bei den Vorbereitungen für das Zubettgehen behilflich zu sein. Sie hatte schon fast vergessen, wie es war, bei ihrer Garderobe und ihrem Haar – so unbändig wie es war – Hilfe zu haben. Erfreulicherweise waren ihre Locken seit dem Bad in einem weitaus besseren Zustand. Das Dienstmädchen hatte die schwere Haarmasse gebürstet, bis sie fast trocken war. Das hätte Audrey eigentlich entspannen sollen, doch sie fühlte sich genauso angespannt wie vor Stunden, als sie Ethan unten Lebewohl gesagt hatte.

Sie hatte gewusst, dass er ein Krimineller war, und selbst gesehen, wie er jemanden getötet hatte. Doch die Dinge, die er heute Abend zugegeben hatte, waren weitaus persönlicher gewesen. Er hatte Menschen Schaden zugefügt, die sie kannte und die ihr am Herzen lagen. Damit wurde alles, was er getan hatte, alles, was er war, noch viel wirklicher.

Bei dem leichten Klopfen an der Tür spannte sie sich noch mehr an. Sie erhob sich aus dem Sessel beim Feuer und ihre Beine fühlten sich wie brüchiges Holz an, und ging langsam zur Tür. »Ja?«

»Ich bin es, Philippa. Darf ich reinkommen?«

Audrey öffnete die Tür. »Bitte.«

Philippa lächelte sie herzlich an, ehe sie hereinkam und sie kurz, aber kräftig umarmte. »Wie geht es dir?«

»Besser nach dem Bad. Danke, dass du mir dein Dienstmädchen geborgt hast.« Wie Miranda und Fox auf Bassett Manor, hatten auch sie nur relativ knapp bemessenes Personal und keine zusätzliche Zofe. »Und dieser Morgenmantel und dieses Nachthemd und ... ich könnte noch mehr aufzählen, doch ich höre lieber auf.«

»Natürlich.« Sie schloss die Tür und ging mit Audrey ins Schlafzimmer. »Hast du schon darüber nachgedacht, was du gerne machen würdest?«

»Ich bin mir nicht sicher. Kann ich einfach für immer hierbleiben?« Sie lächelte schwach, als sie sich auf die Bettkante setzte. »Nicht wirklich.«

»Du könntest, wenn du wolltest«, entgegnete Philippa und setzte sich neben sie. »Werden deine Eltern etwas einzuwenden haben?«

Philippa war gut genug mit Audrey befreundet, um zu wissen, dass deren Eltern sich kaum Gedanken um sie machten, einmal abgesehen von ihrer Enttäuschung, dass sie keinen Ehemann fand – ein Scheitern, von dem ihr Vater seit Jahren schon überzeugt war, und was seine Enttäuschung nur noch rätselhafter und frustrierender machte. Hätten sie etwas dagegen, wenn sie verschwände? Angesichts der

Umstände, wie sie sie vor zwei Jahren an ihrer Flucht nach Amerika gehindert hatte, nahm sie das an. Dennoch könnte es für sie akzeptabel sein, wenn sie sich in ein stilles Jungferndasein in Cornwall zurückzog. Die Frage war allerdings: Wäre dies für Audrey akzeptabel? Das musste es sein. Der Traum, mit Ethan durchzubrennen, war ausgeträumt.

»Ethan und ich haben so getan, als würden wir nach Amerika durchbrennen.« Sie war sich nicht sicher, warum sie das erzählte, doch ihre Gefühle schienen sie einfach zu übermannen.

Philippas Augen weiteten sich. »Ach.« Dann wurde ihr Blick spitzbübisch. »War es das wirklich, nur vorgetäuscht?«

Audrey erinnerte sich an die Küsse, die sie in seinem Schlafzimmer auf Bassett Manor ausgetauscht hatten, an den Walzer vor der Veranstaltung, an den heiteren Abend mit Fox und Miranda. Das waren die glücklichsten zwei Tage ihres Lebens gewesen. »So in etwa.«

»Du wusstest damals nicht, was für ein Mann er ist.«

Audrey schaute ihre Freundin an. »Ich wusste es. Aber ich glaubte, er würde versuchen, sich zu ändern. Das denke ich noch immer. Er will nicht zu seinem kriminellen Leben zurückkehren. Philippa, wenn du nur wüsstest, was zu erdulden er gezwungen war. In jungen Jahren war er verlassen worden und musste sich allein durchschlagen.«

Philippa blickte mitfühlend. »Ich bin sicher, dass er ein schwieriges Leben hatte, und ich kann es gut verstehen, dass er sich zu ändern versucht. Lady Jocelyn Carlyle hatte mir letzten Monat etwas erzählt, als wir in London waren. Wir unterhielten uns über Lydia und Jason. Jocelyn fragte mich, ob ich Mr. Locke kannte – Ethan. Die Art und Weise, wie sie mich das fragte, veranlasste mich zu glauben, dass sie ihn wie ich vielleicht als – Jagger kannte.«

»Und tat sie das?«

»Ja, er war irgendwie in einen Diebesring verwickelt

gewesen, der etwas von Jocelyn gestohlen hatte. Ihr Ehemann – Lord Carlyle ist ein früherer Richter – hatte geholfen, den Gegenstand wiederzubeschaffen. Offenbar hatte Lord Aldridge hinter diesem Ring gesteckt. Er hatte das Schmuckstück seiner Frau gegeben und auf diese Weise hatte Jocelyn es entdeckt. Als er der Aufdeckung ins Auge sah, hatte Aldridge einen Weg zu finden versucht, etwaige Anschuldigungen gegen ihn zu umgehen. Wie auch immer, seine kriminellen Kumpanen hatten seinen Gang zu den Behörden vereitelt, indem sie ihn umgebracht haben. Jocelyn sagte, dass ihr Ehemann und sie Zeugen der ganzen Angelegenheit gewesen waren.«

Scharf sog Audrey die Luft ein. »Wie furchtbar.«

Philippa nickte. »In der Tat. Jagger war ebenfalls dabei und er hatte die Kriminellen davon abgehalten, Jocelyn und Carlyle zu töten.«

Audreys Brustkorb weitete sich. »Siehst du, er versucht, sich zu ändern.«

»Vielleicht, aber es wird noch eine ganze Weile dauern, bis ich ihm vergeben kann. Ich kann nicht vergessen, was er getan hat.« Sie berührte Audrey an der Hand. »Kannst du das?«

Nein, aber sie konnte auch seine Berührung nicht vergessen, oder seinen Kuss, oder die Art, wie er sie ansah. All dies war verwoben und hatte ihn zu dem komplizierten Gentleman/Verbrecher gemacht, der als Ethan Jagger/Locke/Lockwood bekannt war.

Philippa gab ihr einen Klaps auf die Hand und stand auf. »Schlaf darüber. Jagger will morgen früh abreisen. Audrey, was für ein Leben hättest du mit ihm gehabt?«

Würde er wirklich abreisen? Gleichwohl sie ihm gesagt hatte, er solle dies tun, und zwar ohne sie, schnitt ihr die Realität ins Herz. »Was für ein Leben habe ich jetzt? Ich habe keine Ahnung, was mich in London erwartet. Darüber hinaus bin ich mir nicht sicher, ob es mich interessiert. Ich hatte mich entschieden, mit ihm zu gehen. Ich hatte einem unbekannten Abenteuer den Vorzug vor der bekannten Langeweile gegeben. Ich hatte keine Heiratsaussichten. Mein Vater will mir keine weitere Saison mehr finanzieren. Seinem Wunsch nach, soll ich Gesellschafterin einer Dame werden. Er meinte, es sei das Beste, was aus mir werden könnte.«

Philippas Augen schimmerten vor Mitgefühl. »Ach, Audrey, ich hatte ja keine Ahnung.«

Das wusste niemand, denn Audrey hatte die wahre Demütigung, die ihr Leben darstellte, nie anderen anvertraut. Für ihre Eltern, insbesondere für ihren Vater, war sie bestenfalls eine Schachfigur und schlimmstenfalls ein Hindernis. Sie hatte sich schon vor langer Zeit mit ihrem Los abgefunden, doch damals war sie davon ausgegangen, dass sie heiraten und sich als Ehefrau und Mutter etablieren würde. Aber ohne Heiratsantrag, Jahr für Jahr, war diese Erwartung dahingewelkt und abgestorben. Als der Sohn des Schmieds ihr von seinem Wunsch, nach Amerika zu gehen, erzählt hatte, hatte sie sich auf die Gelegenheit gestürzt, sich in einem anderen Land neu zu erfinden. Ihre Eltern hatten sie davon überzeugt, wie rücksichtslos das gewesen war, doch als sie ihr stagnierendes Leben wiederaufgenommen hatte, war sie zu dem Schluss gekommen, dass es nicht stimmte – nicht, wenn sie wirklich der Ansicht war, dass ihr Leben in London nichts Vorteilhaftes hatte. Deshalb hatte sie auch nicht gezögert, als sich die Gelegenheit erneut bot – mit Ethan. Und dieses Mal würde sie nicht in ihr nutzloses Dasein zurückkehren müssen. Ihr Ruf wäre derart in Mitleidenschaft gezogen, dass das wahrscheinlich unmöglich wäre.

Audrey zwang sich zu einem Lächeln, und ihre Lippen fühlten sich schmal und dünn dabei an. »Es ist schon gut. Ich bin sicher, dass sich die Dinge zum Besten wenden werden.

So wie bei dir, nicht wahr?« So wie bei Lydia und Olivia, Audreys anderen guten Freundinnen. So viele Male ein glücklicher Ausgang; es schien unwahrscheinlich, dass auch ihr einer beschieden wäre.

Mit einem letzten mitfühlenden Blick drehte Philippa sich um und ging. Audrey lehnte sich zurück und blickte unverwandt auf den Betthimmel über ihr. Er war mit einem satten, goldfarbenen Samt bespannt, dessen Vorhänge sich an jedem Pfosten auf dem Boden bauschten. Das Bett selbst war ein riesiges Möbelstück, eher maskulin in seiner Größe, aber die goldenen Behänge und die bestickte Decke gaben ihm einen weiblichen Hauch. Mit den Fingern fuhr sie über die Umrisse eines Blattes. Wer hatte dieses Garn verarbeitet und wann? Hatte die Stickerin hier gelebt? Vielleicht war sie eine alte Jungfer gewesen, wie Audrey es sein würde – zu einem Leben allein und ohne Liebe verdammt. Hatte überhaupt jemand sie vermisst, nachdem sie gestorben war? Würde irgendjemand Audrey vermissen?

Sie wusste nicht, wie lange sie dort saß und ihren rührseligen Gedanken nachhing, aber das Klicken der sich öffnenden und schließenden Tür riss sie aus ihrer Träumerei. »Philippa?«

Ethan kam weiter in das Zimmer. »Nein.«

Er schlich wie eine Katze, mit seinen Füßen in den Stiefeln bewegte er sich lautlos. Er trug nur seine Hemdsärmel, der Kragen am Hals stand offen. Sein dunkles Haar war nachlässig zerzaust, als hätte er gelegen, doch er hatte sich das Gesicht rasiert, sodass jede Kontur und jedes Grübchen unverhüllt und überwältigend attraktiv hervortrat. Seine grauen Augen musterten sie von Kopf bis Fuß mit einem Anflug von Besitzanspruch.

Ihr gesamter Körper erwachte zum Leben, und die noch wenige Sekunden zuvor empfundene Traurigkeit war wie weggeblasen. »Warum bist du hier?« Sie sollte ihn zum

Gehen auffordern, doch sie konnte sich nicht durchringen, ihn zu vertreiben.

»Ich weiß, du hast gesagt, du willst mich nicht sehen, aber ich kann morgen nicht abreisen, ohne ...« Er wandte den Blick ab, und es war das erste Mal, dass er unsicher und fast ängstlich wirkte.

Die Veränderung in ihm ließ ihr Herz höherschlagen, aber sie hütete sich davor, ihrer Anziehung zu ihm nachzugeben. Nur weil sie nicht allein sein wollte, hieß das nicht, sie sollte ihn akzeptieren. Selbst wenn sie ihn begehrte. Was unbedingt der Fall war.

Er konzentrierte sich wieder auf sie, das Kinn vorgereckt, als würde er Mut fassen. Sie hätte gelächelt, wäre sie nicht gespannt wie ein Uhrwerk gewesen.

»Ich kann morgen nicht abreisen, ohne mich zu vergewissern, ob noch eine Chance besteht, dass du noch mit mir kommst.«

Sie hatte das Gefühl, ihr würde das Herz aus der Brust springen.

Er schritt auf sie zu, und sein Gang war langsam und zielstrebig. »Ich weiß, ich habe dir allen Grund gegeben, mich zu verabscheuen, aber ich möchte meine Vergangenheit hinter mir lassen, und die beste Möglichkeit dafür besteht meiner Ansicht nach darin, irgendwo mit dir neu anzufangen – irgendwo, wo wir beide sicher sein können. Wenn du mich willst, meine ich.«

Der Drang, ihn in die Arme zu schließen und ihn bis zur Besinnungslosigkeit zu küssen, war so groß, dass er sie buchstäblich lähmte. Vielleicht waren es aber auch nur ihre Zweifel und ihre Furcht, die sie auf der Bettkante festhielten.

»Was meinst du mit ›irgendwo anders‹?« Ihre Stimme klang distanziert, fremd. Dann stockte ihr der Atem.

»Irgendwo, wo immer du möchtest.«

Fünf Tage zuvor hatte sie nichts anderes gewollt, doch

das war, bevor sie mitangesehen hatte, wie er – wieder einmal – mit solch brutaler Präzision tötete. Bevor sie erfahren hatte, was er Philippa angetan hatte. Bevor sie wirklich begriffen hatte, zu welch Grauen er imstande war. Sie konnte sich nicht durchringen, jetzt über diese Dinge zu sprechen. »Aber du wolltest nach London zurückkehren und für deine Unschuld kämpfen.«

»Das wollte ich.« Er trat an den Kamin, in dem das Feuer herabgebrannt war. Dann nahm er einen Schürhaken zur Hand und schürte die Glut, um die Flammen zu einem lebhaften Tanz anzuregen. »Das Risiko, dass ich gehängt würde, ist groß.« Als er den Schürhaken wieder zurückgehängt hatte, drehte er sich wieder zu ihr um. Sein Blick war freudlos. Noch nie hatte sie ihn so gesehen – verzweifelt und verloren. Sie stellte sich vor, dass er nach dem Tod seiner Mutter so ausgesehen haben musste.

Sie stand vom Bett auf und tat einen Schritt auf ihn zu.

»Wie kann ich meinem Lebensende entgegensehen«, raunte er leise, und jedes Wort streichelte über sie wie die Liebkosung eines Liebhabers, »wenn ich das Gefühl habe, es nimmt gerade erst seinen Anfang?«

Audrey warf sich in seine Arme und küsste ihn leidenschaftlich auf den Mund. Die Hände um seinen Hals geschlungen, knetete sie seine Nackenmuskeln. Sie wollte ihn nicht mehr loslassen.

Seine Lippen öffneten sich über ihren, und ihre Zungen trafen in einer Kollision aus Feuer und Verlangen aufeinander. Er legte den Kopf ein wenig schräg und zog sie an sich heran. Darauf presste sie die Brust fest an seine und schwelgte in dem Gefühl seiner warmen Muskeln. Sie sollte ihn nicht begehren. Sie sollte ihn fortstoßen. Sie bekam keine Luft.

Dann riss sie ihren Mund von seinem los und wäre zurückgewichen, aber er hielt sie fest.

»Verlass mich nicht«, krächzte er.

Audrey kämpfte, um ein- und auszuatmen. Sie schaute in seine verzweifelten Augen auf und spürte seine Verzweiflung tief in sich. »Ich weiß nicht, ob ich …«

Er nahm ihr Gesicht in seine Hände und strich mit seinen Daumen über ihre Wangen. »Audrey, ich bin nicht mehr der Mann, der ich vor sechs Monaten war. Verflucht«, er schloss kurz die Augen, »Verzeihung. Ich bin nicht einmal mehr der Mann, der ich vor sechs Tagen war. Deinetwegen.«

Ihre Beine fühlten sich schwach an. Hoffnung keimte in ihrer Brust auf.

»Ich will nicht mehr schlecht sein. Ich habe genug von Korruption und Tod. Wenn ich daran denke, was ich Philippa angetan hatte …« Scharf Luft holend ließ er von ihrem Gesicht ab. Er wich einen Schritt zurück. »Es ist zu spät«, flüsterte er.

Ihr Gesicht musste irgendetwas widergespiegelt haben, was seine Reaktion hervorgerufen hatte. »Nein. Ich möchte dir glauben. Ich glaube, du willst dich wirklich ändern. Philippa hat mir erzählt, dass du Lady Carlyle und ihren Mann gerettet hattest.«

Seine Augen weiteten sich für eine winzige Sekunde, doch es entging ihr nicht. »Lady Carlyle hat ihr das erzählt?«

Audrey nickte. »Stimmt das?«

»Carlyle und seine Frau, obwohl sie damals noch nicht seine Frau war, waren von dem Mann entführt worden, der Lord Aldridges Diebesbande anführte. Sein Name war Nicky Blue.« Er erinnerte sich an die strahlend blauen Augen seiner einstigen rechten Hand. »Er war einmal ein Freund von mir – soweit jemand wie ich einen Freund haben kann. Aber er war ein blutrünstiger Schurke, und deshalb wusste ich, dass er Carlyle und seine Frau umbringen würde.«

»Du hattest ihn nicht gewähren lassen.«

Kopfschüttelnd verzog er den Mund zu einem kalten,

aber schiefen Lächeln. »Zum ersten Mal in meinem Leben habe ich den Überlebenskodex missachtet. Ich habe mein eigenes Leben aufs Spiel gesetzt, um einen anderen Menschen zu retten. Möchtest du wissen, was das Schlimmste daran war? Ich bereue es beinahe, denn hätte ich es nicht getan, wäre Gin Jimmy vielleicht nicht dahintergekommen, dass ich ihn hintergangen habe. Das ist zumindest das Einzige, was ich mir zusammenreimen kann.« Er wischte sich übers Gesicht. »Den gesamten Sommer habe ich damit verbracht, einen Plan zu entwerfen, wie ich meine Rolle als Ethan Jagger loswerden kann, und Gin Jimmy muss mich trotz meiner sorgfältigen Planung irgendwie in Verdacht gehabt haben.«

Audrey glaubte zu verstehen. »Du glaubst, er hatte eine Veränderung in dir gespürt.«

Er zuckte mit den Schultern. »Vielleicht. Er hatte mich in die Kreise der feinen Gesellschaft geschickt, um sicherzustellen, dass Lady Aldridge nichts über den Diebstahlring ihres Mannes wusste. Er erwartete nicht von mir, Gefallen daran zu finden. Es war genau, was ich wollte, doch davon hatte er keine Ahnung. Damals wusste ich allerdings auch selbst nicht, wie sehr ich dies ersehnte.«

Sie nahm die Wehmut in seiner Stimme wahr. Er wollte das Leben, das man ihm verwehrt hatte, ein Leben als Sohn und Bruder eines Viscounts. Dennoch war er bereit, auf die Chance zu verzichten, dies zu verwirklichen, um mit ihr neu anzufangen. Man könnte meinen, er wolle sich nur vor dem Galgenstrick retten, aber er war bereit gewesen, nach London zurückzukehren. Irgendetwas hatte ihn umgestimmt. Sie musste wissen, was dieses Etwas war.

Audrey überwand den Abstand zwischen ihnen und legte ihm die Handfläche auf die Brust. Mit ihren Fingern berührte sie seine nackte Haut, während ihr Handballen auf seinem Hemd ruhte. Sein Herz schlug stark und schnell

unter ihrer Hand, wie ein wildes, in einen Käfig eingesperrtes Tier.

»Warum willst du auf dieses Leben verzichten, um mit
mir zusammen zu sein?«

Sein Blick war leidenschaftlich. Er legte eine Hand auf
ihre und hielt ihre Finger an sich. »Weil ich dich liebe.«

KAPITEL 14

Ethan sah, wie ihre Augen weit wurden und ihr Mund sich vor Überraschung öffnete. Ungeachtet dessen, wie sie sich fühlte, wurde er von Freude durchströmt. Er konnte sich nicht besinnen, wann er sich das letzte Mal so erfüllt gefühlt hatte, vielleicht noch nie. Ihr seine Liebe zu schenken, gab ihm die Hoffnung, dass sein Leben vielleicht doch nicht vergeblich sein würde. In den letzten zwölf oder so Jahren hatte er so häufig das Gegenteil gehört, dass er schon beinahe angefangen hatte es zu glauben.

Er hob ihre Hand und drückte seinen Mund auf ihre Handfläche. Sein Kuss war sanft, aber er leckte über ihre Haut und spürte dabei, wie sie erzitterte. Er arbeitete sich zu ihrem Handgelenk vor und küsste sie erneut mit seinem geöffneten, feuchten Mund, sodass er an ihrer Weichheit saugen konnte. Jeden Zentimeter wollte er von ihr schmecken.

Ihre Augen wurden zu Schlitzen, als er den Ärmel ihres Morgenrocks hochschob. Er wanderte ihren Unterarm hinauf, bis er die sanfte Einbuchtung an der Innenseite ihres

Ellbogens erreichte. Sie zuckte zusammen, als er sie dort küsste.

Ethan richtete sich auf. »Schau mich an, Audrey. Ich werde aufhören, wann immer du mich darum bittest.«

Die Augen immer noch halb geschlossen, antwortete sie mit einem Kopfschütteln. »Hör nicht auf.« Sie hakte das Vorderteil ihres Morgenrocks auf und ließ die Vorderseite aufklaffen, sodass ihr Nachthemd darunter zum Vorschein kam.

Es war die keuscheste Aufforderung, die er je erhalten hatte, aber bei Weitem die aufreizendste. Bei dem Gedanken daran, was sie ihm tatsächlich anbot, durchlief ein Zittern seinen Körper. Ihrer beider Leben würden sich unwiderruflich wandeln. Aus genau diesem Grund hatte er seine Hände bei sich behalten, seit sie London verlassen hatten. Nun, größtenteils.

»Heißt das ... du wirst mit mir gehen?« Ihm war fast zu bange zumute, um zu fragen, doch er musste es wissen. Dies war ein Akt, der einmal vollzogen, nicht wieder rückgängig gemacht werden konnte.

Hoffnungsvoll schaute sie ihn an. »Wenn du wirklich aufhören willst, ein Verbrecher zu sein, dann ja.«

»Das tue ich.« Das Glück, die wahre Glückseligkeit, war zum Greifen nah. »Aber du musst mich heiraten.« Nie hatte er gedacht, dass es einmal so weit kommen würde, und verflixt, er hatte den Antrag vollkommen verpatzt. Dann nahm er ihre Hand und sank auf die Knie. »Audrey, ich bitte dich, meine Frau zu werden, und ich gelobe, mich mein Leben lang zu bemühen, deiner würdig zu sein. Du weckst in mir die Sehnsucht, anständig zu sein und«, er verstummte, ehe ihm die Stimme versagte, und holte tief Luft, »gut.«

Sie lächelte auf ihn herab. »Ja.« Dann beugte sie sich zu ihm herunter und strich ihm mit der freien Hand über die Wange. »Du hast mich zur glücklichsten Frau auf Erden gemacht. Ich weiß, dass du zu kämpfen hattest, und ich verstehe, was du getan hast, um zu überleben. Und ich bin so froh und erleichtert, über deinen Willen, anders zu sein. Ich weiß, dass du es kannst, Ethan. Ich habe den Mann gesehen, den niemand sonst gesehen hat.«

Ihre Zuversicht erfüllte ihn mit Ehrfurcht. Er war sich nicht sicher, ob er sie jemals verdienen würde, doch er würde sein Bestes geben.

Sie zog ihn an der Hand. »Steh auf. Bitte. Du kannst keine Liebe mit mir machen, wenn du da unten kniest.«

Nur weil er seine kriminelle Laufbahn an den Nagel hängte, hieß das nicht, dass er seine verruchte Natur aufgeben musste, zumindest nicht, wenn er ihr Freude damit bereiten konnte. Er umklammerte ihren Knöchel unter ihrem Nachthemd, was ihr ein Keuchen entlockte. »Ganz im Gegenteil. Ich kann von hier unten aus auf spektakuläre Weise Liebe mit dir machen.«

Ihre Wangen erröteten, und er hoffte, sie würde nie damit aufhören, rot zu werden.

»Ich kann sehen, wie du das zu ergründen versuchst.« Mit seiner Hand wanderte er an ihrer Wade empor und seine Finger glitten über ihre Haut, bis er sie um ihr Knie schlang. Als er die Wölbung an der Rückseite mit dem Daumen ertastete, zuckte sie zusammen, wie auch bei der Berührung an ihrem Ellbogen. »Du bist kitzlig.«

»Ein bisschen«, entgegnete sie außer Atem.

»Leg dich aufs Bett zurück.« Er legte den Kopf schief.

Nach einem kleinen Schritt rückwärts stieß sie mit dem Gesäß an die Matratze.

Er ließ von ihrer Hand ab und schob seine nun freie Hand an ihrem anderen Bein hinauf, bis er ihre beiden Knie mit leichtem Griff umfasste. »Und jetzt sei ein Schatz und zieh dein Nachthemd hoch.«

Sie zog den Stoff bis zu seinen Händen empor und entblößte damit ihre Knöchel und Waden.

»Sehr hübsch«, lobte er und genoss den Anblick. »Höher, bitte.«

Das Kleidungsstück wanderte langsam höher und enthüllte Zentimeter um Zentimeter ihre verlockenden Oberschenkel. Er folgte den Bewegungen mit seinen Händen und streichelte fortwährend über ihre weiche Haut. Kurz bevor sie das enthüllte, was er am meisten ersehnte, hielt sie inne. Als er zu ihr aufschaute, erkannte er in ihren Augen eine Mischung aus Begehren und Furcht. Sie wollte dies, doch sie wusste nicht genau, was »dies« eigentlich war.

Er griff fest, aber sanft nach ihren Schenkeln. »Ich werde aufhören, wann immer du willst.« Sie nickte zur Antwort. Er schob das Nachthemd weiter nach oben, um ihren Schamhügel und die zarten, schokoladenfarbenen Locken zu enthüllen. »Wunderschön.«

Sie hielt das Nachthemd weiter fest, doch sie versuchte nicht, es herabzuziehen. Er glitt mit den Händen über ihre Hüften und schob sie vorsichtig zwischen ihre Schenkel. »Öffne dich weiter, mein Schatz.«

Ihr zitterten die Beine, als sie seiner Aufforderung Folge leistete. Er drückte ihr einen Kuss auf die Innenseite ihres Oberschenkels. Es war wie ein keusches Streicheln seiner Lippen auf ihrer glatten, blassen Haut. Doch dann nahm er den Duft ihrer Erregung wahr und konnte sich nicht länger zurückhalten. Indem er seinen Mund weiter öffnete, vertiefte er den Kuss, wobei er an ihrer Haut leckte und zupfte, während er sie mit den Händen massierte. Sie ließ sich auf das Bett sinken, weshalb er sie dort positioniert hatte. Er hatte beabsichtigt, sie zumindest kurz vor den Höhepunkt zu bringen, aber so weit war er noch nicht, und das würde er verflucht noch mal, vielleicht auch nicht schaffen.

Sein Schaft tobte, doch darüber hinaus, ihr Freude zu bereiten, achtete er nicht auf sein eigenes Begehren. Denn genau das lag ihm am meisten am Herzen – er wollte ihr die Wunder ihres Körpers offenbaren. Er ließ seine Hand zu ihrer Öffnung wandern und streichelte mit dem Daumen über ihr rosa Fleisch. Wieder zuckte sie, doch ihre Schenkel öffneten sich weiter. *Braves Mädchen.*

Er wollte seine Zunge in ihre feuchte Hitze tauchen, doch er ermahnte sich, es langsam anzugehen. Sie hatten die ganze Nacht – nein, sie hatten ein ganzes Leben – vor sich. Er streichelte sie mit dem Daumen, zunächst sanft, damit sie sich an seine Berührung gewöhnte. Als sie immer schlüpfriger wurde, ertastete er ihre Knospe und streichelte sie sanft. Ihr Keuchen entlockte ihm ein Lächeln und er setzte seine Küsse auf ihren Oberschenkel fort.

Als sein Mund knapp unter ihrer Scheide angekommen war, schob er seinen Finger in sie. Sie war eng, doch es schien keine Barriere zu geben, wie es bei seiner ersten Erfahrung Fall gewesen war. War Audrey also keine Jungfrau? Das hatte er eigentlich angenommen, aber da war auch der Sohn des Schmieds gewesen. Eifersucht durchbohrte ihn.

»Audrey«, seine Stimme klang dunkel und gequält, »hast du dies vorher schon einmal getan?« Mit angehaltenem Atem schaute er zu ihr auf.

Ihr Blick traf auf seinen und in den Tiefen ihrer blaugrünen Augen stand Panik. »Ich …« Sie nickte. »Nicht auf diese Weise. Geoffrey, der Sohn des Schmieds, er …« Sie wandte den Blick ab. »Du weißt schon.«

Ethan stand auf und nahm ihr Gesicht in seine Hände, um sie zu zwingen, ihn anzuschauen. »Hat er dich vergewaltigt?« Wut durchströmte ihn.

»Nein, gleichwohl ich dachte, wir würden warten, bis wir rechtmäßig verheiratet wären.« Eilig fügte sie hinzu: »Ich hatte ihn nicht so gemocht, wie ich dich mag. Er war ein

Mittel zum Zweck und ich mochte ihn ganz gern. Bis ich dich kennenlernte, hatte ich nicht erkannt, dass es da noch mehr gibt, dass ich mich so fühlen würde, so … so hungrig.«

Gelächter drohte Ethans Zorn zu zerstreuen. »Ich werde diesen Hundesohn aufspüren und ihn in Stücke reißen.«

Stirnrunzelnd erwiderte sie: »Nein, das wirst du nicht. Du tust so etwas nicht mehr. Abgesehen davon hat er mir nicht wehgetan.« Ihr Blick wurde sanft. »Bist du enttäuscht, dass ich nicht mehr unberührt bin?«

Ethan schob die Hände in ihr Haar. »Niemals. Ich will dich auf jede Weise, die du zulässt. Glaube nicht eine Minute, dass du deshalb eine minderwertigere Frau wärst – nicht mir gegenüber und auch keinem anderen. Die Leute haben dich viel zu lange unbeachtet gelassen. Du bist wunderschön und stark und du bist die begehrenswerteste Frau, der ich je begegnet bin.«

Sie teilte die Lippen zu einem Lächeln. »Würde es dir etwas ausmachen, dich wieder dem anderen zuzuwenden, um …?«

Es gefiel ihm außerordentlich, dass sie ihn bat, selbst wenn sie die Worte nicht aussprechen konnte. Und er hatte noch nicht einmal damit angefangen, was er wirklich im Sinn hatte. Bei seinem innigen Kuss drang er mit der Zunge in die Tiefen ihrer Mundhöhle vor, während sie den Kopf in den Nacken legte. Sie erwiderte seinen Kuss, wobei sie die Arme um ihn schlang und die Finger in die Muskulatur seines Rückgrats grub.

Er löste den Mund von ihrem, doch er zog sich nicht zurück. »Leg dich zurück.« Er hob sie auf das Bett und sie kam auf ihrem Rücken zum Liegen. Hastig zog er seine Stiefel und Strümpfe aus, ehe er neben ihr auf das Bett kletterte. Dann zog er auf beiden Seiten die Bettvorhänge zu und ließ nur das Fußende offen, um den Feuerschein auszunutzen. Er wollte sie ausgestreckt vor ihm liegen sehen. Ihr

dunkles Haar bildete einen Fächer auf dem weißen Kopfkissen und ihre leicht gespreizten Beine waren bis zur Mitte
der Oberschenkel nackt, da das Nachthemd herunterge-
rutscht war, als sie sich bewegt hatte.

Er fing ihren Blick auf und hielt ihn fest, während er ihr
Nachthemd nach oben schob. Und als er ihre Öffnung mit
den Fingern neckte, flatterten ihre Nasenflügel. Dann, als er
mit einem Finger langsam, aber mühelos in ihre feuchte
Enge eindrang, teilte sie die Beine und lud ihn ein, tiefer zu
dringen. Er vergrub sich so tief er konnte in ihr und dann
zog er sich nach und nach zurück. Ihre Augenlider flatterten
und ihr Mund öffnete sich. Er wiederholte diesen Vorgang
mehrere Male, ohne dabei sein Tempo zu erhöhen. Bei jedem
Streicheln reagierte sie auf ihre Weise. Als sie anfing, die
Hüften zu bewegen, nahm er das als Indiz, ein wenig
schneller zu werden. Er legte den Daumen auf ihre Knospte
und sie reckte sich seinem Finger entgegen.

Dann kniete er sich zwischen ihre Beine und legte den
Mund auf sie. Sie keuchte laut auf, und ihr Körper spannte
sich an. Sie war heiß und feucht. Er bettete ihre Schenkel auf
seinen Schultern und öffnete sie so für seine Aufmerksamkeiten. Er leckte sie und schleckte ihr weiches schlüpfriges
Fleisch. Sie schrie auf. Ihre Muskeln verkrampften sich.
Dann war sie ganz kurz davor und er hatte sein Festmahl
gerade erst begonnen. Er wollte diese Wonnen für sie verlängern, aber er wusste nicht, ob er dazu imstande wäre. Mit
jedem Lecken und Saugen hoben sich ihre Hüften weiter
vom Bett. Ihre Schreie wurden immer schriller und verzwei-
felter. Sie verflocht die Finger mit seinem Haar und zog
daran, als er die Lippen über ihrer Knospe schloss und fest
daran saugte. Er führte zwei Finger in sie ein und dann
fühlte er, wie sie sich verkrampfte. Ihre Oberschenkel
bebten, während er seinen Namen wieder und wieder von
ihren Lippen hörte. Es war das Lieblichste, was er je gehört

hatte. Endlich war er Ethan, ein Mann und Geliebter, anstatt Jagger, der Verbrecher.

Sie wurde von ihrem Orgasmus durchgerüttelt und er liebte sie indessen weiter, bis er fühlte, wie sie still wurde. Seine eigene Lust tobte wild, doch er legte den Kopf auf ihren weichen Unterleib und inhalierte den Lavendelduft von ihrem Bad.

»Ethan«, durchbrach ihre zitternde Stimme die Stille. »Ich hatte keine Ahnung. Das ist wahrscheinlich eine törichte Frage, aber passiert das nur, wenn du deinen Mund benutzt? Oder ist es möglich, wenn du deinen … deinen *Penis* in mich einführst? Geoffrey hatte das getan, aber es hatte sich überhaupt nicht wie das angefühlt, was gerade geschehen ist.«

Gott, wie er ihre Unschuld liebte. Seine Welt war viel zu lange voller Korruption und Verrat gewesen. Sie war süß und aufrichtig und sie war Balsam für seine Seele.

Er richtete sich auf und blickte in ihr entzückend gerötetes Gesicht. »Wenn ein Gentleman ein anständiger Liebhaber ist, würdest du dich in jeder Situation des Liebemachens so fühlen. Geoffrey klingt recht unerfahren oder vielleicht war er einfach nur ein gleichgültiger Mistkerl.«

»Ich verstehe. Was meinst du mit jeder ›Situation‹?«

»Es gibt zahlreiche Möglichkeiten, wie du mit deinem Liebhaber Befriedigung empfinden kannst. Ich hätte einfach meine Hand benutzen können, doch ich fürchte, ich war einfach zu begierig, dich zu schmecken.« Er wusste, er schockierte sie, aber er konnte nicht anders, als hinzuzufügen: »Besser sogar als Honig.«

Sie wandte den Blick nicht von ihm ab. In Wirklichkeit verengten sich ihre Augen ein wenig, und vielleicht begann ihr Verlangen erneut zu erwachen. »Und könnte ich das für dich tun? Mit meiner Hand oder meinem Mund?«

Bei dem Gedanken, sie könnte eines davon tun, wurde Ethans Schaft hart wie Granit. »Ja.« Das Wort war kaum mehr als ein Hauch.

»Würde es dir etwas ausmachen, dein Hemd auszuziehen? Ich möchte dich gern ohne anschauen.«

Er genoss es weit mehr, mit ihr zu spielen, als er sich je vorgestellt hatte. »Du wirst es mir ausziehen müssen.«

Sie antwortete ihm mit einem sündigen Blick und dann richtete sie sich auf die Knie auf, sodass sie einander mitten auf dem Bett gegenüber waren. Sie erfasste den Hemdsaum und zog es ihm über den Kopf, wobei ihr Blick fest auf den entblößten Brustkorb geheftet war. Dann legte sie die Handflächen mit gefächerten Fingern darauf. »Ich hätte nie gedacht, ein Mann könnte so … köstlich aussehen.« Mit ihren Daumen fuhr sie über seine Brustwarzen.

Bei dem mächtigen Aufwallen seiner Lust musste er die Zähne zusammenbeißen. »Vorsichtig, Audrey.«

Sie hob den Blick zu ihm und sah ihn mit einem sündigen Lächeln an. »Komme ich nicht an die Reihe?«

O Gott. Sie wollte doch nicht den Mund auf ihn legen?

Dann schüttelte sie ihren Morgenrock ab und warf ihn beiseite. Darauffolgend zog sie sich das Nachthemd über den Kopf und warf es ebenfalls beiseite. Im Feuerschein wirkten ihre nackten Brüste voll und blass und die rosa Brustwarzen waren aufgerichtet. Er beugte sich vor, um eine zu schmecken, doch sie stieß ihn zurück, bis er flach lag und seine Beine zum Kopfkissen hin ausstrecken musste.

Sie ließ die Hände über seine Brust wandern und hielt an seinem Hosenbund inne. Dort stieß sie auf die Knöpfe seines Schritts und nestelte quälend langsam einen nach dem anderen auf.

»Audrey«, stöhnte er.

Sie berührte seine Brust mit ihren Lippen. Sie küsste und leckte enge Kreise um seine Brustwarzen und dann tiefer über seine Rippen. Sie öffnete den Mund und saugte ihn, während sie ihm die Hose über die Hüften schob.

Sie war absolut gewillt, nachzuahmen, was er getan hatte.

Mit seiner Hose um seine Oberschenkel hörten ihre Bewegungen plötzlich auf. Er schaute nach unten und sah sie seinen Schaft mustern. Er war hart und stolz erhoben und sehnte sich nach ihrer Berührung. Zaghaft strich sie mit der Fingerspitze über die Spitze. Ethan musste die Augen vor dem Anblick schließen, wie sie ihn berührte, da es fast zu viel für ihn war.

»Ich kann meine Hand benutzen«, meinte sie. Dann schloss sie die Handfläche um ihn, und barg ihn damit in ihrer weichen Wärme. Wenn sie ihn streichelte … »Oder ich kann meinen Mund benutzen.« Er fühlte etwas Feuchtes und Köstliches auf seiner Spitze.

Sich selbst den Qualen aussetzend, riskierte er einen Blick. Ihre Zunge, rosa und perfekt, leckte ihn. Er wusste nicht, woher er die Fähigkeit nahm, zu sprechen, doch er meinte: »Oder du kannst beides benutzen.«

»Ach!« Grinsend sah sie zu ihm auf und verengte die Augen dabei auf verführerische Weise. »Ich verstehe.« Sie drückte die Hand mit perfektem Griff fester um ihn. Dann glitt sie zum Ansatz und wieder bis zur Spitze zurück. Als Nächstes senkte sie den Mund über ihn und irgendwie wurde auf erstaunliche, verblüffende Weise der Tutor zum Schüler.

~

*A*udrey wusste beim besten Willen nicht, woher sie den Mut zu diesem Tun nahm. Vielleicht war es aber nicht Mut, sondern einfach ein Bedürfnis. Sie wollte ihm geben, was er ihr gegeben hatte.

Sie wusste nicht, ob sie etwas dabei richtig machte, aber

sie konzentrierte sich darauf, zu tun was sich gut anfühlte. Er war so hart, und doch war seine Haut so weich wie die feinste Seide. Und an seiner Spitze sickerte etwas Feuchtigkeit heraus, so wie sie feucht geworden war, als er sie berührt hatte. Scheinbar hatten ihre Körper, so unterschiedlich sie auch waren, ihre Gemeinsamkeiten.

Als sie ihre Hand an seinem Schaft entlanggeführt hatte, war ihm ein Stöhnen über die Lippen entronnen, was sie als Ermutigung auffasste. Sie ahmte nach, was er mit ihr gemacht hatte, bewegte sich erst langsam und dann immer schneller. Seine Hüften drängten gegen ihre Hand, und seltsamerweise wollte sie ihre eigenen Hüften als Antwort darauf kreisen lassen.

»Audrey, meine Hose. Ich bin ziemlich ... eingeengt.« In seinen Worten schwang eine unterschwellige Verzweiflung mit.

Sie lächelte und genoss die Macht, die sie besaß, ohne je etwas davon geahnt zu haben. Schnell half sie ihm aus seiner Hose und widmete sich gleich wieder ihrer Aufgabe – sowohl zu ihrem eigenen Vergnügen als auch zu seinem.

Sie schlang eine Hand um seinen Schaft und führte ihn zu ihren Lippen. Dann leckte sie ihn mit der Zunge vom Ansatz bis zur Spitze und nahm ihn tief in ihren Mund. Seine Hände krümmten sich in ihrem Haar und sein Stöhnen hallte durch den Raum. Sie zog sich zurück, dann beugte sie sich wieder vor, und dieses Mal kamen seine Hüften ihr entgegen. Er schmeckte nach Salz und Mann, und nie hätte sie geglaubt, dies einmal begehrenswert zu finden, und jetzt konnte sie nicht genug davon bekommen.

Plötzlich zog er sie mit seinen Händen von seinem Schaft. »Audrey, du musst aufhören.«

Sie blickte zu ihm auf und spürte, dass er kurz davor war, das zu erreichen, was mit ihr geschehen war. »Warum? Ich will, dass du ...«

»Orgasmus. Das ist das Wort.« Er zog eine Grimasse, als litte er Schmerzen. »Ich will mich unbedingt erlösen – das ist ein weiteres Wort dafür –, aber ich würde es lieber in dir tun.«

»Ach. Kannst du nicht einfach beides tun?« Sie hatte gespürt, wie ihr eigener … Orgasmus sich wieder aufbaute, während sie sich seiner angenommen hatte. Sie war erstaunt, sich allein von dem, was sie mit ihm machte, so fühlen zu können. Aber er war so schön, und die Töne, die er ausstieß, stachelten ihr eigenes Verlangen an.

Er lachte. Dann griff er ihr in den Nacken und zog sie zu sich herunter, um ihn zu küssen. Seine Zunge drang in sie ein, und mit einem Mal wollte sie genau das, was er wollte – ihn in sich haben. Sie hob ihren Kopf und sah auf ihn hinunter. »Zeig mir, was ich tun soll.«

»Setz dich mit gespreizten Beinen auf mich.« Er legte eine Hand an ihre Hüfte und dirigierte sie in die richtige Position. Sein Schaft stieß an ihre Öffnung, verlockte sie.

Sie drängte nach unten, auf der Suche, sich an ihm zu reiben. Sie keuchte auf, als er mit einer Hand zu ihrer Brust wanderte. Er zupfte an ihrer Haut und zwickte ihre Brustwarze. Die Sensation schoss direkt in ihr Innerstes und sie ließ ihre Hüften nach unten kreisen.

Er schob eine Hand zwischen sie. «Hilf mir, meinen Schaft in dich einzuführen. Audrey, schau mich an.«

Bei seinen Worten wurde sie rot – zum tausendsten Mal heute Abend –, aber nicht, weil sie grob waren, sondern weil sie sie eigentümlich … erotisch fand. Ihre Blicke trafen sich und ihr Körper reagierte auf das heftige Verlangen, das in seinen Augen loderte. »Ja.« Sie legte ihre Hand auf seine, doch er verschob ihre Hände so, dass ihre Finger sich um sein heißes Glied legten.

Er teilte ihre Schamlippen und stieß sanft nach oben. »Führe mich.«

Sie positionierte ihn und ließ ihren Körper über seinen Schaft gleiten. Beim Gedanken an dieses Wort fühlte sie sich kühn und mächtig. Dann füllte er sie aus und sie dachte überhaupt nichts mehr.

Er fasste sie an den Hüften und hielt sie für eine Weile still auf ihm. Aber sie wollte sich bewegen. Sie hob und senkte sich, glitt über ihn wie ein gut gefertigter Handschuh.

Seine Finger gruben sich in ihre Haut. »Du bist so schön.«

Sie sah an sich hinab und der Feuerschein spielte um ihre Brüste, worauf sie kurz ein Gefühl der Schüchternheit verspürte. Doch dann lag sein Daumen auf der empfindsamen Stelle zwischen ihren Beinen, und sie warf den Kopf zurück und stöhnte. Sie spreizte ihre Beine und bewegte sich schneller.

Er verstärkte seinen Druck auf sie und ihr Orgasmus wurde stärker. Sie beugte sich nach vorn und er legte die Lippen um ihre Brust. Mit Zunge und Zähnen neckte er sie, bis sie zu explodieren glaubte. »Ethan, ich kann nicht …«

Er schlang seinen Arm um ihre Taille und drückte sie fest an sich. Dann drehte er sich um, sodass er auf ihr lag, ohne seinen Schaft aus ihr zurückzuziehen. Er erhob sich über ihr und fächerte ihr Haar auf, wobei seine Pause ihr einen kurzen Moment zum Luftholen verschaffte, während sie am Rande eines Gefühlssturms schwebte.

Er lächelte sie an. Der Feuerschein ließ seine Augen wie flüssiges Silber erscheinen. »Was kannst du nicht, meine Liebste?«

»Es aushalten. Du bringst mich dazu, alles loslassen zu wollen.«

»Dann lass los.« Er küsste sie sanft und stieß mit rascher Präzision in sie hinein.

Sie bog den Rücken durch, um seinen Stößen entgegenzukommen und erwiderte seinen Kuss.

»Schlinge deine Beine um mich«, raunte er an ihrem Mund.

Sie gehorchte und er sank noch tiefer in sie. Ein weiterer Stoß und sie warf den Kopf auf das Bett zurück, während sie die Augen in ihrer Ekstase geschlossen hielt.

Er bewegte sich weiter, was die Empfindungen nur noch verstärkte. Da war Licht und Glückseligkeit und eine über-wältigende Befriedigung. Sie brachte schreckliche, abscheu-liche Laute hervor, aber sie konnte sich nicht beherrschen. Dann schrie er auf und vergrub sein Gesicht an ihrem Nacken.

So lagen sie mehrere Minuten lang. Sie liebte sein Gewicht und seine Größe auf ihr. Als überdurchschnittlich große Frau fühlte sie sich selten zart oder sehr weiblich, aber bei ihm fühlte sie beides. Wie auch begehrenswert und … geliebt.

Er hatte gesagt, er liebte sie. Liebte sie ihn im Gegenzug? Sie war sich nicht sicher –ihr Kopf schwirrte noch von allem, was passiert war und wie drastisch sich ihr Leben in nur zwei Wochen gewandelt hatte.

Schließlich rührte er sich und beförderte sie unter die Bettdecke. Dann öffnete er die Vorhänge und stieg aus dem Bett.

Sie griff nach seinem Arm. »Du gehst doch nicht etwa?«

Er lächelte sie an. »Nein. Ich hole dir nur etwas, damit du dich säubern kannst.«

Wie rücksichtsvoll. Und wie überaus profan. Vielleicht könnten sie ein normales Leben zusammen führen. Ja, sie glaubte, das könnten sie. Nachdem sie ihn im Waisenhaus mit Fox gesehen hatte, wusste sie, dass es eine Seite an ihm gab, die er wahrscheinlich selbst nicht kannte – oder gerade erst zu entdecken begann.

Er kehrte mit einem Handtuch zurück, das sie nahm, um sich zwischen den Beinen zu reinigen. Geduldig wartete er, bis sie fertig war, und entsorgte den Gegenstand, nachdem er seine eigene kurze Reinigung hinter sich gebracht hatte.

Als er zurück ins Bett stieg und die Vorhänge zuzog, gähnte sie breit. Sie schenkte ihm ein schwaches Lächeln, denn plötzlich fühlte sie sich hundemüde. »Verzeihung.«

Er legte sich auf den Rücken und zog sie an seine Brust. Sie hörte seinen Herzschlag und war schon fast auf dem Weg ins Reich der Träume, als er raunte: »Schlaf gut, meine Liebste. Morgen wartet unsere Zukunft auf uns.«

KAPITEL 15

Trotz des erholsamsten Schlafs seines Lebens wachte Ethan wie stets früh auf. Es schien, als könne er seiner Schulung nicht entkommen. Langschläfern wurden die spärlichen Besitztümer gestohlen oder vielleicht die Kehle durchgeschnitten. Es gab viele Gelegenheiten, bei denen er es nicht riskiert hatte, überhaupt zu schlafen.

All dies schien jedoch so lange her zu sein, so weit weg, während er Audrey im Schlummer beobachtete. Ihre dunklen Wimpern fächerten sich auf ihren Wangen, die blass wie Porzellan waren. Ihre Nase hatte eine sanfte, aber majestätische Neigung. Und ihre Lippen, dunkelrosa und üppig, waren aneinandergeschmiegt, als warteten sie nur auf seinen Kuss.

Ihr Haar war ein wildes Gewirr aus dunklen Locken. Er hatte sich danach gesehnt, es wieder zu berühren, sein Gesicht in seiner Weichheit zu vergraben und ihren Duft einzuatmen. Doch jetzt war das nicht mehr genug. Er war bis zum Himmelreich gewesen und wieder zurück, und er war für immer verändert.

Wohin würden sie gehen? Nach Amerika? Auf den Kontinent? Oder an einen noch obskureren Ort? Vielleicht auf eine Insel in den Tropen. Er hatte von Männern gehört, die dort Plantagen besaßen. Oder vielleicht brauchten sie gar nicht so weit zu gehen. Sicherlich könnten sie in einer abgelegenen Gegend von Schottland oder Wales einen Neuanfang machen.

Ein Teil von ihm sehnte sich weiterhin nach einer Rückkehr nach London. Er bedauerte, dass er seinen Traum hatte aufgeben müssen, seinen Platz als Lockwood einzunehmen, zumal Jason und er eine brüderliche Beziehung zueinander aufgebaut zu haben schienen – oder zumindest das Versprechen einer solchen. Sein Traum jedoch hatte nie eine Frau wie Audrey in Betracht gezogen. Er hatte sich nie vorstellen können, er würde einmal heiraten oder dies überhaupt wollen. Sie war ein unerwartetes Geschenk – ein Schatz, den er sich nicht versagen würde.

Er musste zugeben, Erleichterung darüber zu empfinden, nicht gegen Teague oder Jimmy ankämpfen zu müssen. Audreys Sicherheit war oberstes Gebot, und deshalb musste er sicherstellen, dass weder Bow Street noch Gin Jimmys Männer ihnen folgten, wohin sie auch gingen. Er glaubte eher, dass Teague irgendwann aufgeben würde, wenn er das nicht bereits getan hatte. Aber Jimmy war ein hartnäckiger Bursche, und er hatte einen besonderen Hass auf diejenigen, von denen er glaubte, dass sie ihm persönlich unrecht getan hatten. Und weil er Ethan wie keinem anderen vertraut hatte und nun von dessen Verrat wusste, würde er zu extremen Maßnahmen greifen, um seinen Untergang zu gewährleisten.

Audrey regte sich neben ihm, ein Seufzer entwischte ihren küssenswerten Lippen. Er schob die Gedanken an Jimmy und Teague beiseite. Diese Männer wollte er nicht hier haben, nicht mit ihr.

Er beugte sich vor und küsste sie sanft auf den Mund. Sie schlug die Augen auf, in denen sich einen Moment lang

Überraschung widerspiegelte. Dann formte sie die Lippen zu einem Lächeln. »Ist es schon Morgen?«, fragte sie.

»Beinahe. Ich dachte, es wäre das Beste, wenn ich in mein Zimmer zurückkehre.«

»Warum? Ich will mich nicht vor Philippa und Sevrin verstecken. Ich habe vor, Philippa zu sagen, dass wir zusammen fortgehen.«

Auch er sah keinen Grund, das Ehepaar anzulügen. Dennoch stellte sich die Frage, ob er sich so auffällig verhalten wollte, da sie doch noch kein Ehegelübde abgelegt hatten. »Wir werden es ihnen heute Morgen mitteilen, aber ich möchte das Dienstmädchen nicht schockieren, wenn es kommt, um dich zu wecken.«

»Ich weiß nicht einmal, ob ein Dienstmädchen kommen wird. Sie haben nur begrenztes Personal.« Sie rutschte näher an ihn heran und schlang die Arme um seine Mitte, wobei sie einen Arm unter ihn zwängte, um ihr Ziel zu erreichen.

Ethan drehte sich so, dass er halb auf ihr lag. Er küsste die empfindsame Stelle unter ihrem Ohr. »Ich spiele gern die Kammerzofe, wenn du Hilfe brauchst.«

Sie kicherte. »Irgendwie glaube ich, dass deine ›Hilfe‹ eher hinderlich ist.«

Er wich zurück und warf ihr einen gespielt beleidigten Blick zu. »Bin ich dir auf unserer Reise nicht zu Diensten gewesen?«

Sie wand sich unter ihm und schmiegte ihre Hüften an seine. »Das warst du. Ich bitte um Entschuldigung.«

Sein Schaft drückte gegen sie und schwoll an, doch sie wich nicht zurück. Er küsste sie weiter auf den Hals und streichelte ihre Brust.

Sie seufzte leise und massierte seinen Rücken. »Wohin werden wir gehen?«

Er wanderte mit seinen Lippen an ihrem Schlüsselbein

vorbei. »Wir haben mehrere Möglichkeiten. Amerika, wenn du noch möchtest. Irgendwohin, wirklich.«

»Aber wir haben kein Geld.«

Hoffentlich würde Sevrin ihm in dieser Hinsicht behilflich sein. »Lass das mit dem Geld meine Sorge sein.« Er nahm ihre Brustwarze in den Mund und saugte daran, während er sie massierte.

Sie schob ihre Hand nach oben, verflocht die Finger mit seinem Haar und drückte ihn an sich. »Ich denke, Amerika ist die beste Wahl. Dort kann man alles sein, was man will – das hat Geoffrey zumindest behauptet.«

»Es wäre mir lieber, denke ich, wenn du diesen Klugschwätzer nicht mehr erwähnst. Seine Meinung hat bei mir kein großes Gewicht.«

»Du hast natürlich recht. Würdest du lieber woanders hingehen?«

Er hielt in seinen Liebkosungen inne und schaute zu ihr auf. »Audrey, entweder denkst du viel zu angestrengt nach oder ich erfülle meine Aufgabe nicht richtig. Warum verlierst du dich nicht im Rausch der Ekstase?«

Sie formte die Lippen zu einem verführerischen Lächeln. »Ich genieße deine Aufmerksamkeiten sehr.« Sie drückte seinen Kopf wieder auf ihre Brust zurück.

Er küsste sie zärtlich und sie reckte sich seinem Mund entgegen. Er schloss die Lippen um ihre Brustwarze, und sog sie fest in seinen Mund, womit er Schockwellen der Lust auslöste, die ihr bis ins Mark drangen. Sie wand sich unter ihm und öffnete ihre Beine.

Er nahm ihre Einladung an, schob eine Hand zwischen ihre Schenkel und streichelte ihre weiche, schlüpfrige Scham. Sie bog sich ihm entgegen und verlangte nach mehr von ihm, wo immer er sie berührte.

Er verstärkte seinen Druck auf ihre Brust, während er sie beharrlich liebkoste und saugte, als könnte er sie ganz verschlingen. Dann führte er seine Finger in ihre feuchte Scheide ein. Sie schrie auf und bäumte sich auf, als er immer wieder in sie hineinstieß.

Sie wälzte sich zu ihm herum. »Ich will dich. Jetzt. Bitte.«

Er drückte sie auf das Bett zurück und schob sich über sie. Sie brachte ihre Hand zwischen sie – sein schönes, unerschrockenes Mädchen – und führte ihn in sich ein.

Während er sich gestern Abend Zeit genommen hatte, ihr Vergnügen zu bereiten und ihr Befriedigung zu verschaffen, vertraute er heute Morgen mehr auf ihre Fähigkeiten, das zu finden, was sie suchte. Dies gewährte ihm die Freiheit, zu tun, was er gestern Abend von ihr verlangt hatte – loszulassen.

Er drang in sie ein, doch noch hielt er sich zurück. Er wollte sie nicht verletzen oder verängstigen. Aber, lieber Himmel noch mal, er wollte sie vögeln, bis ihm der Kopf explodierte. Nichts in seinem Leben hatte sich je so gut angefühlt wie Audrey. Ihr Lachen, ihre Küsse, ihre gleichzeitig unschuldigen und schamlosen Berührungen.

Sie spreizte ihre Beine noch mehr, schlang sie ihm um die Hüften und presste ihn mit ihren Muskeln zusammen. Dann zog sie seinen Kopf zu sich herab und küsste ihn mit weit geöffnetem Mund. »Schneller, bitte«, hauchte sie an seinen Lippen.

Mehr brauchte er nicht. Er stützte die Hände auf beide Seiten ihres Kopfes und stieß mit seinem Schaft so tief wie möglich in sie hinein, um sich dann zurückzuziehen und gleich wieder vorzustoßen. Seine Bewegungen waren schnell und unerbittlich. Sie klammerte sich an seine Bizeps und ihre Schreie wurden lauter und höher.

»Ethan!« Sie krampfte sich bei ihrem Orgasmus zusammen und Ethan beeilte sich, ebenfalls zum Höhepunkt zu kommen. Er schrie auf, als er sich erlöste, und erstarrte, als die Wellen der Lust seinen Körper durchzuckten.

Anschließend rollte er sich auf die Seite, wobei er sie mit sich nahm. »Danke.«

Sie küsste ihn unter dem Kinn. »Warum? Ich sollte mich bei dir bedanken.«

Er holte tief Luft, um seinen rasenden Herzschlag zu beschwichtigen. »Wir können einander gegenseitig danken. Du bist unglaublich.«

»Bin ich das?«

Er vernahm den Stolz, aber auch einen Anflug von Zweifel in ihrer Stimme. Bevor er sie küsste, strich er ihr das Haar aus dem Gesicht, und dann erforschte er ihren Mund mit sinnlicher Präzision. Er löste sich von ihr und schaute ihr in die Augen. »Du bist spektakulär. Noch nie in meinem ganzen Leben war ich so glücklich.«

Sie lächelte und streichelte seine Wange. »Wann können wir nach Amerika aufbrechen? Ich kann es kaum erwarten, unser neues, gemeinsames Leben zu beginnen.«

»Zuerst müssen wir mit Sevrin und Philippa sprechen.«

Ihr Lächeln schwand. »Ja. Doch ich habe den Verdacht, dass Philippa versuchen wird, mir auszureden, mit dir zu gehen.«

Wahrscheinlich würde Sevrin auch nicht gerade eine Unterstützung sein. »Das sollte sie auch. Sie ist eine gute Freundin.«

»Sie wird ihre Meinung über dich ändern, wenn sie begreift, wer du wirklich bist.« Sie drückte die Handfläche an sein Gesicht, und ihre Berührung fühlte sich sanft und doch fest an. »Ethan, du musst jetzt deine Vorsicht aufgeben – gegenüber manchen Menschen. Ich bitte dich. Du vertraust mir doch, nicht wahr?«

Das tat er. Sogar jetzt noch wunderte er sich darüber. »Ich werde mir alle Mühe geben. Dies alles ist so neu für mich. Und du musst einsehen, dass du etwas Besonderes bist.« Er bedeckte ihre Hand an seiner Wange und führte ihre Handfläche zu seinem Mund, um sie leidenschaftlich zu küssen. »Das weißt du, nicht wahr? Du bist für mich etwas, was noch nie zuvor jemand für mich gewesen ist.«

Ihre Blicke trafen sich und versanken ineinander. »Ich weiß, und ich werde dich nie im Stich lassen.«

Sie küsste ihn, und einmal mehr verlor er sich in dem Wunder, das sie für ihn war.

~

Nachdem er sie noch einmal geliebt hatte, war Ethan etwa eine Stunde nach Sonnenaufgang nur widerstrebend aus ihrem Schlafzimmer gegangen. Audrey widmete sich einer raschen und gründlichen Toilette und eilte nach unten, um sich zu den anderen zu gesellen. Sie fand Ethan und Sevrin im Frühstücksraum. Bei ihrem Eintreten erhoben sich beide Männer vom Tisch.

Ethan rückte ihr den Stuhl neben seinem zurecht. »Ich habe Sevrin gerade von unserer Planänderung berichtet.«

Stirnrunzelnd schaute Sevrin sie an. »Sind Sie sicher, dass Sie mit ihm gehen wollen? Sie stehen doch nicht unter irgendeiner Art von Zwang, nicht wahr?«

Audrey versuchte, keinen beleidigten Eindruck zu erwecken. Immerhin hatte sie ihm gegenüber den Eindruck erweckt, dass sich ihre und Ethans Wege trennten. »Nein. Ich will mit Ethan zusammen sein. Gestern war ich … erzürnt.«

»Ich habe den Diener losgeschickt, um Philippa zu holen. An dieser Unterhaltung wird sie zweifelsohne Anteil haben wollen.«

Als sie Platz nahm, schenkte sie Ethan ein kurzes Lächeln über die Schulter, ehe sie sich an ihren Gastgeber wandte. »Das wäre reizend. Aber ersparen Sie uns allen die Mühe einer widersprüchlichen Meinungsäußerung. Keiner Ihrer Einwände könnte mich umstimmen.«

»Audrey!« Noch in ihrem Morgenrock, rauschte Philippa ins Zimmer, was sie in Ethans Gegenwart unter normalen Umständen nicht getragen hätte. »Stimmt es, dass du mit Jagger gehst?«

In Erwartung des bevorstehenden Konflikts stieg Audreys Pulsfrequenz an. »Sein Name ist Locke, und ja, ich gehe mit ihm. Wir werden heiraten.«

Philippa riss die bernsteinfarbenen Augen auf, um sie dann auf ihren Mann zu richten, um deutlich zum Ausdruck zu bringen: »Unternimm etwas.«

Sevrin zuckte mit den Schultern. »Bitte setz dich, mein Liebes.« Er deutete auf den Stuhl neben sich, den Ned, der Diener, für sie hervorzog.

Sie nahm Platz, wobei sie jedoch die Arme verschränkte und Audrey mit einem eindringlichen Blick anstarrte. »Was ist geschehen?«

Sevrin berührte Philippa an der Hand. »Liebes, willst du die Antwort darauf wirklich wissen?« Sein trockener Tonfall brachte Audrey fast zum Lachen. Sie warf einen kurzen Blick auf Ethan, dessen Mundwinkel bereits zuckten. »Nun«, fuhr Sevrin fort, »müssen wir ihre Entscheidung verstehen oder gutheißen? Nein. Es gibt jedoch viele Leute, die es als schiere Torheit erachteten, dass du mir den Vorzug vor Allred gegeben hattest, also sollten wir vielleicht kein Urteil fällen.«

Philippa warf ihrem Mann einen überraschten Blick zu, doch dann schienen sich ihre Schultern ein wenig zu lockern, und sie lehnte sich auf ihrem Stuhl zurück. »Ich verstehe deinen Standpunkt.«

Auch Audrey entspannte sich allmählich. »Philippa, ich hoffe, du ringst dich dazu durch, den Ethan zu sehen, den ich kenne. Er bedauert zutiefst, was er dir angetan hat. Ich weiß, du kannst nicht vergessen, was passiert ist, aber vielleicht kannst du ihm mit der Zeit verzeihen.«

»Er wird eine ganze Menge beweisen müssen«, entgegnete Philippa.

»In ein paar Tagen werden die beiden abreisen«, bemerkte Ambrose. Ich werde mit Sedley darüber sprechen, sie nach Guernsey zu bringen.«

»Wer ist Sedley?«, erkundigte sich Audrey.

»Er besitzt mehrere Boote in Portscatho.«

Audrey wandte sich mit ihrer nächsten Frage an Ethan. »Und warum Guernsey?« Es war eine kleine Insel vor der Nordküste Frankreichs.

»Sevrin hat diesen Ort vorgeschlagen«, antwortete Ethan, nachdem er einen Bissen Ei heruntergeschluckt hatte. »Dort gelten nicht die gleichen Gesetze wie in England, also sollten wir dort sicher sein. Und es ist erheblich näher als Amerika.«

Sollte das heißen, dass er versuchen wollte, irgendwann zurückzukehren? Sie konnte ihm diesen Wunsch nicht verübeln, nicht wenn er seinen Bruder kennenlernen wollte.

Lächelnd schaute Ethan Audrey an. »Dort können wir auch sofort heiraten.«

»Willst du das?«, fragte Philippa.

Audrey erwiderte Ethans Lächeln, und ihre Brust schwoll vor Gefühlen, die sie kaum zurückhalten konnte. Sie hatte gezaudert, ihre Liebe zu gestehen – seit langer Zeit schon hatte sie nicht mehr versucht, jemanden zu lieben. »Ja«, gab sie zurück und fügte dann leise hinzu: »Ich liebe ihn.«

Überraschung, Freude und Erstaunen spiegelte sich in seinen grauen Augen. Sie nahm seine Hand und drückte sie. Er schien zu kämpfen, doch dann gab er auf und führte ihre Hand für einen zärtlichen Kuss an seinen Mund.

Sevrin hüstelte unauffällig. »Ihr könnt mich ruhig weichherzig nennen, doch ich kann niemandem, der seine wahre Liebe findet, einen Vorwurf machen.«

Philippa seufzte und brachte Audrey damit dazu, den Blick schließlich von Ethan abzuwenden. »Ich werde mich bemühen, dich zu unterstützen, meine liebe Freundin, da dies unzweifelhaft dein Wunsch ist. Wir werden eine Fahrt nach Truro unternehmen müssen, um dich mit einer Aussteuer auszustatten. Wirst du an deine Eltern schreiben?«

»Das sollte ich, doch ich möchte nicht, dass sie erfahren, wohin wir gegangen sind.«

Ethan hielt immer noch ihre Hand. »Du solltest ihnen schreiben, dass du dich in Sicherheit befindest und glücklich bist, und dass sie sich keine Sorgen machen müssen.«

Sowohl Philippa als auch Sevrin sahen ihn an, als wären sie überrascht, dass ausgerechnet er so etwas vorschlug.

»Mir ist bewusst, euch keinen Grund geliefert zu haben, mich für einen rücksichtsvollen Menschen zu halten«, meinte er ironisch, »aber ihr werdet hoffentlich erkennen, dass ich es sein kann.« Die letzten Worte klangen so von Herzen aufrichtig, dass Audrey nicht wusste, wie die beiden das nicht könnten.

Philippa schaute Audrey mit besorgtem Blick an. »Bist du sicher, dass du dein Leben hinter dir lassen willst?«

Audrey straffte die Schultern. »Das habe ich bereits, als ich mich entschied, London mit Ethan zu verlassen. Dort gibt es nichts für mich.« Leise fügte sie hinzu: »Das weißt du, Philippa.«

Darauf herrschte kurze Zeit Schweigen, ehe Sevrin kundtat: »Dann ist es abgemacht. Ich werde heute noch mit Sedley sprechen, und Philippa wird morgen mit Audrey nach Truro fahren.«

Audrey wollte nicht länger warten. Und wenn sie morgen abreisen könnten? »Es ist noch früh, warum können wir nicht heute Einkaufen fahren?«

Ethan lachte. »Meine Braut ist in Eile.«

Sevrin schmunzelte. »Ich weiß, wie das ist.«

Philippa errötete und sah ihn kopfschüttelnd an, bevor sie sich an Audrey wandte. »Ja, wir können heute fahren. Ich denke, wir brauchen ein wenig Zeit für uns allein, damit ich mir anhören kann, wie Mr. Locke es gelungen ist, deine Meinung zu ändern.« Dass sie ihn mit Mr. Locke und nicht mit Jagger ansprach, war ein Fortschritt.

KAPITEL 16

Nach ihrem Besuch bei Sedley, mit dem sie die Überfahrt nach Guernsey für den nächsten Tag arrangiert hatten, schlenderten Ethan und Sevrin durch Portscatho zurück nach Beckwith. Es war ein schöner Herbsttag, die Meeresbrise war kühl, doch die Sonne über ihren Köpfen spendete, ebenso wie die Bewegung, genügend Wärme. Aber Ethan dachte schließlich auch, dies könnte der schönste Tag seines Lebens sein.

Ethan betrachtete Sevrins Profil, während sie voranschritten, und war sich immer noch nicht sicher, ob sie nun Freunde waren oder nicht. Er war sich nicht im Klaren, ob er jemals einen wahren Freund besessen hatte. »Ich kann Ihnen nicht genug dafür danken, dass Sie mir geholfen haben. Die Wahrheit ist, dass ich das Ganze selbst nicht recht glauben kann.«

Sevrin warf ihm einen Blick zu. »Das kann ich auch nicht. Nein, das stimmt nicht ganz. Ich versuche, mich in Vergebung zu üben – für mich selbst ebenso wie für Sie. Ich habe meine eigenen schlechten Entscheidungen und bedauernswerten Handlungen zu überwinden.«

Nicht zum ersten Mal deutete Sevrin an, dass seine Vergangenheit keinesfalls mustergültig verlaufen war, aber Ethan war auch schon zu Ohren gekommen, er hätte die Verlobte seines Bruders ruiniert oder Ähnliches. Und heute, bei Sedley, war eine unterschwellige Spannung zu spüren gewesen. »Hat das etwas mit Sedley zu tun?«

Sie bogen in die Hauptstraße von Portscatho ein. »Das könnte man so sagen«, entgegnete Sevrin. »Mrs. Sedley war einmal mit meinem Bruder verlobt.«

Mist. Das war definitiv *etwas.* »Ich hatte das Gerücht gehört, Sie hätten mit der Verlobten Ihres Bruders kokettiert. Ist sie das?«

Sevrin warf ihm einen gequälten Blick zu und nickte knapp. »Ich werde mich nie ganz davon erholen, was ich ihm angetan hatte. Er ist indirekt aufgrund meiner gedankenlosen Indiskretion gestorben.«

Seine Botschaft war sehr deutlich: Ethan würde sich vielleicht auch nicht ganz von seinen vergangenen Taten erholen. »Ich weiß, dass ich mit den Dingen leben muss, die ich verbrochen habe. Wie schaffen Sie das?«

Sevrin holte tief Luft. »Durch Kämpfen. Zu Anfang.«

Ethan ging ein Licht auf, warum Sevrin sich dem Kämpfen zugewandt hatte. Er hatte Sevrin als seinen Preisboxer haben wollen, weil er verdammt gut gewesen war – gut genug, um den Titel zu gewinnen –, doch plötzlich hatte er aufgehört. Ethan hatte gehofft, ihn nach seinem Rückzug wieder hervorzulocken, doch Sevrin hatte abgelehnt, und deshalb hatte Ethan Philippa benutzt, um ihn gefügig zu machen. »Wenn das Kämpfen Ihren Schmerz gelindert hatte, warum haben Sie dann aufgehört?«

»Weil es mir auch Ruhm einbrachte. Das hatte ich nicht verdient.«

Ethan kribbelte die Haut am Hals. Er ahnte, diesen wunderbaren Tag, die Glücksgefühle in seinem Inneren oder

Audreys Liebe nicht verdient zu haben. Aber konnte er überhaupt in Erwägung ziehen, zu tun, was Sevrin getan hatte – sich das zu versagen, was ihn glücklich machte, weil er es nicht verdiente? Welchem Zweck diente dies? »Kämpfen Sie noch? Ich bin natürlich darüber im Bilde, dass Sie Ackleys Training an einen Ihrer Kampfsportler übergeben haben.« Sevrin hatte für Ethan einen Preisboxer gefunden – Ackley – und ihn bis zu seiner Heirat mit Philippa trainiert.

Er schüttelte den Kopf. »Nicht seit Philippa und ich geheiratet haben. Gelegentlich halte ich einen Übungskampf mit Ned ab, doch nur weil es lehrreich ist.«

»Ein Jammer. Sie waren ausgesprochen gut.« Ethan hatte Freude an einem guten Kampf. Er hatte sich einen Preisboxer gewünscht, weil es eine legitime Möglichkeit zum Geldverdienen war, und weil es der Lieblingssport seines Vaters gewesen war. Als Ethan und Jason noch Jungen waren, hatte er sie zu den Kämpfen mitgenommen. Das waren einige der schönsten Erinnerungen in Ethans Leben.

Sie erreichten eine der Schenken der Stadt, als gerade ein Mann auf die Straße trat. Ethan erkannte ihn sofort. »Verflucht.«

Teague hatte gerade seinen kahlen Schädel mit seinem Hut bedeckt, als sein Blick den von Ethan traf. »Sie werden mir nicht schon wieder entwischen.« Zielstrebig schritt er auf ihn zu. »Lewis!«, brüllte er in Richtung des Gasthauses.

Der zweite Ermittler trat aus dem Gasthaus. Er war nicht so voluminös wie Teague, doch er war groß und durchtrainiert. Ethan glaubte nicht, es mit beiden aufnehmen zu können. Er warf einen Blick auf Sevrin. Er würde Ethan im Kampf nicht beistehen, aber würde er sich auf die Seite der Ermittler schlagen?

Teague zog seine Pistole und Lewis tat es ihm gleich. Dann nickte Teague seinem Kollegen zu, der an Ethans Seite trat.

Tiefe Furchen gruben sich in Sevrins Stirn. »Was haben Sie mit Locke vor?«

»Ich verhafte ihn wegen des Mordes am Marquess of Wolverton und bringe ihn zurück zur Bow Street.«

Auf Sevrins scharfes Luftholen hin warf Ethan ihm einen düsteren Blick zu. »Ich habe Wolverton nicht umgebracht.«

»Die Beweise gegen Sie sind ausreichend. Allein meine Aussage wird Sie vor Gericht bringen.« Teague warf einen Blick auf Sevrin. »Ich habe ihn auf der Terrasse von Lockwood House über der Leiche stehen sehen, mit einem blutigen Messer in der Hand.«

Ethan konnte den Zweifel in Sevrins Blick erkennen. »Teague, wenden Sie die Logik an, von der Sie so schwärmen. Jimmy trug die Livree des toten Dieners, den Sie anscheinend vergessen haben. Jimmy muss ihn getötet, die Uniform angezogen und den Mord an Wolverton begangen haben. Ich war einfach zur falschen Zeit am falschen Ort.«

Teague wirkte nicht überzeugt. »Nichts ist mit Ihnen so einfach, wie Sie es glauben machen wollen. Sie sind Jimmys engster Vertrauter. Sie haben zusammengearbeitet, dessen bin ich überzeugt. Ich vermute sogar, dass Sie es waren, der uns anonym die Information hatte zukommen lassen, dass Jimmy sich in Wolverton House befinden würde – damit wir beschäftigt sind, während Sie gemeinsam mit ihm Wolverton in Lockwood House töten. Keine Sorge, wir werden auch Jimmy zur Strecke bringen.«

Wenn sie ihn verdammt noch mal nur finden könnten, was ihnen wahrscheinlich nicht gelingen würde. Jimmy kannte fast jedes Elendsviertel Londons und war dort willkommen. Die Bewohner würden Bow Street sicher nicht helfen.

»Sie sollten gehen«, meinte Sevrin leise. »Wir werden Ihnen morgen folgen.«

Die Welt geriet aus den Fugen, als Ethan seine Chancen

schwinden sah. Hatte er nicht ohnehin eine Rückkehr nach London geplant? Ehe er einen kurzen Blick auf ein traumhaftes Leben mit Audrey erhascht hatte. *Audrey*. Beinahe wären ihm die Knie weggesackt. »Ich möchte nicht gehen, ohne Audrey gesehen zu haben.«

Sevrin fasste ihn an der Schulter. »Es ist schon in Ordnung. Ich kümmere mich um sie. Und ich werde Ihrem Bruder eine Nachricht schicken.«

Das war mehr, als Ethan erhoffen konnte. Weit mehr, als er wahrscheinlich verdient hatte. Er drehte sich Teague zu und es war ihm verhasst, dass der Mann dies als Sieg verbuchen würde. »Ich werde gehen, aber ich gelobe, Sie zu enttäuschen. Ich werde meine Unschuld beweisen.«

Teague nickte Lewis zu, der zu einem ihrer Pferde ging und mit einem Paar Handschellen zurückkam. Seine Augen glitzerten vor Zufriedenheit. »Wie könnte mich dieses nur enttäuschen?«

»Ist das wirklich notwendig?«, fragte Sevrin. »Er sagte, er kommt mit Ihnen.«

Teague wandte den finsteren Blick nicht von Ethan ab. »Ich traue ihm nicht.«

Sevrin trat auf Lewis zu. »Sie können doch nicht beabsichtigen, ihn mehrere Tage lang gefesselt zu lassen. Das ist brutal. Ja– Locke «, berichtigte er sich, »sagen Sie ihnen, dass Sie nicht weglaufen werden.«

»Ich werde nicht weglaufen.« Er schaute Sevrin an. »Ich danke Ihnen. Bringen Sie Audrey mit?«

Sevrin nickte. »Wir werden eine Lösung finden. Laufen Sie nicht fort.«

»Sie trauen ihm auch nicht«, höhnte Teague.

Sevrin drehte sich zu ihm hin. »Nein, ich versuche, ihm klarzumachen, dass er *mir* vertrauen kann, dass er sich auf jemanden verlassen kann. Ich glaube, er weiß nicht, wie das geht.«

Es schien, als hätte Ethan endlich einen Freund. Er hoffte nur, er würde lange genug auf Erden sein, um dies zu schätzen. Nein, so würde er nicht denken. Er würde seine Unschuld beweisen. Die Alternative konnte er einfach nicht in Erwägung ziehen.

Sevrin betrachtete die beiden Pferde, die sie vor dem Gasthaus angebunden hatten. »Wie wollen Sie ihn transportieren?«

»Wir besorgen einen Karren und ich fahre. Ich werde dafür sorgen, dass mein Pferd nach London zurückgebracht wird«, sagte Teague.

»Warum kommen Sie nicht mit uns zurück nach Beckwith?«, schlug Sevrin vor. »Ich sorge für Ihren Transport, und Sie können morgen früh aufbrechen.«

Ethan wollte Sevrin umarmen oder ihm zumindest ausgiebig danken.

Teague schüttelte den Kopf. »Ich will so schnell wie möglich nach London zurück.«

»Dann lassen Sie mich reiten«, warf Ethan ein, dem die Vorstellung zuwider war, die nächsten fünf oder sechs Tage auf einem Karren gefesselt zu sein. »Ich werde nicht fliehen. Und wir werden viel schneller zurück sein.«

Teague schüttelte den Kopf. »Nein. Wir werden hier im Ort schon etwas Passendes finden.«

Sevrin nickte zu Ethan. »Ich kann etwas Bequemes beschaffen.«

In kurzer Zeit hatte Sevrin einen offenen Wagen mit einem einzigen Pferd besorgt und gab Teague die Anweisung, das Pferd einmal pro Tag zu wechseln. Teague war kein besonders guter Kutscher, aber obwohl er Ethans Hände nicht in Handschellen gelegt hatte, weigerte er sich dennoch, ihm die Zügel zu überlassen. Sie ritten gemeinsam los, wobei Lewis auf seinem Pferd neben ihnen her ritt. Sevrin hatte

sich bereit erklärt, Teagues Pferd nach London zurückzubringen.

Ethan warf einen Blick zu Sevrin zurück und versuchte,
einen Funken Hoffnung zu finden. Doch zu glauben, seine
Träume von einer glücklichen Zukunft seien gerade in
Flammen aufgegangen, erwies sich als weitaus einfacher.

~

*E*s war schon später Nachmittag, als Audrey und
Philippa nach Beckwith zurückkehrten. Sie hatten
einen geschäftigen Tag damit verbracht, alles Nötige für ihre
Reise nach Guernsey zu besorgen. Sie hatte einige Kleidungsstücke gekauft, die jedoch geändert werden mussten,
sobald sie an ihrem Ziel angekommen waren. Sie fragte sich,
was sie dort tun würden, und freute sich darauf, dies mit
Ethan zu besprechen. Hoffentlich hatte er eine Lösung für
ihren Transport gefunden und auch dafür, wie sie sein Geld
aus London erhalten würden, damit sie ein Auskommen
hätten.

Philippa hatte sie gefragt, was sie bewogen hatte, ihre
Meinung zu ändern, worauf Audrey ihr erklärt hatte, dass
Ethan sich tatsächlich zu verändern versuchte, und er eigentlich nur jemanden brauchte, der Vertrauen in ihn hatte – und
das hatte sie.

»Wie lange werdet ihr auf Guernsey bleiben?« fragte
Philippa, als die Kutsche in der Auffahrt von Beckwith zum
Stehen kam.

»Ich habe keine Ahnung.« Es kümmerte sie auch nicht
besonders. Sie war einfach nur froh, die Gelegenheit zu
haben, ein Leben mit dem Mann zu beginnen, den sie liebte.
»Sevrin und du, ihr müsst uns besuchen.« Die Überfahrt war
nicht sehr lang.

Ned, der sie bei ihren Besorgungen begleitet hatte, half ihnen aus der Kutsche.

Die Haustür öffnete sich, und Sevrin kam steifbeinig auf sie zu, das Gesicht eine finstere Maske. Audrey sank der Magen unverzüglich in die Kniekehlen. »Was ist los?«, hauchte sie. Doch Ethans Abwesenheit sagte ihr alles, worauf es ankam: Er war fort.

»Kommt herein.«

»Nein«, widersprach Philippa. »Sag es ihr jetzt. Ist er gegangen?«

»Ja, aber nicht aus eigenem Antrieb. Bow Street hat ihn aufgespürt.« Sevrin blickte zu Audrey. »Er wollte nicht gehen, ohne Sie zu sehen, doch ihm blieb keine andere Wahl.«

Ein Teil von ihr war froh, dass er nun Gelegenheit hätte, seine Unschuld zu beweisen, doch der Rest war über ihre zunichtegemachten Pläne am Boden zerstört. Es bestand immerhin die Gefahr, dass er für schuldig befunden wurde ... Sie richtete sich auf und blinzelte gegen die plötzlichen Tränen an.

Dann ging sie auf das Haus zu. »Wann können wir aufbrechen?«

»Morgen«, antwortete Sevrin, der hinter ihr herlief.

An der Tür hielt sie inne und wollte protestieren, doch sie wusste, wie sinnlos es wäre, heute aufzubrechen. Sie würden kaum genug Licht haben, um es zurück nach Truro zu schaffen, geschweige denn ein Stück des Weges nach London. Sie nickte, als die Niederlage sich in ihr festsetzte. *Nein.* Sie würde eine Möglichkeit finden, ihn vor dem Strang zu bewahren. Er sagte, er hätte es nicht getan, und sie glaubte ihm.

Sevrin und Philippa folgten ihr ins Haus. Mit zitternden Händen zog sie ihre Handschuhe aus und nahm die Haube ab. »Ich weiß, ihr habt nicht viel Vertrauen in Ethan, wenn überhaupt, aber an diesem Verbrechen ist er unschuldig.«

»Was wissen Sie darüber?«, fragte Sevrin.

Audrey kämpfte gegen die Röte an, die ihr aus Verlegenheit in die Wangen stieg. Es war ihr ein Dorn im Auge, dass sie kaum etwas wusste. »Er sagte, er sei unschuldig, und ich glaube ihm.«

Philippa schaute sie mit traurigem Blick an. »Ich hoffe, du liegst nicht falsch mit deinem Glauben an ihn.«

»Er hat mir das Gleiche gesagt«, bemerkte Sevrin und führte sie in die Halle, wo er nach einer Erfrischung schickte. »Er sagte, er wäre zur falschen Zeit am falschen Ort gewesen. In Lockwood House, um genau zu sein.« Sevrin warf Philippa einen Blick zu. Lockwood House hatte eine besondere Bedeutung für sie beide.

Und vielleicht auch für Audrey ... Ihr Verstand drehte sich. Dieser Mord musste in der Nacht geschehen sein, als sie London verlassen hatten. Das war der Grund für seine Flucht. *Sie war* in jener Nacht in Lockwood House gewesen.

Es war ein merkwürdiger Abend gewesen, ganz anders als die Abende, die sie sonst dort verbracht hatte. Sie war im Spielsalon gewesen und hatte den Hazard Tisch beobachtet, als ein Diener von der Terrasse hereingekommen war. Ein paar Augenblicke später war Lord Lockwood auf die Terrasse hinausgegangen, und kurz danach war ihm ein weiterer Mann gefolgt. In ihrer aller Bewegungen hatte eine Dringlichkeit und Anspannung gelegen. Sie war nervös geworden. Nun, noch nervöser, als sie ohnehin schon war, wenn sie sich in Lockwood House schlich, und sie war gegangen. Das Wichtigste war aber, dass sie dort gewesen war.

Sie wusste, was sie zu tun hatte und sie zauderte nicht. »Ich war an jenem Abend in Lockwood House. Ich weiß, was passiert ist.«

Sevrin ließ den Blick zu ihr herumschnellen. »Sie waren dort?«

Philippa schaute sie ebenfalls an. »Audrey, was hast du dort getan?«

Audrey kämpfte gegen die Röte an, die ihr am Nacken hinaufstieg. »Nachdem du es so dargestellt hattest, als sei es so einfach, hineinzukommen, beschloss ich, es selbst auszuprobieren. Ich bin einmal mit einer Maske dorthin gegangen, die mein Gesicht verdeckte.« Doch sie hatte zu viel Aufmerksamkeit von den übrigen Gästen auf sich gezogen. Die Leute hatten sie zu Dingen eingeladen, die sie sich kaum vorstellen konnte. »Danach bin ich als Gentleman gekleidet hingegangen.«

Philippa blinzelte und schüttelte dann den Kopf. »Schockierend.«

»Haben Sie den Mord beobachtet?«, fragte Sevrin, dessen Stimme sorgenschwer klang. »Können Sie den Mann identifizieren, der Wolverton getötet hat?«

Der Marquess of Wolverton war derjenige, der umgebracht worden war? Kein Wunder, dass Bow Street Ethan durch ganz England gefolgt war. Man brachte keinen Adligen um und kam ungeschoren davon. Nicht, dass er das getan hätte, doch Bow Street dachte das. »Das kann ich. Es war nicht Ethan.«

»Ich verstehe das nicht.« Philippa verschränkte die Arme vor der Brust. »Warum seid ihr nicht zusammen nach London zurückgekehrt, wenn ihr seine Unschuld beweisen konntet?«

Audrey seufzte. Sie würde den beiden die Wahrheit sagen müssen – oder zumindest einen Teil davon. »Wir haben uns nicht im Einzelnen darüber unterhalten, was er genau getan hat. Mir war bislang nicht bekannt, wessen Mordes er beschuldigt wurde.«

Aber wie sehr wünschte sie, sie hätten es getan. Wäre er

offen und aufrichtig zu ihr gewesen, hätte sie ihm sagen können, dass sie dabei gewesen war, und sie die Zeugenaussage machen würde, die ihn vor dem Galgen retten würde. Ihr lief ein kalter Schauder über den Rücken. Wäre sie ehrlich zu ihm gewesen, warum sie wie ein Gentleman gekleidet war, hätte er gewusst, dass sie in jener Nacht dort gewesen war, und vielleicht hätte er ihr die Wahrheit gesagt. Sie beide waren dumm gewesen, und nun zahlten sie den Preis dafür.

»Sie haben nicht wirklich etwas gesehen, nicht wahr?«, fragte Sevrin leise.

»Ich habe genug gesehen. Und ich *war* dort. Ich werde es beweisen können. Ich habe eine große Geldsumme beim Hazard gewonnen.« Die sie mit Ethan auf ihrer Reise ausgegeben hatte.

Philippa schnappte nach Luft. »Audrey!«

Sevrin ging auf Audrey zu und fixierte sie mit einem ernsten Blick. »Ethan sagt, Gin Jimmy hat Wolverton getötet. Er trug eine Lockwood-Livree.«

Audrey nickte langsam. »Ich habe gesehen, wie er die Terrasse verlassen hat.« Sie besann sich, dass Lord Lockwood und der Mann – jetzt, wo sie darüber nachdachte, war sie sicher, dass es Teague, der Bow Street Ermittler, gewesen war – auf die Terrasse gegangen waren. »Wurde Wolverton auf der Terrasse getötet?«

»Ja.«

Audreys Herz pochte. Sie hatte Gin Jimmy nicht bei der Verübung des Mordes gesehen, aber sie war fest davon überzeugt, dass er es gewesen war. »Ich werde sagen, ich hätte gesehen, wie Gin Jimmy Wolverton getötet hat.«

Philippa kam an ihre Seite und berührte sie am Arm. »Du beabsichtigst, zu lügen?«

Das und noch mehr. »Ich werde alles tun, was erforderlich ist, um den Mann zu retten, den ich liebe.«

In dieser Nacht schlief Audrey kaum und gab den Versuch kurz vor Sonnenaufgang schließlich auf. Sie kleidete sich an und ging nach unten, als die Sonne gerade über den Horizont kroch. Wo war Ethan? Schlief er? War er genauso verzweifelt wie sie? Ging es ihm gut?

Ihr Herz zog sich zusammen, und sie kämpfte, um tief Luft zu holen. Sie durchquerte den Familiensalon und trat in einen kleinen Raum, der auf die hintere Terrasse führte. Sie nahm sich eine Haube und ein Tuch, die an einem Haken hingen, und trat in den kühlen Morgen hinaus. Der Nebel vom nahen Meer benetzte ihre Wangen, als sie die Bänder ungelenk unter dem Kinn zur Schleife band. Das Tuch war groß und weich, und es war von Mrs. Gates gestrickt, wie Philippa ihr erzählt hatte. Es war auch warm und tröstlich. Sie versuchte, sich stattdessen Ethans Arme um sie vorzustellen.

Sie konnte es kaum erwarten, aufzubrechen. Sevrin hatte versprochen, sie würden früh losfahren, doch bis sie sich tatsächlich auf dem Weg nach London befanden, würde sie sich nicht entspannen. Zum Teufel, wahrscheinlich würde sie sich nicht einmal dann entspannen. Hörte sich das einer an: sie *fluchte*. Sie lächelte und vermisste Ethan mit seinem unflätigen, aber köstlichen Mund.

Sie schlenderte durch den Garten zu einem Tor in der Mauer. Philippa hatte ihr gesagt, es führte zu einem Weg, der sich an der Klippe entlang und dann hinunter zum Strand schlängelte. Audrey hatte gehofft, Ethan und sie könnten gemeinsam zum Strand gehen, ehe sie nach Guernsey aufbrachen. Nun schlenderte sie allein zur Klippe und blickte auf die Wellen hinaus. Wellen, auf denen sie eigentlich zu ihrem neuen Leben hätte unterwegs sein sollen. Mit Ethan.

Dieses Leben konnten sie immer noch haben. Er würde nicht hängen, ehe sie in London ankam – sie lagen nicht einmal einen ganzen Tag hinter ihm. Sie würde ihre Geschichte erzählen, und er würde freigelassen werden. Vielleicht würde Bow Street sogar Gin Jimmy festnehmen, was auch dieses Problem lösen würde. Ohne Verfolger könnten sie in London bleiben, damit er in der Nähe seines Bruders sein konnte. Aber was für ein Leben würden sie führen? Er war als kurioser, lang verschollener Bruder des skandalumwitterten und angeblich verrückten Lord Lockwood gerade noch akzeptiert worden, aber sobald die feine Gesellschaft von seiner verbrecherischen Vergangenheit erfuhr, würde er geächtet werden. Und ihr Ruf musste, soweit er von Wert gewesen war, inzwischen ruiniert sein.

Es war ihr einerlei, an welchem Ort sie lebten, solange sie nur zusammen waren.

Die Brise ließ das Gras zu ihren Füßen und die Sträucher am Rande der Klippen rascheln. Es war ein bisschen laut, aber beruhigend. Sie konnte sich sogar vorstellen, hier zu leben.

Als die Hände ihre Arme packten, atmete sie scharf ein. Als sich die Handfläche über ihren Mund legte, tat sie einen Satz. Als die Stimme ihr ins Ohr zischte: »Sag nichts, sonst ersparen wir uns die Mühe, dich nach London zu schleppen, und schlitzen dir gleich hier die Kehle auf«, zog sich ihr Magen zusammen und ihre Knie gaben nach.

Der Geruch nach ungewaschener Haut verdrängte die sanfte, frische Seeluft und stieg ihr in die Nase, bis sie glaubte, ohnmächtig zu werden. Sie drehte den Kopf und sah den Angreifer zu ihrer Rechten. Er war etwas kleiner als sie, hatte fettiges schwarzes Haar und ein pockennarbiges Gesicht. Der Mann zu ihrer Linken war größer, hatte kurzes, sandfarbenes Haar und kleine, bösartige Augen. Er verzog die Lippen zu einem fiesen Grinsen. »Ich bin Perkins und das ist Bird. Wenn du den Mund hältst und die Hände bei dir behältst, kommst du heil in London an. Schaffst du das?«

Sie nickte. Bird lockerte die Hand über ihrem Mund ein wenig, doch beide Männer hielten ihre Arme fest umklammert. »Arbeitet ihr für Gin Jimmy?«

Perkins´ Grinsen wurde breiter. »Jawohl.«

Ihr zitterten die Knie. Wie konnte sie Ethan helfen, wenn sie Gin Jimmys Gefangene war? Und würde sie nur eine Gefangene sein? »Was habt ihr mit mir vor?«

»Gin Jimmy will dich«, antwortete Perkins. »Er wollte auch deinen Mann, aber dieser verdammte Ermittler hat ihn zuerst erwischt. Egal, Jimmy wird ihn auf die eine oder die andere Weise kriegen.«

Sie wussten, dass Ethan mit Teague gegangen war. Und sie wollten sie jedenfalls. Was bedeutete, dass sie vorhatten, Ethan in eine Art von Falle zu locken, damit Gin Jimmy Rache üben konnte. Audrey reckte das Kinn. »Er ist in Gefangenschaft und ich bin die einzige Person, die ihn befreien kann.«

Die Schurken tauschten einen Blick und dann brachen sie in Gelächter aus. »Du kennst Gin Jimmy nicht!«, grölte Bird. »Dein Mann wird freikommen und direkt zu dir eilen.«

Perkins ernüchterte und starrte sie unerbittlich an. »Zeit zu gehen. Denke daran, nicht zu schreien und nichts zu tun, was Aufmerksamkeit erregt. Ich würde es verabscheuen, dich in mehr als einem Stück in London abliefern zu müssen.«

Audrey wurde das Blut kälter als die Themse im Winter. Als die Schurken sie in Richtung zweier Pferde zerrten, fragte sie sich, wie sie die Reise nach London aushalten sollte. Schnell erkannte sie, dass es nur der Beginn dieses Albtraums war.

KAPITEL 17

Ethan lag auf seinem Bett in seiner im Keller gelegenen Zelle von Bow Street und starrte an die Decke. Zwei andere Gefangene lagen ebenfalls auf ihren Betten, an die sie jeweils angekettet waren. Ethan hatte die letzte Nacht genauso verbracht, wie die vorigen fünf: wahnsinnig vor Sorge um Audrey.

Ging es ihr gut? War sie auf dem Weg nach London? Wollte sie überhaupt nach London kommen, nun, da er verhaftet war?

Die Tür öffnete sich und Teague trat in den fensterlosen Raum. Er war ein großer, massiger Mann, der die niedrige Decke noch niedriger wirken ließ.

»Gut geschlafen?«, fragte Teague, gleichwohl sein sarkastischer Tonfall ausdrückte, dass es ihn nicht die Bohne kümmerte.

Ethan setzte sich auf. »Bringen wir es hinter uns.«

Teague betrachtete ihn mit unverhohlener Überlegenheit. »In Eile, nach Newgate zu kommen?«

Wo er auf seine Gerichtsverhandlung warten würde, wenn der Richter die Beweise gegen ihn als ausreichend erachtete. Teague schloss die Kette um Ethans Fußgelenk auf.

Ethan massierte sich den Unterschenkel, ehe er seine Stiefel anzog. »Ist mein Bruder gekommen?«

»Das ist er tatsächlich und wartet im Gerichtssaal. Carlyle ebenfalls.« Die letzten Worte brachte Teague mit einem Anflug von Irritation hervor.

Carlyle war gekommen? Ethan wusste nicht, ob er Freund oder Feind war. Ethan hatte ihm das Leben gerettet, aber Carlyle hatte kein Geheimnis daraus gemacht, dass er, wenn er zwischen Ethan und dem Gesetz wählen müsste, das Gesetz immer gewinnen würde. Vielleicht hatte Jason ihn zum Kommen überredet, doch Ethan wusste nicht, aus welchem Grund.

»Auf diesen Tag habe ich lange gewartet«, brachte Teague vorsätzlich langsam hervor. »Aber ich werde ihn nicht richtig feiern, ehe nicht die Haube über Ihren Kopf gestülpt ist und Sie am Galgen baumeln.«

Ethan verstand die Wut des Mannes und seinen Kummer über den Verlust seiner Schwester, wie er auch sein Bedürfnis nach Rache erfassen konnte. Allerdings hatte er in all den Jahren, die er seinen Bruder gehasst hatte, niemals Jasons Niedergang ersehnt. Er wollte ihn lediglich das Gefühl der Einsamkeit spüren lassen, das Ethan hatte erdulden müssen. »Es ist gefährlich, einem anderen den Tod zu wünschen.«

Teague riss den Kopf hoch. »Als ob Sie das nicht gewollt hätten.«

Ethan erhob sich. »Das habe ich, aber ich habe nur getötet, wenn ich dies für mein eigenes Überleben tun musste. Wie sind Menschen, Teague. Es geht um die eine Sache, für die wir von dem Moment an kämpfen, in dem wir auf diese gottverdammte Welt kommen.«

Teague war lange Zeit still. »Ich bin ein Mann des Gesetzes. Ich will, dass Sie den Preis dafür bezahlen, was Sie getan haben – und das bedeutet, dass Sie hängen.« Er bewegte sich auf Ethan zu, wobei er ihn aus schmalen Augen ansah. »Ja, Sie haben überlebt, aber Sie müssen mit Ihren Vergehen leben. Wie machen Sie das?«

Ethan ließ zu, dass die Reue und das Bedauern, die er mit solcher Mühe unterdrückt hatte, wie eine reinigende Welle über ihn hinwegspülten. Aber er fühlte sich nicht gereinigt. Nie hatte er sich gereinigt gefühlt. »Nicht sehr gut, fürchte ich. Sehe ich aus, als würde ich ein Traumleben führen?«

In Wahrheit war er nah dran gewesen. Näher, als er sich je vorgestellt hatte. Doch Teague erinnerte ihn nur daran, dass er es nicht verdient hatte. Und vielleicht war es deswegen nicht dazu gekommen.

Teague öffnete die Tür und hielt sie für ihn auf. »Gehen wir.«

Ethan nahm seine Jacke vom Bett und zog sie, so zerknittert wie sie war, über. Er war von den vielen Reisetagen ein zerknautschtes Desaster, doch er konnte nichts dagegen tun, außer seine Krawatte so gut binden, wie es nur ging, und das hatte er vorhin schon getan.

Neben Teague blieb er stehen und schaute ihm in die Augen. »Ich habe das nicht getan.«

Teague bleckte die Zähne. »Ich glaube Ihnen nicht.« Dann ruckte er mit dem Kopf zur Tür.

Ethan hielt den Kopf hoch erhoben, als er Teague voran aus der Zelle marschierte. Sie gingen hinauf in das Erdgeschoss und schlugen den Weg in den Gerichtssaal ein.

Im Saal standen mehrere Menschen verteilt. Sie waren Ankläger oder Zeugen, vielleicht sogar Zuschauer, die gehört hatten, dass Gin Jimmys nächster Verbündeter heute hier erscheinen würde. Oder sie hatten erfahren, das Mr. Ethan Locke gar nicht der Gentleman war, der zu sein er vorgab.

Ethan trat über die Türschwelle und schaute sich suchend

nach seinem Bruder um. Erleichterung durchströmte ihn, als er Jason in der Nähe der Empore stehen sah. Sein Bruder drehte sich zu ihm um und die, von Ethan verursachte, hässliche Narbe prangte auf seiner linken Wange. Ethan unterdrückte eine Welle des Selbsthasses. Heute würde er keine weitere unnötige Emotion verkraften können. Alles in ihm musste sich darauf konzentrieren, seine Freiheit wiederzuerlangen.

Ethan erkannte Carlyle, der neben Jason stand, doch es waren noch zwei weitere Männer bei ihnen.

Carlyle nickte Ethan kurz zu und deutete auf den dickeren Mann. »Gestatten Sie mir, Ihnen meinen Freund, den Rechtsanwalt, Jeremy Bates vorzustellen. Er hat einen weiteren Kollegen mitgebracht, der Ihnen heute zur Seite steht. Lockwood hat ihn über die Situation ins Bild gesetzt.«

Der vierte Mann, ein junger, schlanker Gentleman nickte Ethan zu. »Mr. Harworth, zu Ihren Diensten. Sollen wir fortfahren?« Er bedeutete Ethan, ihm auf die erhöhte Empore an der rechten Wandseite voranzugehen. Der Richtertisch befand sich an der gegenüberliegenden Seite, während der offene Gerichtsbereich zwischen ihnen lag. Das war die Stätte, an der die Zeugen ihre Aussagen machten, und an die Teague sich begab. Jason und Carlyle gesellten sich zu ihm.

Die drei Richter nahmen ihre Plätze am Tisch ein. Der eine in der Mitte, ein schwerer Mann mit einer rötlichen Gesichtsfarbe schaute ihn prüfend an. »Ethan Jagger?«

»Ethan Lockwood, Euer Ehren«, antwortete Jason.

Ethan klammerte sich nach Halt suchend an das Geländer vor ihm. So viel dazu, seine Emotion zu unterdrücken. Bei Jasons Deklaration wollten ihm beinahe die Knie nachgeben. Er schaute auf Jason hinab, doch sein Bruder starrte die Richter an. *Starrte.* Ethan hätte beinahe gelächelt, so gut fühlte sich dies an.

»Tatsächlich?«, fragte der Richter, während der andere zur Linken eine Notiz niederschrieb. »Teague, ist das der richtige Mann?«

Teague sandte Ethan einen entnervten Blick zu. »Ja, das ist er. Er hat verschiedene Aliase, Euer Ehren.«

Der Richter nickte. »Dann werden wir ihn als Mr. Lockwood ansprechen. Mr. Lockwood, Ihnen wird vorgeworfen, den Marquess of Wolverton umgebracht zu haben.«

»Ich bin dieses Verbrechens nicht schuldig«, entgegnete Ethan. Harworth stieß ihn diskret mit dem Ellbogen und fügte hinzu: »Euer Ehren.«

Der Richter zur Rechten räusperte sich. »Mr. Teague, haben Sie Beweise vorzulegen?«

»Das habe ich. Ich habe Mr. Jagger, pardon Mr. *Lockwood* über dem Körper des Marquess stehen sehen, wie er das Messer hielt, das er benutzt hatte, um ihn zu erstechen.« Teague schaute zu Jason. »Lord Lockwood hat die gleiche Szene beobachtet.«

Der Richter wandte seine Aufmerksamkeit Jason zu. »Stimmt das?«

»Ja, Euer Ehren«, entgegnete Jason knapp. »Allerdings habe ich nicht beobachtet, wie er Wolverton erstochen hat. Er hat nur das Messer aufgehoben.« Jason sah mit finsterem Blick zu Teague. »Mr. Teague hat den Mord auch nicht mitangesehen.«

»Stimmt das, Mr. Teague?«, fragte der Richter in der Mitte.

»Das ist richtig, jedoch ist Mr. Jagger, pardon, Mr. *Lockwood*, ein bekannter Verbrecher. Er behauptet, Gin Jimmy, ein Verbrecherkönig mit einigem Ruf, hätte den Mord begangen, aber ich glaube, sie haben zusammengearbeitet. Ich weiß, dass sie Verbündete sind. Euer Ehren, ich habe weitere Beweise, die Mr. *Lockwood* mit dem Mord an Lady Aldridge in Verbindung bringen.«

Der Richter zog die dunklen Augenbrauen hoch, die im Kontrast zu seinem grauen Haar standen. »Legen Sie ihm dieses Verbrechen also heute auch zur Last?«

Teague zog eine Grimasse und die Haut um seinen Mund wurde blass. »Leider nein. Der Hauptzeuge ist verschwunden.«

Das musste Oak sein. Was war mit ihm geschehen?

Der Richter zur Rechten brummte, während der zur Linken weitere Notizen niederschrieb. Der Richter in der Mitte wandte seine Aufmerksamkeit Lord Carlyle zu. »Lord Carlyle, was tun Sie heute hier?«

»Ich bin gekommen, um die Zeugen zu hören, Euer Ehren. Meinem Glauben nach hat Gin Jimmy den Mord an Wolverton und auch den Mord an Lord Lockwoods Diener ohne die Hilfe von Mr. Lockwood verübt.«

Teague zeigte auf den Richtertisch. »Dieses Messer ist die Waffe, die Mr. Lockwood über Wolvertons Leichnam gehalten hat. Bei näherer Untersuchung werden Sie feststellen, dass ein ›J‹ eingraviert ist.« Teague drehte den Kopf und grinste Ethan an. »Für Jagger.«

»Für Jimmy, Sie Trottel«, spöttelte Ethan.

Mr. Harworth berührte Ethan kurz am Arm, ehe er sich an die Richter wandte. »Die Inschrift auf dem Messer ist kein schlüssiger Beweis, dass es Mr. Lockwood gehört.«

Der Richter in der Mitte nahm die Waffe in die Hand und inspizierte sie. »Ist das Ihre Waffe, Mr. Jagger?« Dass er wieder zu Ethans Verbrechernamen übergegangen war, veranlasste Ethan, seine Muskeln anzuspannen. Er wagte nicht, ihn zu korrigieren, und war erleichtert, als das auch kein anderer tat. Er wollte als Lockwood anerkannt werden, aber noch mehr wollte er seine Freiheit.

»Nein, Euer Ehren.«

»Und Sie haben es nicht benutzt, um damit Wolverton umzubringen?«

»Nein, Euer Ehren.«

Der Richter legte die Stirn in Falten. Er tauschte Blicke mit den anderen beiden Richtern aus, die ebenfalls die Stirn runzelten. Leise unterhielten sie sich miteinander und von Ethans Platz aus war es unmöglich, sie zu verstehen.

Ethans Aufmerksamkeit wurde auf den Wartebereich zur Linken gelenkt, als zwei Männer recht nahe an die Empore herantraten. Er erkannte Sevrin, der von seinem Freund, dem Earl of Saxton, begleitet wurde. Suchend schaute sich Ethan nach Audrey um, die ihm sicherlich beistehen würde, doch er konnte sie in der Menge nicht ausmachen. Er verspürte einen kurzen Moment der Erleichterung – er war nicht sicher, ob er wollte, dass sie ihn so sah – doch das war nicht von Dauer, als ihm die Furchen um Sevrins Mund auffielen. Etwas stimmte nicht.

Endlich richtete der Richter in der Mitte das Wort an den Saal. »So sehr es mich schmerzt, Teague, bin ich nicht sicher, ob ich genügend Beweise habe, um ein Verfahren gegen ihn einzuleiten.«

»Ich habe einen Augenzeugen. Das sollte doch sicher genügen.« Teague klang verzweifelt.

Sevrin trat an die Empore und flüsterte Ethan und seinem Rechtsbeistand etwas zu. »Es gibt einen Zeugen, der den Mord gesehen hat und aussagen wird, dass es nicht Mr. Locke gewesen ist.«

Mr. Harworth beugte sich zu Sevrin herab. »Wo ist er?«

Sevrin blickte zu Ethan und die Furchen um seinen Mund wurden noch tiefer. »Leider ist sie nicht verfügbar.«

Sie.

Ethan musste sich nicht fragen, auf wen Sevrin sich bezog. Er biss auf einer Seite seines Mundes die Zähne zusammen, damit er nicht explodierte. *Was um alles in der Welt war passiert?*

Harworth runzelte Stirn. »Wann wird sie verfügbar sein?«

Sevrins Miene war gequält. »Das wird davon abhängen. Sie ist ein angesehenes Mitglied der Gesellschaft. Wird das für seinen Fall hilfreich sein?«

»Was besprechen Sie?«, fragte einer der Richter mit donnernder Stimme.

Harworth straffte sich. »Wir bitten um Verzeihung, Euer Ehren. Wir sprechen über eine weitere Zeugin, die derzeit nicht verfügbar ist. Sie hat den Mord gesehen und sie wird aussagen, dass es nicht Mr. Locke war.«

Der Richter zur Linken schrieb weitere Notizen nieder, während der zur Rechten fragte: »Wer ist diese Zeugin?«

»Miss Audrey Cheswick«, antwortete Sevrin. »Ihr Großvater ist Lord Farringdon.«

Die Richter tauschten Blicke aus, und dann nickten sie. Derjenige zur Rechten richtete das Wort an Teague. »Sie haben nicht genügend Beweismaterial gegen Mr. Lockwood, um ihm den Mord an Wolverton anzulasten, insbesondere wenn diese, sehr glaubwürdige Zeugin in der Lage sein wird, auszusagen.« Er schaute auf und sah Ethan an. »Mr. Lockwood, Sie sind frei und können gehen.«

Mr. Harworth klopfte Ethan auf die Schulter und führte ihn von der Empore herunter. Ethan platzte vor nervöser Energie aufgrund der Ungewissheit, was Audrey zugestoßen war.

Jason und Carlyle traten aus dem offenen Bereich, gefolgt von Teague, der lange genug innehielt, um zu sagen: »Ich werde eine Möglichkeit finden, Sie hängen zu sehen.« Dann stürmte er aus dem Gerichtssaal.

Ethan nahm sich nicht einmal einen Augenblick Zeit, um sich zu freuen. Er drehte sich zu Sevrin. »Wo ist Audrey?«

Sevrin schaute noch gequälter als auf der Empore. »Ich

weiß es nicht. Sie ist am Morgen nach Ihrem Aufbruch verschwunden.«

Ethan wollte die Hände um Sevrins Hals schlingen, weil er die am nächsten stehende Person war, die er bestrafen konnte. Die Erde öffnete sich unter ihm und er drohte, in einen schwarzen Abgrund zu taumeln. »Was verdammt noch mal meinen Sie mit ›verschwunden‹?«

»Sie war einfach weg. Niemand hat sie gehen sehen. Offenbar war sie früh aufgestanden, denn ein Teil ihrer Kleidung fehlte, und zu einem Spaziergang aufgebrochen. Neben der Terrassentür hing ein Umhang, der nicht mehr da ist, und es sieht aus, als hätte sie diesen Umhang mitgenommen, als sie zu dieser Tür hinausgegangen ist. Ich denke, sie hat den Pfad zur Klippe genommen. Wir haben nach ihr gesucht, doch es war nirgends ein Anzeichen von ihr zu entdecken.«

Jason legte seine Hand um Ethans Ellbogen und dieser Kontakt verschaffte ihm eine physische Unterstützung, von der er nicht gewusst hatte, dass er sie brauchte. »Was glauben Sie, was ihr zugestoßen ist?«

»Gin Jimmy.« Ethan versteifte sich innerlich vor Entschlossenheit. Audrey wünschte sich von ihm, dass er aufhörte, Menschen Schaden zuzufügen, doch er würde Jimmy das Herz herausreißen, wenn er sie verletzt hatte.

»Sie glauben, sie ist hier in London?«, fragte Carlyle. Die vier Männer standen nun um Ethan herum und jeder einzelne betrachtete ihn eingehend, als wäre er ein eingesperrtes Tier, das als Kuriosität ausgestellt war. Andere beobachteten ihn ebenfalls, der Tatsache zum Trotz, dass am anderen Ende des Saales die Gerichtsgeschäfte fortgesetzt wurden.

»Ich kann mir nicht vorstellen, dass sie irgendwo anders ist.« Es sei denn, sie hatten ihr auf dem Weg etwas angetan. Nein, er würde sich nicht erlauben, so zu denken. Noch nicht. Dann wandte er sich zu Sevrin und gab sich Mühe, seine Verzweiflung in seiner Stimme zu unterdrücken. »Sind Sie sicher, dass sie nicht gestürzt ist oder irgendeine andere Art von Katastrophe auf dem Weg erlitten hat?«

Sevrin schüttelte den Kopf. »Es war kein Anzeichen dafür zu erkennen.«

Ethan fuhr sich mit den Händen durchs Haar und hielt sich nur mit Mühe davon ab, es sich nicht vom Kopf zu reißen. Er wollte den Saal in Trümmer legen und die Männer angreifen, die einfach dort standen und nicht das Geringste unternahmen.

Doch was konnten sie tun?

»Ich muss sie finden.« Er ging auf die Tür zu, doch Sevrin hielt ihn am Arm fest.

»Warten Sie. Lassen Sie sich von uns helfen.«

Ethan schürzte die Lippen, als er die vier Aristokraten in Augenschein nahm. »Wie um alles in der Welt könnten Sie alle mir helfen?«

Carlyle zog seine Krawatte zurecht. »Ich werde versuchen, nicht beleidigt zu sein, dass Sie auch nur denken könnten, ich könnte Ihnen nicht helfen. Letztendlich stehe ich in Ihrer Schuld und Sie wissen, dass meine Kontakte den Ihren gleichkommen.«

Ethan brummte. »Das bezweifle ich, aber ich akzeptiere Ihren Standpunkt. Finden Sie bitte heraus, was Sie können.«

»Sollen wir uns heute Nachmittag wieder in Lockwood House versammeln?«

Das waren von nun an gerechnet mehrere Stunden. »Ich kann nicht so lange warten.« Ethan konnte die Furcht in seinem Tonfall hören und wollte seine Frustration herausschreien.

Jason musterte ihn mit ernstem Blick. »Sei klug, Ethan. Dir ist viel mehr mit einem Plan gedient. Du scheinst ein Meister darin zu sein.«

Er bezog sich auf den Plan, den Ethan durchgeführte

hatte, um Gin Jimmy zur Strecke zu bringen, damit er frei von ihm wäre und sich in die Gesellschaft integrieren könnte. Es war dieser Plan, den Ethan sich geweigert hatte, seinem Bruder anzuvertrauen. Er schaute Jason an und ihr wortloser Austausch war klar: Jason würde ihm helfen, doch Ethan musste ihm vertrauen.

Ethan zwang sich, auszuatmen und einen Teil der Anspannung von seinen Schultern loszulassen. »Was schlägst du vor?«

In Jasons Augen war ein kurzes Aufblitzen von Überraschung zu erkennen. Dann schien er sich ebenfalls zu entspannen. »Warten wir ab, was Carlyle in Erfahrung bringt.«

»Wir werden ihn aufstöbern müssen«, meinte Ethan, dessen Verstand auf Hochtouren arbeitete. Er kannte Gin Jimmy besser als jeder andere. Nur selten verließ der Mann seine komfortable Behausung im Herzen von Seven Dials, und dort war er unangreifbar. Wenn er Audrey entführt hatte – und Ethan war sich absolut sicher, dass dem so war –, wäre dies der einzige Ort, an der er sie festhalten würde. »Ich weiß, wo sie ist, aber wenn ich dorthin gehe, bin ich tot.«

»Er hat Ihnen eine Falle gestellt«, meinte Sevrin.

»Dann werden wir unsere eigene stellen.« Saxton zog die Aufmerksamkeit aller auf sich. Seine hellblauen Augen blickten listig. »Lockwood – das ist verdammt verwirrend.« Er konzentrierte seinen Blick auf Ethan, um die beiden Brüder zu unterscheiden. »Wenn wir ihn von ihr weglocken können, haben Sie eine Chance, oder sind Sie so oder so tot?«

»Ich könnte eine Chance haben«, antwortete Ethan langsam. Es gab einige, die Ethan die Treue hielten, und Gin Jimmys Sturz unterstützt hätten, aber sie hatten sich stattdessen Ethan als Anführer gewünscht. Und Ethan wollte nichts davon wissen. »Es hängt davon ab, was Gin Jimmy ihnen in meiner Abwesenheit erzählt hat. Ich weiß nicht, wie viele Anhänger ich noch befehlige.«

»Das werde ich herausfinden«, versprach Carlyle und ging auf die Tür zu. »Ich treffe Sie in Lockwood House. Dann können Sie mich über Ihren Plan ins Bild setzen.«

»Carlyle«, rief Ethan. Der Mann blieb stehen und drehte sich wieder um. »Versichern Sie sich, dass sie dort – das Cup and Burrow ist sein Versteck – und unversehrt ist.«

Carlyle nickte und ging, bevor Ethan noch das Allerwichtigste sagen konnte: Danke.

»Hast du eine bestimmte Falle im Sinn, Sax?«, fragte Severin.

Saxton zuckte mit den Schultern. »Es scheint, dass Jimmy sich von einer Sache aus seinem Bau locken lassen würde, und das ist die Sache, die er am meisten will.«

»Mich.« Ethan schüttelte den Kopf. »Ich werde in seinen Stützpunkt eindringen müssen.« Nicht nur, weil er derjenige sein musste, der Audrey rettete – und er *musste* dieser Mann sein –, sondern weil es auch unerlässlich war, dass er Gin Jimmy ein für alle Mal den Garaus machte. Und dafür würde er alle Hilfe brauchen, die er nur bekommen konnte, wozu er hoffentlich die Gefolgschaft von Jimmys Männern für sich gewinnen könnte.

Saxtons Lippen teilten sich zu einem cleveren Lächeln. »Nicht Sie. Der andere Lockwood.« Mit einem Kopfnicken deutete er zu Jason. »Vielleicht können wir uns Ihre Ähnlichkeit im Körperbau und der äußeren Erscheinung zunutze machen, um Jimmy hervorzulocken. Ihre Narbe könnte allerdings ein Problem darstellen.«

Severin schüttelte den Kopf. »Nicht, wenn wir sie abdecken. Ich bin ziemlich gut darin geworden, meine Blessuren vom Black Horse zu kaschieren.«

»Du hast es versucht«, meinte Saxton zu ihm. »Lassen

wir eine Expertin ans Werk. Ich bin sicher, Olivia kann mit ihrer Erfahrung vom Theater von gutem Nutzen sein. Es wird nicht perfekt werden, aber wir sollten in der Lage sein, die Leute hinters Licht zu führen, die sich in gewisser Entfernung befinden.« Saxton schaute Ethan an. »Könnte das funktionieren?«

»Möglich.« Ethan stellte sich Jason so wie er gekleidet vor, in einer dunklen Ecke des Brazen Bride stehend und von einigen seiner Männer flankiert. Dies würde jeden Beobachter in genügendem Maße täuschen, und ihn denken lassen, Ethan stünde dort, was Jimmy hoffentlich nach draußen locken würde. Ethan entschied, dass er die Chancen gegeneinander abwägen und sich genau überlegen müsste, war er sagen könnte, um seinen ehemaligen Mentor aus seiner Behausung zu locken.

Die Frage war, ob er sich Jason offenbaren konnte? Das müsste er nicht, entschied er. Er konnte eine Nachricht an Jimmy schreiben, die ihn aus seinem Bau lockte, ohne Jason mitzuteilen, was drinstand. Er schaute zu seinem Bruder. Seinem *Bruder*. Es kribbelte unbehaglich in seinem Nacken. Nein, die Zeit für Geheimnisse war vorbei. Es war an der Zeit zu vertrauen und seinen Glauben zu finden – wenn er das konnte.

»Gehen wir nach Lockwood House, wo wir all dies bereden können.« Jason klopfte ihm auf eine übertrieben brüderliche Art auf die Schulter. »Ich fordere dich nicht auf, dich zu entspannen, aber du kannst baden, deine Garderobe wechseln und ein Glas Whiskey trinken. Wie mein Butler North sagen würde, brauchst du eine kleine Stärkung.«

Nein, was er brauchte, war Audrey. Wenn ihr etwas zustieße … Er wäre nicht imstande, das zu ertragen. Sein Glück zum Greifen nahe zu haben, nur damit es ihm entrissen wird? Das würde ihn umbringen. Aber hatte er etwas anderes verdient?

Nach einer brutalen sechstägigen Reise, bei der sie auf einem gestohlenen Pferdekarren durchgeschüttelt, auf einem gestohlenen Pferd über die Hügel gerast und in einer heruntergekommenen – und jawohl, gestohlenen – Kutsche nach London transportiert worden war, war Audrey einfach nur froh, still zu sein. Auch wenn das bedeutete, in einer fensterlosen Kammer eines Freudenhauses in St. Giles eingesperrt zu sein. Sie war sich nicht sicher, was ein Freudenhaus war, aber gewiss war es nichts Gutes.

Das Erdgeschoss war eine Art Pub oder Taverne, die jedoch mit einer Klasse von Menschen angefüllt war, der Audrey nie zuvor begegnet war. Männer, Frauen, Kinder – alle schmutzig und wahrscheinlich betrunken – hatten sie angegafft und gegrinst, als Perkins und Bird sie in den Schankraum gezerrt hatten. Eine Frau hatte den beiden Audrey abgenommen und sie in den dritten Stock gebracht, das aus einem Gewirr von Zimmern bestand, aus denen unterbrochene, beunruhigende Geräusche drangen. Weinen. Schreie. Dunklere Geräusche … intimerer Natur.

Die Frau, Mutter Dean, wie sie sich nannte, hatte zwei jüngere Frauen abgestellt, um Audrey behilflich zu sein. Sie hatten ihr Bad gerichtet und brachten ihr frische Kleidung, gleichwohl Audrey lieber ihre alte Garderobe gehabt hätte, so erbärmlich sie nach der fast ununterbrochenen Reise auch war. Ihr neues Kleid passte nicht richtig. Wie die meisten Kleider, die ihr nicht auf den Leib geschneidert waren, war auch dieses zu kurz und im Miederbereich zu eng. Außerdem zeigte es weit mehr von ihrem Busen, als sie jemals offenbart hatte.

Der Raum, in dem man sie untergebracht hatte, war klein, kaum mehr als eine Nische unter der Treppe, die in den obersten Stock führte. In der Ecke befand sich das inzwischen lauwarme Bad, während Audrey auf einem Holzstuhl hockte. Eine der jungen Frauen, Ellie, die ihr beim Baden und Anziehen geholfen hatte, frisierte gerade ihr Haar, und die andere war gegangen, um Kosmetikartikel zu holen.

»Ich möchte lieber nichts auf mein Gesicht auftragen.« Das Kleid war schon entwürdigend genug.

»Das wird von den Mädchen hier im Cup and Burrow erwartet.« Ellie steckte eine Haarnadel nach der anderen in Audreys Haar. »Wie bändigst du nur diese Locken?«

»Es ist ein bisschen schwierig. Was meinst du mit den ›Mädchen‹?« Das konnte Audrey sich zwar sehr gut vorstellen, aber sie fragte trotzdem.

»Das Cup and Burrow ist ein Freudenhaus. Cup steht für den Gin und Burrow steht für das, was zwischen den Beinen ist.«

Audreys Bauch krampfte sich vor Furcht zusammen, als sich ihre Vermutung bestätigte. »Wie viele Mädchen sind hier?«

Ellie schob eine Haarnadel in Audreys Haar und kratzte sich am Kopf. »Kommt drauf an. Manchmal sind es bis zu vierzig. Wir bekommen oft neue Mädchen, aber nicht alle sind geeignet.«

»Was passiert mit ihnen?«

»Sie fliegen raus, es sei denn, sie werden anderweitig gebraucht. Normalerweise weiß ich, wer rausfliegt. Wenn die Mädchen ankommen, kümmere ich mich um sie, so wie bei dir, wenn sie es nötig haben. Die meisten kommen schon so an, wie sie aussehen sollten. Nicht so wie du.« Sie platzierte eine weitere Haarnadel in Audreys Locken. »Du wirst keinen Tag überstehen.«

Audrey unterdrückte ein Schaudern. »Ich gehöre nicht zu den ›Mädchen‹.« Gott, was wäre, wenn dem so wäre? Nein, sie würde sich an die Hoffnung klammern, dass Gin Jimmy sie nur als Köder benutzte, um an Ethan heranzukommen. »Aber wenn ich es wäre, was würde als Nächstes mit mir passieren?«

»Du darfst dich für einen Tag oder so einleben. Und wenn du klug bist, trinkst du eine Menge Gin, um die Sache leichter zu machen.« Sie lachte, womit sie in der Kammer einen subtilen Duft des Gins verströmte, von dem sie sprach. Sie gab Audrey einen letzten Klaps auf das Haar und stellte sich dann vor sie. »Du wirst es schaffen. Nachdem wir dein Gesicht gemacht haben, bringe ich dich nach unten in den Schankraum, um etwas zu essen.«

Die zweite Frau kam herein. Unter dem kohlschwarzen Kajal um ihre Augen und dem unnatürlichen Rot ihrer Lippen schien sie weit jünger als Ellie, gleichwohl Audrey vermutete, dass sie ein ähnliches Alter hatten.

Ellie schaute die andere junge Frau fragend an. »Nan, wo ist denn dein Kosmetikkorb?«

»Man hat mir aufgetragen, sie sofort nach unten bringen. Mutter Dean will dich sehen, Ellie.«

Ellie ging zur Tür, hielt inne und blickte zu Audrey zurück. »Denk daran, was ich über den Gin gesagt habe.« Sie schenkte ihr ein wissendes Lächeln und verließ die kleine Kammer, wobei ihr Lachen hinter ihr her klang.

Mit zittrigen Beinen erhob sich Audrey vom Stuhl. »Wohin bringst du mich? Ich bin keines der … Mädchen.«

Nan lächelte sanft. »Ich weiß. Ich bringe dich zu Gin Jimmy. Ist es wahr, dass du Jaggers Frau bist?«

Obwohl die Bezeichnung irgendwie grob war, bescherte sie Audrey eine alberne Erregung. »Ja. Du kennst ihn?«

Das Lächeln der jungen Frau wurde schüchtern, als sie nickte. Plötzlich wirkte sie sehr jung. »Ich gehöre auch nicht zu den ›Mädchen‹, und das habe ich Jagger zu verdanken. Ich bin hergekommen, um eines zu sein. Ich hatte kein Geld und nichts mehr, was ich hätte verkaufen können. Es hieß hungern oder hierher kommen. Ich hatte Glück, dass er an meinem ersten Abend im Schankraum war. Er hat gemerkt, dass ich nicht hier sein wollte. Immer wieder hatte ich den Gin abgelehnt.«

Audrey war begierig darauf, zu hören, warum sie Ethan so dankbar war. »Was hat er getan?«

»Er hat Mutter Dean gesagt, ich würde eine gutes Dienstmädchen abgeben. Zu der Zeit hatte ihnen gerade eines gefehlt. Es ist erst einige Monate her.«

»Und du hast dich nicht verkaufen müssen?«

Beinahe vehement schüttelte Nan den Kopf, und dann ergriff sie plötzlich Audreys Hand. »Es ist schrecklich, was mit Jagger geschehen soll. Ich wünschte, es gäbe etwas, was ich tun könnte.«

Audreys Haut prickelte. »Was wird ihm geschehen?«

»Das weiß ich nicht genau, aber nach allem, was ich gehört habe, ist Gin Jimmy wütender, als ihn je einer zuvor gesehen hat.« Das klang gar nicht gut. »Komm endlich, wir müssen nach unten.« Sie schaute Audrey mitleidig an, und dann drehte sie sich um und führte sie wieder ins Erdgeschoss. Anstatt sich in den vorderen Bereich des Freudenhauses zu begeben, in dem der Schankraum lag, wandten sie sich dem hinteren Teil des Gebäudes zu. Sie betraten einen extravagant eingerichteten Raum. Die Wände waren mit Seide drapiert, das Mobiliar war verschnörkelt und kostspielig, wenn auch ein bisschen unharmonisch zusammengestellt. Am gegenüberliegenden Ende befand sich eine Empore mit einem großen Sessel, der von auf dem Boden verstreuten üppigen Kissen umgeben war. Es war ein Empfangsbereich der einem König gerecht geworden wäre, der Dekadenz und Selbstherrlichkeit geschätzt hätte.

Ein untersetzter Mann mit einem Schopf weißen Haars kam durch eine Tür in einer Ecke und stieg auf die Empore, um in dem Sessel Platz zu nehmen. Audrey erkannte sein

Gesicht – er war der Mann mit der Livree in Lockwood House: Gin Jimmy.

Er war passend zu seiner Umgebung gekleidet – ein dunkler Gehrock aus Samt und eine protzige Weste aus Seide mit rot-goldenen Streifen. Die Spitze von den Manschetten seines Hemds hing ihm über die Hand, die mit leuchtenden juwelenbesetzten Ringen bedeckt war. Er sah aus wie ein alternder Dandy.

»Miss Cheswick, endlich. Sie wissen, wer ich bin?« Er streckte ihr gerade die Hand hin, als ein Junge mit einem goldenen Kelch an seine Seite eilte.

»Gin Jimmy.« Sie bemerkte die Männer, die an den Seiten der Empore versammelt waren. Rau aussehende Männer wie Perkins und Bird, die ein paar Schritte entfernt standen.

»Das habt ihr gut gemacht«, meinte Gin Jimmy zu den beiden. »Ihr habt euch euren Lohn verdient.« Er nickte zu dem Mann, der dem Podium am nächsten stand, es war ein überraschend junger Kerl mit Brille. Er zog zwei Beutel aus der Tasche seines Gehrocks und warf sie Perkins und Bird zu.

Sie fingen jeder ihre Bezahlung auf, senkten die Köpfe und gingen hinaus. Bird blitzte sie mit einem hässlichen Blick an, als er an ihr vorbeiging.

Audrey unterdrückte ein Schaudern. Die Männer hatten sie, abgesehen davon, sie hin und her zu transportieren, nicht berührt, doch die Gefahr, die sie umgab, drang ihr nach und nach bis ins Mark. Sie schaute sich, nach einem aufmunternden Blick heischend, nach Nan um, doch das Dienstmädchen war gegangen.

»Hatten Sie es oben bequem?«, fragte Gin Jimmy, ehe er einen Schluck aus seinem protzigen Kelch trank.

»Nicht besonders.«

Gin Jimmy lachte. »Sie haben Feuer. Kein Wunder, dass

Jagger, mein Junge, Sie gern hat. Aber zumindest hat er Sie nicht an die Arbeit geschickt. Ich glaube, das würden Sie lieber nicht tun.«

Eine eisige Kälte legte sich über sie. »Nein. Vielen Dank.«

»Höflich sind Sie auch noch«, schmunzelte Gin Jimmy kopfschüttelnd. »Was ist mit meinem Jungen passiert? Er hat ein gutes Leben für ein bisschen Geplänkel in feiner Gesellschaft aufgegeben. Die Frage ist, ob Sie seine Aufmerksamkeit halten können? Zumindest lange genug, dass er Sie suchen wird?«

Audrey blickte auf die Männer mit ihren Pistolen und Messern und war froh, dass Ethan nicht in diese Falle tappen konnte. »Das kann er nicht. Er ist von Bow Street verhaftet worden.«

Gin Jimmy trank einen weiteren Schluck aus seinem Kelch und gab ihn dem Jungen zurück, der auf einem der Kissen kniete. »Das wird ihn nicht aufhalten.«

Audrey konnte ihre Neugier – oder Sorge – nicht zügeln. »Was meinen Sie?«

Er hob eine samtbekleidete Schulter und Audrey bemerkte ein Glitzern in seinem Ohrläppchen. Er trug einen Ohrring. »Jagger ist ein gerissener Bursche. Er wird eine Möglichkeit finden, um herauszukommen. Und wenn er das nicht tut« – er blickte zu seiner kleinen Armee und grinste, worauf er zur Antwort grinsende Gesichter und leises Lachen erhielt – »werden sie seinen Fall verhandeln und ihn zum Tod durch den Strang verurteilen.« Sein Tonfall war kalt und feindselig geworden. Die Augen hatte er inzwischen zu winzigen Schlitzen zusammengezogen.

Audrey verschränkt die Hände, damit sie nicht zitterten, doch es war sinnlos. Ein Schauder schüttelte ihre Gestalt. Sie konnte keines dieser Ergebnisse für gut heißen. »Was haben Sie mit mir vor?«

»Wir werden ein bisschen warten. Ich werde Bow Street

nicht gestatten, ihn an meiner Stelle zu seinem Schöpfer zurückzuschicken. Wenn nötig, werden wir ihn herausholen und dann wird er wegen Ihnen herkommen.«

Sie versuchte, Tapferkeit zu zeigen. »Das wird er vielleicht nicht.« Konnte Jimmy erkennen, dass sie log?

Er musterte sie lange. »Ich denke, das wird er. Er hat Sie durch ganz England geschleppt. Aye, er wird Sie holen kommen und dann werde ich ihn ausweiden. Ich werde ein Mittagessen zu mir nehmen. Sie müssen ausgehungert sein.« Er traf diese Feststellung, als ob er nicht gerade versprochen hätte, den Mann umzubringen, den sie liebte. Audrey konnte diesen protzigen Teufel nur anstarren. Doch dann rumorte ihr Magen und veranlasste alle im Raum – mit Ausnahme des Jungen – in Gelächter auszubrechen.

»Bleiben Sie und essen Sie.« Er stand auf und ging die Stufen der Empore zu ihr hinunter. Sie kämpfte den Drang zurück, sich umzudrehen und davonzulaufen. Er streckte die Hand aus. »Kommen Sie, Süße. Lassen Sie uns zusammen essen und dann können Sie mir alles über Jagger, unseren Jungen, erzählen.«

Audrey wollte ihm gar nichts erzählen. »Das würde ich lieber nicht.«

Ein harter Ausdruck trat in Gin Jimmys Augen. »Sie sollten meine Großzügigkeit nicht abweisen. Sie wollen doch nicht in einem Zimmer im oberen Stockwerk enden.«

Seine Drohung hatte den gewünschten Effekt. Audrey bekam wegen ihrer Furcht kaum Luft. Sie reichte ihm ihre zitternde Hand. Er nahm sie und sie wappnete sich gegen den Ausbruch von Widerwillen, als er sie zu einem barocken Tisch auf einer Seite des Raumes führte. Der Junge eilte herbei und hielt den Stuhl für sie.

Nachdem Gin Jimmy am Kopfende Platz genommen hatte und sie zu seiner Rechten, schnippte der Verbrecherkönig mit den Fingern. Eine junge Frau eilte herbei und knickste vor ihm. Ihr Kleid war sogar noch freizügiger als Audreys. Die Frau war wirklich nur wenig mehr als ein Mädchen und sehr zierlich, doch ihre Brüste waren hochgeschoben worden, bis sie sich trotzdem über den Ausschnitt des Kleides wölbten.

»Hol Marie«, trug Gin Jimmy ihr auf.

Sie eilte aus dem Raum und kam wenig später mit einer sehr attraktiven Frau zurück. Sie war sehr kurvenreich mit flammend rotem Haar und vollen Lippen. Ihre Aufmachung war gleichermaßen skandalös, doch aus irgendeinem bizarren Grund stand sie ihr. Sie wirkte nicht annähernd so unwohl, wie Audrey sich fühlte.

»Marie, dies ist Miss Cheswick. Sie ist Jaggers neue Gespielin. Miss Cheswick, dies ist Marie.« Seine Augen verengten sich in seiner hinterhältigen Absicht. »Sie ist Jaggers alte Gespielin.«

Schallendes Gelächter ertönte von der Galerie neben der Empore. Gin Jimmy lachte mit ihnen und dann nickte er ihnen zu, damit sie ihre Plätze am Tisch einnahmen.

Audrey starrte Marie an, die trotz ihres freizügigen Aufzugs schön war. Die Eifersucht gab ihr einen Stich, doch sie unterdrückte die Gefühlsaufwallung. Es war sinnlos, sich Ethan mit einer anderen Frau vorzustellen. Er liebte *sie.* Und er würde sie holen kommen. Aber nein! Sie wollte nicht, dass er in die Falle tappte.

Marie schlenderte auf sie zu. »Ich kann nicht verstehen, was Jagger mit ihr will. Aber ich nehme an, dass alles ein Teil seines Vorhabens ist.« Sie beugte sich vor und grinste Audrey spöttisch ins Gesicht. »Er kann nicht vorgeben ein schicker Herr zu sein, ohne ein schickes Mädchen am Arm.«

Audrey öffnete den Mund, um einzuwenden, dass Marie eine weitaus bessere Dekoration am Arm eines Mannes abgäbe, doch Gin Jimmy schnippte wieder mit den Fingern, und einige weitere spärlich bekleidete Frauen erschienen mit

Tabletts voller Speisen. Als ein dampfender Teller vor sie hingestellt wurde, kämpfte Audrey zwischen Hunger und Übelkeit.

Sie schaute sich unter den Männern um, die sich auf ihr Essen stürzten, und fragte sich, wie sie diesem Albtraum je entkommen sollte. Sie wollte darum beten, dass Ethan sie fand, doch sie konnte den Gedanken nicht ertragen, dass er getötet würde. Und sie konnte auch nicht daran denken, dass er gehängt würde. Wenn eine hoffnungslosere Situation existieren sollte, konnte Audrey sie sich nicht vorstellen. Sie konnte nur um ihr Überleben kämpfen. Mit diesem Gedanken nahm sie ein Stück Brot und biss hinein.

KAPITEL 18

Trotz einem Bad, frischer Kleidung aus seiner eigenen Wohnung im Bevelstoke, die zwei von Jasons Dienern geholt hatten, und zwei Gläsern Whiskey fühlte Ethan sich nicht im Entferntesten gestärkt.

Sie warteten noch auf Carlyles Eintreffen und deshalb hatte Ethan Jason gebeten, sich mit ihm im Arbeitszimmer zu treffen. Wie ein eingesperrtes Tier ging Ethan im Zimmer umher, wobei er gelegentlich zu dem Portrait ihres Vaters aufschaute, das ihm merkwürdigerweise ein gewisses Maß an Trost spendete. Vater hatte ihn geliebt und er hatte trotz seiner Illegitimität nur das Beste für ihn gewollt. Er wäre entsetzt gewesen, zu sehen, was mit Ethan passiert war, was Ethan getan hatte. Der Trost ging in Beschämung über.

Jason trat in das Arbeitszimmer und schloss die Tür. »Carlyle ist noch nicht hier.«

»Ich weiß, doch es gibt … Elemente in dem Plan, die ich nur dir allein anvertrauen will.«

Offensichtlich überrascht blinzelte Jason ihn an, als er sich hinter seinen Schreibtisch setzte. »Du willst mir etwas anvertrauen?«

Ethan blieb stehen und schaute seinen Bruder an. »Ist jetzt wirklich die Zeit für Sarkasmus?«

Jason hob entschuldigend eine Hand. »Ich bitte um Verzeihung. Ich bin nur schockiert.«

»Wenn du schon vorgibst, ich zu sein, kann ich dir ebenso gut erzählen, warum du ausgerechnet dorthin gehst, wo du hingehen wirst.«

»Und wo ist das?«, fragte Jason.

»Ein Freudenhaus an der Portugal Street – das Brazen Bride.«

Jason setzte sich in seinem Stuhl zurück und musterte Ethan. »Warum ist dieser Ort so wichtig?«

»Dort habe ich Jimmy zum ersten Mal getroffen.« Die Erinnerungen huschten durch seine Gedanken. Sofort roch er den Dreck und die Fäulnis und die billigen Parfüms, die verwendet wurden, um den überwältigenden Gestank nach Verzweiflung und Niedergang zu verbergen. Er wollte über den Mangel an Trost weinen, den er gekannt hatte, doch solch eine Schwäche war gleich nach dem Tod seiner Mutter aus ihm herausgeprügelt worden. »Nachdem du mich abgewiesen hattest, bin ich zu Davis gegangen. Er war Mutters letzter Beschützer gewesen.« Ethan blickte Jason nicht an, während er sprach, sondern trat an die Bücherregale, die zwei Wände des Raumes einnahmen, und studierte die Buchrücken, ohne wirklich hinzusehen. Er wollte das Wechselspiel der Gefühle auf Jasons Gesicht nicht sehen. Und wenn dort keine Regung war, wollte er das auch nicht sehen.

»Er war ein Diebesfänger, aber korrupt«, fuhr Ethan fort. »Das wusste ich anfangs nicht und ich war einfach nur froh, ein Dach über dem Kopf zu haben, was er im Brazen Bride für mich arrangiert hatte.«

»Du hast in einem Freudenhaus gelebt.« Es war keine Frage, sondern eine Feststellung, die von Jason mit Unglauben hervorgebracht wurde.

Ethan blickte seinen Bruder an, doch er ließ seinen Blick nicht verweilen. »Dort habe ich Jimmy kennengelernt – damals war er nur Jimmy Gare.« Ethan rief sich die jüngere Version von Jimmy in Erinnerung, mit seinem jovialen Grinsen und seinem rötlich-blonden Haar, das nur von einigen wenigen weißen Strähnen durchzogen war. Etwas in Ethan knickte ein, doch er ignorierte die Reaktion. »Er hat mich gemocht und ich weiß nicht, warum.« Obwohl er seine Vermutung hatte. Er war jung, verletzlich und verzweifelt nach jemandem gewesen, der ihn freundlich behandelte. Davis hatte ihm geholfen, doch er konnte grausam sein, und herrisch. Er schlug Ethan und seine Mannschaft, wenn sie nicht genug einbrachten. »Ich habe in Davis´ Diebesbande gearbeitet und Jimmys Banden waren Rivalen. Davis setzte mich auf einen Auftrag an, damit er die Belohnung für mich und die Mannschaft kassieren konnte. Jimmy hat mir geholfen, seinen Plan zu vereiteln und es war Davis, der verhaftet und gehängt wurde.«

Jasons scharfes Luftholen klang wie ein Donnerschlag. »Jesus, Ethan. Wie alt warst du?«

Ethan zuckte mit den Schultern. Er wollte Jasons Mitleid nicht. »Kaum fünfzehn. Danach bin ich in eine von Jimmys Banden eingetreten und habe sie schließlich übernommen.« Warum sollte er ihm nicht die ganze Wahrheit erzählen, wie er sie Audrey erzählt hatte? »Ich musste den Anführer der Bande umbringen. Entweder das oder er hätte mich getötet. Jimmy hat mir gratuliert und meine Rolle als Anführer unterstützt.« Er war mit Jimmy zusammen aufgestiegen, als sein kriminelles Imperium wuchs. »Am Ende habe ich alle Diebstahloperationen beaufsichtigt, aber ich weigerte mich, irgendetwas mit seinen Bordellen oder Ginläden zu tun zu haben. Ich war der Meinung, dass ein Vergehen ausreichte, um mich in der Hölle wiederzufinden.«

»Warum erzählst du mir dies alles?«

Nun drehte Ethan sich um. »Weil das Brazen Bride die Stätte ist, an der sich mein Leben gewandelt hat. Dort habe ich mein Leben als Ethan Lockwood hinter mir gelassen und bin Ethan Jagger geworden. Dort hat Gin Jimmy mich gefunden, mich gründlich korrupt gemacht, und mich wie seinen Sohn behandelt. Ihm zuliebe hätte ich alles getan.« Und das hatte er. Glücklicherweise hatte er nicht töten müssen, nur bei der einen Gelegenheit als Selbstschutz gegen den Anführer seiner Bande, doch er hatte viele Male dafür gesorgt, dass andere Jimmys Todesurteile vollstreckten. Ethan mochte vielleicht nicht die Waffe geführt haben, doch das Blut fühlte er trotzdem an seinen Händen.

Jason stand auf und kam um den Schreibtisch herum. »Ich weiß nicht, was ich sagen soll. Die ganze Zeit habe ich dich dafür gehasst, weil du mir eine dämliche Narbe beigebracht und meinen Ruf ruiniert hast, während dein Dasein nichts als eine offene Wunde war. Wenn du es wärst, der die Narbe hätte, dann würde es bedeuten, dass deine Verletzung alt und verheilt ist.« Er zog Ethan in eine Umarmung. »Ich wünschte, ich könnte zu damals zurückkehren und meine Mutter überreden, dich aufzunehmen.«

Für einen Augenblick stand Ethan einfach nur da. Jimmy hatte ihn anfangs umarmt. Doch diese offen gezeigte Zuneigung hatte abgenommen, als Ethan älter wurde, was nachvollziehbar war. Männer wie er zeigten ihre Emotionen nicht, insbesondere nicht untereinander. Dennoch hatte Ethan immer gewusst, dass Jimmy ihn ins Herz geschlossen hatte, soweit ein Schurke wie er überhaupt jemanden ins Herz schließen konnte. Genau das war es, dessentwegen Ethan seine Menschlichkeit bewahrt hatte.

»Wir werden Audrey zurückholen«, sagte Jason, während er mit seiner Faust sanft auf Ethans Rücken klopfte. »Und wir werden Jimmy aus deinem Leben eliminieren. Er ist nicht deine Familie, Ethan. *Das bin ich.*«

Ethan schloss die Augen und drückte seinen Bruder. Die Anspannung in seiner Brust ließ nach und er wurde von einer Gefühlsaufwallung erfasst. Er drückte die Augenlider fest zu und hielt aus.

Einen Augenblick später trennten sie sich bei einem diskreten Hüsteln. Jasons Butler North stand kurz hinter der Türschwelle. »Lord Carlyle ist hier mit Lord Sevrin und Lord und Lady Saxton. Lady Lockwood wird ihnen im Salon Tee servieren.«

Ethan blickte Jason an. »Du hast Lydia einbezogen?«

Jason ging auf die Tür zu. »Natürlich. Audrey ist ihre beste Freundin, und du kennst meine Frau, sie lässt sich nicht abschrecken.«

Ethan folgte ihm und war nach der Last seiner Enthüllungen froh über dieses belanglose Gespräch. »Deine Frau? Ihr habt mit Sondergenehmigung geheiratet, während ich fort war?«

»Ich bedaure, aber wir konnten nicht warten, bis das Aufgebot verlesen wurde. Ich musste sie von ihrer boshaften Tante fortbringen.«

»Ja, das war der einzige Grund für deine Eile, dessen bin ich sicher.« Ethan warf ihm einen wissenden Blick zu. »Es tut mir trotzdem leid, das Ereignis verpasst zu haben.«

Jason drehte sich um und klopfte ihm auf die Schulter. »Wir werden auf deiner Hochzeit feiern.«

Ethan betete im Stillen, es würde dazu kommen, aber er wollte sich nicht mit diesem Gedanken aufhalten. Er besann sich stattdessen auf eine Sache von vorhin. »Weißt du, was mit Oak geschehen ist? Er wollte aussagen, ich hätte ihn dafür bezahlt, Lady Aldridge zu vergiften.«

Jason zuckte mit den Schultern. »Möglicherweise hat er

auf einem Schiff angeheuert, das in den Orient oder sonst wohin unterwegs ist. Du könntest Scot fragen.«

Dankbarkeit – dieses Gefühl sparte Ethan sich nur für sehr wenige Gelegenheiten und noch weniger Menschen auf – erfüllte ihn.

Sie gingen in den Salon, in dem Carlyle, Saxton, Lady Saxton, Sevrin und Lady Lockwood bereits Platz genommen hatten. Norths Zwilling Scot, der Jasons Kammerdiener war, brachte gerade das Teetablett. Anstatt sich zurückzuziehen, nahm er in einem freien Sessel Platz.

Ethans Blick ruhte erst auf Scot und dann auf seinem Bruder North, der in der Nähe der Tür verharrte.

»Wir brauchen jede Hilfe, die wir kriegen können«, verkündete Jason und setzte sich neben seine Frau auf ein luxuriöses Sofa. Er bedeutete Ethan, den Sessel neben ihm zu nehmen, und wandte sich dem ehemaligen Richter zu. »Carlyle, was haben Sie erfahren?«

Carlyle rückte in seinem Sessel gegenüber von Ethan ein Stück vor. »Sie befindet sich im Cup and Burrow. Irgendwann heute Morgen ist sie dort angekommen.« Er richtete seinen Blick auf Ethan. »An all Ihren gewöhnlichen Aufenthaltsorten sind Männer stationiert, und auch am Bevelstoke.« Carlyle warf Jason einen Blick zu. »Da Jasons Diener dort aufgetaucht sind, um Ihre Sachen zu holen, ist Jimmy zweifellos darüber unterrichtet, dass Sie nicht mehr in der Bow Street weilen.«

»Weiß er, dass Ethan hier ist?« Jason griff nach der Hand seiner Frau. »Ist es sicher?«

»Ich habe Bow Street als Vorsichtsmaßnahme gebeten, ein paar Ermittler draußen zu postieren.«

Ethan kribbelte innerlich vor Angst. »Das spielt keine Rolle, ich werde nicht bleiben. Wir müssen handeln. Wissen Sie, ob Audrey wohlauf ist?«

»Nicht mit Sicherheit, nein.« Carlyle setzte eine entschuldigende Miene auf. »Ich stimme zu, wir müssen schnell handeln.«

Ethan zog ein Stück Papier aus seiner Jackentasche. »Diesen Brief habe ich an Jimmy verfasst und ihn darin gebeten, mich beim Brazen Bride zu treffen. Ich habe ... eine Ausdrucksweise benutzt, die ausreichen sollte, um ihn hervorzulocken.«

Sevrin beugte sich vor. »Was soll das heißen?«

Jason beeilte sich zu antworten, ehe Ethan es tun konnte. »Die beiden haben einen gemeinsamen Hintergrund. Sie haben sich im Brazen Bride kennengelernt, und Ethan ist der festen Meinung, diese Stätte besäße genügend persönliche Bedeutung, die es Jimmy unmöglich macht, Ethans Bitte abzulehnen.« Er warf Ethan einen fragenden Blick zu. Zur Antwort nickte Ethan unmerklich. Er war erleichtert, dass Jason verstand und er den anderen nichts zu erklären brauchte.

Carlyle nahm das Papier. »Ich sorge dafür, dass es zugestellt wird.«

»Ich werde natürlich nicht im Brazen Bride sein; Jason wird dort sein. Nicht nur wird er seine Narbe kaschieren, sondern auch einige meiner Kleidungsstücke tragen, die seine Diener aus meiner Wohnung mitgebracht haben – Sachen, von denen man weiß, dass sie mir gehören.« Ethan gestattete sich ein kleines Lächeln. »Ich bin für meinen Stil bekannt.« Er ließ seine linke Hand aufblitzen, an der drei seiner Ringe prangten, darunter derjenige mit der Inschrift L, den er hatte anfertigen lassen, nachdem er einiges Vermögen angehäuft hatte.

»Ich begleite seine Lordschaft«, erklärte Scot.

Carlyle öffnete schon den Mund, doch Jason schnitt ihm das Wort ab. »Scot besitzt einige Erfahrung in der Unterwelt. Ich würde keinen anderen wählen.«

Carlyle nickte. »Ich werde in der Nähe warten und nach

Jimmy Ausschau halten, damit wir ihn festnehmen können. Ich werde einige meiner alten Freunde von den Konstablern bei mir haben.« Er wandte sich Ethan zu. »Wir werden Ihnen eine Nachricht schicken, sobald wir ihn verhaftet haben, damit Sie wissen, dass Sie in Sicherheit sind.«

»Was können wir tun?«, fragte Sevrin und deutete auf sich und Saxton. »Ihr wisst, dass ich kämpfen kann, aber ihr solltet wissen, dass Saxton beinahe ebenso versiert ist.«

«Beinahe?« Saxton klang leicht beleidigt. An jedem anderen Nachmittag hätte Ethan gelacht.

»Das kann auf mehrere Arten geschehen«, entgegnete Ethan bedächtig. In den letzten Stunden hatte er alle möglichen Varianten durchdacht. Im besten Fall ging Jimmy zum Brazen Bride und wurde verhaftet. Im schlimmsten Fall verließ Jimmy Cup and Burrow gar nicht erst, und Ethan wäre gezwungen in seine Falle zu tappen. »Sie können Carlyle helfen. Oder Sie können vor St. Giles auf mich warten.« Die Rattenburg war kein Ort für Männer wie sie. Sie würden bei lebendigem Leibe zerfleischt werden.

Saxton zog die Stirn kraus. »Wenn wir uns entsprechend kleiden, warum können wir nicht mit Ihnen hineingehen? Können wir nicht als eure Handlanger durchgehen?«

«Ich kann Sie nicht auf diese Weise gefährden.« Er blickte Sevrin an. »Lady Sevrin«, er schaute zu Saxtons Frau, »und ich bin sicher, Lady Saxton würden mir das nie verzeihen. Bitte, tun Sie das nicht.« Ethan hoffte nur, dass Sevrin wusste, wie aufrichtig er dies meinte.

Sevrin schaute ihn einen langen Augenblick an, bevor er sich mit einem leichten Nicken in seinem Sessel zurücklehnte. Er schaute zu Saxton hinüber und schüttelte den Kopf.

Saxton blickte düster drein, doch dann nickte er zustimmend. »Wir werden auf Sie warten und wenn Sie zu lange brauchen, werden wir Sie mit einer verdammten Armee dort herausholen.«

Ethan war ihnen für ihre Unterstützung dankbar. Er öffnete den Mund, um etwas zu sagen, und war über den Kloß in seinem Hals überrascht, an dem einfach kein Wort vorbei wollte.

Carlyle stand auf. »Dann sind wir bereit.« Er schob den Brief in seine Jacke. »Lockwood, Sie werden innerhalb einer Stunde zum Brazen Bride gehen. Jagger – Entschuldigung, wie um alles in der Welt sollen wir Sie nennen?«

»Ethan ist in Ordnung.« Seine Stimme klang brüchig und trocken. Er hustete beim Aufstehen und jetzt, da der Moment nahte, war er ungeduldig, zu Audrey zu gelangen. »Ich kenne die Risiken.«

Alle anderen erhoben sich und machten sich aufbruchbereit. Lydia Lockwood berührte ihn an der Hand. »Mr. Locke.« Sie schüttelte den Kopf. »Ethan. Bringen Sie Audrey bitte sicher zurück.« Sie schluckte. »Ich weiß, das werden Sie tun.« Sie schenkte ihm ein zittriges Lächeln, das wahrscheinlich ebenso dazu diente, sie selbst zu stärken wie Ethan.

Er nahm ihre Hand zwischen seine. »Wenn ich sie nicht zurückbringe, werden Sie wissen, dass ich tot bin.«

Lydia nickte und erhob sich dann auf die Zehenspitzen, um ihn auf die Wange zu küssen. »Lassen Sie es nicht auf diese Weise enden«, flüsterte sie.

Ethan drehte sich weg und ging an Jason vorbei, der ihn wieder auf die Schulter klopfte und dann zum Abschied meinte: »Ich sehe dich bald, Bruder.«

»Ethan, ich werde mit Ihnen hinausgehen«, rief Carlyle, der ihm aus dem Salon folgte.

Sie durchquerten die Eingangshalle und ein Diener ließ sie hinaus.

Als sie draußen waren, drehte Carlyle sich zu ihm um.

»Sie werden nicht warten, bis Sie erfahren, dass wir Jimmy verhaftet haben, nicht wahr?«

»Nein.«

Carlyle nickte grimmig. »Wie werden Sie Miss Cheswick herausholen?«

»Ich habe immer noch ein Kontingent loyaler Männer. Diese werde ich zuerst sammeln. Mit ihrer Hilfe werde ich hoffentlich imstande sein, diejenigen im Cup and Burrow zu überzeugen, dass nicht ich der Feind bin.«

»Dass Jimmy es ist.«

»Ja.«

Carlyle ging auf die Straße zu. »Sie glauben, dass die Leute dort Sie einfach mit Miss Cheswick hinausspazieren lassen?«

Ethan wollte nicht über die Alternativen nachdenken, doch das musste er. Er ging neben Carlyle her. »Wenn nicht, werden Sie hineingehen und sie herausholen.«

»Verstanden. Hoffentlich kriegen wir Jimmy zu fassen und Sie befreien Miss Cheswick.«

»Wir beide wissen, dass die Dinge selten so wie geplant verlaufen, weshalb meine Ausweichpläne vorbereitet sein müssen.« Ethan zog einen Umschlag aus seiner Jacke. »Werden Sie dies bei Bow Street abliefern?«

Carlyle nahm das Schreiben an sich. »Sie haben das gründlich ausgetüftelt.«

Das musste er; es gab zu viele Eventualitäten. »Versprechen Sie mir nur, dass Sie für Audreys Sicherheit sorgen, ganz egal, was passiert. Sie stehen in meiner Schuld und das ist das Einzige, was ich wirklich will.«

Carlyle presste die Lippen zusammen. »Ich werde nie vergessen, was Sie für Jocelyn und mich getan haben. Sie haben mein Wort, dass Audrey sicher sein wird.«

Ethan entspannte sich, aber nur leicht. Bis er mit eigenen

Augen sah, dass sie unversehrt war, würde er von diesen Höllenqualen nicht freikommen.

~

Nachdem es ihr gelungen war, bei Gin Jimmys lautstarkem »Mittagessen« ein wenig Nahrung zu sich zu nehmen, saß Audrey mit Marie an ihrer Seite in der Ecke seines Empfangszimmers. Sie hatte gehofft, in ihre trostlose Kammer zurückkehren zu dürfen, doch Gin Jimmy hatte ihnen befohlen, ihm Gesellschaft zu leisten, während er mit seinen Männern geschäftliche Angelegenheiten besprach. Die Männer hatten sich um den protzigen Tisch versammelt und sprachen so leise, dass Audrey sie nicht verstehen konnte.

»Du weißt, dass du aus dem Cup and Burrow nicht herauskommen wirst?«, fragte Marie sie.

Audrey sah die Frau fragend an und bemerkte das Grinsen, das die rot geschminkten Lippen umspielte. Es wurde zunehmend schwieriger, den Mund zu halten. Im besten Fall gelang es Audrey eine normale Unterhaltung zu führen, im schlimmsten Fall schwafelte sie, zur Kaschierung ihrer Nervosität und vielleicht zur Beruhigung. Sie presste die Lippen zusammen, um nicht nach dem Grund zu fragen. Die Frau versuchte bloß, sie zu provozieren.

»Ob Jagger kommt, um dich zu holen oder nicht, du wirst nicht herauskommen. Natürlich hoffe ich, dass Jimmy ihn nicht umbringt. Das wäre wirklich eine Schande.« Ihre Stimme hatte etwas Träumerisches.

Audrey biss sich auf die Innenseite der Wange, um sich davon abzuhalten, mit Marie zu sprechen, gleichwohl ihr die Fragen auf der Zunge brannten. Dies war ein kleiner Blick in Ethans Welt. Wollte sie diese Welt allerdings wirklich sehen?

Marie gab ein missbilligendes Geräusch von sich. »Redest

du überhaupt? Ha, vielleicht nicht. Jagger war sowieso nicht sehr gesprächig. Zumindest nicht im Schlafzimmer. Oder wo auch immer.« Sie warf Audrey einen bösen Blick zu. «Hat Jagger dich jemals mit ins Bett genommen? Oder sonst wohin?«

Sie starrte Marie entsetzt über deren bohrende Neugierde an. »Das geht dich nichts an.«

»Ich schätze, dann nicht. Pech für dich.«

Audrey starrte die schöne Frau an. »Ethan wird nicht sterben, und ich werde nicht bleiben.«

Maries Augenwinkel kräuselten ein weinig, als sie lachte.

Audrey drehte ihren Stuhl von Marie weg. Sie wollte sich ihre Sticheleien nicht gefallen lassen, zumindest nicht ins Gesicht. Ein Junge kam in den Raum gestürmt und strebte direkt zu Gin Jimmy. Er reichte ihm einen Brief und Jimmy öffnete ihn sofort. Das Gespräch am Tisch erlahmte.

Audrey ertappte sich dabei, wie sie sich ängstlich vorbeugte. Anhand der Falten auf Gin Jimmys breiter Stirn konnte sie erkennen, dass die Nachricht irgendwie wichtig war.

Er stand vom Tisch auf und gestikulierte zu einigen der Männer. Dann wandte er sich an den Jungen, der die Nachricht gebracht hatte. »Hol Perkins und Bird. Sie sollen die Gefangene bewachen, zusammen mit den Männern, die ich in diesem Raum zurücklasse.«

Der Junge rannte los. Gin Jimmy schritt zu Audrey hinüber und starrte sie mit einem boshaften Blick an. Sie klammerte sich an die Sitzfläche ihres Stuhls, um sich an etwas Stabilem festhalten zu können.

»Dein Mann will mich sehen. Scheinbar tut ihm alles leid und er will seinen Platz wieder einnehmen. Er sagt, ich kann mit dir tun, was mir beliebt.«

Audrey konnte nicht verhindern, dass ihr der Mund offen stand. Maries Lachen harkte ihr unangenehm über das

Rückgrat. In Gin Jimmys Augen funkelte es vergnügt. »Er hat mir empfohlen, dich nach Hause bringen zu lassen, um die Oberschicht nicht zu provozieren. Aber ich weiß nicht ...« Er tippte sich mit seinem kurzen Zeigefinger an die Lippen. »Du wärst eine wunderbare Ergänzung für meinen Stall, und Jagger könnte sich an dir erfreuen, wenn ihm der Sinn danach steht.«

Er beugte sich zu ihr herunter und bleckte die Zähne. »Nur wird Jagger nicht hier sein, um dich zu genießen. Ich werde ihm mein Messer in den Bauch rammen und seine Eingeweide herausziehen. Dann werde ich sie ihm in die Kehle stopfen. Die Frage ist, ob ich das alles vor deinen Augen tun soll.« Er schaute Marie an. »Was denkst du?«

Marie lächelte ihn an, aber Audrey bemerkte ein unterschwelliges Zittern. »Was immer dir am meisten Spaß machen würde, Jimmy.«

Jimmy nickte. «Ich werde darüber nachdenken müssen. In der Zwischenzeit bleiben Sie schön sitzen, Miss Cheswick. Und enttäuschen Sie mich nicht.« Er ließ ein Lächeln aufblitzen, das einen Goldzahn enthüllte. Dann drehte er sich um und wandte sich an alle. «Wenn Miss Cheswick bei meiner Rückkehr nicht genau dort sitzt, wo ich sie zurückgelassen habe, werde ich das Haus niederbrennen, nachdem ich euch alle darin eingesperrt habe.«

Er verließ den Raum, und mehr als die Hälfte seiner Männer folgte ihm.

Audrey sackte auf ihrem Stuhl zusammen. Jeder Rest von Widerstand verließ ihren Körper, bis sie sich wie ein Sack ausgehöhlter Knochen fühlte.

Perkins und Bird kamen in den Raum. Bird winkte ihr zu, ehe er sich zu den Männern an den Tisch setzte. Audrey strengte sich an, um zu hören, was sie besprachen, aber sie bekam nur vereinzelte Worte mit: Jagger, Wachen, Schankraum, töten.

Hatte Ethan Jimmy wirklich aufgetragen, mit ihr nach eigenem Ermessen zu verfahren? Es war durchaus denkbar, dass Jimmy gelogen hatte, um ihr Angst zu machen. Dass es Ethan gleichgültig sein sollte, was aus ihr wurde, konnte sie nicht glauben.

»Es tut mir leid um dich«, raunte Marie leise. »Aber Jagger bleibt nicht allzu lange bei einer Frau.«

Ethan ... er würde sie nicht wegwerfen. Nicht, nachdem er ihr seine Liebe erklärt und einen Heiratsantrag gemacht hatte. Sie konnte sich nicht länger zurückhalten. Vielleicht musste sie die Worte einfach hören, sogar aus ihrem eigenen Mund. »Ich glaube, es war Shakespeare, der sagte, dass Diebe einander nicht treu sein können, aber Ethan ist mir treu. Er liebt mich, und wir werden heiraten.«

Marie stand der Mund offen. Sie klappte ihn zu und tätschelte Audrey das Knie. »Du armer Schatz. Hat er dir gesagt, du sollst die Beine spreizen?«

Audrey öffnete den Mund, um etwas zu erwidern, aber ihr wurde klar, dass er ihr diese Dinge gesagt hatte, ehe sie miteinander geschlafen hatten. Aber nein, das war es *nicht*. »So ist es nicht.«

Maries Blick war mitfühlend und ihr Tonfall schwer von Mitleid. »Jagger ist keiner deiner Lords der feinen Gesellschaft. Du hast selbst gesagt – Diebe haben keine Ehre.«

Mehr wollte Audrey nicht hören. Sie verschränkte die Arme vor der Brust und machte sich so klein wie möglich.

Sie war nicht sicher, wie lang sie so saß, doch es schien unendlich zu sein. Vor der Tür war ein Tumult zu hören. Audrey sprang vor lauter Angst auf.

Die Tür flog auf und mehrere Männer stürmten herein. Sie sahen den Männern ähnlich, die sich vom Tisch erhoben hatten. Jeder Einzelne von ihnen hatte eine Pistole oder eine Art von Stichwaffe gezogen.

»Seid gegrüßt, Jungs!«

Audrey erkannte die Stimme, doch sie erkannte beinahe nicht, dass es Ethan war. Er war makellos gekleidet, aber auffälliger, als sie ihn je zuvor gesehen hatte. Sein Frack war von einem lebhaften Blau und seine Weste aus einem schimmernden Grün und Bronze. Seine Krawatte war kunstvoll gebunden und in ihren blütenweißen Falten funkelte eine Diamant. Er trug einen Gehstock mit einem verzierten Griff und seine Hände waren von protzigen Ringen bedeckt. Sein tintenschwarzes Haar war so perfekt frisiert, dass er mühelos in jedem Ballsaal Londons eine gute Figur gemacht hätte. Sein Blick aus den grauen Augen schweifte mit einer Überlegenheit durch den Raum, als ob er anstatt Gin Jimmy der König wäre.

In ihrer Absicht, ihn zu beschützen war sie im Begriff, loszustürzen, doch er nahm sie mit einem zwingenden Blick ins Visier. Sie hatte seinen kalten Blick früher schon erlebt, doch seine Augen besaßen eine Frigidität, die sie so noch nicht beobachtet hatte. Es ließ sie bis ins Mark erstarren.

»Du bekommst eine Menge Ärger, hier so unverschämt hereinzuspazieren«, sprach Perkins ihn an, während er mit der Pistole auf Ethans Brust zielte.

»Warum? Ich bin im Cup and Burrow immer willkommen gewesen – für eine weitaus längere Zeit als irgendeiner von euch.« Er funkelte Perkins an und von den beiden muskulösen Männern flankiert, die Audrey je gesehen hatte, schlenderte er auf das Podium zu. Er stieg die Stufen hinauf und drehte sich um, wobei seine Männer sich um ihn scharten.

Audrey warf einen Blick zu den Männern, die von den Tischen hervorgetreten waren und Ethan nun mit gezogener Waffe anstarrten. Warum hatte keiner auf ihn geschossen? Lag es daran, dass er seine eigene Mannschaft mitgebracht hatte? Sie betrachtete sie – es waren mindestens zehn Mann – und fragte sich, wo er sie aufgetrieben hatte. Doch das wusste sie. Es war seine *Mannschaft*. Was den Status in dieser Welt anbelangte, stand er mit Gin Jimmy fast auf gleicher Höhe.

Neben ihr stieß Marie zischend die Luft aus. Auch sie hatte sich erhoben. »Es gibt niemanden wie Jagger. Im Bett oder anderswo. Jawohl, schaut ihn euch nur an.«

Audrey unterdrückte einen Drang, Marie ihren Ellbogen heftig in die Seite zu stoßen. Sie wollte von Ethans Fähigkeiten nichts hören. Allerdings konnte sie nicht leugnen, dass er der attraktivste Mann war, dem sie je begegnet war, und sie sich sogar jetzt inmitten der Gefahr und dessen, was Marie über ihn gesagt hatte, zu ihm hingezogen fühlte wie zu keinem anderen.

»Hört zu Jungs!« Ethans Stimme beherrschte den Raum. »Ich weiß nicht, was Jimmy euch erzählt hat, aber ich hatte London verlassen müssen, um einer Verhaftung zu entgehen.« Es war einiges Gemurmel zu hören.

»Glücklicherweise wird es keine Anklagen gegen mich geben und ich bin ein freier Mann.« Als er daraufhin breit grinste, waren von seinen Männern einige Hurrarufe zu hören – und auch von einigen von Jimmys Männern.

Audrey sackte erleichtert zusammen, so froh war sie, dass die Bedrohung gebannt war.

Ethans Lächeln schwand und seine Züge verhärteten sich. »Aber das bin ich nicht wirklich. Das ist keiner von uns. Solange Jimmy die Dinge in der Hand hat, ist keiner von uns wirklich frei. Sagt mir, womit hat er euch gedroht, falls etwas mit seiner Geisel passiert?«

Einer von Jimmys Männern trat vor. »Er würde uns alle hier einsperren und das Cup and Burrow dann zu Asche niederbrennen.«

Eine ganze Weile musterte Ethan den juwelenbesetzten Griff seines Gehstocks. Als er wieder zu seinen Männern schaute, schien er jeden Einzelnen von ihnen mit einem direkten Blick zu durchbohren. »Und was wissen wir von Jimmys Bedrohungen?«

»Sie werden immer erfüllt.« Maries Stimme rüttelte Audrey durch.

Ethan blickte in ihre Richtung, doch er würdigte Audrey überhaupt keine Aufmerksamkeit. »Das ist sehr wahr, Marie. Warum kommst du nicht hier zu mir herauf?« Er lächelte ihr aufmunternd zu.

Audreys Magen drehte sich um und ihre Gliedmaßen erstarrten zu Eis. Nach ein bisschen Halt suchend, drückte sie die Knie nach hinten an den Stuhl.

Marie schlenderte zum Podium. Als sie zu ihm hinaufstieg, zeigte er auf die Kissen.

Sie kniete sich auf ein rundes, violettes Kissen und setzte sich auf die Fersen zurück. Sie wirkte wie ein Hund, der die Befehle seines Herren erfüllte. Dann warf sie Audrey einen hochmütigen Blick zu. Audrey fühlte die Übelkeit in sich aufsteigen.

»Wenn ihr Jimmys Stil von Diktatur bevorzugt, dann um alles in der Welt, erfüllt seine Befehle«, Ethan zog eine Augenbraue herausfordernd hoch, »wenn ihr könnt. Oder, wenn ihr die Freiheit bevorzugt, eure eigenen Aufgaben zu wählen, und selbst entscheiden wollt, ob ihr euer Leben an irgendeinem Tag aufs Spiel setzen wollt, dann folgt mir.«

»Bedeutet das, du wirst unser Anführer sein?«, fragte ein junger Mann, der die Hand mit seiner Pistole gesenkt hatte.

Ethan drehte seinen Oberkörper, um das Wort an den Verbrecher zu richten, der gesprochen hatte. »Nein, ich habe keinen Wunsch, Anführer zu sein. Ich möchte nur in Ruhe gelassen werden.«

Audrey wurde die Brust weit. Einen Moment lang hatte sie gedacht, er wollte die Führerschaft von Gin Jimmy übernehmen. Er war hier mit einem solchen Selbstbewusstsein hereinmarschiert und die Männer bewunderten und respektierten ihn offensichtlich. Sie konnte das Ausmaß seiner Bedeutsamkeit erfassen, und was seine Position für ihn heißen musste.

Einer seiner Männer stand am Fuß des Podiums und schaute zu ihm auf. »Du solltest unser Anführer sein.« Er drehte sich wieder um und hob die Arme. »Wer will Jagger als unseren Anführer?«

All seine Männer riefen ihre Zustimmung und mindestens drei oder vier von Jimmys Männern stimmten ein. Die anderen schauten sich um und Zweifel gruben sich in ihre erschöpften und zerschundenen Gesichter.

Marie beugte sich vor und schlang die Hand um Ethans Knie. Sehnsüchtig schaute sie zu ihm auf. Ohne nachzudenken schritt Audrey voran.

Innerhalb von Sekunden war Bird bei ihr. Er legte ihr den Arm um die Taille und zog sie zur Tür. »Es ist mir egal, was irgendjemand sagt. Ich werde Jimmys Befehle ausführen.«

Ethans Gesicht wurde finster. Er schritt vom Podium auf Audrey und Bird zu. Bird hielt ihr einen Dolch an die Kehle. »Komm nicht näher.«

Ethan zog den Griff seines Gehstocks hoch, und eine lange, gefährliche Klinge kam zum Vorschein. Er hob die Hand, um sie zu werfen.

»Tu es nicht!«, schrie Audrey. Sie wollte nicht, dass er noch einmal tötete. Nicht einmal für sie.

Ethan presste die Worte zwischen den Zähnen hervor, täuschend sanft, aber mit einer Rauheit, die seine Gefühle verriet. Zumindest ihr. »Er wird dich umbringen, Audrey.«

Audrey verrenkte sich den Hals, um Bird ansehen zu können. »Lass mich gehen. Es muss doch niemand sterben.«

»Tötet ihn!«, rief jemand, obwohl nicht klar war, wer dieser »jemand« war.

Audrey kämpfte darum, ihren zitternden Körper unbewegt zu halten, als die Messerspitze in ihre Haut eindrang. »Dann ist er nicht besser als Gin Jimmy, oder?«

»Dem kann ich nur beipflichten!«, dröhnte eine bekannte Stimme. Alle drehten sich um und sahen, wie Gin Jimmy mit einer noch größeren Gruppe von Männern zurückkehrte, als er sie verlassen hatte. »Jagger ist nicht besser als ich. Er ist nicht einmal annähernd so gut.« Sein Blick ruhte mit kalter Wut auf Ethan.

Bird lockerte den Griff, als er sich umdrehte und Gin Jimmy anblickte. Audrey nutzte ihre Chance und entwand sich seiner Umklammerung. Ethan streckte die Hand aus und zog sie an sich, wobei ihre Brust an seine stieß. Er schlang einen Arm um sie und hielt sie fest.

Sie inhalierte seinen vertrauten Duft: Würze, Sandelholz und etwas Unbeschreibliches von Ethan. Er war Sicherheit. Er war Schutz. Er war ihr Zuhause. Sie schlang die Arme um seine Taille und drehte den Kopf zu Jimmy.

Das Lachen des bösartigen Verbrechers erfüllte den Raum. »Wie niedlich.« Seine blauen Augen schimmerten wie kaltes Glas, als er auf Audrey und Ethan zuging. »Sag deinen Männern, sie sollen sich zurückhalten. Sonst haben wir hier ein Scharmützel und ich glaube nicht, dass du genügend Männer hast, um zu gewinnen.«

Das stimmte. Es hätte ein ausgeglichener Kampf werden können, doch bei seiner Rückkehr hatte Jimmy zu viele Männer mitgebracht. Ethan und seine Bande waren in der Unterzahl.

Ethan schaute seine Männer an, die mit ihren Waffen am Fuße des Podests eine kampfbereite Position eingenommen hatten. Er drückte Audrey fester an sich. »Es gibt nur einen Handel, auf den ich eingehen werde.«

Jimmy musterte sie, wobei sein Blick auf Audrey verweilte. »Aye. Das habe ich mir schon gedacht. Deine Männer können sie hinausbegleiten. Aber du bleibst hier.«

»Nein!« Audrey drehte ihren Körper so, dass sie Ethan abschirmte. »Lasst uns beide gehen. Wir werden London verlassen. Wir werden England verlassen!« Sie würde alles sagen oder tun, um ihn zu beschwichtigen, obwohl sie im Herzen wusste, dass er niemals einwilligen würde.

Jimmy lächelte sie an, doch es war kein angenehmes Lächeln. »Ich kann Jagger nicht gehen lassen. Er hat mich im Stich gelassen, verstehen Sie? Und ich habe ihm alles gegeben, was ich zu geben hatte. Er war wie mein Sohn.« Sein Blick wurde hart und wanderte von ihr zu Ethan. »Verabschiede dich.«

Jimmy stolzierte auf das Podium zu und gab seinen Männern ein Zeichen. Sie kreisten Ethans Bande ein und drängten sie zur Tür.

Bird riss Ethan mit einem bösen Grinsen das Messer aus der Hand. Er nahm auch den unteren Teil des Spazierstocks und schob die Klinge in die Scheide. Dann warf er Perkins das Utensil zu.

Ethan drehte Audrey in seinen Armen um. »Audrey. Meine Liebste.«

Sie packte ihn bei seinen Jackenaufschlägen. »Ich werde dich nicht verlassen.« Die Tränen strömten ihr aus den Augen.

Er wischte ihr mit den Daumen über die Wangen, wobei er gleichzeitig ihr Gesicht streichelte. »Das musst du. Es ist die einzige Möglichkeit, wie du sicher sein wirst.«

»Verlange das nicht von mir.« Ihre Kehle war so rau, dass sie kaum sprechen konnte.

Für einen kurzen Moment wurde sein Blick kühl. »Ich bitte dich nicht darum.« Sein Griff wurde fester und die Finger verflochten sich in ihrem Haar. »Meine schöne, tapfere Audrey. Die Zeit, die ich mit dir verbracht habe, war die glücklichste meines Lebens. Jeden Augenblick davon werde ich für immer in Ehren halten. Der Tod wird uns nicht trennen. Ich werde immer bei dir sein.« Er berührte ihre Brust. »In deinem Herzen.«

Audrey klammerte sich an seinen Hals, als ihr ungewollt ein Schluchzen über die Lippen kam.

Er beugte sich hinunter und drückte seinen Mund auf den ihren: »Schhh. Weine nicht um mich. Mehr als dies war mir nicht bestimmt. Du warst mein größtes Geschenk, ein Segen, der mir niemals zustand, aber für den ich ewig dankbar sein werde. Jetzt küss mich, damit ich den Geschmack von dir auf meinen Lippen habe, wenn ich meinem Schöpfer begegne.«

Mit süßer Wildheit drückte er die Lippen auf ihre. Seine Finger drückten sich an ihre Kopfhaut und seine andere Hand lag in ihrem Rücken, um sie fest an sich zu ziehen. Sie öffnete sich für ihn und kam seiner Zunge mit wilder Begierde entgegen, um so viel wie möglich von ihm auszukosten. Doch es war ein bittersüßes Gefühl, denn sie wusste, dass es nie genügen könnte.

Etwas zog an ihm, doch er widerstand. Er brach den Kuss ab und drückte seine Wange an die ihre. Dicht an ihrem Ohr flüsterte er: »Ich liebe dich«, und dann war er von ihr getrennt, denn Bird und ein anderer Mann hatten ihn weggezerrt.

Ethans Männer kreisten sie ein. Sie ging auf Ethan zu, doch einer von ihnen nahm sie am Arm und hielt sie fest.

Sie sah zu, wie Ethan zum Podium geführt wurde, auf dem Jimmy seinen Thron eingenommen hatte.

Audrey wurde zur Tür gezerrt. Sie stemmte die Füße in die Bodenbretter, doch es war zwecklos. Zwei Männer hielten sie mit sanftem Griff an den Armen und zogen sie, um sie zum Schluss hochzuheben.

»Ethan!« Sie konnte ihrer Tränen nicht Herr werden, konnte kaum sein hübsches Gesicht sehen, als er sie gehen sah. Sein Gesichtsausdruck war stoisch, doch in seinen Augen tobte ein Gewitter.

Die Männer, die ihn eskortiert hatten, stießen ihn vor Gin Jimmy auf die Knie. Mit einem letzten, gequälten Blick wandte Ethan sich von ihr ab.

Und dann konnte sie ihn nicht mehr sehen, und ihr Herz barst in schartige, irreparable Stücke.

KAPITEL 19

*E*in Schmerz, wie ihn Ethan noch nie erlebt hatte, durchzuckte ihn. Und Jimmy hatte ihn noch nicht einmal angefasst.

Verzweifelt suchte er nach einem Ausweg, doch es gab keinen. Einige der Männer hier waren auf seiner Seite, doch nicht genügend, um gegen Gin Jimmy aufzubegehren. Wie Ethan würden sie die Rettung ihrer eigenen Haut über alles andere stellen. Er hatte gewusst, dass der Plan ein Risiko war, doch sein vordringlichstes Ziel war erreicht worden: Audrey war in Sicherheit.

Ethan erkannte die Männer in seinem Blickfeld und nahm Maries besorgtes Gesicht wahr, ehe er zu dem Mann aufblickte, der ihn all die Jahre geführt hatte.

Jimmys vertraute blaue Augen blickten traurig. Er schüttelte den Kopf. »Ich verabscheue, was ich tun muss, mein Junge.«

Ethan glaubte nicht, dass es einen Sinn hatte, ihn vom Gegenteil zu überzeugen. Jimmy war erbarmungslos entschlossen und geriet nie ins Schwanken, seinen Kurs zu ändern, sogar dann nicht, wenn er den Verdacht hatte, das besser tun zu sollen.

Jimmy stand abrupt auf und richtete den Blick auf die Männer, die Ethan auf das Podium geschleppt hatten. »Bringt ihn.«

Grob wurde er von Händen gepackt, die ihn hochhoben und ihn hinter Jimmy her zu seinen Privatgemächern schleppten, die hinter dem »Thronsaal« lagen, wie er ihn gern nannte. In diesen Räumlichkeiten war Ethan schon viele Male gewesen. Als Mitglied von Jimmys engstem Kreis war er zu unzähligen Abendessen und Festen eingeladen worden. Er hatte sogar einen Lieblingsplatz – sein Blick schoss zu dem kastanienfarbenen Ohrensessel in der Nähe des Kamins.

»Kettet ihn an«, befahl Jimmy und deutete auf die Kette, die an einer Metallschlaufe an der Wand neben dem Kamin hing. Er trat zu einer Anrichte und schenkte sich ein Glas Gin ein, um dann in seinem Lieblingssessel, einem plüschigen, rostroten Gegenstück zu Ethans Sessel Platz zu nehmen.

Einer der Männer hob die Kette auf. Es waren zwei Fesseln: eine für sein Handgelenk und eine für sein Fußgelenk. Schon oft hatte er erlebt, wie Jimmy sie benutzte. Bis heute hatte er sich nie vorstellen können, einmal damit gefesselt zu sein.

Jimmy winkte Ethan mit der Hand. »Gib mir die Anstecknadel von seiner Krawatte. Und die Ringe, die er an den Fingern trägt.«

Einer der Männer zog die diamantene Anstecknadel aus seiner Krawatte, während der andere ihm die Ringe abnahm. Mit Ausnahme des Rings mit dem L waren sie Ethan gleichgültig. Doch darum würde er nicht bitten. Während einer der Männer den Schmuck in Jimmys ausgestreckte Hand ablieferte, zog der andere Ethan den Frack und dann die Stiefel aus, während der erste Mann zurückkehrte, um Ethan die

Metallmanschetten um das linke Handgelenk und den linken Knöchel zu legen.

Es gab genügend Spielraum, um sich an die Wand zu setzen, doch er kam nicht weit genug, um irgendetwas in die Finger bekommen zu können, das sich als Waffe benutzten ließe, und er konnte auch nicht auf seinem Sessel sitzen. Es war eine demütigende Art von Gefangensein, doch genau das war Jimmys Absicht gewesen. Dies entsprach auch Ethans Erwartungen.

Die Männer ließen von Ethan ab und bezogen zu beiden Seiten der Tür Stellung. Der einzige andere Ausgang aus diesen Räumlichkeiten führte durch eine Tür, die in einen Flur mündete, der zu verschiedenen anderen Stätten führte, worunter sich auch der Außenbereich befand, der von außen schwer bewacht wurde.

Jimmy trank einen kräftigen Schluck Gin. »Ich wusste, dass du nicht am Brazen Bride wartest, aber ich habe so getan, als würde ich hingehen, damit du handelst. Der Brief hatte mich beinahe überzeugt.« Sein Tonfall enthielt einen leisen Hauch von Bedauern. »Beinahe.«

Obwohl Ethan nicht erwartet hatte, dass die List funktionieren würde, hatte er es doch gehofft. »Woher wusstest du es?«

»Du bist mit dem Mädchen weggelaufen. Sie ist dir wichtig. Mir war klar, dass du sie holen wolltest.« Er zog die Mundwinkel nach oben, doch in seinem Blick lag ein Anflug von Traurigkeit. »Ich habe darauf gezählt.«

Hoffnung keimte in Ethan auf. Bestand eine Chance, dass er Gnade zeigen würde? Ethan musste fast lachen. In all den Jahren, in denen er Gin Jimmy kannte, hatte er noch nie auch nur eine Spur von Milde erlebt.

»Ich kann einfach nicht begreifen, warum du dich gegen mich gewandt hast.« Jimmy klang beinahe verzweifelt. Er öffnete die Hand. »Sieh dir all die Juwelen an, die du besitzt.

Du bist ein reicher Mann. Habe ich dir nicht alles gegeben, was du dir nur wünschen kannst?«

Vielleicht *hatte* Ethans Brief Wirkung gezeigt. Er hatte Worte verfasst, von denen er gehofft hatte, sie würden Jimmys Stolz und Arroganz ansprechen – er hatte ihm gedankt, verehrt und ihn sogar angefleht. Bei dem Teil, in dem er Jimmy um Vergebung anflehte, war ihm die Galle hochgekommen. Schluckend versuchte er, demütig zu wirken, und das war etwas, das er schon lange nicht mehr versucht hatte. »Das hast du, weshalb ich versucht habe, die Sache wieder in Ordnung zu bringen.« Es hatte keinen Sinn, zu behaupten, er hätte seinen Platz zurückerobern wollen, nicht nachdem er offensichtlich wegen Audrey und nur wegen Audrey gekommen war.

Jimmy schien Ethans Worte oder das Flehen in seiner Stimme nicht wahrzunehmen. »Ich habe Sorge dafür getragen, dass du deinen Weg findest – sogar ganz am Anfang. Ich wusste, du würdest Four-Finger Tom ausschalten, wenn man dich genug reizt und du der Überzeugung warst, dies sei die einzige Chance zu überleben.«

Ethan hätte nicht überrascht sein sollen, doch als ihm aufging, wie er erst von Davis und dann von Jimmy manipuliert worden war, brannte ihm die Bitterkeit darüber wie Säure auf der Zunge. »Du hast ihn ermutigt, mich zu beschimpfen und mich als schwach hinzustellen.«

»Ich habe dich für einen besseren Anführer als Tom gehalten. Und ich hatte recht.« Jimmy hob sein Glas und stieß mit ihm an, bevor er einen weiteren Schluck nahm. »Warst du nicht glücklich?«

Glücklich? Er war ein Dieb, ein Räuber, ein selbstsüchtiger Mistkerl, dem nicht nur sein Überleben wichtiger war als alles andere, sondern der sich nicht einmal bewusst war, dass noch etwas anderes existierte. Bis er es merkte. Dann hatte sich alles geändert. »Eine Zeitlang.«

»Es ging darum, in der Gesellschaft Fuß zu fassen, nicht wahr? Die Verlockung des Prestiges war zu groß.« Kopfschüttelnd legte Jimmy Ethans Schmuck auf einen kleinen Tisch neben seinem Sessel. Das hätte ich in dir erkennen müssen. Es ist eine der Qualitäten, die ich an dir am meisten schätze – dein Trieb, nach dem größten Respekt, der meisten Bewunderung.«

»Tatsächlich war es noch mehr.« Ethan war nicht sicher, warum er sich öffnete, doch nachdem er einmal damit vor Audrey angefangen hatte, stellte er fest, dass es Balsam für seine geschundene Seele war. Und wenn je der richtige Moment gekommen war, sich etwas von der Seele zu reden, dann jetzt, wo sein Ende vielleicht unausweichlich war.

»Ich weiß, dass du dich gewundert hast, warum ich den Preisboxer angeheuert habe. Ich habe das wegen meines Vaters getan. Er hat mich früher zu den Kämpfen mitgenommen.« Seine Unterstützung des Boxers hatte Ethan erlaubt, sich in die Zeit zurückzuversetzen, die er erlebt hatte, ehe er zu einem Leben auf der Straße gezwungen worden war. Andererseits hatte es ihm über die Existenz zu denken gegeben, die er vielleicht geführt hätte.

Fügte er dies zu dem anwachsenden Unbehagen über seine ungezählten Verbrechen hinzu, war er reif für einen Sinneswandel. Er erkannte, dass er den genauen Moment benennen konnte, in dem die Übersäuerung seines Magens eingesetzt hatte. Einer seiner Männer, ein besonders rücksichtsloser Bursche, namens Swan, hatte Lady Philippa entführt. Gleichwohl Ethan nicht daran teilgehabt hatte, fühlte er sich voll verantwortlich. Er hatte sie vorher einmal von Swan entführen lassen – damit sie Sevrins Boxkampf beiwohnte. Swans anschließende Entführung hatte ihn krank gemacht – und ihn innehalten lassen.

Es war ja nicht so, als ob Ethan nicht gewusst hätte, dass solche Dinge passieren. Verdammt, sie geschahen überall um ihn herum. Man konnte nicht durch St. Giles gehen, ohne eine Frau zu erblicken, die sich verkaufte, oder einen Mann, der eine Frau irgendwie zu erniedrigen versuchte. Doch in Philippas Fall war es Ethan, der sie dem ausgesetzt hatte. *Ethan.* Danach begannen die Dinge sich für ihn zu ändern und er fing an, über ein Leben nachzudenken, in dem er nicht mehr stahl und nicht mehr in einem Freudenhaus wohnte.

Jimmy musterte ihn eingehend. »Hat dich der Preisboxer dazu angeregt, dich gegen mich zu wenden?«

»Ich hätte mich nie gegen dich gewandt, wenn du mich hättest gehen lassen.« Als Jimmy ihm befohlen hatte, in seine Identität als Jasons Halbbruder zu schlüpfen, um Lady Aldridge und Wolverton im Auge zu behalten, hatte Ethan angedeutet, anschließend eventuell nicht mehr zur Dieberei zurückkehren zu wollen. Jimmy hatte es als Scherz aufgefasst. Er hatte gelacht, doch in seiner Antwort hatte eine Schärfe gelegen, die Ethan als Warnung interpretiert hatte: Ethan sollte besser Witze über solchen Unsinn machen, denn eine Abtrünnigkeit seinerseits würde niemals toleriert werden.

Jimmy lehnte sich zurück und kreuzte seine Knöchel. »Du hast nicht gefragt.«

Ethan lachte kurz auf. »Gott, Jimmy, du bist der erbarmungsloseste Mann Londons. Du erträgst nichts, was du als Verrat ansiehst.« Er lehnte sich so weit vor, wie es die Kette zuließ, und kniff die Augen zusammen. »Sag mir auf der Stelle, du hättest mir erlaubt, mein Leben zu leben, wenn ich nie zu dir zurückgekehrt wäre.« Ethan beobachtete, wie Jimmy die Lippen schürzte und sein Brustkorb sich dabei hob und senkte. Ethan lehnte sich an die Wand zurück und krauste die Lippen. »Das hatte ich nicht gedacht.«

Jimmy schoss in seinem Sessel vor. »Aye, das ist Verrat. Aber ich hätte nicht überrascht sein sollen. Ich wusste, ich konnte dir nicht alles anvertrauen. Du hast dich bei einer ganzen Reihe meiner Operationen für schlauer gehalten als ich.« Sein Gesicht bekam einen gequälten Ausdruck, was ihn wie das aussehen ließ, was er war – ein fünfzigjähriger Mann, der ein hartes Leben hinter sich hatte. »Du warst meine größte Hoffnung und meine größte Enttäuschung.«

Obwohl Ethan nicht Jimmys Vorstellungen entsprechen wollte, tat seine Kritik dennoch weh. »Du hast mich in Ketten gelegt, wie so viele andere. Hast du ein Spektakel geplant?«

Ethan dachte an die zahllosen Male, als Jimmy irgendeine arme Seele aufgrund eines Vergehens – ob tatsächlich verübt oder nicht – an die Wand gekettet hatte, gleichwohl er nie lange genug geblieben war, um mitzuerleben, was anschließend passierte. Ihn widerte das Vergnügen an, das manche in der Erniedrigung eines anderen empfanden. Er begriff, dass sie in einer brutalen Welt lebten, jedoch bestand kein Grund, sie zu verherrlichen. Im Gegenteil. Es war schön, seltene Augenblicke zu erleben, in denen er sich vorstellen konnte, dass die Dinge anders wären, doch vermutlich hatte er deshalb gehen wollen.

Jimmy betrachtete ihn, wobei er den Mund zu einem nachdenklichen Schmollmund formte. Es war sein nachdenklicher Gesichtsausdruck, und Ethan kannte ihn gut. »Wenn dein Plan heute aufgegangen wäre, hätte Bow Street mich festgenommen, vor Gericht gestellt und wahrscheinlich gehängt. Scheint so, als hättest du das Gleiche verdient.«

Eis sickerte in Ethans Adern und setzte sich fest, um dann ein Frösteln in jeden Winkel seines Körpers zu schicken. Er hatte damit gerechnet, aber als Jimmy die Bedrohung in Worte fasste, wurde ihm klar, wie gefährdet sein Leben derzeit war. So viele Dinge konnten schiefgehen ... und so viele waren schon schiefgelaufen. »Du willst mich vor Gericht stellen und hängen?«

Jimmy lehnte sich in seinem Sessel zurück und zog eine Schulter hoch, ehe er den Rest seines Gins mit einem raschen Schluck hinunterkippte. »Vorausgesetzt, du wirst für schuldig befunden.«

Ethan hatte Mühe, seine Sprache zu finden. »Wann?« Das Wort kam abgehackt und rau heraus.

»Morgen.« Jimmy richtete den Blick auf einen der Männer an der Tür. »Sag White, dass ich bis morgen früh ein Gerüst draußen stehen haben will. Nichts Ausgefallenes, aber es muss erhöht sein. Ich denke, es wird ein großer Menschenauflauf werden.« Der Mann nickte und ging hinaus.

Ethan hielt den Atem an. »Willst du da draußen auch vor allen über mich Gericht halten?«

Jimmy lachte glucksend. »Natürlich will ich das! Es geht darum, allen zu zeigen, dass auch der bestplatzierte Mann stürzen kann« – er zeigte die Zähne – »wenn er versucht, mich hereinzulegen. Die Weiber werden zu Hunderten herbeilaufen, um dich zu beweinen. Mit Ausnahme der einen, die du wirklich begehrst. Es sei denn, du wünschst, dass ich sie holen lasse.«

Ethan zerrte an seiner Kette. Einzig dafür, dass er Audrey erwähnte, wollte er die Kette Jimmy um den Hals legen und das Leben aus ihm herausquetschen. »Sprich nie wieder von ihr.«

Jimmy stand auf und rückte näher an ihn heran. »Es tut mir leid, dass es so enden muss. Du warst ein guter Junge, Ethan Jagger.« Er trat Ethan in den Magen, sodass dieser sich vornüberbeugte, während der Schmerz durch seinen Körper toste. Dann zerrte er Ethans Kopf an den Haaren hoch. »Ich spreche von wem ich will, wann ich will. Wenn ich dein kostbares Mädchen holen und an den Höchstbietenden verkaufen will, werde ich das tun. Und du wirst zu tot sein, um mich aufzuhalten.«

Mit einem groben Ruck ließ er Ethan los, womit er ihn mit dem Kopf gegen die Wand stieß. »Versuch, dich ein wenig auszuruhen, wenn du kannst. Aber vielleicht ist das auch egal. Morgen bekommst du Gelegenheit, für alle Ewigkeit zu schlafen.«

Jimmy wandte sich ab und verließ den Raum, um zu seinen Männern zurückzukehren. Drei weitere Wachen kamen in den Raum und nahmen ihre Plätze ein. Selbst wenn Ethan sich von den Fesseln befreien könnte, würde er niemals an den vier Männern vorbeikommen, die bis an die Zähne bewaffnet waren. Zudem waren sie älter, hatten ihre eigenen Methoden, und sie waren Ethan gegenüber nicht im Geringsten loyal.

Er lehnte sich an die Wand und ließ den Kopf nach hinten sinken. Dann lockerte er seine Krawatte und überlegte, ob er sie als Waffe benutzen könnte. Vermutlich könnte er sie jemanden wie eine Schlinge um den Hals legen, wenn dieser jemand nahe genug herankam.

Eine Schlinge.

Er massierte sich den Nacken und schluckte. Eine Vision von Audrey tauchte vor ihm auf, und der Schmerz, der ihn durchbohrte, ließ Jimmys Tritt im Vergleich dazu wie eine Liebkosung erscheinen.

Er fragte sich, welche Folter ihn erwarten würde, bevor ihm der »Prozess« gemacht wurde, doch er kam zu dem Schluss, dass es bedeutungslos war. Das Warten und die Erwartung seines Todes waren Folter genug.

Er zog die Knie an die Brust und schlang die Arme um seine Waden. Irgendwo war Audrey sicher und heil, und das war letztlich das Einzige, worauf es ankam.

Es war bereits dunkel geworden, als Ethans Männer Audrey aus dem Freudenhaus und durch die verkommenen Straßen von St. Giles führten. Sie kamen schnell voran, ohne innezuhalten, und die Männer umringten sie von allen Seiten, sodass sie kaum etwas sehen konnte. Aber der Gestank von Dreck und Verwesung war nicht zu ignorieren. Dennoch nahm sie den Geruch kaum wahr, da sie zu verzweifelt darüber war, Ethan dort zurückzulassen. Zweimal unternahm sie einen Versuch, umzukehren, doch seine Männer führten sie unbeirrt weiter aus dem Elendsviertel hinaus. Sobald sie an eine stark befahrene Straße kamen, hielten sie eine Droschke an, und zwei von ihnen stiegen mit ihr ein.

Als sie sie nach einer Adresse fragten, antwortete sie ohne Zögern: »Lockwood House.« Noch war sie nicht bereit, ihrem Großvater oder, noch schlimmer, ihren Eltern gegenüberzutreten.

Die Kutsche rollte durch die Straßen und schüttelte und rüttelte sie durch, was sie an die schreckliche Reise nach London erinnerte. Sie rutschte auf der Sitzbank hin und her und war innerlich völlig aufgewühlt. Sie bekam keine Luft, ihre Kehle war rau, das Gesicht heiß und vom Weinen verquollen. Endlich hielt die Droschke vor Lockwood House an.

Eddy, einer der Männer, die mit ihr gefahren waren, sprang heraus und half ihr beim Aussteigen. Der zweite, Fitzgibbons, folgte ihr und schaute sie lange an.

»Kommen Sie herein.« Audrey ging den Weg zum Haus hinauf. »Sie sollten an der Planung für seine Rettung teilhaben.«

»Miss.« Fitzgibbons blickte sie mitleidig an. »Er ist wahrscheinlich schon tot. Es tut mir leid, das sagen zu müssen, aber Jimmy ist niemand, der leere Drohungen macht. Er tut, was er sagt.«

»Es tut mir leid, Miss«, fügte Eddy hinzu. Er versuchte, ihr zuzulächeln, doch sein Lächeln war so schwach, dass man es bestenfalls als halbes Lächeln bezeichnen konnte.

Audrey konnte nicht glauben, dass er tot war. Das würde sie nicht.

Eine Kutsche fuhr hinter ihr vor und hielt an. Lord Sevrin stieg aus. »Miss Cheswick?« Lord Saxton folgte ihm.

»Sevrin!« Audrey stürzte auf ihn zu. »Wir müssen Ethan retten. Gin Jimmy wird ihn umbringen.« Sie beobachtete, wie Sevrin hinter sie blickte und es entging ihr nicht, wie er ein langes Gesicht machte. »Hören Sie nicht auf sie.« Ihre beiden Begleiter hatten kein Wort gesagt, doch aufgrund von Sevrins Reaktion vermutete sie, dass sie sich etwas mitgeteilt hatten.

»Lassen Sie uns alle von der Straße verschwinden«, schlug Saxton vor und strebte auf das Haus zu.

»Kommt«, forderte Sevrin die beiden Männer, Eddy und Fitzgibbons, auf.

Die zwei tauschten einen Blick aus und nickten.

Die Tür zu Lockwood House öffnete sich, und Audrey ließ sich durch die Eingangshalle in den Salon führen. Das letzte Mal war Audrey bei Lockwoods letztem lasterhaften Fest hier gewesen. Der Raum sah jetzt ganz anders aus, ohne die Dekoration und das Aufgebot an maskierten Gästen.

Lydia sprang auf. »Audrey!« Sie stürzte herbei und schlang die Arme um ihre Freundin. Audrey wiegte sich in ihrer Umarmung. Jeder Muskel in ihrem Körper erschlaffte.

Einen langen Moment standen sie einfach so da, ehe Lydia sie zum Sofa führte. »North, bring bitte etwas Tee.«

Audrey sank auf das Polster und ließ sich von Lydia die Hand halten. Sie fühlte sich kalt und taub an.

Lydia sah zu Sevrin und Saxton auf. »Was ist passiert? Wo ist Jason?«

»Wir waren nicht bei ihm«, antwortete Saxton. »Wir haben vor St. Giles auf Ethans Nachricht gewartet. Einer seiner Männer informierte uns, dass er sich Jimmy im Austausch für Audreys Freilassung ausgeliefert hatte.«

Lydia atmete scharf ein. »Dann war es Carlyle nicht gelungen, Jimmy festzunehmen?«

Audrey blickte zwischen ihnen allen hin und her. »Was meint ihr?«

»Ethan hat eine Nachricht an Jimmy geschickt, um ihn aus seinem Versteck zu locken«, erklärte Lydia.

Das musste die Nachricht gewesen sein, die der Junge gebracht hatte.

Audrey nickte. »Ja, Jimmy war eine Zeit fort.« Das war in der Zeit gewesen, als Ethan gekommen war. »Doch dann kehrte er zurück. Der Plan hat wohl nicht funktioniert.«

Lydias Gesicht wurde bleich. »Jason hat, als Ethan verkleidet, auf Jimmy gewartet, für den Fall, dass Jimmy jemanden vorschickt, um sich zu vergewissern, ob Ethan wirklich dort wartete, was nicht der Fall war.« Sie richtete den Blick auf Sevrin und Saxton. »Glaubt ihr, Jason …?«

Audrey spürte die Anspannung im Körper ihrer Freundin und nahm die Sorge in ihrer Frage wahr. Hatte Jimmy Jason erwischt und herausgefunden, dass er nicht Ethan war, und ihn dann umgebracht? Audrey glaubte nicht, dass sie sich noch miserabler fühlen könnte. Sie könnte es nicht ertragen, wenn sie beide, Ethan und seinen Bruder am gleichen Tag verlieren würde.

»Ich weiß es nicht«, antwortete Sevrin düster. Er drehte sich zu Saxton um und die beiden sprachen leise miteinander.

»Nicht flüstern«, blaffte Audrey, unfähig – und unwillig –

ihre Gefühle im Zaum zu halten. »Wir haben ein Recht darauf, alles zu erfahren, was ihr unternehmt.«

Mit einem Nicken trat Sevrin weiter in den Raum vor, ohne sich allerdings zu setzen. »Wir wissen absolut nichts. Wir haben uns nur gefragt, ob wir uns zum Brazen Bride begeben sollten, um herauszufinden, was passiert ist.«

»Was ist das Brazen Bride?«, fragte Audrey.

Sevrin stützte die Hände in die Hüften. »Es ist das Freudenhaus, in dem Ethan und Jimmy sich kennengelernt haben. Dort hat er Jimmy in seiner Nachricht gebeten, hinzukommen. Lord Carlyle war mit mehreren Konstablern dort, um ihn zu verhaften.«

»Ja, lasst uns gehen und herausfinden, was passiert ist«, gab Audrey zurück, die sich schon halb vom Sofa erhoben hatte.

Das Geräusch der sich öffnenden Eingangstür drang bis in den Salon und wurde von schweren Schritten auf den Marmorfliesen abgelöst. Audrey hielt den Atem an, bis Lockwood über die Schwelle trat.

Lydia ließ Audreys Hand los und rannte zu ihm. Sie sprang ihm in die Arme und schlang die Hände um seinen Hals. »Jason!«

Lockwood drückte sie fest an sich und küsste sie auf die Stirn. Audrey wandte den Blick ab, unfähig, diesen zärtlichen Moment zu ertragen. Sie hatte nichts anderes als Ethans, von Bedauern erfüllten Blick vor Augen, und sie konnte nichts anderes als seinen bittersüßen Kuss schmecken.

Lord Carlyle kam in den Salon, gefolgt von einem Mann, den Audrey als einen von Lockwoods Dienern erkannte. »Ein Trio von Ethans Männern hat uns in der Portugal Street ausfindig gemacht und uns berichtet, was mit Jimmy geschehen war. Miss Cheswick, ich bin so froh, dass Sie in Sicherheit sind. Nur das hat er sich gewünscht.«

Er sprach, als wäre Ethan bereits tot. Ihre Panik drohte,

sie zu ersticken. »Vielleicht ist er nicht tot. Wir müssen versuchen, ihn zu retten.«

Fitzgibbons nahm seinen Hut ab und zerdrückte ihn zwischen seinen massigen Händen. »Wahrscheinlich ist da nichts zu machen.« Er ließ den Blick durch den Raum schweifen. »Selbst wenn Jagger noch nicht tot ist, wird er schwer bewacht werden.«

Audreys Brust verkrampfte sich erneut und ihre Kehle schnürte sich schmerzhaft zusammen. »Wir müssen es versuchen.«

»Ja, das müssen wir«, pflichtete Lockwood ihr bei, und als sein Blick auf Audreys traf, gab ihr dies einen Funken Hoffnung. Es genügte ihr, zu wissen, dass sie nicht die Einzige war, die versuchen wollte, Ethan zu retten.

Lydia drehte sich in seiner Umarmung so, dass sie Audrey anschauen konnte. »Ja, wir müssen es versuchen.«

Carlyle nickte bedächtig. »Wir müssen bedenken, dass Ethan anders ist – für Jimmy. Lockwood, wissen Sie, was in dem Brief stand? Gibt es irgendwelche Anhaltspunkte, die uns weiterhelfen können?«

»Er appellierte darin an ihre Vater-Sohn-Beziehung.«

Vater und Sohn? Darüber hatte Ethan ihr nichts erzählt. Ein Schmerz breitete sich in ihrer Brust aus, als ihr zu Bewusstsein kam, dass sie unzählige Dinge über ihn niemals erfahren würde, da ihm die Gelegenheit gefehlt hatte, ihr darüber zu erzählen.

Carlyle legte den Kopf schief. »Dann ist es auch möglich, dass Jimmy sich in dieser Situation anders verhält, weil seine Gefühle betroffen sind.«

»Und das halten Sie für gut?« Saxtons Tonfall war von Zweifeln durchsetzt.

»Ich weiß nicht, was ich denken soll. Aber ich werde es herausfinden.« Carlyle wandte sich an den Kammerdiener, der mit ihm gekommen war. »Scot, können Sie versuchen, ob Sie über Ihre Kontakte etwas erfahren können?«

Scot nickte rasch. »Treffen wir uns in ein paar Stunden wieder hier?«

»So schnell als möglich. Wenn es eine Chance besteht, einen Rettungsversuch zu unternehmen, müssen wir rasch handeln.«

»Carlyle, brauchen Sie Hilfe?«, fragte Sevrin.

Carlyle runzelte die Stirn. »Ethan wollte Sie nicht zu sehr hineinziehen.«

»Er ist nicht hier, um mit mir darüber zu debattieren. Lassen Sie uns gehen.«

Saxton strich seinen Gehrock glatt und wandte sich zur Tür. »Ich komme mit Ihnen.«

»Warten Sie«, rief Lockwood, der Lydia losließ und auf sie zuging. »Sie können nicht erwarten, dass ich hierbleibe und nichts tue.«

Carlyle wies mit dem Kopf in Richtung Audrey und Lydia. »Ich glaube nicht, dass Sie ›nichts‹ tun werden. Wir kehren zurück, sobald wir können.«

Sie gingen, und Lockwood drehte sich, um nichts Bestimmtes anzustarren.

North stellte das Teeservice auf den Tisch. Audrey hatte keine Ahnung, wann er eingetreten war.

»Ich bringe etwas Whisky, Mylord.«

Jason ließ sich auf das andere Sofa sinken. »Bring die verdammte Flasche mit.«

Lydia setzte sich wieder zu Audrey und nahm ihre Hand. »Wir werden ihn retten.« Wenn es ihrer Versicherung an Gewissheit fehlte, so äußerte Audrey nichts darüber. Sie musste sich an jeden Hoffnungsschimmer klammern, der sich ihr bot.

Audrey ertastete einen glatten Streifen am Finger ihrer Freundin. Sie blickte auf den Ehering an Lydias Hand hinunter. »Ihr habt geheiratet«, brachte sie leise hervor, und ihr tat das Herz weh, denn diese Freude würde sie wahrscheinlich nie erleben.

Lydia lächelte traurig. »Ja. Es tut mir leid, dass du nicht dabei sein konntest.«

North kam mit einer Flasche Whisky herein und reichte Lockwood ein Glas der bernsteinfarbenen Flüssigkeit. Er hob das Glas. »Ich habe Ethan versprochen, wir würden auf eurer Hochzeit feiern.«

Audrey sprang auf, weil sie plötzlich keine Gesellschaft mehr ertragen konnte. »Macht es euch etwas aus, wenn ich nach oben gehe?«

»Überhaupt nicht«, antwortete Lydia. »Ich werde North bitten, dir das gelbe Zimmer zu zeigen.«

»Ist schon in Ordnung, ich weiß, wo es ist.« Audrey lächelte beinahe über Lydias schockierten Gesichtsausdruck.

«Waren Sie tatsächlich an dem Abend hier, als Wolverton getötet wurde?«, fragte Lockwood ungläubig. »Als Sevrin vor einiger Zeit in der Bow Street auftauchte und sagte, Sie seien Zeuge des Mordes gewesen, habe ich das für eine Lüge gehalten.«

»Ich mag übertrieben haben, was ich gesehen habe, aber ich war hier. Als Gentleman gekleidet.« Das vertraute Erröten, das sich bei der Enthüllung ihrer Information ihren Nacken hinaufstehlen müsste, stellte sich nicht ein. Vielleicht war sie emotional einfach zu erschöpft, um dem irgendwelche Bedeutung beizumessen. »Tatsächlich war ich auf vier Ihrer lasterhaften Feste gewesen. Ich bin mit dem Grundriss des Hauses recht vertraut.« Sowohl Lockwood als auch Lydia schauten sie ungläubig an. »Schaut nicht so entsetzt. Ich habe an keinem der Angebote teilgenommen, mit Ausnahme des Glücksspiels.«

Lydia schüttelte mit dem Kopf. »Es ist nur ... Ich bin schockiert.«

»Ich bin nicht immer, was ich zu sein scheine.« Ihr brach die Stimme. Das hatte Ethan über sie gewusst. Von ihrem allererten Walzerunterricht an, hatte er sie gründlich durchschaut und erklärt, sie sei mehr wert, als irgendjemand je hatte wahrhaben wollen. Daraufhin hatte sie sich auf der Stelle in ihn verliebt.

Audrey wandte sich zum Gehen, doch an der Tür hielt Lydia sie auf. »Sollten wir deinen Großvater oder deine Eltern benachrichtigen, dass du hier bist?«

Audrey drehte sich um. Sie hatte kaum an sie gedacht, nicht einmal an ihren Großvater, was sie plötzlich mit heißer Scham erfüllte. »Noch nicht. Was glaubst du, was passiert ist, als ich verschwunden war?«

»Dein Großvater hat darauf beharrt, dass du von einem dunkelhaarigen Verbrecher entführt worden bist. Ethan, nehme ich an. Doch dann hat Bow Street ihm einige Tage später berichtet, dass du ohne irgendwelchen Zwang mit ihm unterwegs warst. Die ganze Affäre ist sehr still gehalten worden.«

»Ich bin nicht sicher, ob irgendjemand meine Abwesenheit überhaupt bemerkt hat. »Außer dir.«

Lydias Blick war sanft, doch glücklicherweise nicht sehr mitleidig. Sie wussten beide, dass die Gesellschaft sie nie mit viel Aufmerksamkeit bedacht hatte, und es demnach nicht bemerkt würde, wenn sie vom Erdboden verschwunden wäre.

»Bitte hole mich, sobald die Männer zurück sind.« Audrey drehte sich um und ging nach oben, wobei ihre Beine so schwach waren, dass sie ihr eigentlich keine Stabilität boten, aber sie würde nicht zusammensacken. Noch nicht. Sie würde für Ethan kämpfen, bis sie sich seines Todes sicher war. Und dann wusste sie nicht, was sie überhaupt tun sollte.

KAPITEL 20

Ethans warme Hand strich über ihren Oberschenkel und teilte ihre Beine. Sein nackter Oberkörper war an ihre Seite geschmiegt und mit den Lippen knabberte er an der empfindlichen Haut unter ihrem Ohr. Audrey drehte sich auf den Rücken, während er seine Finger spielerisch zwischen ihren Beinen bewegte und ihr mühelos eine Reaktion entlockte. Sie seufzte leise. Mit seiner Zunge beschrieb er Kreise auf ihrem Hals und dann leckte er über ihr Schlüsselbein.

Sie hob die Hand, um seinen Kopf zu ihrer Brust zu lenken, doch ihr Griff ging ins Leere. Sie schlug die Augen auf und spürte einen eisigen Luftzug.

Sie war allein.

Ruckartig setzte sie sich auf dem Bett auf und war überrascht, dass sie es geschafft hatte, einzudösen. Nach der Länge der Kerze zu urteilen, die weiter heruntergebrannt war, hatte sie lange Zeit geschlafen – länger als sie es für möglich gehalten hätte. Warum hatte niemand sie geweckt?

Sie sprang auf und fuhr mit der Hand glättend über die Falten des Kleides, das eines der Dienstmädchen für sie gebracht hatte, ehe sie sich hingelegt hatte. Wenn ihr Kleid derart zerknittert war, dann musste ihr Haar entsetzlich aussehen, doch sie gab keinen Pfifferling auf ihre Erscheinung. Sie rannte praktisch aus dem Zimmer und die Treppe hinunter.

Wieder war der Salon verwandelt. Obwohl keine Seidendrapierungen in den Ecken zu sehen waren, so war doch der runde Tisch, der bei den lasterhaften Festen in der Mitte stand, an seinen Platz gerückt worden. Anstatt allerdings ein weibliches Wesen in einem gewissen Zustand der Entkleidung zu zeigen, war er von Männern umgeben, die die Köpfe gesenkt hielten.

Audrey räusperte sich und alle drehten sich zu ihr um. »Was ist los und warum wurde ich nicht geweckt, als ihr alle zurückgekehrt seid?« Die Wut stieg in ihr auf. Nach so vielen Stunden der Verzweiflung und Hilflosigkeit fühlte sich dieser Ausbruch gut an.

Lydia trat vor, mit Philippa und Olivia, Saxtons Frau. Eine vierte Frau verweilte beim Sofa. Audrey erkannte sie als Lady Carlyle.

»Es tut mir leid, Liebes«, sagte Lydia, die einen Arm um Audrey legte und sie in den Raum führte. »Wir dachten, du solltest so lange wie möglich schlafen. Bald hatten wir dich wecken wollen. Hättest du gern ein Tablett mit etwas zu essen?«

Ihr knurrte der Magen, doch sie glaubte nicht, dass sie etwas herunterbekommen könnte. »Etwas zu trinken, vielleicht.«

Mit einem Nicken drehte Lydia sich weg.

Philippa umarmte sie. »Es tut mir so leid. Ich bin froh, dass es dir gut geht. Ich war so bestürzt, als du verschwunden warst.«

Audrey wusste, dass ihr Verschwinden von Beckwith Philippa zu Tode erschreckt haben musste, insbesondere angesichts ihrer eigenen Entführung. Sie erwiderte Philippas Umarmung. »Es geht mir gut. Sie haben mir nicht wehgetan.«

»Gott sei Dank.« Philippa trat zurück und ihre Augen glitzerten.

Audrey tauschte einen mitfühlenden Blick mit Olivia aus, ehe sie sich auf den Tisch zubewegte. »Was besprechen Sie?«

Alle drehten sich zu ihr um und schirmten ab, was immer sie betrachteten.

Lockwood trat neben sie und führte sie zum Sofa. »Sie sollten sich setzen.«

Sie schüttelte seinen Arm ab und freute sich über den Rausch frustrierter Wut, der sie überkam. »Bitte bevormunden Sie mich nicht. Sagen Sie mir, was Sie wissen.«

Er nickte. »Die gute Nachricht ist, dass er noch lebt.«

Die Erleichterung wogte in ihr auf, doch das Gefühl war nur kurzlebig, da sie erkannte, dass es nicht so einfach sein konnte. »Und die schlechten Nachrichten?«

Lockwood tauschte einen Blick mit Carlyle, der sich vor Audrey stellte. Er öffnete den Mund und schloss ihn dann wieder. Ganz eindeutig wollte er ihr nichts sagen, doch schließlich brachte er die Worte hervor: »Jimmy beabsichtigt, ihn morgen früh zu hängen.«

Die Welt fühlte sich an, als würde sie unter ihren Füßen wegbrechen. »Ihn hängen?« Dieser Drohung hatte er entgehen sollen, als Bow Street die Anklage fallen gelassen hatte.

Philippa berührte sie am Arm. »Sie arbeiten an einem Plan zu seiner Rettung.«

»Ja«, antwortete Carlyle. »Und wir werden Ihre Hilfe brauchen, um zu beschreiben, wo er ist. Ich war schon an vielen Orten in St. Giles, aber noch nie im Cup and Burrow. Es ist schwer bewacht, da es Jimmys Hochburg ist.«

Audrey entspannte sich etwas, und war begierig, zu

helfen und dankbar, dass man sie ließ. »Ich weiß, wie man dorthin kommt und wo er sich dort drinnen befindet – oder zumindest, wo er sich befand. Ich bin sehr gut im Orientieren.« Das hatte sie mehr als einmal bewiesen, als sie mit Ethan durch den Südwesten Englands auf der Flucht gewesen war.

Carlyle lächelte ihr zu. »Ausgezeichnet.« Er blickte zu den anderen. »Ich bin mir ziemlich sicher, dass wir einer nach dem anderen reinkommen, wenn wir clever sind. Die Herausforderung wird sein, Ethan da rauszuholen. Selbst mit Ethans treuen Anhängern werden wir zahlenmäßig unterlegen sein.«

Audrey hatte deren Reaktionen auf Ethan gesehen und glaubte, dass er mehr Unterstützung hatte, als ihnen bewusst war. »Als Ethan heute im Cup and Burrow ankam, versuchte er Jimmys Männer davon zu überzeugen, dass sie ohne Jimmy besser dran wären. Einige von ihnen schienen überzeugt zu sein. Wenn diese Leute wüssten, dass wir einen Rettungsversuch vorhaben, würden sie uns vielleicht unterstützen.«

Carlyle presste die Lippen aufeinander. »Wir haben nicht viel Zeit, um eine Mannschaft zu sammeln. Es ist bereits kurz vor Mitternacht.«

So spät? »Wir müssen es versuchen.«

Lockwood trat vom Tisch weg. »Ich stimme zu. Wir können zum Brazen Bride zurückkehren und von dort aus die Nachricht verbreiten.«

»Das ist riskant«, mahnte Carlyle, der sich dabei über das Kinn strich und auf den Tisch blickte, auf dem eine handgezeichnete Karte ausgebreitet war. »Wenn Jimmy von unserem Vorhaben erfährt, Ethan zu retten, könnte er ihn auf der Stelle töten.«

Audrey spannte sich an. Die Situation schien hoffnungslos. Nein, sie würde nicht aufgeben. Zu Ethan hatte sie einmal gesagt, sie sei optimistisch, und daran würde sie festhalten – etwas anderes hatte er nicht verdient.

Scot legte die Handflächen auf den Tisch, beugte sich vor und wandte sich an alle. »Wir müssen die Personen, die wir einweihen wollen, gezielt ansprechen und sie anweisen, die Nachricht so schnell wie möglich zu verbreiten.«

»Ja, dafür müssen wir einen Plan ausarbeiten.« Carlyle trat wieder an den Tisch. Er schien das Kommando zu haben. »Zuerst müssen wir allerdings unsere Strategie festlegen, wie wir eindringen. Wir können nicht einfach durch die Vordertür hereinspazieren.«

»Ich glaube nicht, dass hineinzugehen unsere beste Option ist«, meinte Scot langsam und blickte sich um. «Selbst wenn wir einen Weg finden würden, wäre es fast unmöglich, wieder herauszukommen. Wir hätten draußen eine bessere Chance, wenn Ethan hinausgebracht wird, um ihn zum Galgen zu führen.«

»Leider glaube ich, dass Sie recht haben«, entgegnete Carlyle. Er warf einen Blick zu Audrey, die der Unterhaltung zuhörte, als befände sie sich am Ende eines langen Tunnels. Sie konnte die Männer hören, doch da war dieser dunkle, hohle Raum, der sie von allen trennte. »Es wäre jedoch hilfreich, wenn wir ein oder zwei Personen im Cup and Burrow einschleusen könnten, um Audreys Vorschlag in die Tat umzusetzen, und einige von ihnen für unsere Sache zu gewinnen. Noch besser wäre es, wenn wir irgendwie Informationen oder sogar eine kleine Waffe zu Ethan hineinschmuggeln könnten, damit er vorbereitet ist, wenn wir loslegen.«

Audrey schritt auf den Tisch zu und plötzlich wurde ihr klar, was sie vorhatte. »Ich kann es tun.« Alle starrten sie an, einige von ihnen mit aufgerissenen Augen. »Es gibt einen Weg, hineinzukommen, wenn man eine ... Prostituierte ist. Sie nehmen neue Mädchen über eine Hintertreppe auf. Ich wurde in einem Raum festgehalten, in dem sie die Frauen bei ihrer Ankunft unterbringen. Wenn ich mich verkleide, komme ich rein.«

Lydia war mit einem Glas Sherry zurückgekehrt. Sie trat zu Audrey und ergriff ihre Hand. »Nein, nein. Das ist viel zu gefährlich.«

Ja, aber es war ein guter Plan, und sie konnte nicht in Lockwood House herumsitzen und auf den Ausgang der Aktion warten. Sie musste teilhaben. Wenn sie nicht erfolgreich waren … wenn Ethan starb und sie nichts getan hatte, außer die Hände zu ringen, würde sie nie mit sich selbst leben können. »Ich schaffe das. Ich erinnere mich an diejenigen, die zu sympathisieren schienen.«

»Ich werde sie begleiten«, verkündete Scot und zog damit die Aufmerksamkeit aller auf sich. »Ich setze sie am Hintereingang ab und gehe dann auf ein Bier hinein.«

Sevrin nickte ihm zu. »Ich könnte auch mitgehen. Ich fühle mich in einer Taverne genauso wohl wie in einem Ballsaal. Eigentlich sogar noch mehr.«

Philippa warf ihm einen gequälten Blick zu. »Ambrosius.«

Sevrin ging zu ihr und murmelte etwas in ihr Ohr, ehe er sie auf die Wange küsste.

Audrey wünschte sich die Hilfe dieser Leute für Ethan, doch sie verstand nicht, warum sie dies anboten. Sein Bruder, ja, aber der Rest von ihnen? »Warum tun Sie das?«, fragte sie in die Runde.

Alle warfen sich einen Blick zu, aber Lady Carlyle ergriff das Wort. »Er hat mir das Leben gerettet. Und das von Daniel. Ich kann nicht tatenlos zusehen, wie er gehängt wird.«

Sevrin legte einen Arm um Philippas Schultern. «Ich hatte das Glück, jemanden zu finden, der an mich geglaubt hat, der mir die zweite Chance gegeben hat, die ich brauchte.

Ich kann Ethan nicht den Rücken zukehren, wenn ich weiß, dass er sich ändern will.« Er schaute Saxton an. »Ich kann mir nicht vorstellen, warum Sax hilft, aber ich wage zu behaupten, dass er es einfach nicht mag, wenn man ihn ausgrenzt.

Saxtons blasse Augen funkelten. »Genauso ist es.«

Eine Woge der Rührung stieg in Audrey auf. »Ich kann Ihnen allen nicht genug danken.« Sie nahm Lydia den Sherry aus der Hand und stieß mit ihnen allen an, bevor sie einen kräftigen Schluck nahm.

»Wenn ich wüsste, dass Daniel es zulassen würde, würde ich mit Ihnen gehen.« Lady Carlyle schenkte ihr ein Lächeln. »Aber ich bin sicher, er würde sagen, es sei zu gefährlich.«

Carlyle ging und legte den Arm um seine Frau. »St. Giles ist kein Ort für unsereins, deshalb müssen wir so schnell wie möglich hinein und heraus. Und wir müssen uns anpassen – das wird der Schlüssel zu unserem Erfolg oder Misserfolg sein. Wenn wir so aussehen, als ob wir dort hingehören, wird es uns nichts geschehen. Das ist meine größte Sorge im Hinblick darauf, uns alle, die wir dort hingehen, zu unterstützen. Scot gelingt es scheinbar, sich mit dem kriminellen Element ganz gut zu arrangieren.« Er warf Lockwoods Diener einen abschätzigen Blick zu, woraufhin dieser nur mit den Schultern zuckte. »Und ich wage zu behaupten, dass Sevrin in der Lage wäre, seinen Platz zu behaupten. Der Rest von euch ...« Er schüttelte den Kopf. »Das ist eine Frage der Verpflichtung. Wir müssen uns darauf konzentrieren, Ethan zu holen und dann zu verschwinden. Nur diejenigen, die sich selbst verteidigen können, sollten gehen.« Carlyles entschuldigender Blick ruhte auf Audrey.

Sie weigerte sich, zurückgelassen zu werden. »Ich kann schießen. Wahrscheinlich besser als einige von Ihnen.«

»Eine Waffe wird Sie nicht lange schützen, Miss Cheswick. Ich weiß, dass es schwer ist, hierzubleiben, aber ich denke, Sie müssen.«

All die Jahre, in denen sie in den Hintergrund gedrängt worden war, in denen ihre Meinung und ihre Wünsche ignoriert worden waren, brachen in ihr hervor. Sie ging auf Carlyle zu, und ihre Lippen kräuselten sich dabei. »Entweder Sie beziehen mich in Ihren Plan mit ein, oder ich finde selbst einen Weg, dorthin zu gelangen. Wäre es nicht besser, wir würden alle zusammenarbeiten?«

Carlyle blinzelte sie an, dann tauschte er einen fragenden Blick mit seiner Frau.

»Sie sollte gehen«, beschloss Lockwood und klang auf seine ruhige Weise autoritär. Vielleicht hatte Carlyle ja doch nicht das Sagen. »Ebenso, wie ich gehen werde. Ethan hat Lydia vor Jimmy gerettet, und ich will mich revanchieren.« Sein Blick nahm einen Anflug von Kummer und Bedauern an. »Er verdient Wiedergutmachung ... für so viele Dinge.«

Carlyle schien zu verstehen, dass es keinen Sinn hatte, weiter dagegenzuhalten. Er nickte rasch und wandte sich wieder dem Tisch zu. »Dann sollten wir uns vorbereiten. Wir müssen uns auf den Weg machen. Meine Damen, können Sie einen passenden Aufzug für Miss Cheswick zusammenstellen?«

»Die Kleider von den Festen meines Mannes liegen noch oben«, antwortete Lydia. »Ich hatte noch nicht die Gelegenheit, alle Zimmer auszuräumen. Wir können sicherlich etwas Passendes finden.«

»Ich glaube, ich weiß genau, wo wir suchen müssen.« Philippa warf ihrem Mann ein halbes Lächeln zu.

»Und ich kann alle notwendigen Änderungen vornehmen«, sagte Olivia. Sie war eine versierte Näherin und Ausstatterin. »Außerdem habe ich einige Erfahrung damit, wie sich echte Prostituierte kleiden. Wenn ich mit Audrey fertig bin, wird sie aussehen, als gehöre sie ins Cup and

Burrow.« Sie hatte Audrey anvertraut, dass sie in der Nähe eines Bordells gewohnt hatte, ehe sie zu Saxtons Tante, Lady Merriweather, gezogen war.

Lydia, Philippa und Olivia gingen, während Lady Carlyle sich zu Audrey stellte. Sie lächelte sie aufmunternd an. »Was werden Sie tun, wenn Sie erst einmal drinnen sind?«

Audrey tauschte einen Blick mit Lockwood und Carlyle aus. »Da ist eine junge Frau, Nan, die als Dienstmädchen arbeitet. Sie ist Ethan besonders« – was war das richtige Wort – »dankbar. Sie wird mir helfen.« Audrey war sich sicher, dass Nan bei einer Rettungsaktion mitmachen würde, insbesondere dann, wenn Audrey selbst dabei war. Sie beschloss, die junge Frau mitzunehmen, wenn sie aus St. Giles flohen.

»Wird man Sie nicht von vorhin wiedererkennen?«, fragte Lady Carlyle.

»Wenn ich mein Gesicht schminke und mich anders kleide, werden sie mich wohl nicht erkennen.«

»Olivia wird dafür sorgen, dass Miss Cheswick nicht wiederzuerkennen ist«, sagte Saxton.

»Was für ein komischer Haufen Leute ihr seid«, staunte Lady Carlyle. »Wenn das alles vorbei ist und alles wieder normal läuft, gebe ich eine Dinnerparty, damit ich mir jede eurer interessanten Geschichten anhören kann.« Sie lächelte Audrey warmherzig zu.

Audrey schätzte Lady Carlyles Optimismus mehr, als sie in Worte fassen konnte.

Carlyle blickte sie mit festem Blick an. »Nun, Miss Cheswick, erzählen Sie uns alles, was Sie über das Cup and Burrow wissen.«

An diesem Abend wurde Ethan den typischen Demütigungen ausgesetzt, die Jimmy denen zufügte, die ihm in die Quere kamen. Ethans Abendessen wurde ihm in Brocken hingeworfen, als wäre er ein Hund, und als er sich erleichtern musste, bekam er einen Nachttopf und keine Privatsphäre. Jimmy und die Männer an seinem Tisch genossen derweil reichlich Essen, Wein und Bier und äußerten abfällige Bemerkungen über Ethan. Marie bediente sie und warf Ethan ab und zu mitleidige Blicke zu.

Ethan verzog keine Miene über die Misshandlungen. Falls sein Plan funktionierte, wäre das ein geringer Preis. Außerdem versuchte er, *nicht* daran zu denken, was passierte, wenn es nicht klappte.

Jimmy gab einem von Ethans Bewachern ein Zeichen, zu ihm zu kommen. Der Mann beugte sich hinunter, während Jimmy ihm etwas ins Ohr flüsterte. Dann nickte er und ging. Einen Augenblick lang ruhte Jimmys Blick auf Ethan, wie schon so oft an diesem Abend. Dieser hier hielt länger als die anderen an, doch er endete auf die gleiche Weise – mit einem bedauernden Kopfschütteln.

Ethan fragte sich, worum es wohl ging, doch dann dachte er, dass es vielleicht nichts mit ihm zu tun hatte. Er lehnte den Kopf gegen die Wand zurück und starrte an die Decke. In der am nächsten gelegenen Ecke war ein gräulicher Fleck zu erkennen. Ethan hatte einen Großteil der letzten Stunden damit zugebracht, die Ursache für diesen Fleck zu ergründen. Dies war besser als sich über seine Zukunft Gedanken zu machen. Er würde sich nicht erlauben, weiter als bis morgen früh zu denken.

Der Bewacher kehrte mit zwei anderen Männern zurück, die direkt auf ihn zukamen. Ethan erkannte sie, erinnerte sich aber nur an den Namen des kleineren Mannes – George. Sie nahmen ihm die Fesseln ab und führten ihn zu der anderen Tür. Ethan blickte zu Jimmy hinüber, doch der hatte sich abgewandt und unterhielt sich mit seinem Tischpartner zur Rechten.

Ethan war nur durch diese Tür gegangen, um nach draußen zu gelangen, doch er wusste, dass sie auch zu einem Raum führte, in den Jimmy Männer zum Bestrafen durch Auspeitschen schickte. Sollte Ethan bestraft werden, ehe er verurteilt und gehängt würde? Seine Muskeln spannten sich an, und er überlegte, ob er die beiden Männer unschädlich machen konnte, bevor sie ihn überwältigten. Er hatte keine Waffen – sie waren ihm samt seiner Stiefel abgenommen worden – und die Bewacher waren bis an die Zähne bewaffnet.

»Was ist hier los?«, fragte Ethan.

George schüttelte den Kopf. »Du bist ein Glückspilz. Jimmy schickt dir ein Mädchen.« Er führte Ethan einen kurzen Korridor entlang zu einer anderen Tür.

»Ich will kein Mädchen.« Vor allem, wenn sie ihm nicht helfen würde. Auf keinen Fall wollte er eine andere als Audrey vögeln.

George drehte sich um und blickte Ethan an, als sei er nicht ganz bei Trost. »Ich werde Jimmy bestimmt nicht erzählen, du wolltest seine Großzügigkeit nicht.«

Warum tat Jimmy das? War sein betrunkener Zustand der Grund? Dann war er am verletzlichsten – zumindest gefühlsmäßig. Ließ er sich von Sentimentalitäten zu solchen Handlungen verleiten? Vielleicht gab es noch eine Möglichkeit, wie Ethan dies zu seinem Vorteil nutzen konnte. Wenn er heute Abend einen Weg nach draußen finden könnte, würde er allen am nächsten Tag eine Menge Ärger ersparen.

George öffnete die Tür zu einem sehr kleinen Raum, in dem sich nichts weiter als eine Pritsche auf dem Boden und eine flackernde Kerze befand. An der Wand war ein weiterer Ring eingelassen, an dem eine lange Kette und eine Fessel befestigt waren. Es schien, als würde Jimmys Großzügigkeit nur bis zu einem gewissen Punkt reichen.

Ethan drehte sich um und hoffte, es würde eine Möglichkeit geben, an dem zweiten Bewacher vorbeizukommen, doch der war von riesiger Statur und füllte die Türöffnung aus. Er schaute Ethan außerdem mit einen teilnahmslosen Blick an, der irgendwie zum Ausdruck brachte, dass es keinen Weg an ihm vorbei gab.

Aber Ethan hatte nicht so lange überlebt, ohne Risiken auf sich zu nehmen.

Er stürzte sich auf die Magengrube des Mannes, in der Hoffnung, ihn zu Fall zu bringen und irgendwie über ihn zu klettern. Wenn es ihm gelänge, bis zu der Tür in der Mitte des kurzen Korridors zu gelangen, könnte er den Weg aus dem Labyrinth des Cup and Burrow finden.

Doch der Riese stürzte nicht. Er umklammerte Ethan mit seinen Armen und wuchtete ihn gegen den Türrahmen. Der Schmerz strahlte Ethan über das Rückgrat. Er wollte mit den Armen ausholen, doch sie waren eingeklemmt. Stattdessen trat er – vergeblich – gegen die Beine des Mannes.

Der Rohling trug ihn in die Kammer, als wäre er ein Sack mit Diebesgut. Als Ethan nahe genug an der Kette war, nahm George seine rechte Hand und fesselte ihn an die Wand. Der Mann ließ ihn auf die Pritsche fallen und wich zurück. Ethan stürzte sich auf ihn, aber die Kette hinderte ihn daran, nahe genug heranzukommen.

Auch George hatte sich zurückgezogen. »Wenn du so etwas noch einmal versuchst, werde ich es Jimmy sagen müssen. Ich habe dich immer gemocht, Jagger, aber du weißt, wo meine Loyalität liegen muss. Wir sind gleich vor der Tür und dann können wir dein Mädchen reinlassen. Versuche, sie zu genießen.« Er warf Ethan einen letzten resignierten Blick zu, ehe sie beide hinausgingen und die Tür hinter sich schlossen.

Ethan hatte nicht die Absicht, irgendetwas zu genießen. Aber vielleicht war das die Folter, die Jimmy beabsichtigte. Er wusste, dass Ethan Audrey liebte, dass er bereit war, sein Leben zu opfern, um sie zu retten. Was wäre also erniedrigender, als ihm eine Frau zu schicken, um ihn zu verführen, vielleicht sogar zu zwingen?

Ein Schauder durchlief seinen schmerzenden Körper. Er hatte schon viele lange Nächte durchwacht, insbesondere in seiner Jugend, als er mit einem offenen Auge schlafen musste, um sich zu schützen. Diese Nacht könnte allerdings die längste sein, die er je hatte durchwachen müssen.

udrey und Scot fanden ihren Weg durch St. Giles, wobei ihnen nur milde, interessierte Blicke zugeworfen wurden. Oder, genauer gesagt, in ihre Richtung. Obwohl sie einen Umhang trug, um das skandalöse Dekolleté ihres Kleides zu verdecken, war der leuchtend scharlachrote Farbton am Saum dennoch sichtbar. Die grelle Farbe stach im Schmutz von St. Giles hervor wie ein Leuchtfeuer in einer dunklen Nacht. Und trotz der Haube, die ihr Haar bedeckte und ihrem Gesicht ein wenig Schatten spenden sollte, warf hin und wieder eine Laterne ihr Licht auf ihre stark geschminkten Gesichtszüge. In diesen Momenten starrten alle sie an, die sie erblickten. Olivia hatte wunderbare Arbeit geleistet, um sie ... anders aussehen zu lassen, und das auf eine überraschend unverfängliche Weise.

Sie näherten sich dem Cup and Burrow. Audreys Schritte wurden schneller, während sich ihr Inneres zusammenzog. »Hinten herum«, murmelte sie zu Scot.

Er nahm ihre Hand und führte sie in eine schmale Gasse, in der etwa ein halbes Dutzend Männer schlummerte. Sie rührten sich nicht, als Audrey und Scot an ihnen vorbeigingen. Audrey hielt sich die Hand vor die Nase, als sie sich dem letzten näherten – er stank, als hätte er sich besudelt.

Sie kamen zu einer Tür und Scot blieb stehen. »Das muss es sein.« Er drehte sich, um sie anzuschauen, doch sein Gesicht war ein dem spärlichen Licht, das auf die Gasse fiel, kaum erkennbar. »Sind Sie bereit?«

Audrey nickte. Sie wollte nicht zu lange darüber nachdenken. Scots Gesellschaft zu verlassen, erfüllte sie mit Furcht, doch sie wusste, dass er nicht weit weg war – er war gleich im Schankraum. Sie wusste auch, dass Jason, Sevrin, Carlyle und Saxton ebenfalls in der Nähe waren oder sein würden.

Audrey nahm ihren Umhang ab und übergab ihn Scot, der ihn entsorgen würde, ehe er ins Cup and Burrow ging. »Ich sehe Sie bald«, meinte sie heiter, in einem Versuch, ihr Selbstvertrauen zu stärken.

»Aye, und denken Sie daran. Ich bin nur einen Schrei entfernt.« Er drückte ihr die Hand und ging die Gasse entlang davon. Am Ende angekommen, verweilte er, während sie an die Tür klopfte.

Es brauchte mehrere Anläufe, ehe die Tür sich endlich öffnete. Audreys Schultern sackten vor Erleichterung zusammen, als sie einen letzten Blick auf Scot warf, bevor sie eintrat.

»Was wollnse hier um diese Stunde?«, fragte Mother Dean, die Hausdame des Cup and Burrow und blinzelte Audrey an, während sie sich die geröteten Augen rieb.

»Ich bin zum Arbeiten gekommen. Sie wern´ mich doch nich´ fortschicken, nich´ wahr?« Audrey hatte mit Olivia an ihrer Ausdrucksweise arbeiten müssen, um zu versuchen, die Frauen nachzuahmen, die Olivia in ihrer Vergangenheit gekannt hatte. Audrey fuhr sich mit einer Hand über ihr

Mieder und ließ sie auf der Hüfte ruhen. Sie warf sich ordentlich in die Brust.

Mother Dean hielt eine Laterne hoch und betrachtete Audrey einen langen Moment prüfend. Ihr Blick verweilte auf Audreys Gesicht und Audrey hielt den Atem an und wartete, ob sie sie von ihrem kurzen Treffen am Vortag wiedererkannte.

Nach wiederholtem Blinzeln nickte Mutter Dean. »In Ordnung dann.« Sie läutete eine Glocke und erst nach geraumer Zeit erschien Nan mit einer Kerze in der Hand.

Audrey unterdrückte ein erleichtertes Grinsen. Ihr Glücksgefühl schwand, als Mutter Dean Nan eine Ohrfeige versetzte. »Du hast ganz schön lange gebraucht.«

Nan massierte ihr Ohr und murmelte eine Entschuldigung.

»Bring sie in den Schankraum.« Mutter Dean nahm Audrey ein letztes Mal mit einem abschätzenden Blick ins Visier. Dann grinste sie plötzlich. »Aye, wirst mir einen hübsches Sümmchen einbringen. Schau dir nur ihre Titten an, Nan!« Sie lachte und dann verschwand sie in die Richtung, aus der sie gekommen war.

Nan wandte den Blick ab, ehe sie sich von ihr wegdrehte. »Dann komm mit. Ich muss auf unserem Weg ein Mädchen holen.«

Audrey berührte Nan an der Schulter. »Nan, ich bin es, Audrey. Jaggers … Frau.«

Nan schwang herum und beugte sich zu ihr, wobei sie Audreys Gesicht auf kurze Distanz im Kerzenschein prüfend betrachtete. Sie machte große Augen. »Ich habe dich nicht erkannt.« Ihr Blick wandelte sich zu Bewunderung. »Wer hat dein Gesicht geschminkt?«

»Ich kann dir vertrauen, dass du mir hilfst, nicht wahr Nan?«

Nan bog die Schultern durch und ihre Züge spannten

sich vor Furcht an. Sie wich einen Schritt zurück. »Bitte mich nicht, irgendetwas zu tun.«

Rasch schwanden Audreys Hoffnungen dahin. »Nan, du würdest Jagger helfen, wenn du könntest, nicht wahr? Wir haben einen Plan, ihn zu retten – und dich. Würdest du St. Giles nicht gern verlassen?«

Nan entspannte die Schultern und sie rückte näher, bis sie kaum eine Handbreit entfernt war. »Das würde ich mehr als alles andere wollen, aber wie hast du vor, das zu schaffen?«

»Ich kann mich nicht in den Einzelheiten ergehen, aber morgen früh, wenn Jagger nach draußen gebracht wird, gibt es für diejenigen, die ihn unterstützen, einen Moment, um vorzutreten und bei seiner Befreiung zu helfen.« Audrey sprach mit so viel Distanziertheit, wie sie aufbringen konnte, gleichwohl sie bei der Unterhaltung über seine bevorstehende Exekution am liebsten ihren Mageninhalt von sich gegeben hätte.

Nan hob eine Hand an ihren Mund. »Heiliger Himmel.«

»Nan, du darfst das nur den Leuten sagen, denen du absolut vertraust. Wir dürfen nicht zulassen, dass Gin Jimmy von diesem Plan erfährt.«

Nach mehrmaligen heftigen Nicken ließ Nan die Hand sinken. »Ich verstehe, und ich werde tun, was ich kann. Was wirst du jetzt unternehmen?«

»Ich würde gern zu Eth– ähm, Jagger gelangen.« Sie musste ihn von ihrem Plan informieren und ihm das Messer geben, das in ihrem Stiefel steckte.

Traurig schüttelte Nan den Kopf. »Ich kann dich nicht direkt zu ihm bringen. Er ist neben dem Kamin in Jimmys Privatgemächern.« Sie senkte den Blick und fummelte an der Kerze herum. »Ich könnte dich in die Nähe bekommen. Ich soll ein Mädchen zu Jimmy bringen.«

Ehe sie sich eines Besseren besinnen konnte, sagte Audrey: »Bring mich.«

Nans Kopf schnellte hoch und sie starrte Audrey ungläubig an. »Das kannst du nicht ernst meinen.«

«Doch, das tue ich. Bring mich einfach dorthin und ich werde herausfinden, wie ich zu Jagger gelange.« Mit einem Messer in ihrem Stiefel und einer Pistole an ihrem Oberschenkel ausgestattet, schätzte sie ihre Chancen optimistisch ein. Das war vielleicht dumm, doch Ethans Leben stand auf dem Spiel und sie würde ihn nicht kampflos aufgeben. »Könnte ich dich noch um einen weiteren Gefallen bitten? Im Schankraum ist ein Mann. Muskulös, gut aussehender Bursche, hübsches, dunkles Haar, sehr schöne blaue Augen und er hört auf den Namen Scot. Kannst du ihn informieren, wo ich bin?«

Von der anderen Seite des Korridors ertönten laute Stimmen. Nan sprang auf. »Wir sollten gehen. Ich werde dich nach hinten bringen.« Sie führte Audrey durch eine Tür und einen schmalen Gang entlang. Am Ende angekommen, blieb sie stehen und öffnete langsam eine Tür. Die quietschenden Scharniere kündigten ihre Ankunft wie eine Alarmglocke an.

»Was hast du so lange gebraucht?«, donnerte eine tiefe Stimme.

»Wir haben gerade ein neues Mädchen bekommen. Ich musste sie holen. Nans Stimme zitterte und Audrey betete, dass die junge Frau sie nicht verriet.

Audrey trat in einen kleinen Flur mit mehreren, abzweigenden Türen. Der beengte Raum wurde von einem Mann mit einer Mähne dunklen, strähnigen Haars ausgefüllt, dessen Brust doppelt so breit wie Nans war. Er ließ seinen lustvollen Blick über sie schweifen und seine Aufmerksamkeit richtete sich auf das zu enge und zu tief angesetzte Mieder ihres Kleides. Es juckte sie in den Fingern, nach der Pistole zu greifen, die an ihrem Oberschenkel geschnallt war.

Der Mann schmunzelte und der tiefe Klang fühlte sich in Audreys Brust wie ein leises Rütteln an. »Glücklicher Scheißkerl. Mal sehen, ob er zu dieser hier nein sagt.« Mit dem Kopf wies er zu einer Tür, die von einem wesentlich kleineren Mann aufgeschlossen wurde.

Furcht und Galle stiegen in Audreys Kehle auf. Sie konnte in den Raum gehen, in dem Gott weiß wer wartete, oder sie konnte es mit den beiden Männern aufnehmen und versuchen, Ethan zu finden. Doch sie zauderte zu lange. Der riesige Rohling packte sie am Handgelenk und zog sie vor, wobei er sie auf die inzwischen offene Tür zudrehte. Der kleinere Mann stieß sie hinein und ehe sie ihr Gleichgewicht wiederfinden konnte, schloss sich die Tür hinter ihr. Sie wirbelte herum und versuchte, sie aufzustoßen, doch das Schloss klickte.

»Audrey?«

Beim Klang ihres Namens von dieser vertrauten Stimme, wurde sie von einer Woge der Erleichterung erfasst. Sie drehte sich um und nahm die Pritsche, die Kette und dann den Mann wahr. Ihr Herz geriet ins Stolpern.

Ethan.

Sie eilte zu ihm und warf ihm die Arme um den Hals. Er schob seine Hände um ihren Rücken. Sie fühlte, wie die Kette über ihre Taille streifte, und erkannte, dass er an die Wand gefesselt war.

Sie wich zurück, doch sie konnte ihn nicht loslassen. Die Hände an seine Schultern geklammert, musterte sie sein Gesicht. Er sah unversehrt aus und sein Gesicht war so attraktiv wie immer. »Geht es dir gut?«

»Nein.« Die Antwort war leise und finster.

Sie klammerte sich an ihn und grub die Finger in seine Seidenweste. »Was haben sie dir angetan?« Dann schob sie eine Hand über seine Brust und rieb dabei leicht, als ob sie nach einem Anzeichen auf eine Verletzung suchte.

Er legte die Hände auf ihre und hielt ihre Bewegungen an. »Mir geht es nicht gut, weil du hier bist. Warum um alles in der Welt bist du zurückgekehrt?« Er zischte ihr die Frage zu, anstatt sie anzuschreien, doch seine Wut war eindeutig am Zug um seinen Mund und dem eisigen Blick seiner Augen zu erkennen.

»Um dich zu retten.«

»Sprich leise!« Wieder sprach er gedämpft, doch in einem eindeutigen Tonfall wütender Autorität. »Du kannst mich nicht retten.«

Als sie darauf sein Gesicht berührte, schmerzte ihr das Herz bei dem Opfer, das zu bringen er für sie bereit war. »Ich bin nicht allein.«

Er fuhr sich mit den Fingern durch sein schwarzes Haar und zerzauste es, was sie daran erinnerte, wie er morgens aussah. »Zum Himmel noch mal. Ich vermute, mein Bruder ist beteiligt. Sag mir, dass er nicht hier ist.«

»Nein, sie werden morgen kommen« – Sie weigerte sich, an all die Dinge zu denken, die schiefgehen könnten – »wenn sie dich hinausbringen.«

»Du bist allein gekommen?«

Sie glaubte nicht, dass er noch wütender klingen könnte, doch da hatte sie sich getäuscht. »Jasons Kammerdiener, Scot, hat mich hierher begleitet.«

»Ich weiß, wer Scot ist«, knurrte er. »Und er ist der Erste, den ich verprügeln werde, wenn dieser lächerliche Plan funktioniert. Angesichts des Umstands, dass du hier drin mit mir eingesperrt bist, muss ich davon ausgehen, dass er nicht klappt.«

Audrey presste die Lippen aufeinander. Es war eine gute Sache, dass sie bereits daran gewöhnt war, genügend Optimismus für sie beide zu haben. »Ich kann bereits sehen, wie es für den Rest unseres Lebens sein wird. Immer scheinst du dir nur einen negativen Ausgang der Dinge vorstellen zu können und ich werde dir geduldig erklären, dass es nicht so sein wird. Gemeinsam werden wir alles überwinden können.«

Als sein Zorn zum Teil aus seinem Blick verschwand, entspannten sich auch seine Züge ein wenig. Er seufzte. »Audrey, ich würde dich von Herzen lieben, wenn du den Rest unseres Lebens damit verbringst, mir meine Verschrobenheit unter Beweis zu stellen. Wie auch immer, du musst einsehen, dass dies wahrscheinlich nicht möglich sein wird.«

Wo war der Mann, der um jeden Preis überleben wollte? »So etwas akzeptiere ich nicht. Du glaubst, unser Plan würde nicht funktionieren, aber ich bin hier. Mit dir. Genau, wie ich es beabsichtigt hatte.«

»Ein absolut törichter Schachzug.«

»Nein. Ich bin *nicht* töricht.« Sie hob ihren Rock und zog das Messer aus ihrem Stiefel. Dann zeigte sie kurz die Pistole an ihrem Oberschenkel. »Ich bin bewaffnet.«

Er sog die Luft zwischen seinen Zähnen ein. »Heiliger Himmel, Audrey.«

»Ich bin gekommen, um dich über unserem Plan zu informieren und dir ein Messer zu geben. Die Pistole ist für mich.« Sie ließ den Rock wieder sinken und hielt den Dolch in der Hand. »Es wird einen Aufstand geben, um dir zu helfen. Wenn sie dich nach draußen führen, werden wir dich von Jimmy fortbekommen.«

Ethan schien sich ein wenig zu entspannen. »Ja, das ist, wie ich gehofft hatte, dass es funktionieren könnte. Minus deine Teilhabe. Ich werde Carlyle mit aller Freude den Garaus machen.«

Sie liebkoste seine Wange. »So etwas wirst du nicht tun. Du bist ein neuer Mann, erinnerst du dich?«

Er nahm ihr das Messer ab. »Ich bezweifle, dass es zu einem Aufruhr irgendeiner Art kommen wird.«

Sie hasste seine Schwarzseherei. »Versuche, ein bisschen

Zutrauen zu haben – ich weiß, dass du nicht daran gewöhnt bist. Ich habe gesehen, wie viele von Jimmys Männern im Zweifel waren, als du versucht hattest, sie von deiner Sache zu überzeugen. Ich bin zuversichtlich, dass wir genügend Unterstützung mobilisieren können, um dich zu befreien.«

Er schmiegte seine Hand um ihr Gesicht und beugte sich dicht zu ihr. »Und was, wenn ihr das nicht schafft?«, flüsterte er so nahe, dass sie ihn beinahe schmecken konnte. »Wenn der Plan fehlschlägt und ich gehängt werde, was wird dann mit dir passieren, meine Liebste? Was für einer Gefahr hast du dich meinetwegen ausgesetzt? Ich verdiene deine Güte nicht. Oder deine Liebe.«

Unter der Last seiner Worte brach ihr das Herz, doch das würde sie nicht zeigen. »Du hast sie dennoch. Meine Liebe – alles, was ich zu geben habe, ist dein.«

«Audrey«, hauchte er. «Jimmy wird mich nicht kampflos gehen lassen. An seinen besten Tagen gilt er als erbarmungslos, doch mein Überlaufen ist für ihn – wenn man es so nennen will, und das tut er – etwas Persönliches. Ist einer von euch bereit, ihn zu töten? Denn das ist wird für meine Befreiung notwendig sein.«

Sie wusste, er meinte mit seiner Frage, ihre Bereitschaft zu töten. »Warum ist es so persönlich?«

Ethan ließ von ihr ab und lehnte sich mit dem Rücken an die Wand. Er drehte das Messer zwischen seinen Fingern, und seine Bewegungen waren versiert und seltsam beruhigend anzusehen. »Er war der einzige Mensch, der an mich geglaubt hat, wenn auch aus den falschen Beweggründen. Er hat mir beigebracht, wie ich mich verteidigen kann und wie man ein verdammt guter Dieb ist. Viele Male hat er mir das Leben gerettet – und ich das seine. Er war ebenso ein Vater für mich wie mein eigener vor dessen Tod.«

Sie nahm den Schmerz und auch die Rührseligkeit in seiner Stimme wahr. Wie schwer muss es sein, jemanden geliebt zu haben – oder ihn vielleicht sogar noch zu lieben –, der so schrecklich ist. Jedoch war er zu Ethan nicht grausam gewesen. Zumindest bislang nicht. »Bist du sicher, dass er dich nicht einfach hätte gehen lassen?«

»Nein, und das hat er gestern Abend auch noch einmal in aller Deutlichkeit bestätigt. Ich bedaure, dass ich so lange gebraucht habe, um diese Beziehung als das zu erkennen, was sie war ...« Er schüttelte den Kopf und seine Hand blieb still. »Verquer.«

Sie widerstand dem Drang, ihn zu berühren, weil sie spüren konnte, wie sehr er Abstand brauchte, wenn auch nur für einen Augenblick. »Er war alles, was du hattest. Ich verstehe dich, Ethan. Hör auf, dich für vergangene Fehler anzuklagen. Es ist nur wichtig, wer du jetzt bist.«

»Dein Vertrauen in mich ist unerschütterlich.« Er durchbohrte sie mit seinem vertrauten, provozierenden Blick. »Erzähl mir von deinem Plan.«

»Ich habe eine Helferin im Cup and Burrow. Sie mobilisiert gerade Hilfe für uns.«

Er sah sie mit hochgezogener Augenbraue an.

Audrey gab ihm einen Klaps auf die Schulter. »Hör auf, so skeptisch zu sein! Würdest du auch nur einen Moment lang akzeptieren, dass andere Menschen einzig dein Bestes im Sinn haben und andere sich der Situation gewachsen zeigen? Oder musst du von jedem das Schlimmste annehmen?«

Seine Augenbraue wanderte noch höher. »Da du – wie ich denke – genau weißt, wie ich darauf antworten werde, werde ich einfach schweigen.« Dieses Geplänkel erinnerte sie an ihre gemeinsame Zeit nach ihrer Flucht aus London. Sie wollte nicht, dass es endete.

Er hielt das Messer hoch. »Die Waffe ist eine schöne Ergänzung. Ich danke dir dafür. Gleichwohl ich den Plan zu schätzen weiß, würde ich gern einen Überraschungsangriff wagen, sobald sie die Tür öffnen. Das wird allerdings noch eine ganze Weile dauern. Ich glaube, du sollst mir ein Erlebnis bescheren, das mir den Weg zur ewigen Ruhe ebnet.«

»Ich werde dir dies ein Leben lang bescheren.« Sie kam mit wiegenden Hüften auf ihn zu und hob die Brust erst, um sie dann sinken zu lassen, und damit seine Aufmerksamkeit zu erregen. Wie geplant, blieb sein Blick auf ihrer entblößten Haut hängen. Sie streifte mit ihren Brüsten über seinen Brustkorb. Dann legte sie eine Hand um seinen Nacken und streifte seinen Kiefer mit den Lippen.

»Da ich derzeit ohne Schuhe bin, werde ich das hier wieder in deine stecken.« Er beugte sich hinunter und hob ihren Rock bis zum Knie, dann schob er das Messer zwischen ihren Strumpf und die Stiefelkante. »Weißt du, dass es etwas Aufregendes hat, wenn du dich mit einer Waffe schmückst? Es erinnert mich an deine skandalöse Herrenkleidung, als wir dieses Abenteuer begannen. Vollkommen überraschend und doch seltsam verlockend.« Er gab ihr einen sanften Kuss auf den Hals.

Wie eine Sturzflut durchströmte sie das Verlangen. Sie krümmte die Finger um seinen Unterarm und ließ sie zu dem kalten Metall um sein Handgelenk wandern. »Ich nehme nicht an, dass es eine Möglichkeit gibt, das abzunehmen.«

»In diesem Raum gibt es nichts außer der Pritsche. Und deine Waffen sind zwar hilfreich und attraktiv«, meinte er mit einem sinnlichen Lächeln, »aber sie werden das Schloss nicht knacken.« Sein Lächeln wurde zu einem breiten Grinsen, als er den Blick auf ihr Haar fixierte.

Sie strich mit der Hand über die Locken und war nicht überrascht, dass sich wie üblich ein paar davon gelöst hatten. »Was?«

»Deine schönen, notwendigen und schrecklich nützlichen Haarnadeln.«

Sie zog eine aus ihrem Haar und hielt sie ihm hin.

Er schob die Haarnadel in das Schloss und drehte sie hin und her. »Sie hätten mir die linke Hand fesseln sollen, denn dann könnte ich dies wahrscheinlich nicht schaffen.«

»Weil du Linkshänder bist.« Sie erinnerte sich daran, wie ihr das zum ersten Mal aufgefallen war, während ihrer ersten Walzerstunde. Er hatte sich mit dem Teufel verglichen. Damals hatte sie gedacht, er würde nur kokettieren, doch jetzt wusste sie, wie ernst er das gemeint hatte. Unter all seiner Arroganz und Angeberei war seine wahre Meinung über sich tatsächlich miserabel.

Das Schloss klickte und die Fessel schnappte auf. Er hielt sie fest und blickte lächelnd zu ihr auf, um dann rasch einen Finger an die Lippen zu halten. »Wir wollen sie nicht wissen lassen, dass ich nicht mehr gefesselt bin«, raunte er besonders leise.

Sie nickte, als sie den Metallreifen von seinem Handgelenk nahm und ihn vorsichtig auf den Boden legte. »Wie gut, dass du ein so erfahrener Dieb bist, sonst würdest du das immer noch tragen.«

»Man könnte auch sagen, wenn ich kein erfahrener Dieb wäre, würde ich gar nicht erst hier sein.« Er ergriff ihre Hand und zog sie an sich. Dann legte er den Mund zu einem leidenschaftlichen Kuss auf ihren.

Ihr Körper reagierte augenblicklich. Sie schlang die Arme um seinen Hals und erwiderte seinen Kuss, begierig nach seiner Berührung und erstaunt darüber, dass sie ihn trotz der Gefahr, in der sie sich befanden, so verzweifelt begehren konnte. Vielleicht jedoch war dies die Ursache ihres Verlangens. Er schenkte ihr Kraft und Tapferkeit und er gab ihr das Gefühl, als könne sie alles tun, und irgendjemand sein.

Er drehte sie herum, sodass sie mit dem Rücken an der Wand stand. Dann löste er seinen Mund von ihrem und knabberte an ihrer Unterlippe. »Du siehst so anders aus. Wer hat deine Schminke aufgetragen?«

»Olivia – Saxtons Frau. Sie hat für kurze Zeit am Theater gearbeitet.«

»Du mutest sehr exotisch an. Mit den Waffen und diesem Kleid ist es fast so, als wärst du eine andere.« Sein Blick senkte sich auf ihre Brüste. »Vielleicht musst du dieses Kostüm noch einmal für mich anziehen.«

Ihr Puls wurde schneller, und sie fühlte sich von Wärme durchströmt – er fing an, Hoffnung zu schöpfen! »Nur in der Privatsphäre unseres Schlafzimmers. Ich mag es nicht besonders, mich in der Öffentlichkeit zur Schau zu stellen.«

»Ich auch nicht. Gleichwohl ich dir mehr als dankbar bin, dass du das für mich tun würdest.« Er küsste sie auf den Hals und leckte mit seiner Zunge an der Unterseite ihres Kinns entlang. »Was ist aus meiner schüchternen, errötenden Audrey geworden?«

Sie lehnte den Kopf an die Wand zurück und schloss die Augen, um sich den Empfindungen hinzugeben, die er auslöste. »Es scheint, als hättest du mich verändert.«

Mit dem Mund wanderte er ihren Hals hinunter und schmiegte seine Hand unter ihre Brust. Dann wölbte er die Handfläche um die Unterseite und streichelte mit dem Daumen über den Saum ihres Kleides, wobei er ihre Haut streifte. Plötzlich war sein Mund auf ihr und saugte an ihrer Brustspitze. Sie reckte sich ihm entgegen, um sich seiner Aufmerksamkeit darzubieten. Aber sie wollte mehr. »Mein Kleid«, hauchte sie.

»Wir können uns nicht entkleiden«, raunte er an ihrer Haut. »Wir müssen bereit sein.« Verflucht, wahrscheinlich sollten sie nicht einmal dies tun. Er berührte ihre Brust, schob dann seine Finger in ihr Mieder, um die steife Brustwarze zu ertasten. Sein Mund, heiß und offen, war wieder an ihrer Kehle, während er an ihrer Brustwarze zupfte.

Hitze strömte bis tief in ihr Innerstes. Hatte er gerade gemeint, sie sollten nicht miteinander schlafen? Sie zog an seinem Haar, während sie seinen Kopf fest an sich drückte. »Bitte, hör nicht auf.«

»Das könnte ich nicht, selbst wenn ich es wollte.« Mit den Zähnen zupfte er sie an ihrem Ohr. »Was ich nicht will.« Er ließ von ihrer Brust ab, doch aus gutem Grund. Mit der freien Hand hob er ihren Rock, entblößte ihre Wade, ihr Knie, ihren Oberschenkel. »Halte dies.«

Sie gehorchte und hielt ihren gebauschten Rock in der Taille, während er mit den Fingern ihr Geschlecht ertastete. Als er sie streichelte, musste sie aufstöhnen. Ihr Orgasmus war bereits im Anflug. »Es fällt mir schwer, leise zu sein.«

»Das musst du auch nicht. Sie erwarten, diese Geräusche zu hören. Bieten wir ihnen ein Spektakel.« Er führte einen Finger in sie ein und sie keuchte auf. »Ja, genau so, nur lauter.«

»Mehr.« Sie ließ sich gehen, stöhnte und ermutigte ihn.

Dann ließ er von ihr ab und sie öffnete die Augen, weil sie befürchtete, dass jemand sie vielleicht unterbrochen hatte. Aber nein, er öffnete seinen Schritt und dann stupste sein heißer Schaft sie an. Er hob sie gegen die Wand. »Schlinge deine Beine um mich.«

Die Hände auf seine Schultern gestützt, kam seiner Aufforderung nach, indem sie seine Taille mit den Beinen umschlang. Er positionierte sich an ihrem Eingang und drang in sie ein, wobei er sie an die Wand drückte. Sie schrie auf, als er sie ausfüllte.

Er hob seine Hand und umfasste ihren Nacken, wobei seine Finger sich in ihre Haut gruben. »Schau mich an, Audrey.«

Sie schlug die Augen auf und erkannte, wie sich ihr eigenes Bedürfnis und Verlangen in seinem Blick spiegelte. Und Liebe. »Ich liebe dich«, flüsterte sie.

Er küsste sie, und seine Lippen spielten zuerst sanft mit ihren, ehe er mit der Zunge in sie drang und die Bewegungen seines Schaftes nachahmte. Er drang in sie ein, sein Schaft rieb an ihr und lockte ihre Erlösung herbei.

Die Wonne entfaltete sich in ihr, erst langsam, dann blitzschnell. Ruckartig riss er den Mund von ihrem los und drängte sie mit seinen Stößen gegen die Wand. Ihr Orgasmus brach über sie herein. Sie konnte nur noch Licht sehen. Sie konnte nur noch Ekstase fühlen. Sie konnte nur noch sein Stöhnen hören und das unerbittliche Geräusch seiner Bewegungen in sie. Er versteifte sich und schrie seine Erlösung heraus. Dann begrub er sein Gesicht an ihrem Nacken.

~

Ethans Beine zitterten, als sein Orgasmus abebbte. Er sog Audreys köstlichen Duft ein – eine Mischung aus Lavendel und Gewürzen – und war von dem Geschenk überwältigt, das sie ihm machte. Er wünschte, er könnte ihr das märchenhafte Ende schenken, das sie verdient hatte, aber er würde sich damit zufrieden geben, sie lebend aus St. Giles herauszubringen. Und wenn er zufällig auch entkam, würde er jeden einzelnen dieser hirnverbrannten Pinkel erwürgen, die sie in diese Gefahr gebracht hatten.

Er hielt sie weiter fest, während das Zittern durch ihren Körper lief. Oder vielleicht waren es sein Zittern. Er war sich nicht ganz sicher, wo sie aufhörte und er begann. Er küsste ihren Hals, während er sich langsam aus ihr zurückzog. Behutsam löste er ihre Beine von seiner Taille und stellte sie auf den Boden.

Sie hielt sich an seinen Schultern fest, bis sie den Halt gefunden hatte, dann küsste sie ihn innig und ausgiebig. Er konnte nicht anders, als in ihren Mund hineinzulächeln.

Als er sich zurückzog, blickte sie ihn mit einem zufriedenen Blick an. Er hatte nichts, was er ihr anbieten konnte, um sich zu säubern – seine Krawatte hatte man ihm schon vor Stunden abgenommen. Vermutlich könnte er ihr seine Weste anbieten. Jetzt, wo er nicht mehr gefesselt war, konnte er sie ausziehen. Er knöpfte sein Hemd wieder zu. »Brauchst du etwas zum Saubermachen?«

Sie schüttelte den Kopf, ohne allerdings dabei zu erröten. Sie sah nicht nur anders aus, sie war wirklich anders. »Ich komme zurecht. Unterröcke können mehrere Zwecke erfüllen.« Sie ließ sich auf die Pritsche sinken.

Er trat an die Tür und lauschte. Vom Korridor aus konnte er nichts hören, aber er wusste, dass George und der Riese dort draußen sein mussten. In seiner Fantasie spielten sich Szenarien ab, in denen er es mit dem Rohling aufnahm, während Audrey George angriff. Er blickte sie wieder an und fragte sich, ob sie dazu imstande wäre.

Als er sich zu ihr auf die Pritsche setzte, zog er sie in seine Armbeuge, während er sich mit dem Rücken gegen die Wand lehnte. Sie schmiegte sich an ihn, und den Kopf auf seine Schulter gelegt, zog sie die Knie an, sodass sie seine Oberschenkel berührten.

Mit ihren Fingerspitzen fuhr sie über die Knöpfe seiner Weste. »Was werden wir tun, wenn das alles hinter uns liegt?«

Wie sehnlich er hoffte, es würde für sie eine Gelegenheit geben, das herauszufinden. Er würde all seine Energie darauf verwenden, sie in Sicherheit zu bringen, und wenn er irgendwie gerettet wurde ... nun, das erwartete er nicht. Nicht, dass er das laut sagen würde. Sie hatte ihre Meinung zu seinem Zynismus deutlich zum Ausdruck gebracht. Stattdessen beschloss er, in ihrer Fantasie zu schwelgen. Und es war keine Mühe. Der Gedanke an eine Zukunft mit ihr, wenn auch aussichtslos, spendete ihm Trost. Auf diese Weise hatte er die vielen langen Tage während seiner Verhaftung verbracht.

»Es wird dich vielleicht überraschen, aber Wootton Bassett hat mir tatsächlich gefallen. Nicht der Ort an sich, denn wir haben nicht viel davon gesehen, aber ich habe die Zeit mit Fox und Miranda genossen. Ihr Leben ist so schlicht und ... zielgerichtet.«

Ihre Hand blieb still und sie drückte die Handfläche an seine Brust. »Ja, das ist es. Du hast es gemocht?«

Er nickte. »Was Fox dort mit dem Waisenhaus schafft, ist erstaunlich. Er besitzt auf so viele Leben Einfluss. Ohne ihn würden diese Kinder schrecklich leiden.«

»So wie du.«

«Schlimmer. Viele von ihnen sind jünger, als ich es war. Ich erschaudere beim Gedanken daran, was aus mir geworden wäre, wenn ich in einem jüngeren Alter Waise geworden wäre.« Mit seinem hübschen Gesicht wäre er zweifellos in die Prostitution gezwungen worden. Dieser Weg war ihm schon mehrmals angetragen worden.

Sie schob ihre Hand unter seine Weste und drückte sie auf sein Herz. »Ich auch.«

»Als wir bei dem Einsiedler waren, hat mir unsere Geschichte gefallen.«

»Was, dass ich deine Schwester bin? Ich fürchte, dieser Teil hat mir nicht gefallen.«

Er schmunzelte und küsste sie auf den Kopf. »Nein, der Teil hat mir auch nicht gefallen. Aber es hat mir Spaß gemacht, mich als Schulmeister auszugeben. Glaubst du ...« Ach, jetzt fantasierte er wirklich.

Sie hob den Kopf und schaute zu ihm auf. «Ob ich was glaube? Dass du unterrichten könntest?« Sie streckte die Hand nach oben, berührte seine Wange und lenkte seinen Blick zu ihrem. »Ich glaube, du kannst alles tun, was du dir in den Kopf setzt. Insbesondere, wenn ich dir helfe.«

»Wenn du mir das sagst, glaube ich es.« Er hob ihr Kinn an und küsste sie.

Wenige Augenblicke später lehnte sie sich mit einem zufriedenen Seufzer an ihn zurück. »Kannst du dir vorstellen, in Stipple's End eine Schule zu eröffnen? Ich glaube, das würde den Foxcrofts gefallen. Ich weiß, dass sie das Waisenhaus gerne vergrößern würden, aber sie brauchen mehr Hilfe. Ich denke, Mirandas Einladung an uns, dort sesshaft zu werden, war ehrlich gemeint.«

»Ja, das hatte ich auch gehofft. Vorausgesetzt, sie verzeihen uns, dass wir sie belogen und eines ihrer Pferde entwendet haben.«

»Wir hatten es nur geliehen. Ich bin sicher, Posy ist nach Wootton Bassett zurückgekehrt, als sie davongelaufen ist.« Audrey gähnte. »Und das werden wir auch tun. Wenn wir verheiratet sind, natürlich.«

»Natürlich.« Er strich ihr eine verirrte Locke hinters Ohr. »Schlaf, wenn du willst. Ich bin bei dir.«

Ein paar Minuten später vernahm er den gleichmäßigen Klang ihres Atems, als sie in den Schlaf sank. Er war wütend, dass sie wegen ihm zurückgekommen war, doch die Zeit, die er mit ihr verbracht hatte, konnte er nicht bereuen.

Das Geräusch der Tür rüttelte ihn wach. *Mist*, er hatte nicht einschlafen wollen. Er schüttelte Audrey, dann zog er das Messer aus ihrem Stiefel. »Wach auf.«

Er sprang auf und eilte auf die Tür zu, wobei ihn ängstliche Energie durchströmte.

Der Riese kam zuerst herein. Ethan zauderte nicht. Er stürmte vor, das Messer in der Hand, aber sein Gegner war brutal und stark. Er stürzte sich auf Ethan und stieß ihn aus dem Gleichgewicht, worauf Ethan rückwärts gegen die Wand prallte. Der Schmerz explodierte in seinem Schädel, doch er stürzte vorwärts, um den großen Mann zu Fall zu bringen. Die Faust seines Gegners landete auf Ethans Handgelenk, und Ethan ließ das Messer fallen.

Audreys Schrei erfüllte den kleinen Raum. George hatte sie an den Haaren gepackt und zog ein Messer aus seinem Gürtel.

Ethan hob die Hände. »Halt! Lasst sie los. Sie hat mit der Sache nichts zu tun.«

George zerrte sie zur Tür.

Wo zum Teufel war ihre Pistole?

Sie versuchte, nach unten zu greifen – vermutlich, um an ihre Waffe zu kommen –, aber George riss sie an den Haaren und zog sie wieder aufrecht. »Ethan!«

Der größere Mann packte Ethans Arm mit einem schraubstockartigen Griff.

Ethan versuchte, sich loszureißen, um zu Audrey zu gelangen, doch es war zwecklos. »George, sie ist nur eine wertlose Hure.«

»Was kümmert es dich dann, wenn sie stirbt? Der Jagger, den ich kenne, würde sein eigenes Überleben über das eines anderen stellen, aber andererseits hat sie dich ja nicht Jagger genannt, oder? Ich glaube nicht, dass sie eine wertlose Hure ist.«

Zu spät erkannte Ethan ihren Fehler.

»Du irrst dich«, mischte Audrey sich als seine unermüdliche Verteidigerin ein. »Jagger würde sein Leben für die Menschen geben, die er ins Herz geschlossen hat, oder für diejenigen, die sich nicht selbst helfen können.« Ihr Blick traf sich mit seinem. »Das weiß ich über ihn.«

Ethan wurde es bei ihrer Zuversicht warm ums Herz, doch das half ihrer Sache nicht im Geringsten. Je mehr sie über ihn erzählte, umso klarer wurde, dass sie nicht irgendeine wahllose Prostituierte vom Obergeschoss war. »Sie weiß gar nichts, George. Bring sie einfach zurück in den

Schankraum, damit sie einen anderen Kerl finden kann.« Er starrte sie vielsagend an.

»Ollie, sperr ihn wieder ein«, befahl George. Er behielt Audreys verdrehtes Haar in der Hand und das Messer an ihrem Hals. Ethan sehnte sich danach, dieses Messer in sein Herz zu bohren, weil er es gewagt hatte, sie zu berühren.

Ollie zerrte ihn zu der Fessel, doch Ethan machte es ihm schwer. Er trat nach ihm aus und rammte ihm die Faust in die Magengrube, die sich so fest anfühlte, als wäre sie aus Eisen. Ollie schleuderte ihn gegen die Wand, als er nach der Fessel griff. Er legte die Metallmanschette um Ethans Handgelenk. »Verdammt, hast du einen Schlüssel, George?«

»Fass in meine Westentasche dort, Süße. So ist es gut. Jetzt wirf den Schlüssel Ollie zu. Braves Mädchen.«

Ethan konnte nicht sagen, was passiert war, denn Ollie hatte ihn so gegen die Wand geschleudert, dass er nur die Ecke sehen konnte. Er versuchte, den Hals zu drehen, aber Ollie presste seinen Arm nur noch fester gegen seine Schulterblätter.

»Miststück!« Ein Pistolenschuss erscholl. Ollie lockerte den Griff um Ethan so weit, dass dieser sich herumdrehen konnte, um Audrey zu erkennen, die ihre rauchende Pistole auf George richtete, der aus der Hüfte zu bluten schien.

Ethan versuchte, zu ihr zu gelangen, doch Ollie hielt ihn zurück. Eilige Stiefelschritte hallten durch den Flur und dann tauchten zwei weitere Gesichter in der Tür auf.

Einer von den beiden fragte: »Was um alles in der Welt ist passiert?«

»Sie hat auf George geschossen«, antwortete Ollie.

»Bringt sie zu Jimmy«, ordnete der Neuankömmling an. Der zweite Mann kam in den Raum und fasste sie am Handgelenk. Sie schrie auf, als er ihr die Pistole mühelos aus den Fingern wand. Audrey versuchte, sich loszureißen und dabei traf ihr Blick Ethans.

Sein Herz verkrampfte sich, als er zusah, wie sie aus dem Zimmer gezerrt wurde. Seine Hoffnungen, dass sie es aus dem Cup and Burrow schaffte, welkten dahin und starben. Als Ollie ihm die Faust erneut in die Magengrube rammte, brach er auf dem Fußboden zusammen und betete, dass Audrey nicht leiden müsste.

KAPITEL 22

Audrey trat und schlug nach dem Mann, der sie von Ethan fortzerrte, doch es war vergeblich. Sobald er sie in den Flur bugsiert hatte, nahm der zweite Mann sie an den Füßen auf und trug sie.

»Haltet den Mund.« Zwei weitere Männer gingen an ihnen vorbei. »Holt George. Das Miststück hat auf ihn geschossen.«

Die beiden Männer schleppten sie durch eine weitere Tür und ließen sie dann neben einem großen Tisch auf den Boden fallen. Blinzelnd rappelte sie sich in eine sitzende Position auf.

»Miss Cheswick?« Jimmy stand vom Tisch auf und schaute sie an. »Habe ich Sie nicht gehen lassen?«

»Ja.« Sie richtete sich trotz ihrer zitternden Beine auf.

»Sie hätten fortbleiben sollen. Ein zweites Mal werde ich nicht so entgegenkommend sein.« Er musterte ihre Aufmachung. »Insbesondere nicht, wenn es den Anschein hat, als gehörten Sie hierher. Nicht wahr, Jungs?« Er lachte und die anderen fielen ein. Als das Lachen verklungen war, nickte er den beiden Männern zu, die sie getragen hatten. Sie packten Audrey jeweils an einem Arm und hielten sie fest.

Jimmy kam um den Tisch herum, die Hände hinter dem Rücken verschränkt. Direkt vor ihr blieb er stehen. »Nun, warum sind Sie zurückgekehrt?«

Sie roch den Gin in seinem Atem und musste an sich halten, um nicht zurückzuweichen. »Um Ethan zu sehen.«

Jimmy fuhr ihr mit der Hand derart schnell über die Wange, dass sie es nicht kommen sah. Der Schmerz hielt allerdings an und brannte auf ihrer Wange. »Zwingen Sie mich nicht, Sie noch einmal zu schlagen. Es gefällt mir wirklich nicht, Frauen wehzutun.«

Ihr tränten die Augen. Angestrengt dachte sie nach, was sie sagen sollte. »Ich bin gekommen, um ihn und Sie zu sehen.« Sie zuckte zusammen und war darauf gefasst, dass er wieder mit der Hand zuschlagen würde, doch als dies nicht geschah, sprach sie weiter. »Er war wie ein Sohn für Sie. Ich kann nicht glauben, was Sie ihm antun wollen. Er will nur glücklich sein. Mit mir. Können Sie ihm das nicht gönnen?«

Er blinzelte sie lange an. »Er wird mit Ihnen nicht glücklich werden. Ich habe ihn im Laufe der Jahre mit Frauen gesehen. Er wird Ihrer bald überdrüssig werden. Dann wird er sich seiner nächsten gesellschaftlichen Eroberung zuwenden. Sie hat er genauso hinters Licht geführt wie mich.«

Das glaubte sie nicht eine Sekunde, aber sie wollte auch nicht versuchen, ihn vom Gegenteil zu überzeugen. »Na schön, dann lassen Sie ihn das tun. Warum muss er ein Verbrecher sein? Warum können Sie ihn nicht einfach frei sein lassen?«

Jimmy legte die Hand um ihren Hals, und sie befürchtete schon, sie wäre zu weit gegangen. Er beugte sich dicht zu ihr. »Er ist ein Verbrecher. Er ist genau das, was ich aus ihm gemacht habe, und nur das wird er je sein.« Speicheltröpfchen schossen aus seinem Mund und landeten auf ihrer Wange.

Dann ließ er sie los und stieß sie zurück, wobei er die Hand wegzog. Die Männer packten sie fester an den Armen. Sie schluckte und war gespannt darauf, was als Nächstes passierte. Sie hoffte und betete, dass sie noch eine Chance hatten, wenn sie erst einmal im Freien waren.

Jimmy schlenderte an seinen Platz am Kopfende des Tisches zurück und richtete den Blick zu Boden. »Ich vermute einmal, ich bin mit meinem Frühstück fertig.« Er fegte den Teller vom Tisch. Da er aus Metall war, zerbrach er nicht, sondern schlug mit lautem Knall auf dem Boden auf. »Macht ihn fertig. Er muss zu einer Verhandlung.«

Mehrere Männer standen vom Tisch auf und verschwanden durch die Tür in Richtung des Raumes, in dem Ethan festgehalten wurde. Audrey spannte sich an.

»Und Sie haben einen meiner besten Männer angeschossen.« Jimmy schüttelte den Kopf. Erneut kam er auf sie zu und hielt erst inne, als er ihr Kinn mit einem festen, schmerzhaften Griff umklammert hielt. »Bei Jaggers Prozess und seiner Hinrichtung werden Sie in der ersten Reihe sitzen, und dann werde ich Sie so lange im Obergeschoss arbeiten lassen, bis Sie nicht mehr laufen können. Wissen Sie, wie viel Geld ich mit Jaggers Liebchen verdienen werde?« Sein Blick senkte sich auf ihre Brüste und er grub die Finger in ihre Haut. »Hoffentlich vögeln Sie so gut, wie Sie aussehen. Das macht allerdings keinen Unterschied, nicht wahr, Jungs? Die Kunden werden für die Neuheit bezahlen, nicht für das Können.« Er grinste ihr ins Gesicht und ließ sie los, ehe er sich von ihr abwandte.

Eine starke Angst, wie sie sie noch nie zuvor erlebt hatte, ließ ihre Gliedmaßen weich wie Butter werden. Ohne die Männer, die sie aufrecht hielten, wäre sie zu Boden gesunken.

Lange Minuten vergingen, während derer Jimmy wieder Platz nahm. Missmutig starrte er auf den Tisch. Für Audrey wirkte er verärgert, vielleicht sogar verstört. Sie konnte nicht anders, als noch einmal zu versuchen, ihn umzustimmen.

»Jimmy, es ist noch nicht zu spät, Ethan gehen zu lassen.«

»Halten Sie den Mund, verdammt noch mal, ja?« Er drehte sich zu der Ecke um, in der Marie auf einem kleinen Hocker saß. Audrey hatte sie nicht einmal bemerkt. »Finde etwas, um sie zu knebeln.«

Marie zog ein langes, weißes Tuch aus ihrer Tasche, als sie auf Audrey zuging. Sie sagte kein Wort, als sie es Audrey in den Mund stopfte und dann am Hinterkopf festband.

Ethans Duft stieg ihr in die Nase und sie erkannte, dass es seine Krawatte war. Als sie das Geräusch von Stiefeln hörte, drehte sie den Kopf und sah, wie Ethan in den Raum geführt wurde. Auf seiner Wange prangte ein blauer Fleck und von seiner Lippe troff Blut.

»Mach ihn sauber, Marie, und zieh ihm die Stiefel an.«

Marie trat zu einer Waschschüssel und feuchtete ein Tuch an, mit dem sie Ethans Lippe abtupfte. Stoisch blickte er Audrey aus kalten und teilnahmslosen Augen an. Sie spürte, dass er seine Gefühle zu verbergen versuchte, und wünschte, sie könnte dasselbe tun. Aus ihrem Auge lief jedoch eine Träne, und sie erkannte, wie hoffnungslos diese war.

Als Nächstes holte Marie seine Stiefel irgendwo hinter Audrey herbei. Sie schob seine Füße hinein und brachte Audrey damit in Erinnerung, wie sie selbst ihm geholfen hatte, als er verwundet worden war.

»Fesselt ihm die Hände.«

Einer der Männer kam mit einem Strick auf ihn zu. Unaufgefordert streckte Ethan die Hände aus. Der Strick wurde um seine Handgelenke gewunden und fest verknotet.

Eine weitere Träne stahl sich aus Audreys Auge und vor Furcht schnürte sich ihr beinahe die Kehle zu.

Jimmy stand auf und strich seine Jacke glatt. »Gehen wir. Ich gehe voran.«

Die Männer, die Ethan flankierten, packten ihn an den Armen und zerrten ihn vorwärts. Er drängte auf Audrey zu. »Es ist alles in Ordnung. Dir wird es wieder gut gehen.« Den letzten Satz sagte er so leise, dass sie sich anstrengen musste, um ihn zu verstehen.

Dann drehte er sich weg und ging aus dem Raum.

Ruckartig wies Jimmy mit dem Kopf in Richtung der Männer, die Audrey festhielten, und sie führten sie heran. Jimmy tauschte mit dem Mann zu ihrer Rechten. »Ich möchte Sie direkt neben mir stehen haben, wenn wir ihm beim Schaukeln zuschauen.«

Die Tür war nicht groß genug, dass sie alle zusammen durchgehen konnten, und so ging Jimmy voran und zerrte sie über die Schwelle. Sie durchquerten seinen Thronsaal und gelangten in einen Korridor, der in den fast leeren Schankraum führte. Audrey suchte die Tische und Winkel nach Scot ab, doch sie sah niemanden außer einer Hure, die an einer Wand lehnte, und einem Mann, der auf einer Tischplatte zusammengebrochen war. Alle mussten nach draußen gegangen sein, um sich die Hinrichtung anzusehen.

Ihre Gefühlsaufwallung staute sich in ihrer Brust, und das Atmen bereitete ihr Mühe. Nun kamen die Tränen schnell und liefen ihr über die heißen Wangen. Sie traten in den späten Vormittag hinaus. Ein grauer Himmel und Nieselregen empfing sie; und doch war es hier weitaus heller als in den Räumen des Cup and Burrow, weshalb Audrey mehrmals blinzeln musste.

Sie gingen weiter in die Straße, die von Hunderten von Menschen gesäumt zu sein schien. Sämtliche Bewohner von St. Giles waren gekommen. Die Menschenmenge stand dicht gedrängt und lärmte. Es wurde geschrien und gesungen und der Geruch von Essen vermischte sich mit Verwesung und drohendem Tod.

Audrey blickte stur geradeaus, den Blick auf Ethans Rücken geheftet. Die dunkelgrüne und bronzefarbene Seide seiner Weste kräuselte sich beim Gehen an seinem Rücken. Dann erblickte sie den Galgen und das Seil.

Ihr wurde schwarz vor Augen und sie sank auf die Straße.

~

*E*than hörte Jimmy fluchen und drehte den Kopf, um zu sehen, wie Audrey auf die Beine gezerrt wurde. Sie verdrehte die Augen im Kopf. Jimmy versetzte ihr eine kräftige Ohrfeige.

Ethan stürzte auf ihn los und wollte ihm Schmerzen und Leid zufügen, doch daran wurde er von den Männern gehindert, die ihn festhielten. »Rühr sie nicht an, Jimmy!«

Jimmy wandte sich ihm zu und schaute ihn aus dunklen, schmalen Augen an. »Ich werde mit ihr machen, was ich will. Insbesondere dann, wenn du erst tot bist.« Er packte Audreys Kinn und schüttelte sie, bis sie blinzelte. »Behalte einen klaren Kopf, Mädchen. Das Beste kommt erst noch.«

Er winkte sie alle voran und die Prozession setzte sich wieder in Bewegung.

Da ihm keine andere Wahl blieb, drehte Ethan sich wieder um und ging auf den Galgen zu, ohne ihn wirklich anzusehen. Stattdessen blickte er sich unter den Menschen um, auf der Suche nach Jason, Carlyle oder Sevrin oder irgendeinem der Idioten, die diesen aussichtslosen Plan ausgeheckt hatten.

Schließlich blieb sein Blick an Scot hängen. Er stand in der ersten Reihe der Menge. Als Ethan nahe genug herangekommen war, formte er die Worte: »Rette sie.«

Scot nickte unmerklich, und Ethan musste darauf

vertrauen, dass er Wort hielt. Als Nächstes erblickte er Sevrin, dann Carlyle. Schließlich entdeckte er Jason, der ganz in der Nähe des Galgens stand. Seine vertrauten grauen Augen drückten Teilnahmslosigkeit aus. Kurz trafen sie auf Ethans, worauf sie ein wenig sanfter wurden, und dann ging er weiter.

Die Liebe zu seinem Bruder keimte in seiner Brust auf und schwoll an. In dieser – vielleicht – späten Stunde seines Lebens hatte er endlich die Familie, die er ersehnt hatte. Und er hatte sie alle in Gefahr gebracht.

Das klickende Geräusch, das beim Spannen einer Pistole entsteht, und plötzlich hinter Ethan zu hören war, veranlasste die Männer, die ihn festhielten, sich umzudrehen. Ethan drehte sich mit ihnen, und das Folgende schien sich in Zeitlupe abzuspielen. In seinem peripheren Blickfeld bemerkte er Männer, die sich bewegten, doch er heftete den Blick auf den Mann, der die Waffe hielt.

Teague.

Und er richtete sie auf Jimmy. Andere Männer um ihn herum hatten ebenfalls ihre Pistolen gezogen, doch bislang hatte noch niemand geschossen.

»Sie werden ihn nicht hängen.«

Jimmy lächelte boshaft. »Das ist doch Ihre Aufgabe, Ermittler?«

»Das ist verdammt richtig. So ist es. Und Sie dürfen ganz sicher keine Frauen brutal behandeln.«

Ethan trat nach den Männern, die ihn festhielten, und zerrte, um sich zu befreien. Aus dem Augenwinkel sah er, wie Jason sich bewegte, und dann hörte er den Knall einer Pistole, als Teague seine Waffe abfeuerte.

»Audrey!« In dem darauffolgenden Tumult befreite Ethan einen seiner Arme und schlug auf den Mann ein, der ihn noch immer festhielt. Das reichte aus, damit dieser seinen Griff um Ethan löste.

Ethan sah mit an, wie Audrey zusammensackte, doch dann erkannte er, dass es Scot war, der sie zu Boden gestoßen hatte, und nicht Teagues Kugel, die scheinbar danebengegangen war.

Jimmy hob seine Pistole und zielte damit auf Teague. Ethan handelte, ohne nachzudenken. Er packte den Ermittler, als die Kugel abgefeuert wurde. Beide stürzten sie zu Boden.

Ein brennender Schmerz bohrte sich in Ethans Schulter. Audreys Schrei zerriss die Luft. Sein Kopf schlug auf das Kopfsteinpflaster auf und Schwärze senkte sich über ihn herab.

KAPITEL 23

udrey sah mit an, wie die Kugel Ethan in die Schulter traf, als er Teague zu Boden riss. Sie stieß gegen Scot und dabei streifte sie mit der Hand über den Griff eines Messers, das an seiner Hüfte befestigt war. Sie zog die Stichwaffe aus der Scheide und nahm sie ihm ab, wie sie auch Georges Pistole vorhin im Cup and Burrow an sich gebracht hatte.

Überall um sie herum wurde gekämpft, doch sie hielt einzig nach einem weißen Haarschopf Ausschau. Der Regen fiel ihr in die Augen, und sie strich sich über das Gesicht, um sich dann die Krawatte herunterzuziehen, die sich bei ihrem Sturz von ihrem Mund gelöst hatte. Es gelang ihr, sich unter Scot wegzurollen, der jetzt mit einem der Männer kämpfte, die hinter Jimmy gestanden hatten.

Sie hatte Mühe, sich aufzurappeln, während sie gleichzeitig die Augen nach Jimmy aufhielt. Endlich entdeckte sie ihn, nicht weit entfernt. Er kämpfte sich zu der Stelle vor, an der Ethan lag.

Das Messer fest in ihrer Hand haltend, schlängelte sie

sich durch das Getümmel. Jimmy, der sich gerade herumdrehte, sah sie und sein Blick fiel auf die Klinge. Er schürzte die Lippen, um ihr dann schnell und zielstrebig das Messer aus der Hand zu schlagen und sie zurückzudrängen. Mit einem Messer in seiner eigenen Hand griff er sie an.

»Audrey!«, schrie Jason ihren Namen von einer Stelle hinter Jimmy. Er wich zwei Männern aus und warf ihr eine Pistole zu.

Sie fing sie mit beiden Händen auf, spannte den Hahn und feuerte. Auf diese Entfernung gab es keinen Fehlschuss und zum Glück auch keine Fehlzündung. Sie sah zu, wie Jimmys Augen sich weiteten, als die Kugel in seine Brust einschlug.

Er kippte nach hinten. Jason stellte sich über ihn und drückte ihm seinen Stiefel in an den Hals.

Jimmy stammelte. Das Blut sprudelte aus seinem Mund und trat in einem größeren Strom heraus, als Jason mehr Druck ausübte.

Mehr brauchte Audrey nicht zu sehen. Sie ließ die Pistole fallen und rannte zu Ethan.

Teague hielt ihn in seinem Schoß, die Hand auf die Wunde an Ethans Schulter gepresst. »Helfen Sie mir.«

Sie ging in die Hocke und hob Ethan am Bizeps seines unverletzten Arms hoch, während Teague ihn hochhievte. Als Teague seinen sicheren Stand wiedergefunden hatte, wuchtete er sich Ethan über die Schulter.

Jason trat vor und führte sie durch das Gedränge. Audrey hielt den Blick auf Ethans aschfahles Gesicht geheftet, als sie Teague folgte.

Vage nahm sie zur Kenntnis, dass ihr jemand dicht auf den Fersen war. Es war Sevrin, wie ihr ein kurzer Blick über die Schulter verriet.

Von der überfüllten Straße abbiegend schlängelten sie

sich durch eine enge Gasse in eine andere Straße. Was eigentlich eine schwierige Passage hätte sein sollte, erwies sich als überraschend einfach.

»Die Droschke ist dort vorn«, raunte Sevrin dicht an ihrem Ohr.

Sie schaute voraus und erkannte eine wartende Droschke. Der Earl of Saxton stand daneben, gleichwohl er wie einer der rauesten Männer von St. Giles gekleidet war.

Teague stieg in die Kutsche ein, und Saxton half ihm, Ethan mit dem Gesicht nach unten auf die Sitzbank zu legen. Diese war jedoch nicht lang genug für seinen gesamten Körper, und seine Beine rutschten zur Seite weg. Audrey wollte nach ihm einsteigen, doch Teague hielt sie am Arm fest.

»Ich bin fertig. Sagen Sie ihm ... sagen Sie ihm danke.«

Audrey nickte und sah zu Saxton, der ihr in die Droschke half. Sie hob Ethans Kopf und Schultern an und ließ sich in der Ecke der Sitzbank nieder, um seinen Kopf auf ihren Schoß zu betten. Jason stieg nach ihr ein. Er winkelte Ethans Beine an, damit sie auf den Sitz passten, und setzte sich dann gegenüber. Dann reichte er Audrey ein Tuch, das sie auf die Wunde an Ethans Schulter drückte.

Sie sah auf Ethans Gesicht hinab, das sich so blass von dem leuchtenden Scharlachrot ihres Rocks abhob. Mit der freien Hand strich sie sein dunkles Haar zurück und versuchte, den Kloß in ihrem Hals hinunterzuschlucken.

Auf einmal blinzelte er und schaute zu ihr auf. »Bist du ein Engel?«

Sie zwängte ein Lachen hervor. »Nein. Aber ich glaube, es sitzt einer auf deiner Schulter. Auf der unverletzten.«

Jason beugte sich vor. »Ethan?«

Wieder schloss Ethan die Augen. »Ist das mein Bruder?«

Sie streichelte seinen Kopf. »Ja.«

Er zuckte, als sie ihm das Tuch auf die Schulter drückte. »Was ist mit Jimmy passiert?«, fragte er zwischen zusammengebissenen Zähnen hervor.

»Audrey hat ihn erschossen«, antwortete Jason. Als sein Blick auf der anderen Seite der Droschke auf ihren traf, nickte er anerkennend und dankbar.

Ethan schlug die Augen wieder auf und verdrehte den Hals, um sie besser anschauen zu können. »Ist er tot?«

»Ja.«

»Geht es dir gut?«

Ihr Herz schwoll vor Liebe zu ihm an. »Ja. Ich fühle mich ... untröstlich.«

Er formte die Lippen zu einem Lächeln, und wieder fielen ihm die Augen zu. »Braves Mädchen.«

Die restliche Fahrt verbrachten sie schweigend. Bei ihrer Ankunft bei Lockwood House, kam North ihnen entgegen und half Jason, Ethan hineinzutragen. In diesem Moment wurde ihnen klar, dass die Kugel ein glatter Durchschuss gewesen sein musste, denn er blutete auch an der Vorderseite seiner Schulter.

Jason und North brachten Ethan nach oben in das Schlafzimmer, in dem Audrey am Vortag geschlafen hatte. Sie setzten ihn auf die Bettkante, damit Audrey ihm rasch die Kleidung vom Oberkörper schneiden konnte.

Jason hielt ihm ein Tuch auf den Rücken, während Audrey ihm eines auf die Vorderseite drückte und dabei um baldiges Eintreffen des Arztes betete.

North reichte Ethan ein Glas Whisky, das er in einem Zug austrank. Er reichte es mit zitternder Hand zurück. »Noch eins.«

Als Ethan das zweite Glas nun etwas langsamer austrank, kam der Arzt mit Scot herein.

Er ließ sich von Audrey assistieren, während er die

Wunde sondierte, säuberte und dann auf der Vorderseite und dem Rücken nähte. Laut Erklärung des Arztes habe er Glück gehabt, dass die Kugel keinen größeren Schaden angerichtet hatte, und bat sie dann alle, dafür zu beten, dass sich keine Infektion einstellte. Er verordnete Laudanum, instruierte Audrey, wie sie die Wunde zu verbinden hätte, und versprach, am nächsten Tag wiederzukommen.

Ethan berührte die pochende Wunde an der Brust und zuckte zusammen. »Ich vermute nicht, dass es irgendeine Möglichkeit gibt, diese Salbe von der Frau des Wirts in Hounslow zu besorgen?«

»Unnötig«, verkündete Sevrin, der in das Zimmer trat. »Ich habe beim Black Horse haltgemacht und etwas von Toms Salbe gebracht. Sie wirkt Wunder.« Er reichte Audrey die Salbe.

Mit Tränen in den Augen nahm sie den kleinen Tiegel entgegen. »Danke.« Nacheinander schaute sie jeden Einzelnen von ihnen an – die Carlyles, Saxtons, Sevrins, Scot, North, Lydia und Jason. »Dafür, dass ihr Ethan gerettet habt, werde ich für immer in eurer Schuld stehen.«

»*Wir. Wir werden* für immer in eurer Schuld stehen.« Er streckte die Hand nach ihr aus.

Sie ging zu ihm, nahm seine Hand und drückte seine Finger. »Wir.«

Audrey wandte den Blick nicht von ihm ab, als sie hörte, wie sich das Zimmer leerte. Sobald sich die Tür mit einem Klicken schloss, schraubte sie den Tiegel auf und krauste die Nase. »Was für ein grauenhafter Geruch.«

Er ließ ihre Hand los. »Wenn es dich anekelt, dann lass sie weg.«

»Niemals. Jetzt beug dich ein bisschen vor.« Sie machte sich daran, die Salbe großzügig auf seinem Rücken zu verreiben. »Ich war überrascht, Teague heute zu sehen.«

»Ich nicht. Ich hatte ihn um sein Kommen gebeten.«

Sie hielt inne. »Das hast du getan?«

Er drehte den Kopf, um sie anzuschauen. »Er war Bestandteil meines Ausweichplans.«

»Du hast ihn um Hilfe gebeten? Und du hast Vertrauen in ihn gesetzt?« Sie machte sich nicht die Mühe, ihre Überraschung – oder Freude – zu kaschieren. »Ich bin froh. Jetzt verstehe ich, warum du vor ihn gesprungen bist. Er hat mich gebeten, dir sein Dankeschön auszurichten.«

Er ließ den Kopf nach vorn sinken. »Er hat seine Schwester verloren und er hat sein Leben riskiert, um Gutes zu tun. Er hat es verdient, zu leben.«

»Wie auch du.«

»Dessen bin ich nicht so ganz sicher, aber ich will es versuchen.« Er gab sich alle Mühe, sich aufrecht zu halten, als sie die Salbe auf seiner Brust auftrug. »Ich würde allerdings gern wissen, wie wir aus St. Giles entkommen sind.«

»Ich bin mir nicht ganz sicher darüber, aber es schien bemerkenswert einfach. Es war, als ob uns die Leute entlang des Weges geholfen hatten. Sie sind ausgewichen oder haben uns weitergeschoben, und sie schienen dich in Sicherheit wissen zu wollen.« Sie wischte sich die Hand an einem Tuch ab und griff nach dem Leinenstreifen, den North zum Bandagieren gebracht hatte. Er war sehr lang, sodass sie in der Lage war, ihn mehrere Male um die verletzte Schulter zu schlingen. Er sog scharf die Luft ein und fluchte leise, als er den Arm hob, um ihr bei ihren Bemühungen behilflich zu sein.

Als sie fertig war, half sie ihm, sich in die Kissen zurückzulegen. Sie setzte sich auf die Bettkante und schaute ihn an. »Weißt du, was ich denke?« Bei seinem fragenden Blick lächelte sie und fühlte sich zuversichtlich, dass sie recht hatte. »Ich denke, du warst nie wirklich allein. Du dachtest, du wärst ohne Freunde, doch du hattest immer Leute um dich, denen du am Herzen lagst, selbst in jener Welt.«

Sein Gesicht verfinsterte sich. »Wie Gin Jimmy.«

»Nein.« Sie berührte sein Gesicht und strich mit dem Daumen über seine Lippen. »Nein, nicht wie Gin Jimmy. Menschen, die dich aufrichtig gemocht haben.« Sie schloss die Augen und fluchte.

»Audrey, hast du gerade geflucht?«

Mit einem schiefen Lächeln schaute sie ihn an. »Das habe ich offensichtlich. Aber aus gutem Grund. Ich habe Nan vergessen. Sie ist ein Dienstmädchen im Cup and Burrow und ich hatte ihr versprochen, sie mitzunehmen.«

»Ich erinnere mich an Nan.«

»Natürlich tust du das. Du hast ihr geholfen. Du hast ihr Güte und Barmherzigkeit entgegengebracht, als niemand sonst das für sie getan hat. Und ich bin bereit zu wetten, dass sie nicht die Erste war.«

Er drehte den Kopf und drückte ihr einen Kuss in die Handfläche. »Dein Glauben an mich hat den Unterschied gemacht.«

»Vielleicht, aber ich denke noch immer, dass du die ganze Zeit schon recht getan hast.«

Er blickte ihr in die Augen. »Ich weiß nicht, ob das stimmt, aber ganz bestimmt habe ich das jetzt getan.«

»Das würde ich meinen.« Sie beugte sich vor und streifte mit den Lippen über seine. Er versuchte, den Kuss in die Länge zu ziehen, doch mit einem Lächeln zog sie sich zurück. »Du musst dich ausruhen. Ich weiß nicht einmal, wie du nach all den Ereignissen noch bei Bewusstsein bist.«

Er drückte ihre Hand. »Ich habe zu viel Zeit in der Dunkelheit verbracht, meine Liebste. Ich will alle Augenblicke mit dir, die ich bekommen kann.«

»Und du sollst sie bekommen. Ich verspreche dir, dass ich hier sein werde, wenn du aufwachst.«

Zweifelnd runzelte er die Stirn. »Du wirst mich nicht verlassen?«

Sie strich ihm das Haar zurück und küsste ihn auf die Stirn. »Ethan, mein Allerliebster, niemand wird dich je wieder verlassen.«

EPILOG

Juli, 1819 Wootton Bassett

Die Sommersonne brannte Ethan durch den Stoff seines Hemdes auf die Haut und heizte ihn bis zu einem Maß auf, dass er zu der Wasserflasche strebte, die sich unter dem Baum in zwanzig Meter Entfernung befand. Als er seinen Durst gestillt hatte, sah er den Männern zu, welche die Fundamente für die neue Schule von Stipple's End aushoben.

Stolz und Freude mischten sich in seinen Adern, als er an die Veränderungen dachte, die er für das Waisenhaus brachte. Fox war begeistert gewesen, Ethan und Audrey mit ins Boot zu nehmen. Zusammen planten sie, Stipple's End zu vergrößern. Innerhalb der nächsten beiden Jahre hofften sie, sowohl die Belegschaft als auch die Anzahl der Betten zu verdoppeln, zusätzlich dazu, dass die neue Schule die Kinder auf eine Zukunft vorbereiten sollte, von der sie vielleicht nie geträumt hätten.

Wie die Zukunft, die Ethan jetzt lebte.

Dank der Investitionen, mit denen er vor acht Jahren – gleich nachdem er sich zu Lockwood House gewagt und mit Jason gekämpft hatte – begonnen hatte, war er ein wohlhabender Mann geworden und er konnte sein Vermögen für nichts anderes ausgeben, als die Leben von anderen zu verbessern. Er hatte eine zweite Chance bekommen und er war bestrebt, dies so vielen Menschen zu ermöglichen, wie er konnte.

Ein Kind rannte über das Feld auf ihn zu. Instinktiv spannte er sich an. Seit seinem Umzug aufs Land war er zwar gelassener geworden, doch einige Reflexe waren noch immer eingefleischt.

Es war Hal, ein neunjähriger Junge aus dem Waisenhaus. »Ethan!« Der panische Tonfall in seiner Stimme trug nichts dazu bei, Ethans Angst zu lindern.

Er stellte die Flasche ab. »Was ist los?«

»Es ist Mrs. Lockwood.« Die Kinder hatten gelernt, Ethan beim Vornamen zu nennen, wie sie auch Fox auf so vertrauliche Weise ansprachen, doch sie nannten Audrey weiterhin Mrs. Lockwood, wie sie auch Miranda, Lady Miranda nannten. »Sie braucht Sie zuhause!«

Das leichte Gefühl von Beunruhigung, das ihn befallen hatte, als er Hal auf sich hatte zukommen sehen, brach nun in volle Angst aus. Gott sei Dank hatte er ein Pferd hier. »Geht es ihr gut?«

Hal atmete schwer nach seinem schnellen Lauf. »Ich denke schon.« Er sah nicht besonders sicher aus, was Ethan sofort zu seinem Pferd rennen ließ.

Kaum zehn Minuten später ritt er die Auffahrt zu ihrem kleinen Haus hinauf. Nan, die sie aus dem Cup and Burrow gerettet und hier als ihre Haushälterin mit aufs Land gebracht hatten, erwartete ihn an der Tür. »Guten Tag, Mr. Lockwood.«

Ethan schaute sie angesichts ihrer mangelnden Aufregung blinzelnd an. Gab es nun ein Problem oder nicht? »Wo ist Mrs. Lockwood?«

»Oben. Sie hat gerade –«

Ethan wartete keine weiteren Erklärungen ab. Er rannte ins Haus und nahm zwei Treppenstufen auf einmal. Er strebte direkt auf ihr Schlafzimmer in der Ecke zu, das er allerdings leer vorfand. Stimmen von der anderen Seite des Hauses ließen ihn umkehren und wieder an der Treppe vorbei zu dem großen Gästezimmer streben, das sie gerade erst vor Kurzem fertig möbliert hatten.

Die Hand auf die sanfte Rundung ihres wachsenden Bauches gestützt, stand Audrey drinnen. Sie lachte über etwas, das Jason sagte, und dann traf ihr Blick Ethans. »Da bist du ja!«

Er zeigte auf seinen Bruder, als er in das Gästezimmer schlenderte. »Deshalb hast du nach mir schicken lassen. Ich dachte, etwas wäre nicht in Ordnung. Das Baby oder so.« Seine Stimme erstarb, als er erkannte wie unbegründet besorgt er klang.

Audrey schlang ihm einen Arm um die Taille. »Natürlich nicht. Dem Baby geht es gut – und wie du sehr gut weißt, ist es in den kommenden vier Monaten noch nicht fällig. Lydia andererseits hat nicht mehr so viel Zeit.« Sie wies mit dem Kopf in eine Ecke, in der Jasons Frau mit hochgelegten Füßen saß. Jason und sie waren aufs Land gekommen, damit ihr Kind innerhalb des nächsten Monats hier zur Welt kam.

Lydias Hand ruhte auf ihrem beachtlich gerundeten Bauch. »Hallo Ethan. Danke, dass du uns zu diesem Aufenthalt eingeladen hast.«

»Du weißt, dass ihr jederzeit willkommen seid.« Ethan trat zu seinem Bruder, um ihn zu umarmen, so glücklich war er, ihn nach mehreren Monaten wiederzusehen.

Als sie auseinandergingen, sah Jason sich in dem frisch

möblierten Raum mit seinen warmen gold- und elfenbein-farbenen Tönen um. »Das Haus sieht gut aus.«

»Audrey hat Tag und Nacht daran gearbeitet.«

»Irgendjemand muss *unserem* Haus Aufmerksamkeit widmen, anstatt den Waisen.« Sie warf Lydia einen Blick zu. »Ich fange langsam an, einiges von Mirandas Frustration über den Mangel an Verbesserungen auf Bassett Manor zu verstehen. Fox und Ethan verwenden den Großteil ihrer Mühen auf Stipple's End.«

Jason klopfte Ethan auf den Rücken. »Und jetzt gibt es noch eine Schule dazu. Wie ist es dazu gekommen?«

»Wir fangen gerade erst an. Es ist erstaunlich, wie schnell alles zusammenkommt. Ich werde es dir zeigen – jetzt gleich, wenn du nicht zu müde bist.«

Jason grinste. »Wie könnte ich deine Einladung ausschlagen?« Er drehte sich zu Lydia. »Du wirst klarkommen?«

Lächelnd winkte sie ihnen zu. »Geht.«

Ethan gab Audrey einen flüchtigen Kuss auf die Wange und ging mit Jason hinaus.

Als sie am Fuß der Treppe angekommen waren, hielt Jason inne. »Nur einen Augenblick. Ich habe dir etwas mitgebracht.«

Ethan konnte sich nicht vorstellen, was das sein konnte, als er Jason in den Salon auf der Vorderseite des Hauses folgte. Ein eingepacktes Paket stand an der Wand. Jason riss das Papier herunter und enthüllte das Portrait ihres Vaters aus seinem Arbeitszimmer in Lockwood House.

»Ich dachte, du solltest es haben«, meinte Jason. »Du hast ihn lieber gemocht als ich.«

Um gar nicht erst davon zu reden, wen der Viscount bevorzugt hatte. Und Ethan wurde klar, dass es unwichtig war. Es war nie wichtig gewesen. Es kam darauf an, dass er ihr Vater war, und dank ihm hatten sie einander. Ethan schaute Jason an und nickte. »Danke.«

Als sie zu der Baustelle ritten, an der die Schule errichtet wurde, fragte Jason: »Bist du wirklich glücklich hier draußen?«

Ethan warf ihm einen Seitenblick zu. »Es ist schockierend.«

»Ich weiß nicht, ob ich das könnte, zumindest nicht die ganze Zeit. Ich freue mich allerdings, euch zu besuchen, insbesondere, da es wohl die einzige Zeit ist, in der ich dich sehen werde. Besteht irgendeine Chance, dass ihr mal wieder nach London kommt?«

»Das werden wir, da bin ich sicher – um dich und Audreys Großvater zu besuchen.« Lord Farringdon war nicht ganz glücklich mit Ethan gewesen, doch er hatte sich sehr gefreut, seine Enkeltochter glücklich verheiratet zu sehen. Ihre Freude war die seine und nur das war für Ethan wichtig.

Ihre Eltern andererseits, waren weniger begeistert. Sie hatten der Hochzeit mit Sonderlizenz beigewohnt, doch ihre Gefühle konnten lediglich als eine Mischung aus Enttäuschung über die Wahl ihrer Tochter und Erleichterung, weil sie endlich verheiratet war, beschrieben werden. Audrey war zufrieden, sie so wenig wie möglich zu sehen, wenn überhaupt, und Ethan war nicht geneigt, sie von etwas anderem zu überzeugen.

»Das ist gut«, meinte Jason. »Ich bin sicher, dass die Cousins einander sehen wollen.«

Ethan ließ sein Pferd langsamer gehen, als sie sich der Baustelle näherten. »Ich würde sie gern zusammen aufwachsen sehen.«

Sie stiegen von ihren Pferden und Jason berührte ihn am Arm. »Das würde ich auch gern.«

Später an diesem Abend, nach einem Dinner voller Gelächter, dem auch Fox und Miranda und die Knotts beiwohnten, ging Ethan mit seiner Frau zu Bett und zog sie in seine Arme.

Sie schmiegte sich mit dem Rücken an seine Leiste und er streichelte ihren Bauch.

»Versuchen Sie etwa, mich zu verführen, Mrs. Lockwood?«

»Jederzeit.« Sie drehte den Kopf und drückte ihm einen raschen Kuss auf den Nacken. »Es ist gut, Jason und Lydia hier zu haben. Ich bin so froh, dass sie ihr Baby hier bei uns auf die Welt bringen wollen.«

Sie hatten ihr Kind nicht in London zur Welt bringen wollen und Jasons Landsitz war keine Alternative, da seine Mutter dort wohnte. Bei ihrem fragilen geistigen Zustand würde sie den Aufruhr nicht verkraften. Er hatte mit Ethan besprochen, dass es vielleicht an der Zeit war, sie auf einen Witwensitz umzusiedeln, doch er würde diesen erst bauen müssen. Er gab zu, dass es jetzt, da er an seine eigene Familie denken musste, höchste Zeit dafür war.

»Ja, ich bin froh, dass sie hier sind.« Die Beziehung, die Jason und er im Laufe der vergangenen Monate aufgebaut hatten, bedeutete Ethan fast so viel, wie seine Ehe mit Audrey.

Das Baby trat gegen Ethans Handfläche und rüttelte ihn auf. Er wusste nicht, ob er sich je an dieses Gefühl gewöhnen würde – der plötzliche Rausch von leidenschaftlicher Liebe und Besitzanspruch, der ihn immer dann überkam, wenn er an das Kind dachte, das Audrey und er gemeinsam erschaffen hatten.

»Unser Sohn freut sich auch«, meinte sie und drehte sich in seinen Armen um.

Das Mondlicht fiel durch den Spalt in den Vorhängen und beleuchtete ihr geliebtes Gesicht, das von ihren dunklen, widerspenstigen Locken umrahmt war, die er ebenfalls so liebte.

»Ich bin nicht überzeugt, ob unser Sohn nicht möglicherweise eine Tochter werden wird, aber ich werde nicht mit dir streiten. Ich freue mich, was immer es ist. Ich bete nur, dass sie mehr nach dir kommt als nach mir.«

Audrey runzelte die Stirn. »Warum? Du hast viele wundervolle Eigenschaften. Und ich wäre sehr froh, wenn sie deine quecksilbernen Augen hätte«, sie berührte seine Schläfe, »oder dein mitternachtsschwarzes Haar.« Sie schob die Finger in sein Haar und zog seinen Kopf zu sich herunter, um ihn zu küssen.

»Na schön, ich werde zugeben, dass mein Aussehen meine beste Qualität ist.«

»Ha! Das stimmt nicht. Du bist charmant und arbeitest hart und du bist zuverlässig.« Mit ernstem Blick schaute sie zu ihm auf. »Du musst aufhören, dich so zu sehen, wie du gewesen bist. Du bist kein Verbrecher mehr.«

Nein, das war er nicht. Einst hatte er es für unmöglich gehalten, sein altes Leben hinter sich zu lassen, doch nun schien es nur noch eine entfernte Erinnerung. »Na schön, ich werde mich auch meiner derzeitigen Reformation unterwerfen.« Er drehte sich so, dass er über sie gebeugt war, und band dann den Oberteil ihres Nachtgewands auf. »Erinnerst du dich, wie ich dich beobachtet hatte, als wir vor Bow Street geflohen sind?«

»Ja.« Sie war ein bisschen außer Atem gekommen.

Er zog den Saum am Halsausschnitt ihres Nachthemds auseinander, um die Rundung ihrer Brust zu enthüllen. Dann küsste er ihre weiche Haut, wobei er ihr Gefühl und ihren Geschmack liebte. »Das war nicht besonders höflich von mir, und ich fürchte, dass ich dies immer noch nicht bedaure. Dies sind die Eigenschaften, die unser Kind hoffentlich nicht erbt.«

Sie zog an seinem Kopf. »Aber genau dies sind einige der Qualitäten, die ich am meisten an dir mag.«

Mit hochgezogener Augenbraue schaute er zu ihr auf. »Tatsächlich? Ich gefalle dir als nicht reformierter Halunke?«

Sie verengte die Augen und ihre Lippen teilten sich zu einem verführerischen Lächeln. »O ja. Ich liebe diesen Halunken und du musst mir versprechen, so zu bleiben.«

Grinsend schaute er sie an, während sein Herz von Liebe und Freude so anschwoll, dass er das Gefühl hatte, es würde seine Brust zum Bersten bringen. »Dann gelobe ich, ein Halunke zu bleiben. *Dein* Halunke. Für immer.«

Ende

Einmal Halunke, immer Halunke ist das sechste und letzte Buch in der Serie *Ruchlose Geheimnisse und Skandale*. Für den Fall, dass Sie ein Buch versäumt haben, finden Sie hier die ersten fünf Bücher, in der richtigen Reihenfolge:

Ihr ruchloses Temperament
Sein ruchloses Herz
Die Verführung des Halunken
Verliebt in eine Diebin
Die Schöne und der Halunke

Ich danke Ihnen sehr, dass Sie **Einmal Halunke, immer Halunke** gelesen haben. Ich hoffe, es hat Ihnen gefallen!

Möchten Sie erfahren, wann mein nächstes Buch verfügbar ist? Sie können sich für meinen Deutscher Newsletter anmelden, mir auf Amazon.de folgen und meine Facebook-Seite liken.

Rezensionen helfen anderen, Bücher zu finden, die für sie geeignet sind. Ich schätze alle Bewertungen, ob positiv oder negativ. Ich hoffe, dass Sie erwägen werden, eine Bewertung bei Ihrem bevorzugten der Seite Ihres bevorzugten Internet-Netzwerkes abzugeben.

Ich mag meine Leser so sehr. Danke!

Sind Sie an weiterer Regency-Romantik interessiert? Schauen Sie sich meine anderen historischen Serien an:

Die Unberührbaren
Geraten Sie ins Schwärmen über zwölf der begehrtesten und schwer fassbaren Junggesellen der feinen Gesellschaft und die Blaustrümpfe, Mauerblümchen und Außenseiterinnen, die sie in die Knie zwingen!

Die Unberührbaren: Die Prätendenten
In der faszinierenden Welt der Unberührbaren spielend, handelt die Saga von einem Geschwistertrio, die sich darin auszeichnen, sich als jemand auszugeben, der sie nicht sind. Werden ein unerschrockene Bow Street Ermittler, ein niedergeschmetterter Viscount und eine desillusionierte Dame der feinen Gesellschaft es schaffen, ihre Geheimnisse zu lüften?

Der Phönix Club
Die exklusivste Einladung der feinen Gesellschaft...

Willkommen im Phönix Club, in dem Londons waghalsigste, anrüchigste und intriganteste Ladys und Gentlemen Skandale, Erlösung und eine zweite Chance finden.

Die Liebe ist überall

Herzerwärmende Nacherzählungen klassischer
Weihnachtsgeschichten im Regency-Stil, die in einem
gemütlichen Dorf spielen und von drei Geschwistern und
dem besten Geschenk von allen handeln: der Liebe.

Der Club der verruchten Herzöge

Sechs Bücher, geschrieben von meiner besten Freundin, der
New York Times Bestseller-Autorin Erica Ridley, und mir.
Lernen Sie die unvergesslichen Männer von Londons
berüchtigtster Taverne, dem Verruchten Herzog, kennen.
Verführerisch attraktiv, mit Charme und Witz im Überfluss,
wird eine Nacht mit diesen Wüstlingen und Filous nie genug
sein ...

Der Herzog der Zerstreuung

Der unverhoffte Herzog

Der charmante Marquess

Der verwundete Viscount

Die Unberührbaren: Die Prätendenten

Geheimnisvolle Kapitulation

Ein skandalöser Pakt

Des Gauners Rettung

Die Liebe ist überall

(eine Regency Weihnachtstrilogie)

Der Earl mit dem flammendroten Haar

Das Geschenk des Marquess

Eine Freude für den Herzog

Der Club der verruchten Herzöge

Eine Nacht zum Verführen by Erica Ridley

Eine Nacht der Hingabe by Darcy Burke

Eine Nacht aus Leidenschaft by Erica Ridley

Eine Nacht des Skandals by Darcy Burke

Eine Nacht zum Erinnern by Erica Ridley

Eine Nacht der Versuchung by Darcy Burke

ÜBER DIE AUTORIN

Darcy Burke ist die USA Today Bestsellerautorin für sexy, emotionale, historische und zeitgenössische Romantik. Darcy schrieb ihr erstes Buch im Alter von 11 Jahren – mit einem Happy End – über einen männlichen Schwan, der von der Magie abhängig war, und einen weiblichen Schwan, der ihn liebte, mit nicht sehr gelungenen Illustrationen. Schließen Sie sich ihr an newsletter!

Darcy, die in Oregon an der Westküste der Vereinigten Staaten geboren wurde, lebt am Rande des Wine Country mit ihrem auf der Gitarre spielenden Ehemann und ihren beiden ausgelassenen Kindern, die das Schreiben geerbt zu haben scheinen. Sie sind eine nach Katzen verrückte Familie mit zwei bengalischen Katzen, einer kleinen, familienfreundlichen Katze, die nach einer Frucht benannt ist, und einer älteren, geretteten Maine Coon, die der Meister der Kühle und der fünf-Uhr-morgens-Serenade ist. In ihrer ›Freizeit‹ ist Darcy eine regelmäßige ehrenamtliche Mitarbeiterin, die in einem 12-stufigen Programm eingeschrieben ist, in dem man lernt, ›Nein‹ zu sagen, aber sie muss immer wieder von vorne anfangen. Ihre Lieblingsplätze sind Disneyland und das Labor Day Wochenende in The Gorge. Besuchen Sie Darcy online unter https://www.darcyburke.net.

facebook.com/darcyburkefans
twitter.com/darcyburke
instagram.com/darcyburkeauthor
pinterest.com/darcyburkewrites
goodreads.com/darcyburke